오감五感으로 읽는
중국 문학의 세계

오감五感으로 읽는
중국 문학의 세계

한국중국문학이론학회
지음

學古房

　한국중국문학이론학회는 중국 고전문학 작품과 그 이론을 연구 조
명하여 중국문학을 체계적이고 심도 있게 이해하기 위해 출발한 학회
로 1992년 서울대 창석(蒼石) 이병한 교수가 중심이 되어 창립되었다.
지금까지 근 30년 동안 121차에 걸쳐 논문발표회와 학회를 열었으며
꾸준히 학회지《중국문학이론》을 출간해 많은 연구 성과를 집적해 왔
다. 집체적인 저술로는 1998년《중국시와 시인-당대편》, 2004년《중국
시와 시인-송대편》, 2012년《중국문학이론의 모색과 소통》등의 단행본
을 발간해 왔다.

　이번 출간하는《오감으로 읽는 중국문학의 세계》는 중국 문학 작품
창작에 기본적으로 동원되는 오감(五感)이 어떻게 작품에 반영되어
묘사되었는지를 다각적으로 천착(穿鑿)하여, 독자의 감상 폭을 넓히려
는 뜻으로 쓰인 저술이다.《주역》〈계사 상〉 "형상을 본떠 나타내면
뜻이 다한다(立象盡意)"에서 나온 의상(意象)의 상(象)은 오감인 시각,
청각, 촉각, 후각, 미각을 통해 구현되어 의상을 형상하기에 오감이
의(意)와 결합 되는 경과를 추적함은 매우 흥미롭고도 요긴한 작업이
다. 이 책에 실린 13편의 저술은 넓게는 오감과 문학세계, 좁게는 오감
이 반영된 문학 작품을 다각적으로 심도 있게 분석하여 언외지의(言外
之意)를 부각함으로써 심오한 맛을 찾게 하였다. 시 · 청각이 반영된

작품은 물론 특히 촉각, 후각, 미각을 복합적으로 자극한 작품을 찾아 그 형상성을 실감케 하였다. 특히 상외지상(象外之象), 미외지미(味外之味)를 찾으려는 노력은 과소평가할 수 없다.

"오감으로 읽는 중국 문학의 세계"는 우리 학회가 시도한 시의적절하고도 요긴한 주제이지만 필자들의 관심과 취향이 각기 다른 관계로 각각의 논술들이 일관된 시각으로 조명되지 못한 아쉬움이 남는다. 이 문제는 향후 점차 개선될 것으로 믿는다. 〈상상 속의 오감〉으로 오감이 중국 문학 창작에 미친 작용을 개괄하며 감상의 폭을 넓게 하였고, 각각의 논술들은 오감으로 표현된 의상을 규명하면서 상(象)이 상(象)과 결합하여 출현 되는 의경(意境), 경계(境界), 곧 상외(象外)를 추적하여 경(境)을 찾으려는 노력을 보였다.

이 책은 노장(老莊)이 제기한 오감 작용의 득실에서부터 청대 주이준(朱彝尊)이 감관(感官)을 동원해 쓴 염정사(艶情詞) 〈심원춘 沁園春〉까지 인구에 회자 되는 명작들을 오감을 통해 친절히 조명하였기에 중국고전문학 작품이 지닌 창의성과 함축성을 맛볼 수 있음은 물론 아속공상(雅俗共賞)이란 대중성도 부각할 수 있었다. 쉬운 우리말 표현은 물론 친절한 주해는 중국 고전문학의 특징과 그 전통 이해에 큰 도움을 줄 것이다. 이는 또한 우리의 고전 한문학을 심도 있게 이해하는 바탕이 됨은 물론 중국 전통문화 이해의 기초가 될 것이다.

이 책을 내기 위해 옥고를 보내준 12인의 학자와 이 책의 출간을 위해 온갖 정성을 다한 본 학회 회장 최일의 교수와 임원진의 노고에 깊은 감사의 말을 전한다. 아울러 이 책을 통해 중국 문학 각 장르 간에 다양한 이론들이 제기되고 종합되어 우리의 중국문학이론 연구가 다층적이고도 다각적으로 진행되어 더욱 성숙한 단계로 진입할 수 있기 바란다. 이런 과정에서 다양한 독자층을 확보하게 되어 그 시계를 더욱 넓혀가길 염원한다. 끝으로 독자들의 뜨거운 성원과 무거운 질책을 간구(懇求)한다.

2020년 10월 30일
한국중국문학이론학회 명예회장
이화여대 명예교수 이종진

| 목 차 |

7

청각적 상상력 - 《홍루몽(紅樓夢)》_ 노선아

최근 〈중국문학과 오감(五感)〉 연구의 성과와 향후 전망

최일의(한국중국문학이론학회 회장, 강릉원주대)

1. 최근 한국중국문학이론학회의 연구 개황

본인이 회장을 맡고 있는 한국중국문학이론학회는 최근 모두 세 차
례에 걸쳐 '중국문학과 오감'을 주제로 학술회의를 개최하였다. 여기서
모두 15인의 연구자가 중국문학이 품고 있는 '색(色)·성(聲)·향(香)
·미(味)·촉(觸)' 등의 오감 관련 주제로 논문을 발표하였다.

이제 본 학회는 이런 기존의 발표 논문 외에 추가로 투고된 논문들을
합하여 《오감으로 읽는 중국문학의 세계》를 제목으로 한 권의 책으로
집대성하기에 이르렀다. 심규호(제주국제대)의 〈차, 술, 그리고 물맛〉,
최일의(강릉원주대)의 〈상상 속의 오감〉, 김원중(단국대)의 〈오색(五
色), 오음(五音), 오미(五味)를 거부하라-감각에 대한 노자(老子)의 인
식〉, 서용준(서울대)의 〈시인의 목소리와 스타일-이백(李白)의 〈월하독
작(月下獨酌)〉〉, 김의정(성결대)의 〈소리의 울림과 결합-이백(李白) 악
부시(樂府詩)의 한 독법〉, 노우정(대구대)의 〈'미(味)' 체험과 '식(食)'의
사회화-두보(杜甫)의 시〉, 김 선(이화여대)의 〈촉각과 정서표현-이청조
(李淸照)의 사(詞)〉, 최석원(제주대)의 〈문자화된 놀이-공평중(孔平仲)
의 《시희(詩戲)》〉, 김지영(성결대)의 〈자유와 쾌락을 추구한 감각적 글
쓰기-양유정(楊維楨)의 시〉, 서연주(충남대)의 〈오감, 그 짜릿함에 대하
여-명대(明代)의 민가(民歌)〉, 김하늬(서울대)의 〈뮤즈가 된 여성, 지배
된 감각-주이준(朱彝尊) 인체 영물사(詠物詞) 〈심원춘(沁園春)〉 12수〉,
노선아(한림대)의 〈청각적 상상력-《홍루몽(紅樓夢)》〉 등 총 12편의 논
문이 수록되었다.

이제 그간 학술회의와 저술에 발표된 연구 논문들의 성과를 개별적
으로 살펴보고 향후 연구가 나갈 방향을 간단하게 진단하고 전망해보
고자 한다.

2. 연구 성과

　최근 〈중국문학과 오감〉의 연구에서 가장 기본적인 성과는 역시 오감이라는 연구방법론을 통해 중국문학작품을 읽을 때 그 연구 효과가 매우 크고 그간 밝혀내지 못했던 부분을 새롭게 해석할 수 있다는 사실을 확인했다는 데 있다.

　일반적으로 악부시는 노랫가사 형식을 취하는데, 당대 이백(李白)의 악부시를 소리라는 감각을 위주로 분석할 때 여성화자의 본래 노랫소리와 여성화자가 작품 속에서 인용하고 있는 남성의 노랫소리가 중층으로 울려 나오는 특징을 발견할 수 있고, 그 결과 이백 악부시를 단순히 노랫가사의 문학적 분석과 음미에서 그치지 않고 무대 안과 밖에서 중층으로 울려 퍼지는 노랫소리의 조화에서 미적 가치를 찾을 수 있다는 사실을 밝혀냈다.

　노래와 가창자의 관계가 그렇듯이 서정시에서도 시인의 평소 목소리와 발성 태도, 곧 시인이 가진 목소리의 스타일은 시인의 창작 스타일이 되면서 그의 다른 개별적인 작품의 완성에도 영향을 미칠 수 있다는 것을 이백(李白)의 시 〈월하독작(月下獨酌)〉을 통해 밝혀냈다. 일반적으로 〈월하독작〉의 기본정서는 우울함으로서 시인의 음주행위는 흔히 배후에 비애, 고뇌, 슬픔 등을 은폐하고 있는 것으로 인식되고 있는데, 연구자는 노래와 가창자의 본래 목소리 또는 스타일과의 관계에 비추어 볼 때 〈월하독작〉 역시 이백의 평소 창작경향과 마찬가지로, 음주를 통해 외로움을 잊고자 한 것이 아니라 도리어 음주를 찬양하고 술꾼임을 과시한 것이라고 보았다. 즉 〈월하독작〉은 이백이 시종 술 취한 큰 목소리로 즐겁게 고성방가를 하는 것이지 비애와 고뇌를 술 뒤에 숨기고 있는 것이 아니라는 것인데, 이런 저자의 독법에 의지할 때 비로소 시인 이백의 스스로 잘 났다고 여기는 활달하고 대담한 모습, 초연하면서 세사에 얽매이지 않는 개성이 잘 드러난다고 하겠다.

송대 이청조(李淸照)의 사(詞)는 흔히 그녀의 고독과 우울, 낙심 등의 감정을 표현한 것으로 인식되는데, 연구자는 촉각에 주목하여 이런 작품의 정서를 남편이 없는 쓸쓸한 규방과 차가운 이불 속이라는 촉각적인 이미지로 파악했다는 데서 또한 큰 의의를 지닌다. 남편과의 이별로 독수공방하는 우울한 모습, 그리고 남편이 병사한 후에 의지할 대상을 완전히 잃고 나서 내면에 깊이 자리하게 된 공허함과 고독감 등을 촉각적인 이미지 묘사로 더욱 두드러지게 하고 있다는 점을 밝혀냈다.

중국 고전소설의 대표작인 청대 중엽의 《홍루몽(紅樓夢)》은 본래 읽기 위주의 소설이지만 그러나 소설 본연의 '일을 이야기(講故事)'하는 구술적·구연적 특징의 전통을 계승하여 도처에 소리가 가득하기도 하다는 사실에 연구자는 주목하였다. 그 결과 《홍루몽(紅樓夢)》에 표현된 혼자 듣기, 우연히 듣기 방식 등에 주목하고 이를 통해 청각적 효과가 인물들에게 강렬하게 감정을 전달할 수 있고 또 복잡한 서사구조로 확대되도록 할 수 있다는 사실을 밝혀냈다.

오감은 다분히 본능적이고 감각적인 것임에도 불구하고 이런 문학작품에 투영된 감각 분석을 통해 중국문학 속에서 인간의 본성을 찾아내서 부각시킨 것도 오감 연구의 큰 성과라고 아니할 수 없다.

가장 인간적인 본성으로서 사랑의 감정과 행위 표현에 오감 이미지가 역시 강렬하게 활용된다는 점을 확인할 수 있었다.

명대(明代)에 이르러 인간의 감정을 가감 없이 반영할 수 있는 민가(民歌) 형식이 환영받았는데, 민가는 갖가지 오감의 이미지 표현을 통해 인간의 본능인 사랑을 노래함으로써 독자의 상상을 짜릿하게 자극하는 생생한 느낌을 경험하게 한다. 여성 화자의 비율이 우세한 민가이기에 가장 감각적이라 할 수 있는 촉각적 이미지를 많이 묘사한다. 그런데 연구자는 이처럼 여성 화자가 특히 자신의 몸이 직접 수용한 촉각에 대해 주목하고, 이를 적극적으로 형상화한 것은 개인적인 욕망을 스스럼없이 드러냄으로써 남녀 간의 애정에 대해 적극적이고 진취적인 사회적 의미를 지녔다는 것을 밝혀냈다.

봉건시대에 여성의 몸은 성적 욕망의 대상이 됨으로써 철저히 타자화 될 수밖에 없는데, 남성 화자에 의해 탐미적인 시선으로 세밀하게 오감이 활용되고 있는 것은 마냥 긍정적으로 볼 수만은 없는 행위이기도 하였다. 청대 주이준(朱彝尊) 의 인체 영물사(詠物詞)인 〈심원춘(沁園春)〉에 묘사된 여성의 몸은 온전한 형상으로 존재하지 못하고 이마나 코, 귀, 가슴 등과 같은 신체의 일부로만 존재하여 관찰의 대상이 될 뿐, 여성의 감정과 이야기는 철저하게 배제되고 있다는 분석을 통해 연구자는 〈심원춘〉 식의 여성의 몸 묘사에 비판적 시선을 보냈다. 진실한 감정과 서사가 사라진 여성의 몸은 오직 남성 화자의 탐미와 욕망의 대상일 뿐 공감의 대상이 아니며, 철저히 남성 화자의 시선 안에서 통제되고 그녀의 감각마저도 화자에 의해 완전히 지배당하고 있기 때문이다.

이웃의 고통에 공감하고 이에 연민을 보내는 행위는 문학의 궁극적 지향점이자 도달해야 할 목표라고 할 수 있는데, 중국문학과 오감 연구는 중국문학적인 공감과 연민에 대한 연구로 시야가 확대되었다는 점에서도 연구상 큰 의의를 발견할 수 있었다.

인간의 고통을 향한 공감과 연민의 행위는 어쩌면 인간이 지닐 수 있는 가장 보편적이면서 숭고한 가치인 사랑과 자비의 실천이 될 것이다. 오감을 느끼는 행위도 누군가에게는 탐미적이고 본능적인 것이 될 수 있지만 누군가에게는 또 이웃과 공감하고 연대할 수 있는 연민의 행위로 확장될 수도 있다.

음식을 맛보는 본능에 의한 행위가 오랜 유랑과 기아로 허덕였던 당대 두보(杜甫)라는 대시인에게는 타인의 굶주림과 배고픔의 고통을 이해하는 인간적 실천으로 확장되고 함께 음식을 나누고자 하는 연대의식이 형성되면서 함께 고통과 질곡의 시대를 이겨낼 수 있다는 정신적인 단계로 승화된다는 점에서 그의 삶의 태도는 숭고하고 고귀하다고 아니할 수 없다. 연구자는 두보가 '식(食)' 체험에서 체득한 개인의 풍부한 감정과 복합적인 정서를 시야를 넓혀 계층 차별이라는 사회적 문제로 확대하고 인도적·실천적 의미를 부여함으로써 결과적으로 중국 고전시의 스펙트럼을 넓혔다는 점을 밝혀냈는데 우리는 여기서 또한 오감 연구의 큰 성과를 발견할 수 있다.

3. 향후 전망

연구자들이 일련의 연구를 통해 중국문학 속에 표현된 오감 이미지에 대해 분석한 결과는 궁극적으로 중국문학을 아우르는 철학적 명제로서 음양(陰陽) 이원론적인 차원에서의 허실(虛實) 상생의 명제와 연결되고, 나아가 무위(無爲)와 자연(自然)의 도(道)와 연결되고 있다는 점에 우리는 또한 주목하지 않을 수 없다.

오감은 가장 감각적이면서 현실적이고 물질적인 대상이자 행위라고 할 수 있지만, 중국문학에서 오감의 추구는 그렇게 단순하지만은 않았다. 그저 보고, 듣고, 맡고, 맛보고, 만져지는 일차원적인 상황에서 머물지 않고 항상 독자의 상상과 연상을 자극하는 방향으로 이어진다는 것이다. 특히 중국 시가는 독자로 하여금 오감을 통해 상상으로 나아가고 거기서 또 다른 감각을 느끼게 하고자 한다. 아니 그렇게 독자에게 또 다른 정취와 분위기를 느낄 수 있게 해야 여백미와 함축미가 비로소 형성되었다고 간주하기도 하였다. 연구자는 1차적인 오감의 이미지가 '실'의 이미지라면 상상 속의 분위기와 정취로 느끼게 하는 오감의 이미지는 바로 2차적인 '허'의 이미지라는 사실을 밝혀냈다. 여기서 음양의 상생 조화와 같은 허실의 상호 조화와 통일이 이루어지며 이 지점에서 중국 전통철학의 명제와 하나로 연결되고 있다고 평가할 수 있다.

한편 오감의 변별 행위는 여전히 불완전한 언어에 의한 인식의 차원에 속하는 저차원적인 형태에 머무는 것이라는 인식도 있다. 그래서 오감이 무화(無化)되는 지점에, 즉 오감을 인식하지 못하는 지점에 진짜의 오감, 내지는 본질적인 감각이 존재한다고 여긴다. 아무 맛도 없는 무미(無味)의 물맛이 최고인 것과 마찬가지인 것이다. 연구자는 이것이 바로 유한한 지적 변별과 인위적인 욕망을 극복하고, 무위(無爲)하지만 무불위(無不爲)의 경지에 이르는 자연의 도(道)의 모습을 체화한 것이라는 사실을 밝혀냈다. 마치 음표와 음표 너머에 여운이 존재하듯 오감과 오감 사이의 여백에 진실한 감각과 진정한 진리의 세계가 존재한다는 점을 밝혀낸 것은 중국문학과 오감과의 관계를 분석한 큰 성과라고 평가할 수 있다.

이처럼 오감의 연구방법론은 감각적, 물질적, 즉각적 단계에서 한 걸음 더 나아가 중국문학과 철학의 오랜 전통적 명제인 허와 실의 조화 및 무위자연의 도로 연결시켜 우리의 시야와 논의를 확장할 수 있는 가능성이 충분히 있음을 발견하였다.

한편 이백의 〈그윽한 골짜기의 샘물(幽澗泉)〉이란 시에서 그윽한 골짜기에 솟아나는 샘물 소리와 거문고의 연주 소리가 하나로 섞인 일체감을 형성함으로써 소리에 흠뻑 빠진 결과, 시의 마지막 부분에서 "그윽한 골짜기 샘물소리, 깊은 숲속에 울리네(幽澗泉, 鳴深林.)"라고 독백하는 것은 시인 스스로가 소리를 포함한 풍경 그 자체가 됨으로써 만물이 일체가 되는 고요와 화평의 모습을 형상화한 것이라 볼 수 있다. 이 시구는 마치 도연명이 〈음주〉시에서 "동쪽 울타리 아래서 국화를 캐노라니, 저도 모르게 아득히 한가로이 남산이 눈에 들어오네(採菊 東籬下, 悠然見南山)"라고 한 시구처럼 시인과 풍경 간에 물아일체의 무아지경을 창조한 시구라고 새롭게 평가할 수 있을 것이다. 악기 연주는 끝났지만 시인은 여전히 자기 자신의 존재를 의식하지도 못한 채, 자아와 타자의 분별을 잊은 채, 오직 자연의 소리와 하나가 되고 있으니 우리는 여기서 망아(忘我)의 경지인 물아일체의 몰입감을 읽을 수 있는 것이다.

때문에 우리는 고대시가를 읽을 때 중국의 전통 시학이론을 활용하여 적극적으로 해석할 수 있다는 가능성을 발견하게 되는데, 이 점 역시 중국문학과 오감 연구의 큰 성과라 할 수 있으며, 향후 중국문학 연구의 영역과 방법론을 확장하는데 큰 공로를 세웠다고 평가할 수 있겠다.

차, 술, 그리고 물맛

심규호(제주국제대)

고대 중국인들이 세상을 이해하고 판단하는 기준 가운데 핵심적인 것은 음양과 오행이었다. 당연한 낮과 밤을 이해하려면 어찌하면 되겠는가? 하나는 음이고 하나는 양이라고 하면 되지 않겠는가? 음과 양이 있음으로 낮과 밤이 당연한 것으로 인식된다. 사실 아무런 과학적 근거도 없지만 일단 언어가 사물을 평정하면 인식 또한 평정되는 편이다. 일단 인식이 고정되어 세월이 흐르면 몇 가지는 천경지의(天經地義)가 되는데 음양이나 오행이 그러하다. 할아버지의 할아버지가 그렇게 말했고, 아버지도 그리고 나도 그렇게 말하니, 내 아들도 손자도 그렇게 믿는다. 게다가 유가의 경전인 《역경 · 계사상(繫辭上)》에서 "한 번 음하고 한 번 양하는 것이 도다(一陰一陽之謂道)."라고 하여 세상만물의 변화가 음양의 상호 작용에서 이루어지고, 음양의 작용에 일정한 법칙(도)이 존재한다고 했으니 어찌 그리 생각하지 않겠는가! 그것이 지나쳐 남과 여까지 차별하는 도구가 된 것은 유감이지만 음양이 중국인들의 관념과 사상에 끼친 영향을 이루 말할 수가 없을 정도이다.

오행도 그러하다. 아마도 만물의 근원이 도대체 무엇인가라는 지극히 단순하면서도 심오한 의문에서 시작되었을 것이다. 고민은 우리 주변에 쉽게 볼 수 있는 것들, 오랫동안 우리랑 함께 했던 것들, 없으면 안 되고, 있어야만 되는 것들을 생각하면서 서서히 풀리기 시작했을 것이다. 그런 것들은 어떤 것일까? 일단 우리가 먹고 마시는 데 필요한 것, 우리의 생활에서 반드시 있어야 할 것, 만물이 소생하는데 필요한 것 등등이 아니었을까? 이는 내 생각만이 아니고 《상서정의》를 쓴 공영달(孔穎達)도 이렇게 생각한 것이 분명하다.[1]

하우(夏禹)가 하늘이 내려준 낙서(洛書)를 보고 만들었다는 홍범구주(洪範九疇)는 천지간에 가장 큰 규범으로 아홉 가지 범주에 대해 말하고 있는데, 흥미롭게도 오행은 처음 나올 때부터 오미(五味)와 상응한다. 일단 그 부분을 읽어보자.

> 오행은 수·화·목·금·토를 말한다. 물은 적시고 아래로 흐르는 성질을 지녔고, 불은 태우고 위로 오르는 성질을 지녔으며, 나무는 구부러지고 곧게 자라는 성질을 지녔고, 쇠는 따르게 하고 변혁하는 성질을 지녔으며, 흙은 곡물을 기르고 거두게 하는 성질을 지녔다. 적시고 아래로 흐르는 물은 짠 맛을 만들고, 태우고 위로 오르는 불은 쓴 맛을 만들며, 구부러지고 곧게 자라는 나무는 신 맛, 따르게 하고 변혁하는 쇠는 신 맛, 기르고 거두는 흙은 단 맛을 만든다.[2]

오행을 말하면서 왜 오미를 언급했을까? 궁금하기는 하지만 더 이상 고찰하지 않는다. 다만 오감 가운데 맛이야말로 인간이 생존하는데 반드시 필요한 음식을 대변하는 것일 터이다. 각설하고 이러한 오행이 상생이네 상극이네 하면서 복잡하고 현묘해지기 시작한 것은 상상력이 풍부하기로 둘째가라면 서러워할 산동의 제나라 사람 추연(鄒衍)이다. 그리고 음양과 오행에 천인감응까지 섞어 버무린 이는 아시다시피 하북 사람 동중서(董仲舒)이다. 이렇게 해서 오행 역시 천경지의가 되었다.

아쉽게도 오행으로 인한 오감 또는 오미, 오색 등은 사람의 인식에 편리함을 가져다주었지만 인식을 제한하는 한계를 지닐 수밖에 없었다. 예컨대 오미란 무엇인가? 짜고, 시고, 맵고, 달고, 쓴 것을 말한다. 허나 맛이 어디 그것뿐이랴. 쌉쌀한 것이나 시큼한 것, 맵싸한 것이나 달콤한 것은 오미에 넣는다고 치더라도 떫은 것은 어디에 넣을까? 구린내나 비린내는? 구수하거나 배지근한 것은? 그런데 흥미로운 점은 혀에서 맛을 느끼는 미세포를 안고 있는 미뢰가 단맛, 짠맛, 신맛, 쓴맛, 감칠맛을 기본으로 한다는 사실이다. 매운맛은 미각이 아니라 통각이라는데, 여하간 이는 현대 과학이 증명하고 있다는 점에서 오행에 근거를 둔 것과 차이가 있을 법한데, 오히려 교묘하게 합치된다. 사람의 축적된 경험이 사실은 과학의 토대가 아닐까라고 느낄 만하다.

결론적으로 오미나 오방, 오색, 심지어 오륜에 이르기까지 하나의 규범으로 정형화시킨 개념들은 사람의 인식의 토대이면서 또한 한계이다. 사실 약간 장황하게 맛에 대해 말한 것은 지금부터 차와 술, 그리고 물맛에 대해 이야기하기 위함이다.

1. 차맛(茶味)

우선 정명正名부터 하자.《삼국사기》에 따르면, 차가 우리나라에 전래된 것은 흥덕왕(826-836 재위) 3년 당나라에 사신으로 갔다 온 대렴(大廉)이 차의 씨앗을 가지고 와서 이를 지리산에 심게 한 것이 시작이라고 한다. 그러나 차는 박래품(舶來品)이 아닐 수도 있다. 아주 오랜 옛날부터 한반도 어딘가에서 살고 있었을지도 모른다. 다만 이름 모를 풀은 그냥 잡초인 것처럼 누군가에 의해 명명되지 않으면 그냥 풀이거나 나무일뿐이다. 그것이 처음에는 도(茶)[씀바귀]였다가 다(茶)가 된 까닭도 그러하다. 먹어보면 그저 씁쓸하고 떫기만 하니 씀바귀가 맞다. 하지만 갈아먹든 우려먹든 새로운 맛을 도출해냈으니 씀바귀가 어느새 차가 되었다. 새로운 명명인 셈이다. 이는 약재로서 고채(苦菜)가 음용하는 차로 바뀌었다는 뜻이자, 차의 새로운 효용과 가치를 발견했다는 뜻이다. 그렇다면 '茶'는 다인가? 차인가? 원래 茶자는 차 '다'이니 한자일 때는 다, 우리말로 풀이하면 차이다. 하지만 烏龍茶, 綠茶는 차이고, 茶道, 茶具는 다이다. 다와 차가 혼재되어 어떤 것은 다, 어떤 것은 차다. 물론 통일시켜 차라고 쓰는 경우도 있다. 육우의 《다경(茶經)》이

《차경》이 된 까닭이다. 아무리 연유를 살펴보아도 딱히 그럴 만한 까닭을 발견하기 힘들다. 어쩌면 茶가 한어로 차(cha)로 읽히는 것도 한 몫을 했을 지도 모른다. 그럼에도 이름에 두서가 없고, 맥락이 없다. 하여 나는 어떨 때는 차로 읽고 어떨 때는 그냥 다로 읽는다. 내 입에, 귀에, 뇌리에 익숙한 대로 쓰는 것이 옳다고 여기기 때문이다. 명명은 여기까지이다.

다음 차의 맛을 알기 전에 차를 음용하기 시작할 때부터 지금까지 마시는 방법에 대해 알아야 한다. 지금 우리가 즐겨 마시는 차의 음용 방법이 예전과 다르기 때문이다. 우선 당대는 전다(煎茶), 즉 차를 달여 마셨다. 마치 생강차나 대추차를 달여 마시는 것처럼 찻잎을 잘 갈아서 뜨거운 물에 넣고 팔팔 끓여 마셨다는 뜻이다. 때로 몇 가지 첨가물이 들어가기도 한다. 육우는 물론이고 차에 대해 일가견이 있던 피일휴(皮日休)나 백거이(白居易), 교연(皎然) 등은 모두 이런 방식으로 차를 마셨다. 다음은 점다(點茶)인데, 북송 중, 후기부터 시작된 음용 방식이다. 일반적으로 점다는 차를 우리거나 달이는 것으로 번역되고 있지만 사실 점다법은 단순치가 않다. 일단 북송 저명한 다인(茶人) 채양(蔡襄)의 《다록(茶錄)》에 나오는 점다법을 살펴보자.

> 물이 끓는 정도를 측정하는 것이 가장 어렵다. 덜 끓으면 차가루가 뜨고 지나치게 끓으면 차가 가라앉는다. 이전에 당나라 시절에 게눈[蟹眼]이라고 한 것은 지나치게 끓인 물이다. 하물며 병에 물을 넣고 끓이면 판별하기가 어렵다. 그러므로 물 끓는 정도를 가늠하기 어렵다고 하는 것이다.3)

> 차는 적고 물이 많으면 차가루가 뜨거나 가라앉아 마치 운각(雲脚) [아래로 드리운 것처럼 세로로 길게 보이는 구름]처럼 흩어진다. 물은

적고 차가 많으면 찻잎이 수면에 모이지 않고 죽을 끓이는 것처럼 모인다. 차 1전錢 7푼을 집어 잔에 넣은 후 물을 붓고 고르게 섞는다. 다시 물을 붓고 빙빙 돌리며 고르게 젓는다. 찻물이 잔의 4부쯤 되면 적당한데, 잔의 표면이 선명하고 잔의 벽면에 물의 흔적이 남지 않는 것을 가장 좋은 것으로 여긴다.[4]

인용문을 읽어보면 아시겠지만 지금의 말차를 마시는 법을 생각하면 금방 이해될 것이다. 북송의 제8대 황제인 조길(曹佶)이나 매요신, 소동파, 황정견, 육유 등이 즐겨 마시는 방법이었다.

마지막 세 번째는 포다(泡茶)인데, 명나라 후기에 유행했으며, 장대와 원매 등이 즐겨마시던 방법으로 지금까지 이어져 오는 음차 방식이기도 하다.

이렇듯 역대로 다양한 음다 방법이 사용되었으니 당연히 그 맛도 다를 수밖에 없을 것이다. 게다가 다양한 첨가물, 심지어 소금까지 넣어서 마셨는데 무슨 차 맛을 논할 수 있겠는가? 생강을 넣으면 생강 냄새가 났을 것이고, 대추를 넣으면 대추 냄새가 났을 것이다. 이를 차 맛이라고 할 수 있을까? 육우(陸羽)가 화를 낼 만도 하다.[5] 소동파도 이를 알고 있었다. 그래서 이렇게 말했을 것이다. "중급 정도의 차에 생강을 넣어 끓이면 맛이 좋지만 소금은 불가하다."[6]

그렇다면 찻잎만으로 우려낸 차는 무슨 맛인가?

일단 육우의 말을 들어보자.

그 맛이 단 것은 가(檟), 달지 않고 쓴 것은 천(荈), 입에 넣을 때는 쓰지만 목으로 넘어갈 때 단맛이 도는 것이 차다.[7]

육우가 살던 시절에는 음용하는 차가 여러 가지 이름으로 불렸다.

예를 들면 도(荼), 가(檟), 설(蔎), 천(莈), 명(茗), 고도(苦荼) 등이 그러한데, 중국차의 본산지 한 곳인 파촉(巴蜀, 지금의 귀주와 사천) 사람들은 차를 고도(苦荼), 촉의 서남쪽 사람들은 설(蔎, 《다경》)이라고 불렀다. 곽홍농(郭弘農)에 따르면, 일찍 딴 차는 荼, 늦게 딴 것은 茗 또는 莈이라고도 한다는데,8) 지역마다 달리 불렀을 수도 있다. 그 중에서 荼는 끝까지 살아남아 모든 차의 통칭이 되었다. 그렇다면 육우가 말한 가, 천, 다는 이름만 다를 뿐 모두 차이며, 그 맛 역시 서로 다르기는 하지만 모두 차의 맛이다. 지금 우리가 아는 차의 맛 역시 이와 유사하다. 다만 단 것은 사탕처럼 단 것이 아니고, 쓴 것은 쓴 약처럼 쓴 것이 아니며, 이외에도 뭐라고 말하기 힘든 어떤 맛이 존재하고 있기도 하다. 과학적으로 말하면 맛은 찻잎이 지닌 모종의 화학적 성분을 미뢰가 감지한 결과이다. 예컨대 오묘한 단맛은 우리가 잘 아는 이른바 MSG에도 들어 있는 아미노산의 일종인 글루탐산과 알라닌, 글리신 등 당류 때문이고, 쌉쌀한 맛(떫은 맛 포함)은 페놀 화합물 및 그 산화물에 속하는 페놀산, 카페인, 카테킨 등 쓴 맛을 내는 폴리페놀(하이드록시기(-OH)를 2개 이상 가진 페놀) 때문이며, 신맛은 비타민C를 구성하는 요소 가운데 하나인 아스코르브산과 유기산 등 때문이다.9)

옛 사람들이 이를 알았을 리 만무하다. 그래서 그냥 오미에 맞추어 시고, 달고, 쓰다고 할 수밖에 없었다. 찻잎의 색과 향, 그리고 맛을 이야기할 때 색과 향에 비해 맛에 대한 언급이 적은 까닭이 여기에 있다.

물론 차 맛의 오묘함을 부정하거나 폄하하려는 뜻은 전혀 없다. 그 오묘한 차 맛을 내기 위해 높은 산에 올라 새순을 따고[採] 찌고[蒸], 쬐거나[焙] 덖고, 빻고[搗], 틀에 넣어 쳐서 누르고[拍], 갈고[研], 물을 고르고, 휘젓고[點], 달이거나[煎] 끓이고[煮], 마침내 음미하는 고난한 과정을 어찌 감히 훼손할 수 있겠는가?

하지만 맛은 사실 이런 것만이 아니다. 원래 맛은 '먹는다'는 말처럼 단순히 물질적인 것이 아니다. 예를 들어 우리는 음식만 먹는 것이 아니라 겁도 먹고[食怯] 욕도 처먹으며, 고독을 씹는다. 마찬가지로 우리는 슬픔이나 기쁨을 맛보고 심지어 고통도 맛본다. 차를 마시면서 맛보는 것이 어찌 차 맛만 있겠는가? 고즈넉한 분위기를 맛보고, 친구와 정겨운 우정을 맛보며, 홀로 외로움을 맛보며, 인생의 철리를 맛본다. 예컨대 처음 마실 때는 떫은 듯하다가 점점 단맛이 나는 것이 인생의 고진감래(苦盡甘來) 같지 않은가? 찻잔 속의 찻물이 담백했다가 점차 짙어지는 것은 늙어가며 점차 완숙해지는 모습을 나타내는 것만 같다. 이를 느낄 수 있다면 이것이 진정 차 맛이 아니겠나 싶다. 다시 말해 차 맛은 단지 물질적인 것만이 아니라 오히려 정신적인 것이 더 우세하다는 뜻이다. 이런 맛을 느끼려면 여럿이 함께 모여 왁자지껄 떠들며 마시는 것이 아니라 혼자 또는 두서넛이 그윽한 분위기를 만들어내는 것이 좋다.

> 차를 마실 때 사람이 적은 것이 좋다. 사람이 많으면 시끄럽고, 시끄러우면 아취가 줄어든다. 혼자 마시면 신묘함, 둘이 마시면 뛰어남, 서넛이 마시면 흥취, 대여섯이 마시면 실속이 없음, 일고여덟이 마시면 그냥 베품이라 말한다.[10]

명나라 다인(茶人)들은 특히 이런 '아취(雅趣)' 음미하길 좋아하여 "함께 차를 즐길 수 있는 이라면 반드시 '본심으로 동조하면서 서로 흐뭇한 기분을 나눌 수 있고 맑은 언사에 설득력이 있고, 형해를 벗어난(素心同調, 彼此暢适, 清言雄辯, 脫略形骸)' 탈속의 아인(雅人)이어야 한다고 생각했다.[11] 어찌 명대 다인만 그러하겠는가? 지금도 다인으로 자칭하는 이들은 이런 분위기를 마신다. 그 맛이 어떨까? 한 걸음 더 나아가 그대는 차를 왜 마시는가? 차 맛을 보려고? 차의 빛깔에 도취되어? 아니면 차의 향내가 좋아서? 그냥 차를 마시는 분위기가 좋아서?

차를 마시는 이유에 대한 옛 사람들의 생각을 종합하면 다음과 같다.

첫째, 차가 지닌 약효 때문이다.

둘째, 갈증을 해소하기 위함이다.

셋째, 차의 맛을 음미하기 위함이다.

넷째, 다향에 도취하여 아취를 즐기기 위함이다.

이외에 차 겨루기[鬪茶]를 위해 마실 수도 있고, 북경토박이들처럼 갈증해소와 더불어 활기를 되찾기 위해 대완차(大碗茶)를 들이킬 수도 있고, 복건을 비롯한 남방의 달관현귀(達官顯貴)처럼 호젓함을 즐기거나 또는 과시하려는 의도로 작은 다호(茶壺), 더 작은 다완(茶碗)에 호박씨를 까먹으며 홀짝홀짝 마실 수도 있을 것이다. 어찌 그 뿐이랴. 차를 마시는 이유가.

마지막으로 소동파가 차를 마시는 이유 가운데 하나를 소개한다.

번열(煩熱)을 제거하고 기름기를 없애는 데 차를 빼놓을 수 없다. 그러나 은연중에 사람을 손상시키는 것이 적지 않다. 옛 사람이 말하길, 차를 마시는 일이 성행하면서 호흡기 질병에 걸리는 이는 많아졌으나 더 이상 황달에 걸리지 않게 되었다고 한다. 비록 손익이 반반이라고 하지만 양을 없애고 음을 도우니 이익이 손해를 보상할 수 없다. 나는 나름의 방법이 있어 항시 소중히 여긴다. 매번 식사가 끝나면 짙은 찻물로 입을 헹구어 잡다한 음식물 찌꺼기나 기름기를 없애는데, 비장이나 위장에 좋은지는 모르겠다. 무릇 고기가 치아 사이에 끼었을 때 찻물을 머금고 있으면 고기찌꺼기가 줄어들어 자신도 모르는 사이에 빠져 번거

롭게 가시로 빼낼 필요가 없다. 또한 치아를 찻물로 깨끗이 닦으면 이로 인해 치아와 치아 사이가 촘촘해지니 준병(蠢病)[충치]이 절로 그친다. 그러나 대부분 중품이나 하품의 차를 사용하고 상품의 차는 상용하지 않는다.12)

그의 영향 때문인지 알 수 없으나, 마오쩌둥 역시 평생 칫솔질을 하지 않는 대신 식사 후에 찻물로 입안을 헹구었다고 하는데, 그의 전기를 보면 사실인 듯하다.13) 과연 불소 처리를 하지 않고 찻물로만 입안을 헹구면 치아가 괜찮을까? 잇몸은? 당연히 괜찮지 않다. 그는 찻물의 효용을 맹신했지만 그 결과는 참혹했다. 그가 스탈린을 만나기 위해 모스크바에 갔을 때 치과에 들어 구강검사를 한 적이 있는데, 녹조가 든 썩은 이빨과 잔뜩 농이 든 잇몸이 그를 계속 괴롭혔기 때문이다. 그가 찻물로 칫솔질을 대신한 것은 나름 이유가 없는 것은 아니었겠으나 그리 추천할 일은 아닌 듯하다.

2. 술맛(酒味)

중국술이라고 하면 제일 먼저 떠오르는 것이 '빼갈', 즉 백주(白酒)일 것이다. 하지만 연배로 보나 문화적 축적으로 보나 어찌 황주(黃酒)를 따르겠는가? 백주는 증류주이니 증류의 기술이 인지되기 전까지 나올 수 있는 술이 아니다. 빨라야 송대 아니면 원대에 비로소 증류주가 있었다고14) 하니 《시경》에 나오는 춘주(春酒)나, 양주의 시조라 일컬어지는 두강(杜康)이 만들었다는 두강주 역시 차조나 수수, 멥쌀 등을 쌀을 잘 쪄낸 다음 술밑(酒麴), 즉 누룩을 넣고 발효시키고 압착하여 만든 곡주일 것이다.15) 알코올 도수는 대략 16-18도 정도이니 주선(酒仙) 이백이 마시고 또 마셨으며, 주광(酒狂) 유령(劉伶)이 평생 마시다 죽기를 자청했던 술이 바로 이것일 터이다. 그런데도 현재 각지에서 생산되는 두강주는 두강의 이름을 빌렸음에도 모두 백주이니, 참으로 우습다.

중국술은 다종다양하여 일괄적으로 말하기가 힘들다. 중국술은 일 반적으로 생산지역과 향내로 구분하지만 이외에도 색과 맛으로 구분할 수도 있다. 우선 흰 것은 백주(白酒)이고, 담갈색을 띠는 것은 국주(國酒)로 칭해지는 황주이며, 붉은 것은 적주(赤酒) 또는 홍주(紅酒)이다. 향내에 따른 구분은 백주가 명쾌하다. 우선 지린내 비슷한 장맛이 나는 것은 장향형(醬香型)으로 모태주(茅台酒)가 대표이고, 짙은 과일향이 나는 농향형(濃香型)은 가장 향이 짙은 오량액(五粮液)부터 비교적 엷은 검남춘(劍南春)까지 지역마다 각기 유명한 술이 있다. 앞서 말한 두강주 역시 농향형이다. 또한 보드카처럼 알코올 냄새가 나는 듯 마는 듯 우리들에게 전형적인 빼갈 맛으로 알려진 청향형(淸香型)이 있으니 가장 유명한 것인 펀 라오다(汾老大)라고 부르는 분주(汾酒)이다. 이외 에도 단맛이 감돌고 순수한 느낌을 주는 미향형(米香型)은 계림삼화 (桂林三花)와 춘년주(椿年酒)가 대표적이다. 황주 역시 독특한 향내가 난다. 본시 황주는 누룩[얼(糵)과 국(麴)]과 곡물을 합쳐서 만든 곡주인 지라 누룩의 냄새가 날 것도 같은데, 제대로 발효시키고 오래 묵히면 누룩의 냄새는 온데간데없고 간장 맛 같은 묘한 맛이 난다. 여기에 말린 매실을 넣으면 그 맛이 더하여 약간 시기도 하고 짜기도 하다. 그렇다고 황주의 맛이 짜다고 할 수 없는 것처럼 또한 시다고 말할 수도 없을 것이다. 짜면 소금이나 간장이고, 시면 식초나 매실이니 어찌 그 맛을 황주의 맛이라 할 수 있겠는가? 맛을 오미로 제한하니 딱히 말할 것이 없기도 하겠다. 그런 까닭인지 유명한 술꾼 이백의 〈월하독작〉 4수에도 술맛이 어떻다는 말은 나오지 않는다. 기껏 맛에 대해 언급한 구절을 보아도 그것이 정말 어떤 맛인지 추측하기 힘들다. 예를 들어 고인의 시문에 나오는 술맛으로 순염(醇釅)[술맛이 진하고 텁텁함], 미리(味醨)[맛이 삼삼함], 술맛이 엿보다 짙음[酒味濃於餳], 술맛이 진하고 옅지 않음[味醇而不漓], 맑고 탁함[淸濁], 순리(醇醨)[진하고 삼삼함], 맛이 진함[味醇], 맛이 옅음[味薄] 등등이 나온다. 무슨 뜻인지는 알 수 있겠으나 과연 어떤 맛을 이야기하는 것인지 누가 알겠는가?

사실 처음 술을 먹어본 사람에게 술맛이란 그저 쓴맛일 따름이다. 에틸 알콜이 주성분인 주정은 높은 도수일 경우 맵기도 하니 그럴 만도 하다. 하지만 술을 마셔본 사람은 알리라! 같은 소주라고 할지라도 대작하는 사람에 따라, 분위기에 따라, 심지어 날씨에 따라 이른바 '술맛'이 달라진다는 것을. 앞서 차의 맛이 물질적인 것이 아니라 정신적인 것이라 하였는데, 술맛 또한 그러하다. 어찌 술맛이 단순히 술이 지닌 화학성분의 조화에 기인하겠는가? 어찌 다섯 가지로 제한된 맛에 국한되겠는가? 술 자체가 호방하고 억매임이 없는 것일진대.

"목마름을 해결하려면 장(漿)[물, 음료]를 마시고, 근심과 분노를 제거하려면 술을 마시며, 혼매함을 씻어내려면 차를 마신다."16)라고 했다. 술의 맛에 대한 언급에 비한다면 근심과 분노를 제거하는 술에 대한 이야기는 차고도 넘친다. "무엇으로 근심을 풀꼬? 오직 두강주 뿐일세(何以解憂, 惟有杜康)"(조조, 〈단가행〉) "앞마을 산길은 험준한데, 취하여 돌아올 때마다 근심이 없어진다(前邨山路險, 歸醉每無愁)."(두보, 〈장씨의 은거에 제하여(題張氏隱居)〉) "청주 한 잔이면 이별하거나 좌천된 이의 근심을 즐거움으로 바꿔준다네(淸醇一酌, 離人遷客, 轉憂爲樂)."(백거이, 〈주공찬酒功贊〉) 등등.

어쩌면 술의 진정한 맛은 바로 여기에 있는 것이 아닐까? 육유는 "평생 술을 좋아했으나 술맛 때문이 아니라 그저 술에 취해 만사를 잊고 싶었기 때문일세. 술 깨고 객 떠나니 홀로 처연하여 베갯머리에서 우국의 눈물 닦는다네."[17]라고 읊었으니, 어쩌면 그에게 술맛이란 다른 데 있는 것이 아니라 술을 마시고 만사를 잊어버려 마음속 울분을 해소함에 있는 듯하다.

3. 물맛

물맛은 어떤 맛인지? 마셔보지 않으면 모른다. 사실 물맛이 어떤 것인지 꼭 집어 이야기하기 어렵지만 물에 이물질이 들어가면 금방 물맛이 변했다는 것을 안다. 그렇다면 분명히 물맛이 존재한다는 뜻이다. 특히 차와 술의 기본 물질은 물인데, 주지하다시피 물맛이 차와 술의 맛을 좌우한다고 해도 과언이 아니다. 여기 흥미로운 이야기가 있다.

중국문화에서 술과 차를 빼면 많이 홀쭉해질 듯하다. 술과 차가 그만큼 역할이 크다는 뜻이다. 그만큼 자부심도 대단할 것인데, 양자가 만나면 서로 뻗대느라 쉽게 물러서지 않을 것이다. 하여 둘이 만나 자찬하기 시작하는데, 가히 그럴 듯하다.

차가 먼저 말한다. "온갖 풀 가운데 제일이고 수많은 나무 가운데 가장 아름다운 꽃이라 할 수 있지요. 귀하여 꽃술을 따고 중하여 새싹을 따니 명초(茗草)이나 다(茶)라고 부르지요. 왕후(王侯)의 댁에 바치고 제왕의 거처에도 받들어지니 매해 새롭게 바치고 평생 영화를 누려 저절로 존귀해지니 무엇 때문에 과장해서 논하겠습니까?"

그러자 술이 맞받아친다. "가소로운 말이군. 예로부터 지금까지 차는 천하고 술은 귀했소이다. 한 단지의 술을 강물에 풀어 삼군(三軍)의 군사가 취하도록 마셨다고 하였소. 군왕이 술을 마시자 신하들은 만세를 부르고, 여러 신하들이 따라 마셨으니 (군왕이) 무외(無畏)[두려움이 없음]를 선사하여 죽음을 삶과 같이 여긴 것이라 신령들도 흠향하시는 거외다. 술이란 음식은 사람에게 결코 악의가 없소이다. 술에는 나름의 법도(酒令)가 있으니 인의예지(仁義禮智)가 그것이외다. 절로 존귀하니 어찌 비교하는 수고를 하시려하오?"

이렇게 서로 주고받으면서 심지어 상대를 내리까기도 한다.

"술은 가정을 파괴하고 가족을 흩어지게 만들며, 사악하고 음란한 생각을 확산시키니, 세 잔을 마시면 더욱 더 죄가 깊어질 따름일세."

"차를 마시면 배나 아프지. 하루에 열 잔을 마시면 배가 불러 아문(衙門) 앞에 있는 북처럼 되고 말 것이니 그렇게 한 3년 마시면 배속에 새우나 두꺼비를 키우는 양 배탈이 나고 말 것이네."

아무래도 승부가 나질 않을 듯하다. 이때 슬쩍 다가서는 이가 있으니 바로 물이다.

"당신네 둘이 어찌 이리 노발대발 화를 내고 계시는가? 누구든 상대를 칭찬하며 각자의 공을 논해야지 서로 험담만 늘어놓는다면 담론이 엉망이 되지 않겠소이까? 사람이 살아가는데 가장 큰 네 가지는 땅과 물, 불과 바람이라오. 차가 물이 없다면 어떤 모양을 만들 것이며, 술이 물을 얻지 못하면 어떤 형상을 만들겠소? 쌀누룩을 그대로 먹는다면 사람의 위장에 손상을 줄 것이고, 찻잎을 그냥 먹으면 거칠어서 목구멍을 상하게 만들 것이오. 세상 만물은 반드시 물이 필요하고 오곡의 근본 또한 물이 아니겠소. 위로 천상(天象)에 감응하고 아래로 길흉에 순응해야 한다고 했소이다. 장강, 황하, 회수(淮水), 제수(濟水) 등 온갖 강물도 모두 내가 있어야 소통되며 또한 물은 천지를 떠돌아다닐 수 있고 물고기며 용까지 말려죽일 수 있소이다. 요(堯) 임금 시절에 9년 동안이나 재해가 있었던 것도 모두 내가 그 안에 있었기 때문이오. 그러니 천하가 받드는 것이고 만백성이 의지하고 순종하는 것 아니겠소. 그럼에도 스스로 성스럽다고 말할 수 없는데, 어찌 두 분은 공을 다투시오. 지금 이후로 반드시 화합해야만 주점은 부유해지고, 다방(茶坊)[찻집]은 곤궁해지지 않을 것이오. 나이에 따라 형과 아우를 정하면 처음과 끝이 분명해질 것이오. 만약 사람들이 이 책을 읽어본다면 영원히 술과 차로 인해 미쳐버리는 피해를 입지 않을 것이외다.”[18]

맹 맛. 무미의 물이 이겼다. 사실 이기고 지는 것이 무슨 의미가 있겠는가마는 무미는 본시 철인들이 즐겨 이야기하는 일종의 화두 가운데 하나였다. 노장이 그러하고, 죽림이 또한 그러했다. 그러나 사실 ‘무미’에서 중요한 것은 ‘미’가 아니라 ‘무’이다. 게다가 ‘무’는 사실 실재가 없는 허환(虛幻)한 것[空]이 아니다. 따라서 ‘무미’란 맛이 없는 것이 아니라 느끼지 못하는 것일 따름이다. 예컨대 물맛이 그러하지 않은가? 세상에 가장 맛있으되 또한 밍밍하기 이를 데 없는 맛을 들라치면 물맛을 어찌 뺄 수 있겠는가? 고래로 물에 대한 찬사가 이어진 까닭 가운데 하나는 그것이 무색무취(無色無臭)인지라 모든 색과 향을 담을 수 있기 때문일 것이다. ‘무미’는 이렇듯 자신의 맛을 버림으로써 세상의 모든 맛을 담을 수 있으니, 지금 쓰고 있는 이 글의 요지가 아마도 이것이 아닌가싶다.

1) 공영달孔穎達,《상서정의尙書定義》, "水火者, 百姓之所飮食也. 金木者, 百姓之所興作也. 土者, 萬物之所資生也. 是爲人用, 五行則五材也."

2) 《서경書經·주서周書·홍범洪範》, "五行, 一曰水, 二曰火, 三曰木, 四曰金, 五曰土. 水曰潤下, 火曰炎上, 木曰曲直, 金曰從革, 土爰稼穡. 潤下作鹹, 炎上作苦, 曲直作酸, 從革作辛, 稼穡作甘."

3) 채양蔡襄,《다록茶錄》, "候湯最难, 未熟則沫浮, 過熟則茶沉. 前世謂之蟹眼者, 過熟湯也, 沉瓶中煮之不可辨, 故曰候湯最难."

4) 채양(蔡襄), 위의 책, "茶少湯多, 則云脚散. 湯少茶多, 則粥面聚. 钞茶一钱七, 先注湯調令極勻, 又添注入還回擊拂, 湯上盞可四分則止. 視其面色鮮白, 著盞无水痕絶佳."

5) 육우 저, 김진무, 김대용 역,《육우다경》,〈육지음六之飮〉, 서울, 일빛, 2017년, 403쪽.

6) 소식蘇軾,《동파지림東坡志林》, "茶之中等者, 若用薑煎, 信佳也. 鹽則不可."

7) 육우, 앞의 책,〈오지자五之煮〉, "其味甘櫔也, 不甘而苦荈也. 啜苦咽甘茶也."

8) 위의 책, 381쪽.《다경》에 나오는 말이다.

9) 육우 저, 김진무, 김대용 역,《육우다경》, 위의 책, 272쪽 참조.

10) 장원張源,《다록茶錄》, 진조규陈祖槼 등,《중국다엽역사자료선집中国茶葉歷史資料選輯》, 북경, 농업출판사, 1981년, 142쪽. "飮茶以客少爲貴. 客衆則喧, 喧則趣乏矣. 獨啜曰神, 二客曰勝, 三四曰趣, 五六曰泛, 七八曰施."

11) 조영광趙榮光,《중화음식문화사》, 절강, 절강출판사, 2015년, 126쪽.

12) 소식,《구지필기仇池筆記·논차論茶》, "除烦去膩, 世不可闕茶, 然暗中损人殆不少. 昔人云, 自茗飮盛後, 人多患氣, 不復病黄. 雖損益相半, 而消阳助陰, 益不偿损也. 吾有一法, 常自珍之. 每食已, 輒取濃茶漱口, 烦膩既去, 而脾胃不知. 凡肉之在齒間者, 得茶浸漱之, 乃消縮不覺脱去, 不烦挑刺也. 而齒便漱濯, 緣此漸堅密, 蠹病自已. 然率皆中下茶也, 其上者自不常用."

13) 알렉산더 판초프 저, 심규호 역,《마오쩌둥 평전》, 서울, 민음사, 2017년, 526쪽.

14) 이시진(李時珍),《본초강목本草綱目·곡부穀部·소주燒酒》, "소주는 예전에 술을 빚는 방법이 아니라 원대에 비로소 창안된 방법이다(燒酒非古法也, 自元時始創其法)."

15) 《시경詩經 · 빈풍豳風 · 칠월七月》, "爲此春酒, 以介眉壽. 冬天釀酒, 經春始成, 名爲春酒." 허신許愼, 《설문해자》, "杜康始作秫酒. 又名少康, 夏朝國君, 道家名人."

16) 육우, 《다경》 앞의 책, 〈육지음六之飮〉

17) 육유, 〈조정으로 돌아가는 범사인(범성대范成大)을 보내며(送范舍人還朝)〉, "平生嗜酒不爲味, 聊欲醉中遺萬事. 酒醒客散独凄然, 枕上屢揮忧国淚."

18) 왕부王敷, 〈다주론茶酒論〉, 북경도서관 소장 돈황문서 교편(北京圖書館藏敦煌文書胶片). 감숙 돈황의 막고굴에서 5만여 권에 달하는 필사본 문헌과 채색 비단그림, 금동 법기 등이 3평방미터 밀실에서 발견되었다. 〈다주론〉은 바로 그곳에 들어있던 필사본 가운데 하나이다. 조영광, 앞의 책, 144-145쪽에서 재인용. 본 문장에서 참고한 문헌의 대부분은 조영광의 책에서 재인용한 것이다.

상상 속의 오감

최일의(강릉원주대학교)

1. 오감의 부정확성, 마음의 눈을 뜨라

언제가 TV에서 본 장면이 지금까지 잊히지 않는다. 피아노 연주가인 어느 한 시각장애인이 나무를 쓰다듬으며 느낀 촉각과 나뭇가지를 스쳐 지나가는 바람소리를 들으며 느낀 청각을 바탕으로 나무 모습이 어떠한지를 상상하여 말로 전달하고 그것을 다시 음악으로 옮겨 직접 피아노로 연주하는 장면이었는데 퍽이나 감동적인 모습이었다. 그런데 그때 함께 출연한 나무전문가였던 한 학자가 자기조차도 평소 주의해서 보지 못했던 부분들을 이 시각장애인이 더 섬세하게 느끼고 보았다는 사실을 고백하던 장면은 정말이지 신선한 충격이었다. 우리는 흔히 현실에서 감지한 오감을 절대적으로 믿고 의심하지 않는데, 이 장면은 우리가 의지하고 있는 오감이 실은 충분하고 만족스러운 것은 아니란 사실을 인정하지 않을 수 없게 하였다. 시각을 잃은 장애인이 오히려 정상인보다 더 많은 것을 볼 수 있다는 아이러니한 현실을 접하면서 말이다.

그런가 하면 어떤 또 다른 장애인은 시각 장애를 겪다가 시력을 다시 회복하였는데, 그 뒤에도 계속 햇빛을 잡으며 촉각으로 감지하려 했다는 얘기도 전해진다. 이 시각장애인은 본인에게 그간 익숙했던 촉각에 도리어 얽매인 채 의지하고 매달리는 모습을 보여준 것이니 우리로 하여금 현실에서 오감이 지닌 기능이나 한계에 대해 다시 한 번 생각해보게 만든다.

우리는 자신의 감각기관에 의지하여 감지한 정보를 강하게 믿는 경향이 있다. 그러나 지금 내가 보고 들은 현실이 100% 다 진실이라고 믿기에는 아직 많은 검토와 고찰이 필요하다.

버스 안에서 문득 차창 밖을 내다보았을 때 멀리서 산들이 움직이고 있는 것처럼 보인다. 그러나 이것은 착시(錯視) 현상에 불과하다. 전자현미경으로밖에 볼 수 없는 세균, 바이러스들이 우리 주변에 득실거리지만 우리는 보지 못 한다. 시각이 그렇다면 또 청각은 어떠한가? 너무나 커서, 또는 너무나 작아서 우리가 들을 수 있는 가청 범위를 벗어나는 소리를 우리는 듣지 못 한다. 심지어 우리가 지금 느끼고 있는 아픔이란 고통의 통각조차도 거짓일 때가 있다. 다리 자른 환자가 발끝이 아픈 것처럼 계속 느끼는 환각 같은 고통인 이른바 'phantom limb pain', 곧 환지통(幻肢痛)이 그 좋은 예이다.

이처럼 오감을 감지하는 우리의 감각기관을 100% 믿기에는 분명 한계가 존재한다. 이런 부정확한 감각기관에 마냥 의지한다면 어떤 결과를 초래할까?

노자(老子)는 《도덕경(道德經)(12)》에서 "다양한 색채의 오색(五色)은 사람의 눈을 멀게 하고, 다양한 소리의 오음(五音)은 사람의 귀를 멀게 하고, 풍성한 맛의 오미(五味)는 사람의 입맛을 잃게 한다."[1]고 하였다. 시각 · 청각 · 미각 등의 감각기관에 의해 현실에서 감지할 수 있는 오색 · 오음 · 오미는 비록 다양하고 풍성하기는 하지만 도리어 사람들의 관념을 구속시킴으로써 또 다른 세계의 존재 가능성을 전혀 생각하지 못하게 만드는 부정적인 속성도 있음을 강하게 비판하고 있다. 결국 아무리 화려하고 다양하다 해도 색 · 성 · 미 등의 오감이 그 자체로 완전한 실상을 반영한 것이 아닌데도 불구하고 도리어 이것에 현혹되어 시각 · 청각 · 미각의 기능을 제한하고 한정짓는 결과를 초래할 수도 있다는 점을 우려한 언명이라고 할 수 있겠다.

오감의 불완전성에 대한 검토는 또 다른 측면에서 얘기될 수 있다. 사람들은 흔히 자기가 생각한 대로 보고 느끼고 말한다. 때문에 시각 등의 감각기관에 의지하여 머리 속에 저장한 오감에 관한 기억과 정보들은 그저 자기 편한 대로, 혹은 자기가 원하는 것만 보고 듣고 저장한 것으로서 완전한 것이라 할 수 없을 때가 많다.

'장님 코끼리 만지기', 즉 '맹인모상(盲人摸象)'이란 속어가 있다. 흔히 일부분만 알면서 전체를 안다고 생각하는 어리석음을 비유적으로 이르는 말로 사용하고 있다. 시각장애인이 코끼리의 코와 다리 등을 만져서 갖가지로 상상해본들 코끼리의 실상을 제대로 파악할 수 없다는 얘기다. 그런데 정상인인 우리가 눈으로 보고 귀로 들은 것들이 대부분 그저 내가 보고 듣고 싶어 했던 정보에 불과하였다는 사실을 상기한다면, 장님이 코끼리 다리를 만지고서 상상한 코끼리의 모습이 비록 실상에 부합되지 않을 가능성이 있다손 치더라도 오히려 코끼리에 대한 정보와 세계를 정상인들보다 훨씬 더 다양하고 풍부하게 보여 줄 가능성도 있다는 사실을 인정하지 않을 수 없다.

시각에 한계가 있듯이 청각에도 한계가 있다. 때문에 소리를 듣는 데서 멈춰서는 안 되고 들리지 않는 소리, 침묵과 여운까지도 들을 수 있어야 한다.

노자는《도덕경(道德經)(41)》에서 '대음희성(大音希聲)', 즉 '정말 큰 소리는 소리가 없다.'는 언명을 함으로써 또 다른 각도에서 청각에 대한 사색과 통찰을 하기도 하였다. 여기서 말하는 정말 큰 소리란 무엇일까? 진정한 덕화(德化)의 소리, 진정으로 아름다워 감동을 주는 소리가 여기에 해당될 텐데, 이런 소리는 말이나 소리가 없이 오히려 침묵으로 전달되기에 귀가 아닌 마음으로 들어야 한다는 뜻이라 생각된다.

우리나라 성덕대왕신종에 새겨진 명문(銘文) 역시 그와 같은 이치를 표명하고 있다. "무릇 지극한 도는 형상의 바깥에 담겨 있으므로 보려고 해도 그 근원을 볼 수가 없으며, 정말 큰 소리는 하늘과 땅의 사이에서 진동하므로 들으려 해도 그 울림을 들을 수가 없다."[2] 이처럼 볼 수 없는 형상, 들을 수 없는 소리를 보고 들으려면 결국 마음의 눈을 뜨고 마음의 귀를 밝혀야 한다고 생각된다.

영국의 낭만주의 시인 존 키이츠(John Keats)는 감각적인 현상계를 초월한 침묵을 더 아름다운 것이라고 노래하였다. 그는 "들리는 가락이 아름답긴 하지만 그러나 들리지 않는 가락은 더 아름답다.(Heard melodies are sweet, but those unheard are sweeter.)"고 말하기도 하였다. 들리지 않는 소리가 있다. 소리와 소리 사이에 의해서 감동을 주는 여운이 대표적인 경우이다. 음악은 음표에 맞는 소리에 의해서 감동을 주는 것이 아니라 음표와 음표 사이의 여운에 의해서 청중에게 공명을 일으키고 감동을 준다고 한다면 과연 지나친 말이라 할 수 있을까? 청각이라는 감관의 한계를 극복하기 위해 침묵과 들리지 않는 소리를 주목하고 있다는 점은 우리에게 오감의 부정확성과 불완전성, 그리고 이를 극복할 수 있는 방법을 다시금 일깨워준다.

우리나라 현대 시인 정지용은 〈호수〉에서 "얼굴 하나야 손바닥 둘로 폭 가리지만 보고픈 마음 호수만 하니 눈 감을 밖에"라고 하여 불완전한 오감에 기대기보다는 도리어 오감을 포기하고 마음 속으로 상상하는 방식을 선택하였다고 수줍게 고백하고 있다. 프랑스 소설가 생텍쥐페리는 《어린왕자》에서 "정말 소중한 것은 눈에 보이지 않아."라고 하면서 시각이라는 오감에 기대지 말고 마음의 눈을 떠서 마음으로 느끼고 깨달음으로써 눈에 보이지 않는 소중한 지혜들을 통찰할 것을 강조하기도 하였다. 오감의 불완전성, 부정확성에 대해 지적하고 그 해결 방식으로 마음의 눈을 뜨기, 상상 속에서 통찰하여 감지하기 등의 방식을 제시한 점은 정지용이나 생텍쥐페리 모두 동일하다고 말할 수 있겠다.

2. 언어의 불완전성, 상상 속의 오감 함축 — 중국 시론의 지향

"언어는 오해다."라는 말이 있다. 언어로 정보를 제대로 전달하고자 하지만 언어가 지닌 불완전성으로 인해 오히려 오해를 야기하게 된다는 뜻이다.

흔히 시나 종교 경전, 심지어는 철학서들까지도 구체적이고 형상적인 이미지를 통한 비유를 통해 개념과 이치를 설명하고자 한다. 언어가 실상을 지시하는 기능은 완전하다고 할 수 없어서 직접적인 표현으로는 뜻을 완벽하게 전달하기 어렵다고 여기기 때문이다. 기독교 경전인 《성경》에서 "부자가 천국으로 들어가는 것은 낙타가 바늘귀 구멍으로 들어가는 것보다 더 어렵다."와 같은 형상적인 이미지 비유는 매우 탁월한 비유로서 논리적인 개념의 언어로 설명하는 것보다 더욱더 천국에 들어가기 어려운 실상을 잘 보여주고 있다.

중국인들은 특히 추상적·논리적인 언어에 의한 사유보다는 형상적인 이미지의 비유를 통한 구상적·직관적인 사유를 하는 데 익숙하다.

고대 중국인들이 이처럼 형상적인 비유에 기대는 언어 행위는 아마도 언어문자의 표현력에 대한 불신의 관념이 내재되어 있는 것으로 보인다.

노자(老子)는 《도덕경(道德經)(56)》에서 "참으로 아는 자는 말하지 않고, 말로 설명하는 자는 아는 것이 없다."[3]고 하였는데, 도(道)의 참모습을 터득한 사람은 이를 언어로써 전달하지 않는다는 얘기지만, 결국은 언어의 최소한의 기능인 완전한 의미 전달의 가능성 자체를 부정한 셈이 된다.

《주역(周易)》은 '상[象, 형상]'의 개념을 제시하여 '언'과 '의'의 문제를 해결하고자 하였다. "글은 말을 다 포괄하지 못하고[서부진언(書不

盡言)], 말은 뜻을 다 표현하지 못한다[언부진의(言不盡意)]." 그렇다면 뜻은 알 길이 없는 것인가? 때문에 "형상을 세워 뜻을 다 표현하고자 [입상진의(立象盡意)]" 하였던 것이다.4) 개념적인 언어를 대체할 수 있는 효과적인 수단이 필요한데, '입상진의' 명제는 그 수단으로 '형상', 곧 '상'을 내세운 것이다. 고대 중국인의 언어에 대한 생각은 이처럼 '언부진의(言不盡意)'에서 시작하여 '입상진의(立象盡意)'의 명제에 이르게 되었다.

이런 언어 관념에 기초하여 논리적이고 분석적으로 시가 이론을 천명하고 주장해야 하는 상황에서도 중국 시론은 형상적인 이미지를 동원한 감각적인 비유가 상당히 많은 비중을 차지하고 있음을 쉽게 발견할 수 있다.

당대(唐代) 백거이(白居易)는 당시 정치·사회의 폐단을 바로잡고 민생고를 구제하기 위한 방편으로 풍자를 위주로 하는 풍유시(諷諭詩)를 썼는데, 시가 정치와 사회를 반영할 때조차도 직유와 은유의 창작수법인 비흥(比興) 수법을 활용해야 한다고 하면서 비흥 수법에 의의와 가치를 부여하기도 하였다. 그는 시보다 사람을 감동시키는 수단이 없다고 간주하면서 매우 형상적인 비유를 통해 시의 본질에 대해 다음과 같이 정의하고 있다.

> 문[文; 무늬, 문장]은 유래가 오래되었습니다. 천(天)·지(地)·인(人) 삼재에는 각각 문이 있습니다. 천의 문은 일·월·성 삼광이 으뜸입니다. 지의 문은 금·목·수·화·토의 오재가 으뜸입니다. 인의 문은 육경이 으뜸입니다. 육경을 가지고 말하자면 《시경》이 으뜸입니다. 어째서입니까? 성인이 인심을 감동시키면 천하가 화평해집니다. 인심을 감동시키는 것은 정보다 먼저인 것이 없고, 말보다 처음인 것이 없고, 소리보다 절실한 것이 없고, 뜻보다 깊은 것은 없습니다. 시는 정(情)에

뿌리[근(根)]를 두고, 말에 씨앗[묘(苗)]을 틔우고, 소리에 꽃[화(華)]을 피우고, 뜻에 열매[(실(實)]를 맺습니다. 위로는 성현으로부터 아래로는 어리석은 사람들에 이르기까지, 미물로는 돼지와 물고기에 이르기까지, 저 세상에서는 귀신에 이르기까지, 무리는 나뉘지만 기는 동일하며 형체는 다르지만 정은 하나로서, 소리가 스며들어 갔는데도 조응하지 않으며 정이 교차하였는데도 감동하지 않는 것은 없습니다.[5)]

백거이는 사람의 인심을 감동시켜 천하를 화평하게 하는 것으로 성정, 말, 소리, 뜻만 한 것이 없는데 이 네 가지를 핵심요소로 삼는 시들을 총체적으로 모아놓은 시집이 《시경(詩經)》이기에 인간이 남긴 것 중 이 시집만 한 것이 없다고 보았다.

그런데 그는 시의 본질을 개념적으로 정의할 때조차도 매우 형상적인 비유를 들고 있다. 이 네 가지 구성요소들의 역할을 마치 나무 한 그루를 심어 뿌리를 내리고 싹을 틔우고 꽃을 피워서 마침내 열매를 맺기까지의 과정으로 형상적으로 비유하고 있는 것이다.

당대 사공도(司空圖)는 시에 운미 즉 맛과 흥취 및 운치가 풍부하고 함축미가 있어야 작품 감상 과정에서도 행간에서 언외의 자미(滋味)를 풍부하게 느낄 수 있다고 하면서 시를 논할 때도 맛이란 미각을 제시하고 있다.

문장이 어려우나 시는 더욱 어렵습니다. 고금의 비유가 많은데, 저는 맛[미(味)]을 변별하게 된 뒤에야 시를 말할 수 있다고 생각합니다. 장강과 오령의 남쪽에는 입맛에 맞도록 도움을 주기 충분한 것으로 식초 같은 것이 있는데, 시지 않은 것은 아니지만 신맛에 그칠 따름이다. 또 소금 같은 것이 있는데, 짜지 않은 것은 아니지만 짠맛에 그칠 따름입니다. 중원지역에 사는 사람들이 허기만 채우면 갑자기 그것들을 먹기를 그만두는 것은 시고 짠 것 이외의 순수하고 완미한 맛이 결핍되어 있음을 알기 때문입니다. 저 장강과 오령 이남의 사람들은 습관이 되어 분별하지 못합니다.[6]

사공도의 주장에 의하면 시를 논할 수 있으려면 시의 맛, 즉 운미를 변별할 수 있는 능력을 함양해야 하는데 진정한 시의 맛은 순전하게 시고 짠 맛만으로 담을 수 없으며 그 맛들이 어우러진 뒤 또 다른 풍미를 맛 밖으로 낼 수 있어야 한다는 식으로 미각의 미감을 통해 시의 운미를 형상적으로 비유하고 있다.

송대(宋代) 구양수(歐陽修)는 매요신(梅堯臣)의 시 풍격을 고담(古淡) 풍격으로 규정하면서 〈수곡야행기자미성유(水谷夜行寄子美聖兪)〉시에서 "근자의 매요신의 시는 더욱 고아하고 평담하여, 입으로 씹어서 한 입에 넘기기가 무척 어렵다. 그런데 처음에는 감람을 씹는 듯하지만, 오래 지날수록 참맛이 더욱 남아 있다."[7]고 미각이라는 감각을 이용한 형상적인 비유를 통해 그 시의 미적 특징을 밝히고 있다.

그렇다면 고대 중국인들은 오감을 통한 사실적이고 구체적이면서 형상적인 비유만이 뜻을 완전하게 전달할 수 있는 방식으로 간주하였을까?

미국의 현대 신경과학자 에릭 캔들에 따르면 추상미술의 모호한 이미지를 보면 뇌는 활발하게 활동해서 다른 뭔가를 쉽게 연상하거나 기억해낼 수 있다고 한다. 추상미술이 감동을 주는 이유 역시 감상자가 상상하고 연상할 여지를 남겨두기 때문인 것으로 보았다. 이에 따르면 구상미술처럼 사실적이고 직접적인 이미지 묘사에 의한 전달보다는 모호하면서 함축적인 이미지를 통한 추상적 표현이 우리로 하여금 상상을 자극하여 더욱 풍부한 정보를 전달해준다는 사실을 잘 알 수 있다.

고대 중국인 역시 오감에 의한 형상적이고 직접적인 비유는 사물의 실상을 전달하는 데 여전히 불완전하고 한계가 있다고 생각하여 또 다른 방안을 모색하기 시작한다. 바로 현실에서 감지하는 오감이 아닌 상상 속에서 또 다른 오감을 떠올리게 하는 방식을 통해 시에 새로운 정취와 분위기 및 세계를 창출해내고자 한 것이다.

　　당대에 이르면 불교에서 전래된 관념과 인식들이 보태어져 시인들의 시에 대한 인식과 지평을 확장시키게 된다. 그 결과 '상(象)'의 개념과 범주는 더욱 확대되면서 '경(境)' 또는 '경계(境界)', '의경(意境)'과 같은 개념이 도입되었으며 또한 비평용어로서 본격적으로 시가이론에도 도입되기 시작한다.

　　'경'에 대해 최초로 명확하게 개념을 규정한 사람은 당대의 유우석(劉禹錫)이다. 그는 "경(境은) 상외(象外)에서 생성된다."[8]는 '경생우상외(境生于象外)'란 명제를 제시하면서 경을 상외의 범주와 동일시하였다. 다시 말해서 구체적인 형상 내지는 이미지에서 멈추는 것이 아니라 다시 한 걸음 더 나아가 상상 속에서 떠올리는 형상 밖의 세계, 정신, 분위기, 정취 등의 개념을 포괄한 범주를 제시하기 시작한 것이다.

　　당대 사공도는 특정한 실제 형상을 초월한 허상(虛象)의 상을 제시하며 이를 '상외지상(象外之象)'·'경외지경(景外之景)' 등으로 언명하였다. 그는 "시인이 묘사한 경치는 마치 남전에 날이 따뜻해지면 좋은 옥에서 안개가 피어오르는 것과도 같아 바라볼 수는 있어도 눈앞에 가져다 둘 수는 없다."[9]는 어느 시인의 말을 인용하며 그런 방식의 창작원칙을 준수하고자 하였다. 옥에 안개가 피어오르는 모습이 눈앞에 펼쳐지면 몽롱하면서도 강렬한 공간감을 줄 것이다. 옥과 안개가 제1차적이면서 유한한 구체적인 형상 내지 이미지라고 한다면, 이것의 비유·암시·상징 작용을 통해 밖으로 드러난, 그러나 직접적으로는 묘사되어 있지는 않은 몽롱하고 강렬한 분위기와 세계는 '상외지상'으로서 결국 제2차적이면서 상상 속의 무한한 형상 내지 이미지를 가리킨다고 말할 수 있겠다.

송대에 이르러 엄우(嚴羽)는 사공도의 이론 관점을 계승하여 흥취(興趣)설을 제기하였다. 흥취란 흥미·재미의 뜻에만 그치지 않고 감흥을 자아내는 언외의 의취(意趣)를 가리키는데, 흥취는 마치 뿔을 나무에 걸고 있어서 자취를 찾을 수 없는 영양, 즉 '영양괘각(羚羊掛角), 무적가구(無迹可求)'와 같고, 또 공중지음(空中之音), 상중지색(相中之色), 수중지월(水中之月), 경중지상(鏡中之象)과 같아서 구체적으로 언어에 드러나는 것이 아니라, 언어 밖, 즉 언어를 떠난 상상 속에서 행간의 울림을 통해 존재한다고 보았다.

송대 구양수(歐陽修)는 이처럼 존재하지만 자취를 찾을 수 없는, 오직 행간의 울림을 통해서 존재하는 '공중의 소리', '형상 속의 빛깔', '물 속의 달', '거울 속의 형상'과 같은 정취, 분위기 및 정신을 다음과 같이 실제 시의 예를 통해서 구체적으로 설명하고 있다.

> 엄유(嚴維)의 "버드나무 못에 봄물 넓고, 꽃 둔덕엔 석양이 더디다."와 같은 시는 시절의 모습이 융화되어 무르익었으니 마치 눈앞에 있는 것 같지 아니한가? 또 온정균(溫庭筠)의 "닭 우는 초가 주막의 달, 사람 발자국 있는 판교 위의 서리."와 가도(賈島)의 "괴상한 새 광야에서 울고, 지는 해 나그네를 두렵게 한다."와 같은 시는 길에서의 괴로움과 나그네의 시름·그리움이 언외에 드러나 있지 아니한가?[10]

엄유(嚴維)의 시에 나오는 버드나무못·봄물·꽃 둔덕·석양 등 구체적인 자연 경물의 형상 이미지들은 시절의 모습이 무르익은 정취를, 온정균(溫庭筠)의 시에 나오는 닭 울음·초가주막·달빛·인적·판교

· 서리 등의 형상들은 나그네가 새벽녘 서리를 밟으며 황량한 시골길을 재촉하는 한 폭의 생동한 정취를, 가도(賈島)의 시에 나오는 괴금·광야·지는 해·행인 등의 형상들은 여정의 어려움과 나그네의 시름이란 정취를 상상 속에서 떠올리게 한다. 이처럼 정취가 창조된 시가 바로 상외(象外)의 분위기와 세계를 형성한 시로서 중국 시론에서는 이를 의경미, 함축미, 여백미 등을 지닌 것으로 보고 있는 것이다.

그런데 여기 나오는 버드나무못·석양·초가주막·달빛·서리·괴금·광야 등의 구체적인 형상 이미지들이 본래의 뜻 외에도 많은 뜻들을 함축하여 상상 속에서 전달할 수 있었던 까닭은 이미지 자체가 이른바 전형적인 특징을 지녀서 독자로 하여금 쉬이 상상과 연상을 촉발시켜서 많은 뜻들을 함께 떠오르게 할 수 있기 때문이라고 말할 수 있다.

우리나라 사람이라면 많은 산 중에서도 '금강산'이란 이미지를 떠올리면 곧 '아름다운 일만 이천 봉의 산'과 동시에 '떠나온 고향', '남북통일'과 '이산가족의 아픔과 그리움' 등의 정취를 함께 떠올리게 되고, 또한 '진달래'란 이미지를 떠올리면 곧 '붉은 봄꽃'과 동시에 '춘궁(春窮)의 가난'과 '이별의 정한(情恨)' 등을 함께 떠올리게 되는 것도 동일한 이유로 말미암은 것이다. 때문에 주변 자연 경물의 이미지를 선택할 때 상상 속에서 좀 더 많은 의미를 떠올리게 하여 풍부한 함축미를 지니게 하려면 전형적이고 상징성이 풍부한 자연 경물의 이미지를 선택하여 상상의 세계로 인도할 수밖에 없는 것이다.

3. 현실의 오감과 상상 속의 공감각적 이미지 — 중국 시의 특징

중국 시에는 오감의 이미지를 활용한 표현이 매우 풍성하다. 기본적으로 오감 관련 이미지를 매우 중요하게 활용하고 있는 것이 중국 시의 주요 특징 중 하나라고 해도 과언이 아닐 것이다.

두보(杜甫)의 〈절구(絶句)〉시는 시각적 이미지 중에서도 색채를 절묘하게 대칭적으로 표현하여 봄날의 정경을 잘 묘사한 시이다.

江碧鳥逾白,　　강물 푸르니 새는 더욱 희고,
山靑花欲燃.　　산이 푸르니 꽃은 타오르려는 듯 붉다.
今春看又過,　　금년 봄도 보아하니 또 지나가고 있나니,
何日是歸年.　　어느 때나 고향에 돌아가려나?

푸른 강물과 하얀 물새, 푸른 산과 타오르려는 듯 붉은 꽃 등의 시각적 이미지가 절묘하게 대비되며 절정의 봄날 분위기를 한층 고조시키고 있다.

청각은 어떤 다른 감각보다 뇌리에 더욱 선명한 효과를 발휘한다고 한다. 이백(李白)의 〈자야오가(子夜吳歌)〉는 다듬이질 소리와 가을바람 소리를 절묘하게 묘사한 시이다.

長安一片月,　　장안의 조각달,
萬戶擣衣聲.　　집집마다 다듬이 소리.
秋風吹不盡,　　가을바람 불어 그치지 않으니,
總是玉關情.　　언제나 옥문관으로 떠나신 임 생각.

홀로 빈방을 지키며 멀리 변방인 옥문관으로 수자리 살러 간 임을 그리는 시적 화자의 수심을 그린 이 시는 조각달, 다듬이질 소리, 가을바람소리 등의 시각, 청각의 이미지에 화자의 수심과 외로움을 얹어 놓는 방식을 취하고 있다. 자연 경물의 이지미 속에 시인의 정을 담았

다고 할 수 있다.

따뜻한 봄바람이란 촉각적 이미지와 그로 인해 강남 산천이 온통 푸르러지는 시각적 이미지를 잘 표현한 송대 왕안석(王安石)의 〈과주에 배를 정박하고서(泊船瓜洲)〉라는 시도 있다.

京口瓜洲一水間,　　경구는 과주와 강 하나를 사이에 두었고,
鍾山只隔數重山.　　종산은 다시 겨우 몇 겹의 산들 너머에 있다.
春風又綠江南岸,　　봄바람은 또 강남의 언덕을 푸르게 하리니,
明月何時照我還.　　밝은 달은 언제나 나에게로 돌아와 비추려나?

이 시의 압권은 제 3구이고 가장 중요한 시안(詩眼)은 '녹(綠)'자에 있다. 왕안석은 이 글자를 쓰기 전에 여러 가지를 생각하였다고 한다. 도착하다는 뜻의 '도(到)', 지나가다는 뜻의 '과(過)', 들어 오다는 뜻의 '입(入)', 가득하다는 뜻의 '만(滿)' 등 10여 개의 동사를 차례로 고려했다가 맨 나중에 결국 이 글자를 선택했다고 한다.

따뜻한 봄바람이 마치 인격적인 존재나 된 것처럼 강남 언덕에 불어와서는 만물을 푸르게 해줄 것이라는 상상으로 강남 언덕에 가득한 봄풀과 우거진 신록을 느끼게 한다. 촉각과 시각의 이미지가 겹쳐지고 있다.

그런데 앞에서 살펴본 것처럼 중국 시론에서 구체적이고 현실적인 오감 이미지에 만족하지 않고 상상 속에서 또 다른 오감의 이미지들을 떠올리게 하는 데 주안점을 두는 이른바 '언외지의(言外之意)', '상외지상(象外之象)' 등의 의경(意境) 이론을 개발하였는데 그렇다면 중국 시인들은 이런 시가이론에 부응하여 어떤 창작방식을 창조하였을까?

중국 시인들은 오감 중 단일한 감각만을 홀로 드러내는 데 만족하지 않고 그 감각을 바탕으로 상상과 연상을 통해 또 다른 감각을 만나도록

배치하는 것을 무척 중시하고 자주 활용하였다는 사실을 발견할 수 있다. 다시 말해서 상상 속에서 공감각을 느끼게 하였다는 것인데, 이른바 공감각(共感覺)이란 감관영역의 자극으로 하나의 감각이 다른 영역의 감각을 불러일으키는 현상을 말한다. 후각을 통해 색상을 느끼거나 시각을 통해 냄새를 느끼는 경우가 그 예이다.

중국 시인들은 소리가 젖는다(聲濕)고 하고 향기를 듣고(聽香) 소리를 본다(觀音)고 말하기도 하였다. 어떤 특정한 단일 감각으로 느낀 사실에서, 직접 말을 하지는 않았지만 다시 상상 속에서 또 다른 감각 내지는 뜻을 감수하거나 체득하게 되었음을 고백한 발언들이라고 볼 수 있다. 이것이야말로 말없음으로 말하기의 실천이요, 상상 속의 오감을 떠올리게 하는 창작방식이 발휘된 것이라 할 수 있다.

고려(高麗)시대 이규보(李奎報)는 "꽃은 웃어도 소리로 말하지 않고, 새는 울어도 눈물 흘리지 아니하네."[11]라는 시구를 남긴 것으로 알려져 있다. 꽃이 웃는 모습을 시각적 이미지로 파악하고 다시 상상으로 웃음소리라는 청각적 이미지를 떠올리고 있으며, 새가 우는 소리를 청각적 이미지로 파악하고 다시 상상으로 눈물 흘리는 모습의 시각적 이미지를 떠올리고 있다. 시인은 1차적으로 접한 이미지 속에서 인간이 생각하는 정리대로라면 당연히 뒤이어 떠오를 2차적인 이미지를 상상 속에서 기대하였지만 자연의 존재인 꽃과 새들은 인간의 기대와는 달리 그렇게 하지 않더라는 묘사를 통해서 꽃의 웃음과 새의 울음의 의미를 한층 더 깊게 하고 있다고 말할 수 있다.

다음 시구들도 동일한 맥락과 관점에서 감상할 수 있다고 생각된다.

影沈衣無濕,　　그림자는 물에 잠기어도 옷이 젖지 않고
夢踏脚不勞.　　꿈속에서는 걸어도 다리가 아프지 않네.

露草蟲聲濕,	이슬 맺힌 풀에 벌레 소리 젖고
風枝鳥夢危.	바람 이는 가지에 새의 꿈이 위태롭다.

雪山鳥夢白,	눈 덮인 산에 새의 꿈은 희고
花枝雨聲紅.	꽃 핀 가지에 비 소리는 붉다.

　당대 두보(杜甫)는 〈기주에서 비에 젖어 강위에 오를 수 없어 짓다 (夔州雨濕不得上岸作)〉에서 "새벽 종소리 구름 밖에서 젖어 있네.(晨 鐘雲外濕)"라고 하여 앞에서 종소리라는 청각적 이미지와 젖지 않는다 는 촉각적 이미지를 동시에 거론한 바 있다.

　청대(淸代) 엽섭(葉燮)은《원시(原詩)·내편(內篇)·하(下)》에서 종 소리를 듣고서 마음 속 상상을 통해 소리가 비에 젖는 촉각적 이미지까 지도 귀로 감지하였기에 이 시가 절묘해질 수 있었다고 평가한 바 있 다.[12] 절묘한 시란 역시 상상 속의 감각, 오감의 세계를 드러낼 수 있어야 한다고 인식한 것이라 할 수 있다.

　밤비와 빗소리를 듣는 감회는 시절마다 다르고 나이마다 다르다. 송말(宋末) 원초(元初) 장첩(蔣捷)의 〈우미인·빗소리를 듣다(虞美人 ·聽雨)〉는 나이에 따라 빗소리를 듣는 감회와 정취가 달라지는 점을 잘 묘사했다는 점에서 매우 탁월한 시이다.

少年聽雨歌樓上,	청소년시절 기루에서 빗소리를 들을 적엔
紅燭昏羅帳.	붉은 촛불은 비단 휘장에 어둠침침하였지.
壯年聽雨客舟中,	장년시절 객선에서 빗소리를 들을 적엔
江闊雲低,	강은 드넓은데 구름은 낮았고
斷雁叫西風.	무리 잃은 외기러기 서풍에 울었지.
而今聽雨僧廬下,	그런데 지금 노년에는 절간에서 빗소리를 듣나니

鬢已星星也,　　　　　살쩍은 이미 희끗희끗해졌는데
悲歡離合總無情.　　　그간의 슬픔과 기쁨, 헤어짐과 만남이 모두 무정하
　　　　　　　　　　　였으니
一任階前,　　　　　　그저 섬돌 앞에서
點滴到天明.　　　　　날 밝을 때까지 방울지는 빗소리에 귀 기울일 뿐
　　　　　　　　　　　이네.

　청소년 시절에 듣던 빗소리는 취생몽사(醉生夢死)하던 청춘의 즐거운 시절을, 장년 시절에 듣던 빗소리는 외기러기와도 같이 하늘 아래 끝없이 넓은 강물 위를 떠돌아야 하는 신세를, 노년 시절에 듣는 빗소리는 무정한 세월 앞에서 어찌할 길 없이 적막한 절간에서 빗소리에 귀 기울이는 처지를 대표한다. 같은 빗소리지만 이 동일한 청각적 감각은 저마다 다른 상황에 따라 상상 속에서 각각 다른 심상의 시각적 세계를 떠올리게 하고 있다.

　일반적으로 말한다면 소리가 나지 않아야 고요함을 느낄 수 있다. 그렇기에 송대 왕안석은 〈종산에서 즉흥적으로 짓다(鍾山卽事)〉에서 소리가 나지 않으니 산이 고요하다고 비교적 평범하게 직설적인 묘사를 한 바 있다.13) 이에 대해 후대 비평가들은 많은 비판을 하였다. 새 한 마리도 울지 않는 산은 본래 조용한 것인데 그런데도 괜히 조용하다고 말하는 것은 쓸데없이 군더더기 말을 덧붙인 것에 불과하다는 것이었다.

　이에 비해 남조(南朝) 양(梁)대 왕적(王籍)은 〈약야계에 들어가다(入若耶溪)〉에서 "매미 울음소리에 숲은 더욱 고요해지고, 새 지저귐에 산은 더욱 그윽해진다."14)고 노래한 바 있다. 왕적이 사용한 수사법은 반츤(反襯), 곧 역설적으로 부각시키는 수법이다. 산중에서 매미들이 시끄럽게 울어대고 이따금 새들이 지저귄다. 이런 시끄러운 소리가

오히려 상상 속에서 고요를 부각시키는 역설적인 측면이 있다.

후각적인 이미지는 시각에 의지하는 그림으로 어떻게 표현할 수 있을까? 그림을 좋아하였던 송대 휘종(徽宗) 황제가 화가 채용시험에서 "꽃 밟고 돌아가는 말발굽이 향기롭구나.(踏花歸去馬蹄香)'를 화제(畫題)로 제시하였다. 그림은 시각적인 것이고 향기는 후각적인 것인데 양자를 어떻게 조화시킬 수 있을까 하는 문제가 가장 관건으로 대두된 것이다. 이 화제에 대해서 '나비 떼가 말의 꽁무니를 뒤쫓는 장면을 그린 그림'이 뽑혔다고 한다. 나비는 향기를 쫓는 존재이기에 곧 나비라는 생명체가 상상 속에서 향기라는 후각을 스스로 얘기하게끔 만든 것이다. 신라 선덕여왕이 당나라에서 보내준 모란꽃 그림에 벌·나비가 없으니 이 꽃에는 향기가 없을 것이라고 판단한 것과 동일한 맥락에 있다고 할 수 있다. 시각이라는 1차적 감각을 통해 후각이라는 2차적 감각을 상상해내도록 한 것이다.

당대 왕가(王駕)의 시 〈비 개인 날(雨晴)〉은 시인의 석춘지정(惜春之情), 즉 떠나는 봄을 안타까워하는 마음을 잘 표현한 시이다. "벌 나비는 바쁘게 담을 넘어가니, 봄기운이 이웃집에 남아있을 거라 도리어 의심이 드는구나."[15] 벌과 나비가 이웃집으로 날아가는 이유는 무엇이었을까? 바로 꽃향기, 그것도 이웃집에 아직 남아 있는 꽃에서 나는 향기일 것이다. 벌과 나비라는 시각적인 이미지를 통해 꽃향기라는 후각적 감각을 상상해낼 수 있게 한 것이다.

봄이 온 것을 처음으로 알려주는 것은 일반적으로 매화라고 여겨지지만 겨울과 봄의 경계선을 오리가 제일 먼저 감지했다고 전하는 소식(蘇軾)이 쓴 〈혜숭의 '춘강만경도(봄 강 해질녘 풍경의 그림)'(惠崇春江晚景)〉 시 두 수 가운데 첫 번째 작품을 감상해 보자.

竹外桃花三兩枝,　　대나무 숲 밖의 복사꽃 두세 가지,
春江水暖鴨先知.　　봄 강물 따뜻해지니 오리가 먼저 아네.
蔞蒿滿地蘆芽短,　　땅에는 쑥 가득하고 갈대 싹 짧게 돋아나니,
正是河豚欲上時.　　바로 복어가 강으로 올라오려는 때로구나.

　이 시의 제2구 '춘간수난압선지(春江水暖鴨先知)'는 훗날 인구에 가장 회자되는 명구가 되기도 하였다. 복사꽃이 막 피어나기 시작하는 초봄, 겨우내 움츠렸던 오리가 먼저 계절의 변화를 알아차렸다. 봄 강물이 따뜻해진 줄을 촉각으로 알고 연못으로 나와 물장구를 친다. 이처럼 계절의 변화가 있자 미식가이자 요리사였던 소식은 자연스레 맛있는 요리에 대한 상상을 한다. 그의 눈에 더부룩한 쑥과 연하게 솟아나는 갈대 싹의 그림을 보고서 자연 이것들과 좋은 조화를 이루는 요리재료로서 이때쯤 마침 강으로 올라오기 시작하는 복어에 생각이 미칠 수밖에 없었을 것이다. 감칠 맛 나는 복어 요리와 미각을 상상하며 침을 꼴깍 흘리고 있을 소식을 우리는 또한 상상으로 떠올리게 된다. 때문에 이 시가 더욱 정겹게 느껴진다.
　당대 하지장(賀知章)의 〈버드나무를 노래함(詠柳)〉은 봄 버드나무의 전체 외양, 가지와 잎사귀 등 세 부분을 차례로 형상적인 비유로 묘사함으로써 버드나무의 정태미와 동태미를 화려하게 표현한 시이다.

碧玉妝成一樹高,　　높다란 한 그루 나무를 푸른 옥으로 단장하여,
萬條垂下綠絲絛.　　만 갈래 푸른 실 레이스를 드리웠구나.
不知細葉誰裁出,　　가느다란 잎을 누가 마름질하였는지 몰랐더니,
二月春風似剪刀.　　마치 가위 같은 이월의 봄바람이로세.

　2월에 부는 봄바람이 마치 가위와 같다는 비유를 통해서 우리는 마

치 재단사나 미용사가 솜씨 좋게 휘두르는 예술적인 가위질처럼 봄바람이 아름답게 빚어놓은 버드나무의 가느다란 잎들을 연상할 수가 있다. 그런데 우리는 여기서 상상 속에서 시각 외의 어떤 또 다른 감각을 추가로 느낄 수 있게 된다. 바로 가위질 하듯 잎들을 가느다랗게 자라게 만든 것이 봄바람의 힘인데 그런 힘은 바로 따뜻한 훈풍이기에 가능한 것으로서 우리는 자연스레 2차적인 촉각을 추가로 감지해낼 수 있게 되는 것이다.

한편, 현실에서 접한 감각적인 이미지에서 상상으로 뭔가를 통찰하여 깨달음에 이르렀지만 그 세계를 다시 말로 전하지는 않는다는 이른바 '득의망언(得意忘言)'식의 표현법도 상상 속의 감각을 활용한 것이면서 동시에 깨달음의 세계를 보여주는 것이 아닐까 생각된다.

동진(東晉) 도연명(陶淵明)은 〈음주(飲酒)〉 제5수에서 "동쪽 울타리 아래에서 국화 따노라니, 한가로이 남산이 바라보이네. 산기운은 황혼 무렵 아름다운데, 날던 새들은 짝지어 돌아오네. 이 가운데 참뜻이 있으나, 말하려 해도 벌써 말을 잊었노라."[16]라고 하였다. 국화와 남산, 산기운과 황혼, 돌아오는 새들 등의 자연경물의 시각적인 이미지들을 통해서 시인에게 상상 속에서 문득 깨달음이 찾아왔고 그 세계를 말로 표현하자니 불완전할 듯하여, 아니면 오히려 오해를 야기할 듯하여 말을 잊은 채 침묵을 지킨 것이다.

당대 이백의 〈산중문답(山中問答)〉 역시 같은 맥락에 있다. "복사꽃은 흐르는 물에 아득히 떠나가니, 별천지가 따로 있으니 인간 세상 아니라네." 복사꽃 아득히 떠가는 별천지 세상을 눈앞에 두고 왜 이곳에 사느냐는 물음에 대한 답은 불필요하며 그저 상상 속에서 그 답을 찾게끔 하는 것이 오히려 도와주는 길일 수도 있다. 그렇기에 시인은 "웃으면서 대답하지 않지만 마음은 절로 한가로울"[17] 수 있었던 것이다.

이제 위에서 거론하였던 현실의 오감과 상상 속에 함축된 오감에 대한 논의를 종합해보자.

1차적으로 현실의 오감을 활용하여 비유한 형상적 이미지, 곧 실상(實象)을 통해서 다시 2차적으로 상상 속의 오감, 즉 허상(虛象)에까지 이르게 함으로써 거둘 수 있는 효과는 과연 무엇이었는가? 이처럼 중국 시인과 시론가들이 1차적인 현실의 오감을 통해 2차적으로 상상 속의 오감을 만나게 하려했던 목적은 어디에 있었을까?

첫째는 유한한 언어로 이루어진 시에 좀 더 많은 뜻을 담아내기 위함일 것이다. 말없음으로 말하고, 행간의 울림과 떨림을 주며, 마음의 눈을 뜨게 하려는 장치인 것이다. 결국에는 많은 뜻을 함축시키기 위한 지향이자 책략이라 할 수 있다.

둘째는, 흔히 현실의 형상 너머에 존재한다고 믿어지는, 오감을 감지하는 감각기관으로는 파악하기 어렵다고 생각되는 그런 사물의 본질과 정신 및 세계를 동시에 전달하기 위함일 것이다. 현실의 오감이 수반하는 구속과 제한에서 벗어나게 하는 유력하고 효과적인 방식인 것이다.

셋째는, 이렇게 되면 결과적으로 사물의 진면목, 본래 면모를 여실하게, 조금의 손실도 없이 정확하게 전달할 수 있을 테니 결국에는 언어의 불완전한 한계를 극복하기 위함일 것이다.

바로 이 지점에서 시와 선(禪)의 접점이 형성된다. 만물의 참다운 실상을 깨닫고 불법(佛法)을 꿰뚫는 지혜를 뜻하는 반야(般若)를 지향하는 선(禪)은 바로 불완전한 언어의 한계를 극복하고 실상을 잘 드러내주는 시의 방식, 즉 상상 속에서 오감을 드러내서 사물의 진면목을 전달하는 시의 방식을 채택할 수밖에 없게 된다.

마찬가지로 시인 역시 직관이나 침묵, 명상 등 사물의 실상과 본질을 깨닫게 하는 선의 깨달음의 방식을 통하지 않으면 시에 이러한 경지를 드러낼 수 없다는 것은 자명한 일이다. 여기서 시와 선은 하나인 시선일여(詩禪一如)의 자리가 자연스럽게 마련된다.

| 참고문헌 |

졸저, 《중국시의 세계》, 신아사, 2012. 1. 31.
졸저, 《중국시론의 해석과 전망》, 신아사, 2012. 1. 31.
졸저, 《한시로 들려주는 인생이야기》, 차이나하우스, 2019. 2. 28.
졸저, 《최교수가 들려주는 한시이야기》, 차이나하우스, 2019. 3. 30.
졸고, 〈중국 시론과 상상 속 의 감각〉, 강릉원주대학교 봄철학술대회, 2019.5.29.

1) "五色令人目盲, 五音令人耳聾, 五味令人口爽."

2) "夫至道包含於形象之外, 視之不能見其原, 大音震動於天地之間 聽之不能聞其響."

3) "知者不言, 言者不知."

4) 《주역(周易)·계사전상(繫辭傳上)》: "書不盡言, 言不盡意." "立象以盡意."

5) 백거이, 〈여원구서(與元九書)〉: "夫文尙矣, 三才各有文: 天之文, 三光首之; 地之文, 五材首之; 人之文, 六經首之. 就六經言, 詩又首之. 何者? 聖人感人心而天下和平. 感人心者, 莫先乎情, 莫始乎言, 莫切乎聲, 莫深乎義. 詩者: 根情, 苗言, 華聲, 實義. 上自聖賢, 下至愚騃, 微及豚魚, 幽及鬼神, 羣分而氣同, 形異而情一, 未有聲入而不應, 情交而不感者."

6) 사공도, 〈여이생논시서(與李生論詩書)〉: "文之難, 而詩之難尤難. 古今之喩多矣, 而愚以爲辨於味, 而後可以言詩也. 江嶺之南, 凡足資於適口者, 若醯, 非不酸也, 止於酸而已 ; 若鹺, 非不鹹也, 止於鹹而已. 華之人以充飢而遽輟者, 知其鹹酸之外, 醇美者有所乏耳. 彼江嶺之人, 習之而不辨也."

7) "近詩尤古淡, 咀嚼苦難嘾. 初如食橄欖, 眞味久愈在."

8) 유우석(劉禹錫), 〈동씨무릉집기(董氏武陵集紀)〉: "境生于象外"

9) 사공도(司空圖), 〈여극포서(與極浦書)〉: "戴容州云: '詩家之景, 如藍田日暖, 良玉生烟, 可望而不可置於眉睫之前也.' 象外之象, 景外之景, 豈容易可談哉!"

10) 구양수(歐陽修), 《육일시화(六一詩話)》: "若嚴維'柳塘春水漫, 花塢夕陽遲', 則天容時態, 融和駘蕩, 豈不如在目前乎? 又若溫庭筠'鷄聲茅店月, 人迹板橋霜', 賈島'怪禽啼曠野, 落日恐行人', 則道路辛苦, 羈愁旅思, 豈不見于言外乎?"

11) "花笑聲不語, 鳥泣淚未流."

12) "吾不知其爲耳聞耶? 爲目見耶? 爲意揣耶? 俗儒於此, 必曰 : '晨鐘雲外廣', 又必曰 : '晨鐘雲外發', 決無下濕字者. 不知其於隔雲見鐘, 聲中聞濕, 妙語天開, 從至理實事中領悟, 乃得此境界也."

13) "涧水無声绕竹流, 竹西花草弄春柔. 茅檐相对坐终日, 一鸟不鸣山更幽."

14) "蝉噪林逾静, 鸟鸣山更幽."

15) "雨前初見花間蕊, 雨後全無葉底花. 蜂蝶紛紛過墙去, 却疑春色在隣家."

16) "採菊東籬下, 悠然見南山. 山氣日夕佳, 飛鳥相與還. 此中有眞意, 欲辨已忘言."

17) "問余何事棲碧山, 笑而不答心自閑. 桃花流水杳然去, 別有天地非人間."

오색(五色), 오음(五音), 오미(五味)를 거부하라
- 감각에 대한 노자(老子)의 인식*

김원중(단국대)

1. 부정과 역설: 노자 사유의 핵심

노자는 주(周)나라 왕실의 통치가 이미 와해되고 각 나라 봉건제후의 통치와 귀족계급마저 분리되기 시작하던 때, 그리고 춘추시대에 성행했던 예(禮)가 정치·사회의 질서유지 기능을 상실한 일대 전환기에 태어났다.[1]

노자는 중국 선진시대의 제자백가 중에서 부정적인 사유방법을 가장 광범위하게 전개시킨 사상가이다. 그의 《도덕경》은 부정과 역설의 논리로 저술된 중국 최초의 철학서일 뿐만 아니라, 반문화론적 문명비평서로 볼 수 있다. 이는 《도덕경》이라는 책이 비논리적인 것처럼 보이는 난문으로 일관되어 있는 듯한 데서도 엿볼 수 있다. 때로는 강력한 모순어법과 시적인 언어가 보는 이의 마음을 사로잡아 논리적인 추론의 낮익은 상궤에서 벗어나도록 한다는 데서 알 수 있을 것이다.[2]

그래서 처음 노자의 책을 읽는 독자들의 경우 기존의 고정관념과 많은 부분 충돌을 경험하며, 차츰 그 진의를 찾아가는 여정에 합류한다. 《도덕경》 중에는 부정을 내포한 어휘를 545차례나 사용되고 있는데, 비교적 가벼운 의미로는 소(小)·유(柔)·약(弱)·과(寡)·희(希) 등이 사용되고, '강강(剛强)'보다는 '유약(柔弱)'을, '실(實)'보다는 '허(虛)'를, '동(動)'보다는 '정(靜)'을, '유(有)'보다는 '무(無)'를, '기교(技巧)'보다는 '소박(素朴)'을, '작위(作爲)'보다는 '무위(無爲)'를 강조하고 높이 평가하고 있다. 그 다음 단계로는 막(莫)·비(非)·불(不)·외(外)·절(絶)·기(棄) 등이 사용되었으며, 그리고 명사적으로 사용된 무(無)에 이르기까지 64종의 부정사가 사용되었다.[3]

노자는 정치나 사회가 변동의 단계에서 위기의 단계로 들어가는 것은 미래의 보다 나은 발전을 위한 극복이 아닌 과거로의 후퇴로 보았으며, 현상세계에는 변화하지 않는 것도 영원히 지속될 수 있는 것도 없다고 보았다.

'예(禮)'는 끊임없는 실천 과정을 통해 인간의 인성을 회복하는 의식적인 노력으로 본 유가(儒家)의 시각과 달리, 노자는 그런 시도 자체를 부정적으로 본다. 오히려 역설적으로 그런 '예'를 따지지 않아야 제대로 된 '예'가 가능하다고 판단한다. 그리하여 예의를 배워 "예(唯)"라고 대답하거나 배우지 못해 "응(阿)"이라고 대답하는 것에 얼마나 차이가 나느냐고 반문하면서 급기야 "배움을 끊어버리면 근심이 없다(絶學無憂)"는 역설적 결론을 도출해낸다. 노자는 존경하거나 반가움의 마음이 담기지 않은 유형의 예식 즉, 당위나 강압에 의한 행위는 필요하지 않으며 차라리 안 하는 편이 낫고 진심과 정성이 내면에서 자연스럽게 존경하거나 반가워하는 마음이 부지불식간에 우러나오는 상태를 말한 것이다. 이러한 가르침을 '유(有)'보다는 '무(無)'를, '기교(技巧)'보다는 '소박(素朴)'을, '작위(作爲)'보다는 '무위(無爲)'를 강조한다는 보장과 역설의 화법으로 주위를 환기시키고 있다. 이런 노자의 관점은 '인의(仁義)'와 '충신(忠臣)'이 생겨난 까닭을 설명한 다음과 같은 발언에서도 확인된다.

위대한 도가 없어지자 인(仁)과 의(義)가 생겨났고, [교묘한] 지혜가 나타나자 큰 거짓이 나타났다. 육친(六親)이 화목하지 못하자 효성과 자애가 생겨났고, 국가가 혼란해지자 충신이 나왔다.4)(《老子》18장)

노자의 관점에서 보면, 속세인의 개념 속에 있는 인위적 가치들은 제거되어야 하는데, 그 이유는 군주의 통치행위가 많아질수록 백성은 그에 상응하여 거짓되고 사악한 일들을 더 일삼고 있기 때문이라는 것이다. '인의'나 '효자', '충신' 등은 자연의 이치에 따르지 않는 데서 나온 것들로서 가식적이기에 버려야할 것들이다. 단순하게 생각해 보면 답이 잘 찾아진다. 이미 당연히 자연스럽게 지켜지는 것들을 굳이 법령으로 정하고 상벌의 규칙을 정하겠는가 하는 것이다. 이미 인의가 무르익은 집에서 인의를 외치지 않을 것이고, 효자가 가정에서 당연히 체득된 덕목이면 효자를 재차 강조하지 않는다는 논리이다. 말하지 않아도 강압하지 않아도 되는 이미 선결된 경지를 가리키는 것으로 어찌보면 이상적이고 심히 어려운 경지인 셈이다. 이미 무수한 시행착오를 거쳐 더 이상의 논박의 여지가 없이 각자의 자리에서 자연스럽게 맡은 바 일을 수행하여 임금은 그저 남면하고 있을 뿐인 상태, 그 무위의 태평함이란 최고의 이상이 실현된 상태라는 것이다. 이를테면, 5장에서 노자가 말한 "천지는 인하지 않고, 성인도 인하지 않다(天地不仁, 聖人不仁)"는 구절의 의미도 이런 맥락에서 이해해야 한다. 38장에서 '상덕(上德)'과 '하덕(下德)' 이후에 '상인(上仁)'을 제시하면서 '上仁爲之 而無以爲'라 하였다. 유가의 최고 덕목인 '인(仁)'을 부정하는 의미인 동시에 '인(仁)' 의 속성이 '유위(有爲)'에 있음을 지적한 것으로 상위 개념으로서의 '도(道)'를 제시하기 위한 역설적 표현이다. 다시 말해 누군가를 '사랑해야 한다'는 유위의 노력으로 사랑을 베푸는 행위는 위대한 것이다. 그러나 노자는 '사랑해야겠다'는 의지를 다질 겨를도 없이 아가페적인 사랑이 묻어나는 상태를 강조하여 말하고 있는 것이다. 노자의 말은 부정과 역설로 한 번 충격을 가한 뒤 이성이 작동하여 그 심의를 터득하게 하는 논법이 절묘하다.

2. 세상 사람들이 아름답다고 하는 것은 추악한 것이다?

노자의 시각에서 보면, 인간의 인식대상은 각각 끊임없이 변화하고 있으며, 그런 변화 속에 존재하는 사물이 한 순간만을 포착하여 이루어진 인식이란 전체와 단절된 부분적인 모습에 불과할 뿐이지, 사물 그 자체의 본래의 모습이 될 수 없다는 관점이다. 바로 여기서 상대성에 대한 존중, 말하자면 '지(知)'에 바탕을 둔 인간의 평가기준에 대한 부정(否定)을 요구한다. 노자는 말한다.

> 세상 사람들이 모두 아름다운 것이 아름다운 줄만 알면 이것은 추악한 것이다. [세상 사람들이] 모두 선한 것이 선한 줄만 알면 이것은 선한 것이 아니다.[5](《老子》2장)

아름다움과 추함이나 선과 악 등의 문제는 인간의 시각에서는 절대적인 것처럼 보이지만, 전혀 그렇지 않다는 논지로서 어떤 선입견에 따른 기준보다는 상대적 가치관의 중요성을 말하고 있는데, 노자의 시각은 인간 지식의 편파성을 문제 삼고 있다. 이런 평가 행위는 자기와 다른 것을 구분하고 사소한 것을 따지는 사회의 가치체계와 규범이 대립과 경쟁을 유발시켜 인류의 불행을 초래하는 원인을 제공할 소지가 있기 때문이다. 바로 가치기준 설정이 '知' 에 바탕을 둔 것 자체의 위험성을 경고하고 있는 것이다.[6] 다시 말하면 '아름답다', '추하다'는 기준을 누가 정했느냐는 것이다. 그것은 절대적 가치로서의 효용이 없을 뿐만 아니라 상대적 가치 기준에서도 한 발 더 떨어져 보라는 메시지를 담고 있다. 우리는 세상에서 말해지는 가치를 그대로 흡수해서 평가하는 잣대로 활용하고 있는 것에 대한 철저한 반성이다. 아름다움은 절대적인 것이 아니고 상대적인 가치일 뿐이며, 그 상대성을 이해하고 그

가치 놀음의 속성에서 벗어나 보라는 인식 전환의 화법인 것이다. 다시 노자의 발언에 주목해 보자. 즉, 《노자》제 2장의 결론은 이렇다.

> 그러므로 있음과 없음은 서로를 낳고, 어려움과 쉬움은 서로를 이루어 주며, 길고 짧음은 서로 드러내고, 높고 낮음은 서로 기울며, 곡조(음악)와 소리는 서로 조화롭고, 앞과 뒤는 서로를 따른다.[7]

여기서 노자는 아름다움과 추함, 선과 악 등의 문제에서 절대적인 기준보다는 상대적 가치관이 작용하고 있음을 말하고 있다. 어떤 가치 판단은 대상을 바라보고 추리하는 의식작용, 즉 인식 주관의 소산이지 사물의 본래성과는 무관하다는 것이 노자의 입장이다. 바라보는 사람의 세계관이나 지식의 정도에 따라 사물은 다르게 파악되지만 도는 이런 것과 거리가 멀다는 것이 노자의 시각 아닌가? 적어도 인식 주관과 인식 대상은 각각 끊임없이 변화하고 있다. 우리가 보는 것은 그러한 변화 속에 존재하는 사물의 어떤 한 순간이고, 전체와 단절된 부분적인 모습에 불과하다. 노자는 이것은 본래의 모습이 될 수 없다고 본다. "유무상생(有無相生)"은 두 방향에서 이해해야 마땅하다. 일단 '유'를 말하면 '무'를 떠올리게 된다는 의미, 즉 둘은 서로에게 의존한다는 것이 먼저이고, 만물이 늘 변화 속에 존재한다는 것이 그 다음이다. 노자는 당시의 자연현상과 사회현상을 개괄하여 사물은 모두 이와 상반되는 경향으로 변해 나간다고 지적했다. 이 유무 상생의 문제는 노자 사유의 핵심 중의 핵심이다. 아주 쉬운 예를 들어 보자. 명품백을 가지고 싶다고 치자. 그 마음이 생겼으니 '유'이다. 지나고 보면 그 '유'가 아무 것도 아닌 '무'가 된다. 애초에 없던 마음에서 '유'라는 마음이 생겨 상대적인 놀음이 시작된다. 다시 '유'를 버리고 내려놓음으로서 '무'로 평정되는 시소타기는 계속된다. '유무'의 쳇바퀴에서 뛰어내리지 않는 이상 상대적 가치의 논리에서 벗어날 수 없다. 인생의 가장 큰 문제인 '생사'에서 자잘한 '시비'의 문제까지 상대적 가치를 가진 무수한 문제에서 한 발 떨어져 관조해보게 하는 관점을 가진 것이다. 그렇다면 노자는 '인식 주관의 소산 내지 사물의 본래성'을 어디에서 찾으라는 것인가? 타자에 두었던 시선을 자신에게로 돌려 삶의 가치 기준을 내 안에서 찾으라는 것이다. 나는 나를 상대적 가치에 두지 않겠다는 자각, 그것이 소외되지 않는 주체적 삶의 첫발이 된다는 것이다.

　유가인 공자 사상에서 핵심은 정명正名이다. 공자에게는 이름을 바르게 하는 것이 중요했다. 이름이 바르다는 것은 군주는 군주, 신하는 신하, 아버지는 아버지의 직분에 충실해야 한다는 것이다. 군주 · 신하 · 아버지라는 이름은 노자가 보기에는 인위적이고 반자연적인 것이다. 인간이 멋대로 정한 표준이라는 틀을 노자는 갑갑해한다. 따라서 유가와 도가는 태생적인 차이를 드러낸다. 노자는 대립쌍으로 존재하는 자연의 법칙에 큰 의미를 부여한다. 이것들이 서로 유기적으로 조화 · 상생 · 생멸하면서 '도(道)'를 이룬다.

3. 다섯 가지 색깔과 다섯 가지 소리와 다섯 가지 맛이 문제다

　노자에 있어서 '도(道)'는 완전하고 영원하며, 포괄적인 존재이며, 빛도 없고, 소리도 없으며, 얼굴도 없는 것으로서 말로 표현할 수 없는 그 무엇이요, 스스로 나타나는 것에 불과하다.[8] 즉 모든 감각적이고 지각적인 파악을 초월하고 있으면서 삼라만상의 근원에 실재하는 신비적인 속성을 지닌 것이 바로 도이다.

　우리는 20세기 언어철학자 비트겐쉬타인의 "사실 말로 표현할 수 없는 것들이 있는데, 그러한 것들은 스스로 나타내 보인다. 신비적이란 바로 그러한 것들을 두고 말한다"9)10)라고 한 구절을 노자에 있어서 똑같이 적용할 수 있을 것이다.

우리의 의식은 끊임없이 상황을 분별하여 취사선택을 한다. 그럴 때 우리는 대상사물의 객관적 사실에 대한 분별지를 얻게 된다. 그러한 연후에 사물의 본래성과는 관계없이 그것이 우리에게 얼마나 유익한가에 따라 자의적으로 가치를 부여하여 가치가 크다고 판단된 것을 추구한다. 거기에서 인간의 작위와 선입견이 나타나는 것이다. 다음과 같은 노자의 유명한 발언을 보기로 하자.

> "다섯 가지 색깔이 사람의 눈을 멀게 하고, 다섯 가지 소리가 사람의 귀를 먹게 하며, 다섯 가지 맛이 사람의 입맛을 상하게 한다. 말달리기와 사냥하는 일이 사람의 마음을 미치게 만들고, 얻기 어려운 재화가 사람의 행동을 방해하게 한다. 그래서 성인은 배부름을 위하지 눈[의 즐거움]을 위하지 않으므로 저것(눈)을 버리고 이것(배부름)을 취한다.11)

우선 《노자》12장의 첫머리에 있는 구절에 주목해 보자. 노자는 보이는 현상이 문제라는 인식을 보여준다. 그리고 맨 마지막 구절의 "거피취자(去彼取此)"는 38장에도 나오는데, 성인이 지향하는 "배[腹]"는 본능적이고, "눈[目]"은 목적의식이 배어있는 인위적인 것이므로 취할 것은 배이고 버릴 것은 눈이다. 실속을 중시하고 겉모양을 위하지 않는다는 말로 이해할 수 있다. 즉 노자는 "오색(五色)", "오음(五音)", "오미(五味)"라는 감각적 단어를 통해 인간이 추구하는 허례를 지적했다. 우리 주변에 무수히 많은 색깔과 소리와 맛을 부정하고 다섯 가지로 한정하여 그것만을 인정하려는 인간의 어리석음을 비판한다. 바로 이런 점에서 "오색", "오음", "오미"는 유한한 색깔의 문제이므로 당연히 노자의 시각에서 보면 부정적이다. 말달리기와 사냥도 마찬가지다. 어떤 목적을 위해 치닫는 맹목은 사람의 마음을 미치게 만든다. 사회적 합의에 의한 것이라고는 하지만 그것들로 인해 서로를 억압하고 강제된 폭압이 횡행한다.

그렇다면 제대로 된 앎의 방식은 어떻게 추구해야 하는가? 감각적 경험과 이성적 사유를 부정하고 진리를 파악하기 위해서는 사사로운 욕심은 버려야만 된다고 하면서 구체적으로 말한다.

> 그 [지식의] 구멍을 막고, 그 [지식의] 문을 닫으면, 죽을 때까지 수고롭지 않을 것이다. 그 구멍을 열고 그 일을 해나가려 하면 죽을 때까지 구제되지 못할 것이다.12)(《老子》52장)

감각기관에 근거하고 의존한 판단이나 표현기관에 의한 지식은 참된 앎이 아니고, 경험적 지식과 사변적 지식을 왜곡하게 된다는 것이다.13) 허(虛)와 실(實)을 동시에 구할 수 있느냐는 질문의 대답은 빈 마음은 자연 사물을 갖고 있지 않는 것[無物]같고, 가득 찬 배는 세상의 모든 것들을 소유하고 있는 것 같기 때문에 비어 있는 것을 통해서 가득 채워진다는 것이다. 따라서 '마음을 비운다는 것은 마음속으로부터 참된 자연 지식을 비운다는 뜻이 아니라 편견과 선입견을 갖지 않기 위한 전제조건인 셈이다. 인간의 분별지는 사물의 본질을 발견해 내기 위해 분석하고 분해하지만 이는 결국 사물의 본질을 놓쳐버리는 결과만 초래하게 되므로, 우리 인간은 이러한 분별지를 포기할 때에 부분이 아니라 전체적인 지식을 얻어 사물의 모습을 있는 그대로 파악할 수 있게 된다는 말이다.

그렇다고 해서 노자는 단순히 지식을 부정하지는 않는다. 한걸음 더 나아가 그는 '무지(無知)'와 '무욕(無欲)'을 연계하여 보다 적극적으로 자신의 관점을 펼쳐나가므로, 단순한 부정과 역설화법에서 벗어났고 그 범주를 통치의 차원으로까지 확장시킨다.

> 그러므로 성인의 다스림은 그(백성) 마음을 비우고 그 배를 채우며, 그 뜻을 약하게 하고 그 뼈를 강하게 하는 것이다. 늘 백성이 알고자 하는 것도 없도록 하고 하고자 하는 것도 없도록 한다. 지혜로운 자들로 하여금 감히 [어떤 일을] 하지 못하게 한다. 무위하면 다스리지 못하는 것이 없다.[14](《老子》3장)

이 문장의 핵심어인 '무지무욕(無知無欲)'은 인간의 지식과 욕망을 끊고, 눈과 귀를 막고 외부와 단절시킴으로서 참된 지식을 받아들이라는 것이다. 원문의 "지(智)"를 "지혜롭다"는 의미로 해석하는 것이 것인데, 글자그대로 '지혜롭다고 하는' 이라는 행간의 의미도 내포되어 있다. 우민(愚民)정책을 가능하게 한다는 비판을 받게 만든 이 단어는 소위 말하는 지식이 결코 불필요하고 긴요하지도 않다는 것으로서 이런 지식욕의 구속을 벗어나야 한다는 의미다. 말하자면, 우리는 노자의 우민이 수단 그 자체이지 목적이 아니라는 점, 즉 작위와 일방적이고 강요된 가치관에서 벗어나라는 의미다. 여기서도 노자는 강렬한 어법으로 우리의 사고관을 재고하게 한다. '지식을 채우기보다는 배를 먼저 채워라'라는 메시지는 지식 위주로 작동된 논리의 한계를 지적하는 동시에 삶에서 가장 중요한 본질을 생각하게 하는 구절이다. 여기서도 쉽게 말해보면 일단 배불리 먹고 몸과 마음이 편한 상태에서 그 온전한 바탕으로 사고하고 행위하는 것이 원만한 삶의 수순이라는 가장 기본적인 가르침을 주고 있어 삶에서 중요한 것의 우선순위를 재조정하게 하는 것이다. 참 아이러니하게도 그렇게 마음먹는 순간 되려 쉽게 풀리는 일이 대단히 많다는 것이다.

4. 한계를 드러낸 인간의 언어를 벗어나라

노자가 생각하기에 언어란 일차적으로 의미의 매개물로서 존재하지만 언어의 한계(혹은 속성)로 인해 본질을 일그러뜨리는 일이 허다하므로 참다운 인식의 방해물이라고 간주했던 것이다. 그는 도는 스스로 그냥 있는 존재 일반을 가리키며, 스스로 그냥 있는 것이란 언어로 표현되기 이전의 것을 의미하므로 "현묘하고 또 현묘하여" '현지우현(玄之又玄)'(제 1장)이라 했다. 만일 '현(玄)'을 '묘(妙)'로 해석한다면 '도'의 의미를 '현(玄)'자와 동일시하여 볼 수 있는데, 그 이유는 '현묘하다'라는 말의 의미는 확실하게 무엇이라고 이름을 붙일 수 없다는 말로서 '도'의 개념과 기본적으로 상통하기 때문이다. 이는 명명(命名)하기 이전의 존재란 어느 면에서 그것을 인식하는 의식에 분명하게 나타날 수 없다는 말과 같다. 왜냐하면 한 사물의 개념은 언어를 떠나서는 불가능하므로 언어로 표현되기 이전의 존재인 '도(道)'는 그 자체가 이미 명백한 실체가 도저히 불가능하기 때문이다. 이렇게 볼 때, 도를 "천지로 구별되기 이전에 뒤범벅되어 있는 것15)이라고 보는 것은 당연한 논리이며, 이와 같이 구별되기 이전의 존재는 '무(無)'라는 말 이외에는 달리 표현할 도리가 없을 것이다. 도는 '무(無)'이므로 사람이 감각적으로 접촉할 수도 없고 어떤 물질적 내용이나 속성으로 규정될 수 없는 일종의 사유에 의한 순수한 추상에 지나지 않는다. 노자는 도의 특징을 다음과 같이 묘사하고 있다.

그 위는 밝지 않고 그 아래는 어둡지 않다. 끊임없이 이어지는데 이름 붙일 수 없으며 다시 아무것도 없는 만물로 돌아가니, 이것을 형상이 없는 형상이라고 한다.16)《老子》14장

말하자면 모든 구체적 사물들은 빛이 비치는 윗면은 밝고 그 아랫면은 어둡기 마련이다. 그러나 '도(道)'는 구체적 사물과는 달리 어떤 규정성도 없고 윗면, 아랫면이라 할 것도 없다. 따라서 그 윗면이라하여 밝다거나 아래라 하여 어둡다거나 말할 수[可道]도 없고 어떤 이름을 붙이기도 어려우며[不可道] 그것의 최후는 아무것도 없는[無]데로 귀결된다는 것이다. 그러므로 도란 어떤 물질적 존재도 아니며, 인간의 감각으로 전혀 느낄 수 없는 현묘한 것이다. 즉 '도'는 어떤 형상도 없이 물질세계를 초월하여 역설적으로 물질세계의 원천이 되지만, 그 자체는 당연히 물질적 실체가 아니라는 것이다. 그럼에도 불구하고 인간은 언어라는 형이하학적 도구로써 형이상학적인 '도'를 의미화(개념화)하려고 하고, 도의 본질을 파악하지 않으려고 한다. 따라서 노자는 언어의 기능에 대해 불신하고 비판하며, 심지어 극단적으로 배격하는 것이다. 다시 말해서 도를 이해한다는 것은 '무(無)'로서의 존재를 이해한다는 뜻이며, '무(無)'로서의 존재를 이해한다는 것은 분별하는 우리들의 지적 욕망이라든지 지적 욕구 같은 것을 초월한다는 말이다. 즉 개념 이전에, 언어로 표현되기 이전의 존재를 알고 개념없이 언어라는 매개체를 거치지 않고 존재와 직접 접촉한다는 말이될 것이다. 결코 가능할 수 없는 이 과정을 위해 노자는 언어를 불신하고 적대시하고 있는 것이며, 언어 남용의 문제로서 "다언삭궁(多言數窮)"(5장) 즉 말이 많으면 자주 막힌다는 표현과 일맥상통하며 "신언불미, 미언불신(信言不美, 美言不信)", 즉 믿음직한 말은 아름답지 않고 아름다운 말은 믿음직하지 못하다는 말과 일맥상통하는 것이다.

　　이러한 언어는 객관적 사실들을 상징화한 것이기 때문에 인간은 언어의 의미를 분명히 알면서부터 사물과의 관계를 맺을 수 있게 되었다. 언어가 없다면 인간은 영원한 현재 속에서 과거나 미래라는 개념을 갖지 못하여 경험의 축적이나 앞날을 계획한다는 것은 불가능했을 것이다.[17] 그러므로 언어라는 것은 인간이 사용하는 도구 중에서 가장 실체적이며, 특히 철학가에 있어서는 자신의 논리를 전개하기 위한 결정적인 소재가 된다. 예를 들면, 언어란 살아 있는 것이며 동사성을 지니고 있으며, 분명히 모든 언어는 영적이고 언어만큼 영적인 것은 없으니, 진정으로 언어는 불가사의한 힘을 가지고 있는 것이다.[18] 때문에 우리가 옛 성인들의 작품을 읽는데도 반드시 언어를 통해서 이해해야 한다는 논리가 선다. 왜냐하면 언어는 이해를 중개해주는 역할을 하며 의미(혹은 의도)를 열어주려는 창문의 구실을 하기 때문이다. 예컨대, 어떤 물리적 자극도 그것이 무엇의 자극 혹은 감각이라고 언어화되기 이전에는 그것이 어떤 것인가를 의식할 수 없다. 그러므로 언어는 언어 이전의 의식 상태를 전달할 것을 추구할 수 있는 수단이며, 이로 인해 언어는 어떠한 것에 대한 경험을 떠날 수 없고, 경험의 여러 가지 구분은 모두 자아의 진상과 관계가 없는 것이다.

노자가 왜 《도덕경》 첫 장에서 "도가 말할 수 있다면 늘 그러한 도가 아니다(道可道非常道)"라고 시작하는지 한번 염두에 둘 필요가 있다. 언어는 문명의 이기로서 인간은 언어로 소통하며 언어의 상징체계 위에서 살아간다. 수많은 사유가 새롭게 생겨나고 부딪힌 춘추시대에도 언어는 인간과 사회를 움직인 힘이었다. 인간이 사회를 이루는 곳에서는 늘 언어가 존재하며 언어가 있는 곳에는 또한 늘 권력이 함께 했다.

5. 보려 해도 보이지 않고 들으려 해도 들리지 않고 잡으려 해도 잡히지 않는 법

노자가 말하고자 하는 취지는 바로 14장에서 거듭 논의된다. 노자는 말한다.

> 그것[도(道)를 가리킴]을 보려 해도 보이지 않는 것을 "이(夷)"라 하고, 그것을 들으려 해도 들리지 않는 것을 "희(希)"라 하며, 그것을 잡으려고 해도 얻지 못하는 것을 "미(微)"라 한다.[19]

여기서 말하고자 하는 것은 신비스런 도의 모습이다. 노자는 일체의 개별적인 사물들은 그 자체로서는 비록 유한하고 불완전하지만, 그 근원인 도(道)는 무한하고 완전한 존재임을 인식하고 사물들의 도(道)와 연속적인 본말(本末)관계를 갖기 때문에 말(末)로부터 본(本)으로 돌아가는 복귀에 의해서 그 자신의 유한성과 불완전성을 탈출할 수 있다고 보았다.

이런 생각을 염두에 두고 14장에 있는 노자의 말을 좀 더 따라가 보기로 하자.

> 이 세 가지는 따져 물을 수 없으니, 본래 섞여서 하나가 되어 있었기 때문이다. 그것(도)은 위로는 밝지 않고, 그것은 아래도 어둡지 않다. [새끼줄처럼] 꼬이면서 이어지기에 [무엇이라고] 이름을 붙일 수 없고, 다시 아무것도 없는 만물로 [귀결되어] 돌아간다. 이것을 형상이 없는 형상이라 하고, 사물이 없는(보이지 않는) 형상이라 하며, 이것을 황홀 이라고 한다. 그것을 맞이해도 그것의 머리를 볼 수 없고, 그것을 뒤따라가도 그것의 꼬리를 볼 수 없다.[20]

윗 문장을 보면 노자가 말하려는 현상의 세계의 불완전성에 대한 날카로운 성찰이 스며있다. 즉 이 장은 "이(夷)[평이함]" "희(希)([희미함]" "미(微)[미미함]"이라는 핵심 개념을 주축으로 도의 근원적인 문제가 일상의 감각을 초월한 그 어딘가에 존재한다는 것을 말하고 있다. 즉 청각과 시각 그리고 촉각을 동원해도 도저히 무엇이라고 감이 오지 않는 것을 말하는데, 모양이나 형상, 울림 등 겉으로 보이는 것이 없기에 역으로 어디든 통하지 않는 곳이 없다는 의미를 내포한다. 그리고 원문의 "혼(混)" 자는 혼돈된다는 의미가 아니라 유와 무가 함께 있어 구분하기 어려운 그런 상태를 말한다. 그래서 "섞여 있다"는 의미로 이해해야 한다.

우리가 상식적으로 생각하는 색깔과 소리와 맛을 거부하라는 노자가의 발상은 역설적이고 풍자적이다. 노자의 눈에가 보기에 저마다 자연의 이치를 따르지 않았던 데서 모든 선입견이 생기게 된 것이며 인간이 자연보다 그리고 도보다 우월하다는 허위의식에서 나온 것이므로 대단히 인위적이고 가식적이기에 이런 인간이 만든 틀을 초탈해야 한다는 사유가 드러나는 것이다.

노자는 도(道) 외의 모든 것을 상대적인 것으로 간주했으니, 의식작용에 의해서 개념화되고 고정화된 존재인 현상계 또한 개별적이고 저차원적이며 항상 변화무쌍한 상대적 세계인 것이다. 결국 우리가 상식적으로 생각하는 개념이 상식이 아닌 것이기에 거부하고 새롭게 사유하라고 노자는 강변한다. 노자가 생각하기에 인간의 지식은 주관적이고 구별은 무가치하기에 자기와 다른 것을 구분하고 사소한 것을 따지는 사회의 가치체계와 규범이 대립과 경쟁을 유발시켜 인류의 불행을 초래했다는 것이다.

즉 노자는 '도(道)'란 쉽게 파악될 수 없는 절대적 근원의 세계로서 오직 고도의 정적(靜的)인 의식 상태에서 형성되는 내적 직관에 의해서만 체득될 수 있는 무대상의 대상이기에 이것에 제대로 접근하기 위해 지식을 부정하고 배움을 끊고자 한 것이다.

6. 모든 상식을 거부하고 다시 재편하라

노자는 주장한다. 세상의 퇴폐함과 혼란의 원인인 지식이나 도덕이라는 인위(人爲), 그것들의 집적인 인간의 문화로부터 벗어나 태고의 자연으로 돌아가야 한다고 말이다. 박이문에 의하면, 문화라는 것은 의식과 지적 능력을 가진 인간이 자연과는 별개의 차원, 즉 의미 차원에 인간적 세계를 건축한 것으로 정의할 수 있다. 문화는 자연에 인위와 조작을 덧붙인 것이므로 논리적으로나 실질적으로 자연 세계와 분리됨으로써 가능한 것이며, 이 때문에 그것은 자연과 인간의 거리가 만들어낸 부산물이다. 그래서 문화라는 말은 오로지 자연이라는 말과 대립됨으로써 의미를 갖게 되며, 문화가 발전할수록 인간이 스스로를 자연과 대립되는 존재로 정립하면 할수록 인간과 자연의 거리는 커지고 자연은 더욱 심각하게 파괴된다. 그러므로 노자에게 문화는 자연 질서를 파괴하고 인간의 본능을 왜곡하는 제거의 대상이다.

과연 우리가 생각하는 관념 중에 영원히 깨지지 않는 틀이 있는가? 말로 표현하면 이미 그것은 본래의 의미를 상실하듯 노자는 우리의 사고 영역이 겨우 다섯 가지의 색깔과 소리 그리고 맛에 의해 한정되는 것을 거부하면서 인간의 감각기관의 무한 확장 가능성을 열어두고자 하는 것이다.

어찌 보면 노자의 이런 주장은 이상적이고 무모한 것으로 느껴진다.

하지만 달리 생각하면 그만큼 노자 시대에 온갖 작위가 넘쳐났고 일방적인 가치관의 강요가 횡행했다는 것을 짐작할 수 있고 그런 점은 21세기 오늘도 크게 다르지 않다는 데에 문제의 심각성이 있지 않은가? 여전히 우리가 몸담고 있는 이 세상은 권력, 신분, 도덕, 권위, 삶과 죽음 등 여러 가지 구별이 있고 그 구별이 사람들을 구속한다. 이 속에서 사람들은 자기 욕심을 위해 뛰고 있다는 점이다. 노자는 인간이 이성의 힘으로 정신 현상가지까지 이미지하고 계량화하는 횡포에 깊이 실망하고 있다. 왜냐하면 '도'는 인간이 추구하는 진정한 가치이지만, 그것은 이미 이성의 논리로서 표현할 수 없기 때문이다.

노자의 관점은 분명 언어 회의론에서 나온 것임이 분명하다. 이는 바로 《장자》라는 텍스트에 나오는 '망언지인(忘言之人)' 즉 '말을 잊은 사람'의 문제, 혹은 '알아도 말하지 않는' '지이불언(知而不言)'(《장자(莊子)》, '열어구(列禦寇)'편)의 문제로 확장된다. 노자의 논리는 단순히 언어는 소통의 기능을 담당한다는 차원의 문제를 훌쩍 벗어나 차라리 언어의 침묵을 강요하고 있는 것이다. 물론 이런 노자의 '억지스러움[强]'은 그가 생각하는 '도(道)'의 영역이 형언하기 힘들 만큼 거대하게 확장된 영역을 구축한다고 인식하기 때문인 것이다.

과연 노자가 말하는 근본적인 핵심이 어디에 있는지 그 이면을 보아야 한다. 노자가 단순히 오색과 오음과 오미를 거부하라는 식의 단편적인 오해를 피하려면 노자의 사상을 총체적으로 조감해야 한다. 파편적으로 자구에 매달리면 전체를 보지 못하게 되기 때문이다.

* 이 글은 기본적으로 김원중 역《노자도덕경》(서울: 휴머니스트, 2018)과
   김원중이 학술지에 발표한 3편의 논문〈老子의 글쓰기 전략에 대한 몇
   가지 검토(2016.12)〉,〈《노자》텍스트에 있어서의 부정과 역설의 미학Ⅱ〉
   (2014.12),《노자》텍스트에 있어서의 부정과 역설의 미학 ― "道可道,
   非常道"를 중심으로〉(2013.01)에 대체적으로 의존하고 있음을 밝힌다.

1) 김원중 역,《노자 도덕경》(서울: 휴머니스트, 2018), 13~14쪽. 왕방웅(王邦
   雄)은《노자》라는 텍스트에 의거하여 그 당시의 시대상황을 네 가지로
   구분했다. ⅰ)'禮'의 붕괴와 형벌의 잔학함(《노자》, 17 · 38 · 57 · 58 · 74 ·
   75장) ⅱ)대규모의 전쟁과 나라간의 병설로 인한 생명의 무력화(《노자》,
   30 · 31 · 46 · 53장) ⅲ)상공업의 발달로 인한 욕망의 증대와 민심의 불안정
   (《노자》, 3 · 9 · 19 · 44 · 57장) ⅳ)지식계급의 확대로 명리(名利) 경쟁의
   열기가 형성됨(《노자》, 3 · 65장) (王邦雄,《老子的哲學》, 台北: 三民書局,
   1980, 44~54쪽)

2) 노자의 언어에 대한 부정적인 입장은 스즈끼(鈴木)와 W.하이젠베르그의
   언어에 대한 생각과 일맥상통하는 점이 있다. 즉 전자는 그 본질에 있어서
   어의를 초월하고 있는 우리의 내적 경험을 전달함에 있어 반드시 언어를
   사용하지 않을 수 없다는 사실에서부터 범상한 사고방식을 당혹시키는
   모순이 생겨나는 것이라 했고, 후자는 우리는 원자의 구조에 관하여 어떤
   방식으로든 말하려고 하지만 일상언어로서는 아무래도 이야기할 수가 없다
   고 했다.F. 카푸라 저, 이성범, 김용정 역,《현대물리학과 동양사상》(서울,
   범양사, 1988), p.55~58. 이규호,《말의 힘》(서울: 제일출판사, 1992), pp.14-15.

3) 오쿤루(鄔昆如),〈否定詞在道德經中所扮演的角色〉,(《哲學與文化》, 第八
   卷十期, 1981)

4) 大道廢, 有仁義, 智慧出, 有大僞. 六親不和, 有孝慈, 國家昏亂, 有忠臣.

5) 天下皆知美之爲美, 斯惡矣, 皆知善之爲善, 斯不善已.

6) 王邦雄,《老子的哲學》, 앞의 책. 92쪽.

7) 故有無相生, 難易相成, 長短相形, 高下相傾, 音聲相和, 前後相隨.

8) "보아도 볼 수 없으므로 '이'라고 하고, 들으려 해도 들을 수 없으므로
   '희'라고 이름하며, 잡으려 해도 얻지 못하므로 '미'라고 부른다. 視之不
   見, 名曰夷, 聽之不聞, 名曰希, 搏之不得, 名曰微."《老子》14장. 김원중 역,
   앞의 책, 82~84쪽.

9) "바라보아도 능히 보지 못하고, 쫓아도 능히 미치지 못한다"〈天運〉

10) 비트겐쉬타인, Tractatus Logico - Philosophicus (《논리철학 논고》), 박이문,《현상학과 분석철학》, (서울, 일조각, 1984), p. 재인용

11) 五色令人目盲, 五音令人耳聾, 五味令人口爽. 馳騁畋獵, 令人心發狂, 難得之貨, 令人行妨是以聖人, 爲腹不爲目, 故去彼取此.
여기서 '행방(行妨)'이란 정직한 유사한 개념으로 볼 수 있다. 물론 "난득지화難得之貨"가 원인을 제공하고 있다는 말이다.

12) 塞其兌, 閉其門, 終身不勤, 開其兌, 濟其事, 終身不救.

13) 이런 발언은 장자의 말처럼 "무릇 도라는 것은 실제로 나타나는 작용이 있고 그것이 존재한다는 증거가 있지만 행위도 없고 형체도 없으며, 또 그것을 전할 수 있지만 받을 수는 없고, 터득할 수는 있지만 볼 수는 없다夫道, 有情有信, 無爲無形, 可傳而不可受, 可得而不可見(〈大宗師〉)는 인식 때문이다. 지식에 대한 공격은 장자가 道에 대해 말하기를, "가장 해박한 지식이 꼭 그것을 알고 있는 것은 아니며 분별하는 것이 반드시 지혜로운 것은 아니다(博之不必知, 辯之不必慧)(《莊子》〈知北遊〉)"고 한 말과 같은 맥락이다. 장자는 또 말한다. 제 아무리 신의 경지에 이른 예술가도 도달하지 않은 것은 매한가지라고 말이다. 이 말은 "오색五色" "오음五音" "오미五味" 등 인간의 감각작용으로서의 욕망은 끝이 없음을 말하는 것이다. 김원중 역, 앞의 책, 75쪽.

14) 是以聖人之治, 虛其心, 實其腹, 弱其志, 强其骨.常使民無知無欲, 使夫智者不敢爲也.爲無爲, 則無不治.

15) "어떤 사물은 혼돈스런 모습으로 이루어져 천지보다 먼저 생겨났다. 적막하고 쓸쓸함이여. 우뚝 서 있으면서 바뀌지도 않는다. 두루 행하지만 위태롭지 않으므로 온 세상의 어머니가 될 수 있다. 나는 그 이름을 알지 못하기에 그것에 붙여 '도'라고 한다有物混成, 先天地生, 寂兮寥兮, 獨立不改, 周行而不殆, 可以爲天下母, 吾不知其名, 字之曰道.强爲之名曰大." 《老子》25장. 이 문장에서 '字之'앞에 '强'자가 있어야 아래의 문장과 댓구를 형성하여 자연스러운 문장이 된다고 주장하는 학자도 있으니, 정세근이 그렇다.《노장철학》(철학과 현실사) 26쪽. 물론 정세근의 견해는 劉師培 등의 견해와 일치되는 것으로서 이 장에 대한 제가의 주석은 陳鼓應의 《老子今註今譯》114쪽에 상세하다.

16) 其上不皦, 其下不昧, 繩繩不可名, 復歸於無物, 是謂無狀之狀.

17) 박이문,《시와 과학》, (서울, 일조각, 1982), pp.120~121 참조

18) I.A Richards & C,K Ogden, The Meaning of Meaning, pp.23,28,149의 인용
    문 참조.

19) 視之不見名曰夷. 聽之不聞名曰希. 搏之不得名曰微.

20) 此三者不可致詰, 故混而爲一.其上不皦, 其下不昧.繩繩不可名, 復歸於無
    物.是謂無狀之狀, 無物之象, 是謂惚恍.迎之,不見其首, 隨之,不見其後.

소리의 울림과 결합
- 이백(李白) 악부시(樂府詩)의 한 독법*

김의정(성결대)

1. 이야기의 시작

필자가 중국 고전문학에서 소리의 묘사에 대해 새롭게 생각하게 된 계기는 소식(蘇軾)의 적벽부(赤壁賦)를 읽으면서였다. 적벽부에는 사람들의 감성을 적셔주고, 미처 생각지 못한 점을 깨닫게 하는 명구들이 많다.[1] 아마도 가장 많은 사람들에게 회자되는 것은 달과 물의 이야기일 것이다. "그대는 저 달이 차고 기우는 것을 보지 못했는가?" "저 물이 흘러간다고 아주 흘러가버리는 것은 아니며......" 그런데 이것 말고도 감성의 지점은 도처에 포진되어 있다. 우선 필자가 가장 매료되었던 첫 번째 지점은 마치 선사의 화두 같은 다음 구절이다.

> 耳得之而爲聲,　　귀로 들으면 소리가 되고
> 目遇之而成色.　　눈으로 보면 색채가 된다

세상은 무수한 색채와 소리로 되어있다. 원래부터 그것은 그 자리에 있었다. 마치 김춘수의 꽃처럼, 그의 이름을 불러주었을 때 그 때 날아와 소리가 되고 빛이 되는 것이다. 그 아름다운 색과 소리를 발견하는 것은 감상자의 몫이다. 수업에서도 열심히 들어주는 학생들의 귀와 눈빛이 없다면, 강의는 얼마나 무료할 것인가? 창작자 못지않은 감상자의 중요함을 확인할 수 있는 대목이다. 그런데 적벽부를 한 구절씩 세심하게 읽다보면 다르게 읽히는 대목이 또 있다.

> 托餘響於悲風　　(그래서 저는) 슬픈 바람에 여운을 맡긴 것입니다

주지하다시피, 소식은 황주(黃州)에 유배되어 어느 가을 적벽아래

배를 띄우고 벗과 함께 흥취에 잠겼다. 벗이 건네는 퉁소(洞簫) 소리가 슬프게 들리자 질문을 띄운다. "그대의 피리소리는 어찌 그렇소?" 벗의 답은 이러했다. "이곳 적벽을 호령했던 역사의 주인공들 조조(曹操)와 주유(周瑜) 등도 모두 역사의 뒤안길로 사라졌지요, 그렇다면 이렇게 존재감 없이 시골 촌구석에 파묻혀 사는 우리들의 삶은 더더구나 흔적도 없이 사라질 것이 아닌지요? 그런 생각을 하니 허망함에 사로잡혀 제 연주소리가 구슬퍼졌나 봅니다.(이 내용은 필자가 윤색한 것임)" 이러한 내용인데 화자는 자신의 연주에 대해 위와 같이 상식적으로 쓰지 않고 "슬픈 바람 속에 여운을 맡겼다"고 하였다.

뜯어보면 의문투성이이다. 연주자는 실제 음을 내는 동작을 행했다고 말하는 것이 아니라 한 음이 끝난 뒤의 공명인 '여운'을 말하였다. 보통 우리는 여운을 연주한다고는 말하지 않는다. 여운은 실제 음이 정확한 강도로 울린 뒤 일정시간 점점 작아지면서 지속되는 無에 가까운 소리이다. 우리가 여운을 직접 연주할 수는 없으므로, 여운의 메아리를 조절하려면 실음 단계에서 강도를 조절해야 여운의 지속력에 영향을 줄 수 있을 것이다. 그렇게 까지 말한다면 여운도 결국 연주자가 조절하는 기량의 범위 안에 들 수 있겠으나 역시 여운의 멋은 연주자에겐 최고의 기량을, 그것까지 들어내는 청취자에게도 최고의 감상능력이 요구되는 지점이 아닐 수 없다. 그런데 그 여운을 적벽부 속의 연주자는 지나가는 슬픈 바람에 맡겼다고 한다.

때는 음력 7월 보름, 초가을이 시작되는 절기라 낮에는 더위가 식지 않았을 것 같다. 밤이 되어 선선한 바람을 쏘이며 소박한 배위에서 이루어지는 연주. 방음벽은 물론 관객에게도 소리 없이 경청할 것을 요구하는 현대의 오케스트라 연주를 생각해보면 이때의 상황은 자연과 하나가 되는 연주이다. 연주자의 손끝에서 소리가 날아올라 허공으로 향하다가 지나가는 슬픈 바람과 결합되어 새로운 공명을 일으키는 장면이 연상된다. 소식이 여기까지 생각했다고 생각하자 문학작품 속 모든 소리의 결합들이 궁금해졌다. 그러다가 두 번째 만난 소리 묘사는 이백의 다음 작품이었다.

〈촉승 준의 금 연주를 듣고(聽蜀僧濬彈琴)〉
客心洗流水,　　객의 마음은 음악 속 흐르는 물에 씻기고
餘響入霜鍾.　　나머지 여운은 차가운 종소리로 섞이어 들어갔네

오랜만에 여운과 여향의 기억을 다시 떠올리게 되는 순간이었다. 차에는 잔향이 있고 아름다운 영화 한편, 심금을 울리는 소설 한권에는 묵직한 여운이 있다. 그런데 이 시에서는 그 여운이 실체가 있어 다른 매체와 섞이고 있다. 이백은 또 어떻게 그 오랜 옛날에 그처럼 황홀한 감각의 세계를 경험할 수 있었을까? 필자는 이 글에서 이백의 시가 보여주는 그 감각의 세계에 좀 더 가까이 다가가 보고자 한다.

이백의 시 안에는 다양한 종류의 악기와 노래 소리들이 등장하고 있다. 이를 파악하는 경로는 다양할 수 있을 것이다. 필자는 이러한 소리들이 일종의 이야기를 지니는 '악부시(樂府詩)'의 형태가 되었을 때 그 상상력의 폭이 더욱 확장된다고 보았다. 악부시 속 이야기가 또 하나의 창이 되어, 음악은 같은 공간 안에서 협주되기도 하고 때로는 현실과 환상의 이중주가 되기도 한다. 이에 악부시 속에서의 소리의 울림과 결합에 주목하면서 다음과 같이 논의를 전개해보고자 한다.[2]

2. 소리 하나: 들려주는 자 - 듣는 자

첫번째 시: 양반아(楊叛兒)3)

君歌楊叛兒,	그대는 양반아 노래를 부르세요
妾勸新豐酒4).	저는 신풍의 술을 권하지요
何許最關人,	어느 부분이 가장 좋으냐구요?
烏啼白門柳5).	"까마귀 우는 백문의 버드나무"지요
烏啼隱楊花6),	까마귀 울며 버들 꽃 속에 숨었는데
君醉留妾家.	그대도 취했으니 제 집에 머무세요
博山鑪中沈香火7),	박산향로에 침향을 사르니
雙煙一氣凌紫霞.	두 줄 연기 하나로 자줏빛 노을을 넘네요

이 시는 이백이 옛 악부시의 가사에 근거하여 변화시켜 쓴 것으로 남녀의 연정을 노래한 것이다. 〈양반아〉의 현존하는 옛 가사 8수는 모두 애정시이다. 이백의 본 작품은 그 가운데 두 번째 가사의 의미에 착안하여 변화시킨 것이다. 그 가사는 다음과 같다.

暫出白門前,	잠시 백문 앞으로 나가니
楊柳可藏烏.	버드나무는 까마귀 숨을 만하네.
歡作沈水香,	그대는 침향이 되소서,
儂作博山鑪.	저는 박산 향로 되리니.

시의 첫 두 구절은 한 쌍의 젊은 남녀가 사랑의 노래를 주고받는 장면이다. 남자는 노래하고 여자는 술을 권한다. 이어서 제 3구는 옛 가사에 없던 부분을 집어넣었는데 의문형으로 되어 있어 독자의 호기심을 자극하며 제 4구는 질문에 대답하는 형식이다. 제 5구의 내용은

옛 가사에 있던 것을 변형시켰는데 경치묘사이면서도 감정을 담아 써서 단순히 '버드나무는 까마귀 숨을 만하네'라 한 것보다 아름답다. 제 6구에서는 '그대 취했으니 제 집에 머무르세요'라 말하여 시적 화자의 의도가 분명해졌다. 이때의 취함은 술에 취한 것도 있겠으나 남녀의 연정이 달아올라 분위기에 취한 것까지 포함될 것이다. 마지막 2구에서는 이러한 애정의 의미를 끝까지 고조시켰다. 남녀의 만남은 박산향로에서 타는 침향으로 비유되었으며 마지막 구에서 타오르는 애정의 불길은 하나가 되어 자줏빛 노을로 이어진다.

이 시에서 소리의 감각과 관련하여 흥미로운 부분은 제 3,4구이다. 이 부분을 단순하게 장소로 생각할 수도 있다. 그럴 경우 "어느 곳이 가장 매력적인, 사람을 끌어당기는 장소인가요? 바로 우리가 만나는 이곳이지요" 라는 유혹적인 가사가 된다. 그런데, 바로 앞에서 여인은 자신이 노래를 하는 것이 아니라 연인인 상대방에게 노래를 불러달라고 한다. 그리고 나서 자신은 술을 권하겠다고 한 다음에 이어지는 대목이기 때문에, 필자는 이 부분이 충분히 본래 있던 노래의 한 대목일 수 있다고 보았다. 여인이 현실 속, 혹은 상상 속에서 만나고 있는 남자는 여인의 요청으로 '양반아'를 부를 것이다. 아마 이전에도 여인이 만났던 이 남자는 여인을 위해 '양반아'를 불러 주었을 지도 모른다. 여인은 이렇게 노래한다. "양반아를 불러주세요, 저는 당신이 노래 부를 때 '까마귀 우는 백문의 버드나무' 부분이 가장 좋답니다." 이백의 입을 통해 들리는 것은 여인의 '양반아'이지만, 여인의 노래는 또 한 사람과의 대화처럼 함께 노래를 주고받는 형식으로 되어 있다. 그래서 독자인 우리는 상상 속에서 여인이 유혹하고 있는 남자의 노래도 어렴풋이 듣게 된다. 간단해 보이는 이 시는 사실, 이 노래의 궁극의 작자가 이백인 것을 감안하면 몇 겹으로 그림이 그려진다.

이백의 노래→ 여인의 노래→ 남자의 노래

뿐만 아니라, 이 시는 후반부에서 여인이 남자를 유혹하면서 박산향로에서 타는 침향의 두 줄기 연기로 사랑을 시각적으로 형상화했다. 이 시각적 요소를 밑받침하고 있는 것이 청각, 즉 소리 요소인데 여인의 대화체 화법에 의해 마치 두 줄기 연기처럼 노래 소리도 두 사람이 노래를 주고받으며 두 사람이 부르는 곡을 연상하게 된다. 이것이 이 시가 악부시로서 가지는 매력이라 생각된다. 이 시를 장면화 하면 아래의 개념도와 같이 '무대 위 노래 부르는 여인'과 '무대 너머에서 어디선가 들려오는 노랫소리'라는 두 가지 노래가 떠올려진다.

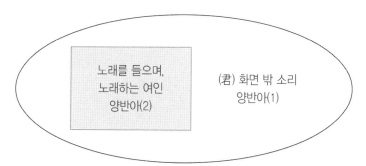

노래를 들으며,
노래하는 여인
양반아(2)

(君) 화면 밖 소리
양반아(1)

그림 1: 〈양반아(楊叛兒)〉의 노래 모습 개념도

이제 두 째 작품을 살펴보자. 듣는 이와 들려주는 이로 구성되었다는 면에서 앞의 〈양반아〉와 유사하다. 다만 작중 주인공의 역할이 앞의 시인 〈양반아〉에서는 노래 부르는 것이 지배적이었다면 이제부터 살펴볼 작품에서는 듣는 역할이 지배적이어서 훨씬 더 청각에 집중하게 된다.

〈밤에 앉아 읊조리다(夜坐吟)〉8)

冬夜夜寒覺夜長,	겨울밤 밤은 추워 밤이 길게 느껴지니,
沈吟久坐坐北堂.	오래도록 북당에 앉아 나지막이 읊조리고 있습니다.
冰合井泉月入閨,	우물 물 얼어붙고 달빛은 방안에 비쳐드는데,
金缸青凝照悲啼.	금 등잔의 푸른 불빛은 흔들림 없이 슬픈 울음 비쳐줍니다.
金缸滅,	금 등잔불이 꺼지니,
啼轉多.	흐느낌은 더욱 심해집니다.
掩妾淚,	저는 눈물을 감추며,
聽君歌.	그대의 노래를 듣습니다.
歌有聲,	노래에는 소리가 있고,
妾有情.	제게는 정이 있습니다.
情聲合,	정과 노랫소리 하나가 되어야만,
兩無違.	두 사람은 하나 되어 어긋남이 없겠지요.
一語不入意,	한 마디 말이라도 내 마음에 들지 않는다면,
從君萬曲梁塵飛9)	그대가 수많은 노래 부르더라도 들보에 먼지만 날릴 뿐이네요.

이 시는 위진남북조 송나라 포조(鮑照)의 〈밤에 앉아 읊조리다(夜坐吟)〉
을 모방해서 지은 악부시로 《악부시집》권76의 〈잡곡가사〉편에 동일 제목
으로 포조, 이하(李賀)의 시와 함께 실려 있다. 남녀의 사랑을 노래한
애정시(愛情詩)로, 겨울밤 들리는 노랫가락에서 모티브를 삼고 있다.

이 시의 화면을 상상해보면 마치 오페라의 장면처럼 비탄에 잠긴
여인이 무대의 스포트라이트를 받으며 노래를 하고 있다. 이백의 이
작품의 가사 자체가 여인의 노래인 것이다. 그런데 여인의 노래를 들여
다보면, 여인은 오히려 다른 사람, 여인이 사랑하는 님(君)의 노래를
듣고 있다. 귀 기울여 님의 노래를 들으며, 그대의 노래가 나의 마음과

맞는다면 두 사람은 하나가 될 수 있다고 했는데 이 장면에서는 여인의 상상 속에서 두 사람이 함께 노래 부르는 장면이 연상된다. 그러다가 여인이 다시, 한마디 말이라도 내 마음에 들지 않는다면, 수많은 노래를 부르더라도 들보에 먼지만 가득할 것이라고 비난과 저주를 퍼부을 때는 앞서 떠오른 두 남녀의 합창 이미지가 깨어지고 눈앞에는 먼지가 수북이 쌓여 폐허가 된 집이 드러난다. 시의 화면의 구성은 앞의 〈양반아〉와 유사하면서도 다른데 그 다른 지점은 여인이 노래를 듣는 자의 이미지가 우선적이어서 시 안에서 다른 사람의 노래가 더 크고 분명하게 들려온다는 점이다.

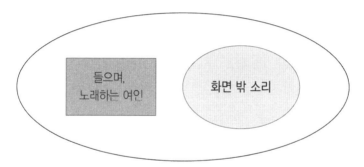

그림 2: 〈밤에 앉아 읊조리다(夜坐吟)〉의 노래 모습 개념도

3. 소리 둘: 하나가 되는 노래

이제 한편의 시에서 소리가 섞이는 양상을 살펴보자. 필자가 살펴본 악부시 가운데 〈그윽한 골짜기의 샘물(幽澗泉)〉은 여러 가지 소리의 어우러짐이 가장 분명하고 아름답게 들리는 작품이었다.

〈幽澗泉〉10) 그윽한 골짜기의 샘물

拂彼白石,	흰 바위 깨끗이 쓸고서
彈吾素琴.11)	수수한 거문고를 탄다.
幽澗愀兮流泉深,	그윽한 골짜기 쓸쓸하고 샘물 깊이 흐르는데
善手明徽,12)	능숙한 솜씨로 정확하게 튕기니
高張清心.	높이 울리는 소리 마음을 맑게 한다.
寂歷似千古松,	쓸쓸한 소리는 천년된 소나무 같고
颼飀兮萬尋.	쏴아 쏴아 바람 소리는 만길 골짜기에서 나는 듯하네.
中見愁猿吊影而危處兮,	그 가운데 시름 겨운 원숭이 외로이 높이 앉아
叫秋木而長吟.	가을 나무에서 소리 내어 길게 우네.
客有哀時失志而聽者,13)	시절을 슬퍼하다 뜻을 잃은 객이 이 소리를 듣고는
淚淋浪以霑襟.14)	눈물이 비 오듯 흘러 옷깃을 적시네.
乃緝商綴羽,15)	이에 상조로 우조로 이어지며
潺湲成音.16)	잔잔하게 한 곡을 마치네.
吾但寫聲發情於妙指,	오묘한 손놀림으로 음악 소리 내고 감정을 드러낼 뿐
殊不知此曲之古今.	이 가락이 옛것인지 지금 것인지 전혀 알지 못하겠네.
幽澗泉,	그윽한 골짜기 샘물 소리
鳴深林.	깊은 숲속에 울린다.

이 작품은 3언~9언까지 섞여 있는 잡언체 시로, 가을날 깊어진 시인의 시름을 거문고 소리를 빌어 형상화한 시이다. 잔잉(詹鍈)은 "이백이 실의했을 때에 거문고 소리를 빌어 가슴 가득한 울적함을 털어버린 시"라고 했고, 《이시통(李詩通)》에 보이는 청나라 사람 해록이(奚祿詒)의 비점(批點)에서는 "마지막 구에서 끝내 자기를 알아주는 사람이

없다고 탄식하였다(末句嘆終無知音者)"라고 평하였듯이 내용상 장안 생활을 청산하고 강호로 돌아간 후의 외로움을 노래한 시다. 정확한 작시 연대는 알 수 없다.

이 시는 거문고 연주 기법이 뛰어난 연주자가 거문고를 연주하는 과정을 묘사하고 있으며, 세 부분으로 나눌 수 있다. 제1구에서 4구까지는 거문고를 타는 주변 환경을 묘사하였고, 다음 네 구는 연주되는 곡조에 대해 구체적으로 묘사하였다. 마지막 여덟 구에서는 음악에 빠져드는 청중의 반응과 물아일체의 몰입감을 묘사하였다. 금곡(琴曲)은 한대(漢代)에 유행한 악부로, 사언(四言)과 잡언(雜言)의 초사체(楚辭體)가 주를 이루었다. 또한 풍격은 아악(雅樂)의 격조를 잃지 않으면서도 실의의 고통과 울분의 정서를 노래하는 것들이 주를 이루고 있다. 이 시에서 이백 스스로가 "이 가락이 옛것인지 지금 것인지 전혀 알지 못하겠네"라고 한 것 또한 바로 이러한 한대 금곡의 전통을 잇고 있음을 스스로 밝힌 것으로도 볼 수 있다.[17]

이 시는 엄평본(嚴評本)에 실린 명대 사람의 비에서 "이소인 듯 산문인 듯 사언시인 듯 붓 가는대로 섞여 나오니 여러 가지 운치가 풍부하다(若騷若文若四言詩, 肆筆雜出, 綽有風致)"라는 평을 얻었다.[18] 명대의 종성(鍾惺)은 《당시귀(唐詩歸)》 권16에서 "'중견'이라고 한 것은 눈으로 본 풍광이 아니라 거문고 연주 속에서 본 것이니 그 청각이 신령스럽고 기묘하다(中見非目境也, 就琴中見之, 耳根靈妙)"라고 하였다. 주간(朱諫) 또한 《이시선주(李詩選注)》에서 "이백이 시를 지으며 글자를 운용할 때 가장 정교한 것은 바로 〈유간천(幽澗泉)〉이라는 제목의 시처럼 '잔원'이라는 단어가 가진 표면적인 의미를 사용하여 자세히 묘사했지만 흔적이 전혀 없어 드러나지 않으며 섬세함을 추구하지 않아도 그 의미가 저절로 (그러한 경계에)이르는 것이다(按白作詩用字最

精, 如〈幽澗泉〉, 使用潺湲字面而體貼之, 渾然形跡之不露, 不求巧而意自到也)"라고 극찬하였다. 이러한 전인의 평가를 통해서 볼 때 이 시의 탁월한 점은 음악소리와 물소리가 하나로 섞여 구분할 수 없을 만큼 자연스럽다는 점일 것이다. 또한 종성이 지적했듯이 '중견'이라 한 것은 그 가운데 다음과 같은 상황이 보인다는 것으로 실제 모습이 아니라 청각을 통한 연상이 마치 눈으로 보듯 선명하다는 본시의 뜻을 잘 파악한 것으로 해석된다.

필자가 이 시를 처음 접한 느낌을 되살려 시의 흐름을 다시 되짚어보면 다음과 같다.

시의 첫 출발은 시인의 자화상으로 출발한다. 앞의 작품들에서 시의 주인공으로 이백 자신과 전혀 다른 여성을 내세웠던 데 비해, 여기서는 자신을 작중인물로 내세워 시를 진행하고 있다. 소금(素琴)은 장식이 없는 수수한 거문고로 화려하지 않고 자연스러움을 추구하는 시 전체의 분위기에 잘 어울린다. 이 시에서 관건이 되는 부분은 시의 제목이기도 한 '유간천(幽澗泉)', 즉 '그윽한 골짜기의 샘물'이다. 첫 구절에서 흰 바위를 깨끗이 쓸고 거문고 연주를 시작하고 있으므로 3구에 보이는 그윽한 골짜기와 샘물은 연주를 하는 배경인 자연을 지칭하는 것으로 보인다. 또한 그 소리는 악기소리의 배경음악이기도 하다. 제 4구부터는 구체적인 연주가 시작되고 있다. 이어지는 묘사는 크게 보면 모두 거문고 연주로 보아야 한다. 다만 그 안에 조금씩 다른 지점이 있다. 우선 5,6구는 음악소리가 마치 깊은 솔숲에서 사는 솔바람 소리처럼 청량하고 창망한 것이었음을 표현하였다. 다음 7, 8, 9, 10구는 제 7구에서 말한 '見' 즉 '보이다' 라는 동사의 구체적 내용인데 실은 음악소리를 통한 연상에서 마치 뚜렷한 모습을 눈앞에 보는 듯한 상태를 말한 것이다. 우리는 흔히 하나의 감각이 다른 감각으로 전이 되는 현상을 공감각이라 하는데 이백은 말하자면 공감각의 파장이 아주 길게 작용하고 있다고 볼 수 있다. 제 11, 12구의 "잔원(潺湲)"은 본래 졸졸 흐르는 물소리를 형용하는 단어이다. 여기서는 음악소리를 묘사한 것인데 마치 물소리처럼 들려오는 것을 말하고 있다. 이 짤막한 구절에서 자연의 소리와 인공은 이미 하나로 결합되고 있다. 제 13, 14구에서 시인은 스스로 연주하면서 고금을 모르겠다고 하여, 음악소리를 가장 신묘한 지경으로 올려놓았다. 이 구절에서 시인은 본래 자신의 경험을 독백처럼 노래하다가 주체의 역할을 잠시 내려놓고 화면 전체를 바라보는 객관적 입장이 되어 연주자의 소리를 개관하고 있다. 15, 16구에서 시적화자의 입장이 아직도 무대 전체를 개관하는 것인지, 아니면 다시 개인의 경험을 호소하는 본래의 화자로 돌아간 것인지는 애매하다. 따라서, 작중화자가 모르겠다고 말한 뒤에 첨언처럼 붙인 이 두 구는 도입부에 보이는 악기 연주의 배경으로서의 '그윽한 골짜기의 샘물'인지, 악기가 연주하는 '그윽한 골짜기의 샘물'인지 알 수 없다. 필자가 보기에는 이 두개의 소리가 섞여서 가장 완벽한 형태의 음악을 만들어냈다고 생각된다. 시 전편에 흐르는 여러 가지 소리의 섞임을 아래와 같이 그림으로 표현해보았다.

자연의 소리 (현실-배경)	악기소리 (상상1)	악기소리 (상상2)	악기소리 (현실)	작품 밖 시선	자연+악기+ 작품 밖 시선
그윽한 골짜기의 샘물	소나무 소리	원숭이 울음	상조-우조	악기 연주	그윽한 골짜기의 샘물
	만길 바람	객의 눈물			

그림 3: 〈그윽한 골짜기의 샘물(幽澗泉)〉의 흐름 개념도

이백의 시에는 이와 같이 작위와 무위, 현실과 비현실의 결합을 통해

드러나는 아름다운 화면을 다수 찾아볼 수 있다. 서두에서 제기했던 〈촉승 준의 금 연주를 듣고(聽蜀僧濬彈琴)〉 이외에도 예를 들면, 다음과 같은 시구가 있다.

〈月夜聽盧子順彈琴〉
白雪亂纖手,　　　　하얀 눈발이 섬섬옥수 사이를 어지럽게 흩날리며,
綠水淸虛心.　　　　푸른 물은 텅 빈 마음을 맑게 해주네

〈금릉 여인에게示金陵子〉
金陵城東誰家子,　　금릉성 동쪽 어느 여인의 집인가?
竊聽琴聲碧窗裏.　　푸른 창가에서 몰래 거문고 소리 듣네.
落花一片天上來,　　하늘에서 떨어진 한 점 꽃잎이,
隨人直渡西江水.　　님을 따라 곧장 서강의 물을 건너는구나

　전자에서 백설(白雪)과 녹수(綠水)는 모두 금곡의 이름이기도 하지만 자연물을 지칭할 수도 있다. 섬섬옥수의 움직임은 마치 백설이 춤추는 듯하고 음악소리에서 연상되는 푸른 물이 마음을 편안하게 해준다는 것이다. 두번째 작품에서 음악소리는 시각적으로 꽃잎으로 형상화될 뿐만 아니라 선율은 하늘에서 흩날리며 강물에 실려 떠가는 것으로 변화된다. 시에 드러나는 자유자재한 상상의 세계를 엿볼 수 있다.

4. 소리 셋: 이야기의 안과 밖

　지금까지 살펴본 음악 소리의 결합은 두 가지가 있었다. 첫 번째는 이야기를 가지고 있는 악부시 안에서 노래가 진행되면서 두개의 소리

가 겹치는 부분에 주목했다. 두 번째는 자연물의 소리와 악기 속의 소리가 하나로 섞이며 새로운 노래를 만들어내는 상황을 살펴보았다. 이제 살펴보려는 것은 가장 복잡한 형태인 듯하다. 여기서는 두 가지 노래가 섞임은 물론, 이야기를 가진 옛 노래와 지금 이 시점에서 부르는 새로운 노래가 결합되어 깊고 풍부한 화면을 만들어나간다.

아침에 장끼가 날아오르다(雉朝飛)20)

麥隴青青三月時,	보리밭 푸릇푸릇한 춘삼월에
白雉朝飛挾兩雌,19)	흰 장끼가 아침에 까투리 두 마리를 끼고 날아가네.
錦衣繡翼何離褷,20)	수놓은 듯 화려한 날개가 어찌 그리 아름다운가
犢牧採薪感之悲.21)	독목자는 나무하다 이를 보고 서글퍼했다지.
春天和,	봄날은 화창하고
白日暖,	밝은 해 따스한데.
啄食飲泉勇氣滿,	먹이를 쪼고 샘물을 마시면 용기 백배하여
爭雄鬪死繡頸斷.22)	죽기를 각오하고 비단목이 부러지도록 승부를 가린다네.
雉子班奏急管弦,23)	〈치자반〉 가락 연주 빨라지니
心傾美酒盡玉椀.24)	좋은 술에 흠뻑 빠져 옥 사발을 다 비우네.
枯楊枯楊爾生荑,25)	"마른 버드나무야, 마른 버드나무야, 너는 새 순이 돋건만"
我獨七十而孤棲.26)	"나만 홀로 칠십이 되도록 외로이 지내는구나."
彈弦寫恨意不盡,27)	현을 연주하며 한을 쏟아내도 마음을 다하지는 못하리
瞑目歸黃泥.28)	눈을 감고 황천으로 돌아가겠네.

보리밭에 보리가 자라 파릇파릇 해지는 삼월 봄날에 흰 장끼 한 마리가 아침에 두 마리 까투리를 차지하고 날아오른다. 그 모습을 보니

수놓은 비단처럼 날개가 고와서 아름답고 화려하였다. 이러한 모습을 본 독목자라고 하는 한 늙은이는 땔나무를 주우러 왔다가 자신의 신세가 서글퍼졌다. 장끼는 이렇게 아름답고 화려하여 까투리와 어울릴 뿐 아니라 용맹무쌍하기도 하다. 봄날 날씨가 화창하고 햇볕이 따스할 때 먹을 것을 쪼아 먹고 샘물도 마시고 난 장끼는 용기가 가득하여 두려울 게 없었다. 자신의 힘을 뽐내기 위해 죽기를 각오하고 싸우다 비단 목이 부러질 지경이었다. 〈치자반〉 곡조는 이러한 이야기를 들려주며 악곡은 어느새 정신없이 빨라지고 있다.(필자는 〈치조비〉 시에 나오는 〈치자반〉은 다른 곡조라 보았다. 이에 대해서는 미주22번 참조) 이에 나는 맛좋은 술에 마음을 빼앗겨 옥으로 만든 술잔의 술을 다 비웠다. 그러고 나니 다시 미물만도 못한 독목자의 처지가 내 일인 것만 같아서 불쌍해진다. 늙은 버드나무여, 늙은 버드나무여, 너는 그렇게 늙었건만 봄이 되어 새순을 틔우는구나, 그런데 나만 유독 일흔이 되어서도 짝이 없이 홀로 살고 있구나. 금의 현을 연주하여 그 한을 쏟아내려 해 보아도 마음 속 뜻은 다 토해내지 못한 것이 있구나. 눈을 감고 이대로 황천으로 돌아가리라.

이 시는 〈치조비(雉朝飛)〉의 옛 가사를 참조하여 새롭게 변형시킨 것이다. 이 시에서 나타내고자 한 의미가 무엇이냐에 대해 여러 가지 설이 있는데 가장 문제가 되는 부분은 이 시에서 궁극적으로 그린 것이 이백의 심정인가? 아니면 독목자의 심정인가? 하는 점이다.

이 시에 대해 명대의 육시옹(陸時雍)은 《당시경(唐詩鏡)》에서 "현을 연주하며 뜻을 풀어내어 감회의 기탁이 무궁하니 완연히 독목자의 말이다(彈奏寫意, 寄懷無窮, 婉是犢牧子語)"라 하였는데 이는 누가 독목자이고 누가 이백인지 모를 정도로 하나가 되었다는 뜻으로 이백이 독목자의 상황에 완전히 공감하여 시를 썼다는 의미로 풀이된다. 이밖에 시 중간에 등장하는 〈치자반(雉子班)〉 곡조를 본 시와 관련하여 어떻게 파악할 것인가도 혼란이 생기는 부분이다. 이에 대해 위셴하오(郁賢皓)는 죽기를 각오하고 용감하게 싸우는 장끼의 모습을 보고 후인들이 〈치자반〉 악곡을 만들어냈는데 사람들은 이에 마음을 쏟으며 술 마시고 즐기고 있지만 이백은 이들과 달리 독목자의 슬픈 처지에 공감하여 그를 위해 노래한다고 풀이하였다. 필자는 여기서 좀 더 나아가 이 시에서 〈치자반〉은 어디선가 들려오는 노래이고 〈치조비〉는 이백 본인이 연주하는 것이며 시가 진행되면서 두 곡조가 섞이는 것으로 보았다.

이백은 치자반 연주를 들으며 똑같이 꿩이 출현하는 〈치조비〉와 그 노래 속 화자인 독목자를 떠올렸다. 이야기를 따라 화창한 봄날 힘차게 날아오르는 장끼를 묘사하다 중간부분에서는 〈치자반〉 곡조에 마음을 빼앗기는 상황을 그렸다. 그러나 궁극적으로 늙고 기력이 쇠한 독목자의 처지에 공감한 시인은 다시 본래의 곡조로 돌아와 서글픈 어조로 노년의 비애를 표현하였다. 한이 너무 많아서 이루 다 쏟아낼 수 없다고 한 고백과 더불어 눈을 감고 이대로 황천으로 가게 되리라며 비탄에 빠지는 시의 마지막 부분에서는 천지를 울리던 이백의 드높은 기상도 사라지고 미약하고 서글픈 음악소리가 들리는 듯하다.

이 시를 개념도로 나타내보면 다음과 같다. 즉 시인이 연출해내고 있는 풍경 속에서 독목자는 또 하나의 주인공으로서 그 안의 풍경을 관망하고 있는 주체이기도 하다. 시가 진행되면서 시인과 독목자는 분리되었다가 마지막에 하나로 합치된다. 이렇게 한편의 시 안에서 독립적 주체가 되는 독목자를 초점화자라 부를 수 있다.

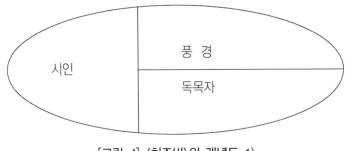

[그림 4] 〈치조비〉의 개념도 1)

초점화자의 개념을 사용하면 이 시를 아래의 그림 5와 같이 나타낼 수 있다.

	(노래1)	노래2	노래3	노래4
노래	치조비 1 드러나지 않음 제목과 도입부를 통해 짐작	치자반 곡조명이 명시	상상 독목자의 노래 치조비 2 작품 속에 인용됨	시인의 노래 치조비 3 전편이 하나로 연결
화면 전개	눈앞의 장끼→	치조비 이야기 속의 장끼	치자반 이야기 속의 장끼	새순이 돋는 버드나무와 노인	노년의 시인
초점화자		독목자의 출현		다시 독목자로	
화자	(시인) →		시인의 상상과 현실		독목자가 된 시인

[그림 5] 〈치조비〉의 개념도 2)

소설에서는 전체 이야기를 이끌어가는 화자 이외에 그때그때 상황에서 이야기를 이끌어가는 인물을 초점화자라 부른다. 서사의 흐름에서 현대로 올수록 세계 전체를 지배하는 전지적 화자라는 개념이 흔들리면서 화자 기능이 축소되어 사건의 전체가 아닌 일부 밖에 주재하지 못하는 초점화자를 사용하는 예가 높다고 한다.29) 중국 고전시는 주로 서정시이고 서사적 요소가 약하여 화자 개념이 불필요 할 수 있는데 이백의 시 가운데 특히 악부시는 이야기의 전개 때문에 화자의 설정과 파악이 중요하다고 본다. 다만 이글에서는 초점 화자의 이야기에 주목하려는 것이 아니라 한편의 작품 속에서 다양한 소리의 결합에 주목하는 것이므로 이 부분과 관련해서만 초점화자 개념을 활용하였다.

　다시 작품 속에서 들려오는 노래 소리에 집중해보자. 위의 도표와 같이 필자는 이 시에서 4개의 노래를 상정해보았다. 첫 번째 노래는 제목과 시의 첫 번째 구절을 통해 독자에게 치조비 노래가 이미 시작되었음을 알린다. 세번째 구절까지 이어지다가 우리는 네 번째 구절에 이르러 그 시점이 독목자에 의한 것임을 알게 된다. 초점화자인 독목자는 앞부분에 잠시 나왔다가 사라지며 화면은 다시 시인에 의해 지배되며 두 번째 노래인 〈치자반〉곡조가 나타난다. 이를 배경으로 시적화자는 풍경에 취하여 술잔을 비운다. 그러다가 화면은 다시 앞에 나왔던 독목자가 초점화자로 등장하며 〈치조비〉곡조로 바뀐다. 이때의 노래는 작품의 처음을 장식한 노래와 같은 듯 다른 노래로, 노래를 부르는 주인공은 늙고 힘없는 독목자이다. 이백이 불러낸 독목자는 격앙된 목소리로 신세의 비감을 노래한다. 마지막 2구는 초점화자로 불려온 독목자가 부르는 노래가 끝나고 원곡으로 돌아왔다. 이 부분을 필자는 도표에서 노래4로 분류했다. 시인이 부르는 노래4는 도입부의 풍경과 함께 시작된 노래, 노래 속에 끼어든 격정적인 〈치자반〉가락, 그리고 독목자가 부르는 노래 모두를 연결시키며 시 전편을 하나로 통합하고 있다. 이때의 노래의 울림이 더 깊게 느껴지는 것은 이와 같이 앞의 모든 사연들의 총화이기 때문이다.

| 참고문헌 |

安旗 主編, 《李白全集編年注釋》, 成都: 巴蜀書社, 1990.

詹鍈 主編, 《李白全集校注彙釋集評》(全8冊), 天津: 百花文藝出版社. 1996.

郁賢皓 校注, 《李太白全集校注》(全8冊), 南京: 鳳凰出版社. 2015.

이백 지음, 임도현 역주, 《이백시선》, 서울: 지식을 만드는 지식. 2013.

이백 지음, 이영주·임도현·신하윤 역주, 《이태백시집》(전8권), 2015.

이백시문연구회, 《이백시전집4 회고》, 서울, 지식을 만드는 지식, 2019.

나병철 지음, 《영화와 소설의 시점과 이미지》, 서울: 소명출판, 2009

S. 채트먼 지음, 한용환 외 옮김, 《영화와 소설의 수사학》, 서울: 동국대학교 출판부. 2009.

김의정 지음, 《한시리필》, 서울: 차이나하우스, 2011

* 이 글은《외국학연구》제 53집(2020. 9. 30)에 실린 논문을 토대로 하였습니다.

1) 적벽부에 대한 감상은 필자의《한시리필》(차이나하우스, 2011) '영웅·달·음악' 107-124쪽 참조

2) 이 글을 구성하면서 현존하는 이백의 악부시 총 147수 가운데 詹鍈 主編(1966),《李白全集校注彙釋集評》의 제 3,4권에 실린 71수만을 검토대상으로 했음을 밝혀둔다.

3) 양반아(楊叛兒): 육조시기 악부〈서곡가(西曲歌)〉의 곡조명이다. 원래 남북조 시기의 동요였는데 후에 악부시의 제목이 되었다. 악부시집 49권의 청상곡사(淸商曲辭)에 수록되어있다.

4) 신풍(新豐): 옛 장안과 남경에 모두 신풍지역이 있었고 맛좋은 술로 이름난 곳이다.

5) 백문(白門): 육조시기 도읍이었던 건강(建康, 지금의 난징)의 정남문인 선양문(宣陽門)으로 이를 민간에서는 백문(白門)이라 불렀다. 후에 금릉(金陵, 지금의 난징)의 별칭이 되었다. 이 부분의 의미는 1차적으로는 매혹적인 장소를 묻는 것으로 풀이된다. 그러나 이 시가 많은 부분, 고악부의 가사에 착안하고 있고 첫 구에서도 노래이름을 말하고 있기 때문에 "당신은 그 노래에서 어느 부분이 가장 끌리시나요"라는 의미로도 볼 수 있다.

6) 양화(楊花): 버들 꽃. 유서(柳絮), 즉 버들개지를 가리킨다.

7) 박산로(博山鑪)는 향로의 이름이다.《서경잡기(西京雜記)》권1에 "장안에 정교한 공예가인 정완(丁緩)이라는 자가 있었다......또 9층의 박산향로를 만들었는데 기이한 새와 동물을 조각하였는데 온갖 영험함을 다하였고 모두 자연스럽게 움직였다(長安巧工丁緩者,......又作九層博山香鑪, 鏤爲奇禽怪獸, 宮諸靈異, 皆自然運動)라고 하였다. 바다에 있다는 박산(博山)의 여러 산봉우리 모양을 한 뚜껑 및 숯과 향을 담는 몸통이 있고, 그 아래에 받침대가 있는 양식의 고대 향로로, 청동기와 도자기로 한나라 시절부터 제작되어 남북조시기까지 유행하였다.
이 시의 7,8구는 시적 화자인 여성이 자신을 박산향로에 비유하고 상대방을 침향에 비유하여 남녀의 사랑의 기쁨을 상징하였다.

8) <夜坐吟(야좌음)>: 악부시제의 하나로, 잡곡가사(雜曲歌辭)에 속하며,

남송(南宋)의 포조(鮑照)의 <야좌음(夜坐吟)>에서 시작되었다.

9) 從(종): 비록 … 할지말도. '從'은 '縱'과 통한다.

10) 유간천(幽澗泉): 호진형(胡震亨)은 "이 아래 두 편은 모두 이백이 직접 만든 기문고 곡(此下二篇, 幷白自造琴曲)"이라고 하였다. 소사빈은 산수 이십사곡(山水二十四曲) 중의 하나라고 했다. 《악부시집》권60 〈금곡가 사(琴曲歌辭)〉에 실려 있다.

11) 소금(素琴): 아무런 장식도 하지 않은 수수한 거문고.

12) 휘(徽): 거문고의 줄 짚는 자리. 거문고의 줄 짚는 자리를 나타내기 위하여 거문고의 앞쪽에 박은 둥근 조각. 주로 금이나 옥이나 조개 등으로 만든다. 칠현금의 경우 13개이다. 중간의 제7휘가 가장 크고, 제1휘와 제13휘의 양쪽 끝으로 갈수록 점점 작아진다. 《문선》권18 혜강(嵆康)의 〈금부(琴賦)〉에 "거문고 줄은 신선 원객의 비단줄로 만들고, 줄 짚는 자리는 종산의 옥으로 만들었네(絃以園客之絲, 徽以鍾山之玉)"라는 구절이 있다. 본고에서는 '명휘'를 "거문고의 음정을 정확하게 튕기다"는 의미로 번역하였다. 제4구에서 6구까지의 구두(句讀)를 왕기와 위셴하오는 《이백전집교주휘석집평》과 달리 "명인이 거문고를 연주하니 그 소리 높으면서도 맑아, 마음은 천 년 전으로 돌아간 듯 고요하고, 만길 깊이에서 불어오는 솔바람 소리 쏴아쏴아(善手明徽高張清, 心寂歷似千古, 松颼飀兮萬尋)"라고 하였다.

13) 애시실지(哀時失志): 송옥(宋玉)의 〈구변(九辯)〉에 "곤궁하구나! 가난한 선비가 직분을 잃어 마음이 편치 않네(坎廩兮, 貧士失職而志不平)"라는 구절이 있다. 위셴하오(郁賢皓)는 청중 가운데 '애시실지'한 사람이 듣는다고 본 반면, 주간(朱諫)은 이백이 연주를 듣고 눈물을 흘리는 것으로 보았다.

14) 임랑(淋浪): 눈물이 끊이지 않고 흘러내리는 모양. 도연명의 〈선비가 때를 만나지 못한 것을 슬퍼하며 지은 부(感士不遇賦)〉에 "훌륭한 선비가 좋은 시절을 만나지 못한 것을 가슴아파하니 눈물이 쉼 없이 흘러내려 소매를 적시네(感哲人之不偶, 淚淋浪以灑袂)"라는 구절이 있다.

15) 집상(緝商): 상조로 음조를 바꾸다. '집'은 "잇다, 계속하다"는 의미이다. 철우(綴羽): 우조로 음조를 바꾸다. '철'도 "잇다, 연결하다"는 의미이다. 이 구절에서의 '상'과 '우'는 특정음이라기 보다는 '오음(五音)'을 가리키며, '집'과 '상'은 "연주하다"는 의미로 사용되었다.

16) 잔원(潺湲): 물이 천천히 흘러가는 모양. 《구가·상부인(湘夫人)》에 "흐

르는 물 바라보니 졸졸졸 잔잔하고(觀流水兮潺湲)"라는 구절이 있다.

17) 조사한 바로는 금곡가사는 이백 악부시 전체 중에 9편 나온다. 각각의 제목은 다음과 같다. 〈飛龍引 2수〉, 〈雉朝飛〉, 〈雙燕離〉, 〈山人勸酒〉, 〈幽澗泉〉, 〈綠水曲〉, 〈秋思(春陽如昨日)〉 이백 금곡의 형태 및 특징에 대한 분석은 다른 지면에서 다뤄 보기로 한다.

18) 엄평본(嚴評本)이란《창랑시화(滄浪詩話)》의 저자로 유명한 엄우(嚴羽)의 이백시 평점을 말한다.

19) 치조비(雉朝飛): 악부의 옛 제목으로 금곡가사(琴曲歌辭)에 속한다. 악부시의 제목들은 당대이전부터 곡조와 더불어 가사가 전해지는 것들이 많다. 이백의 악부시는 이전에 없던 것을 만들어낸 경우도 있으나 대부분은 제목이라도 가져오고 있다. 가사의 내용은 이전 작품과의 연관성에서 지어진 것도 있고 전혀 다른 각도로 재창조한 경우도 있다. 곽무천(郭茂倩)의《악부시집(樂府詩集)》에 따르면 〈치조비조(雉朝飛)〉는 위나라 공주의 죽음을 슬퍼하여 그녀의 여 스승이 쓴 애도시라 보았다. 또 최표(崔豹)의《고금주(古今注)》에 따르면 이 시를 처음 지은 이는 '독목자'라는 인물로 그 내용은 나이 일흔에 꿩만도 못한 자신의 신세를 비관하고 있다. 이밖에 이백 이전에 악부시의 형태인 〈치조비〉를 남긴 이로는 오균(吳均), 포조 및 양나라 간문제(簡文帝)가 있었으며 그 내용 및 분위기는 이백의 작품과는 상이하여 꿩의 아름다운 모습이나 용맹한 모습을 그리고 있다. 이백의 〈치조비〉에 대하여 군신관계를 비관한 작품으로 본 경우도 있으나 그보다는 만년작으로서 노년의 비애가 어린 작품으로 보는 것이 타당할 듯하다. 잔잉(詹鍈은《이백시문계년(李白詩文繫年)》에서 "생각건대 이백이 노년에 강호를 떠돌며 만년의 상황이 적막하여 이에 〈치조비조(雉朝飛操)〉를 본떠 자신의 뜻을 나타낸 것이지 '군주에게 인정받지 못한 것' 때문에 자탄한 것은 아니다(按太白暮年淪老江海, 晚景寂寞, 故擬雉朝飛操以見意, 非爲'不得於君'以自歎也)"라고 하였다.

20) 금의수익(錦衣繡翼): 비단 옷, 수놓은 날개. 주주(朱注)에 "비단 옷, 수놓은 날개란 꿩의 무늬이다(錦衣繡翼, 雉之文也)"라 하였다. 양나라 오균(吳均)의 〈치조비조〉에 "임금께서 상을 내려주시는데, 어찌 비단 옷 찢어지는 것을 마다하리(當令君見賞, 何辭碎金衣)"라 하였다. ○이시(離襹): 문선 권 12에 수록된 목화(木華)의 〈해부(海賦)〉에 "새끼 오리의 막 자란 깃털(鳧雛離襹)"이라 하였는데 이에 대한 이선(李善)의 주에 "이시(離襹)란 임삼(淋滲)의 뜻으로 깃털이 막 자라날 때의 모습"이라 하였다.

21) 독목(犢牧): 독목자(犢牧子)를 말한다. 〈치조비조〉옛 가사의 작자. 최표
(崔豹)의 《고금주(古今注)》에는 다음과 같이 기록되어 있다. "〈치조비〉라
는 것은 독목자[犢牧子, 소를 치는 이]가 지은 것이다. 제나라 선왕(宣王)
때 처사였던 민선은 쉰 나이에 아내가 없었다. 들에 나무를 하러갔다가
장끼와 까투리가 서로 따르며 나는 것을 보고 마음이 서글퍼져서 이에
하늘에 대고 탄식하기를, 위대한 성인께서 하늘에 계시어 그 은혜가 초목
과 금수에까지 미치는데 나만 홀로 짝을 얻지 못하였다고 하였다. 그리고
금을 가져와 노래를 부르며 자신의 아픔을 밝혔는데 그 소리가 중간에
끊어졌다......그 가사는 다음과 같이 되어있다. '꿩이 아침에 날아가는데
서로 어울려 우는구나, 까투리와 장끼가 무리지어 산언덕을 노니네. 나는
홀로 무슨 팔자여서 짝을 이루지 못하였는가. 때는 장차 저물려 하는데
어찌할까? 아아 장차 저물려 하는데 어찌할까?'(雉朝飛者, 犢牧子所作也.
齊宣王時, 處士泯宣, 年五十無妻. 出薪於野, 見雉雄雌相隨而飛, 意動心悲,
乃仰天歎大聖在上, 恩及草木鳥獸, 而我獨不獲. 因援琴而歌, 以明自傷, 其
聲中絶..... 雉朝飛兮鳴相和, 雌雄群遊於山阿. 我獨何命兮未有家. 時將暮
兮可奈何, 嗟嗟暮兮可奈何)

22) 쟁웅(爭雄): 포조의 〈치조비조(雉朝飛操)(〈대치조비(代雉朝飛)〉라고도
함)〉에 "수놓은 목이 베이고, 비단 가슴 부수어져 임금 앞에 목숨이 끊어
져도 원망의 기색이 없네(刎繡頸, 碎錦臆, 絶命君前無怨色)"라 하였다

23) 치자반(雉子班): 옛 악부의 곡조명. 《악부시집》16권의 〈고취곡사(鼓吹曲
辭)〉에 수록되어 있다. 《악부해제(樂府解題)》에서는 "옛 가사에는 '꿩이
높이 날다 내려앉는데 황곡은 날아 천리를 가네. 장끼가 날아와 까투리를
뒤따르며 힐끔거리네'라 하였다(古辭云, 雉子高飛止, 黃鵠飛之以千里. 雉
來飛, 從雌視)" 〈치자반〉 가락 연주 빨라지니 이하 두 구는 내용의 전개상
잘못 들어간 것으로 보이기도 한다. 다만 현재까지 《집평》이나 위셴하오
등 주요 연구서를 보았을 때 이 두 구절에 대해 잘못 들어갔다고 본 견해
가 없었으므로 본고에서는 원문에 근거하여 토론하였다. 〈치자반〉의 옛
노래는 서글픈 내용인데 이백 본인이 지은 동일제목의 시는 꿩의 위풍당
당한 모습을 찬미하고 있다. 이 때문에 이 부분은 앞의 내용에 이어 꿩의
용맹한 모습을 계속 말하는 것으로 판단되며, 격정적 음악을 배경으로
싸움이 정점으로 달한다는 것을 보여주기 위해 넣은 듯하다.

24) 심경미주(心傾美酒): 마음은 맛좋은 술에 기울어. 포조의 〈치조비조〉에
"그대의 손을 잡고 한잔 술을 들어 의기가 서로 투합하니 죽음인들 두려

워하라(握君手, 執杯酒, 意氣相傾死何有)"라는 구절이 있다.

25) 고양생이(枯楊生荑): 《주역(周易)·대과괘(大過卦)》에 "시든 버드나무에 새 눈이 움트듯 늙은이가 여인을 얻어 아내로 삼으니 이롭지 않음이 없다(枯楊生稊, 老夫得其女妻, 無不利)"라 하였다. '이(荑, 삘기)'는 '제(稊, 돌피)'로 쓰는 것이 맞다. 나무가 봄이 되어 다시 살아나 움이 트는 것을 말한다.

26) 아독칠십이고서(我獨七十而孤棲): 이 구절은 〈치조비조〉의 옛 가사 가운데 "나는 홀로 무슨 운명이라서 아직 일가를 이루지 못했나, 때는 장차 저물려는데 어떻게 해야 하나(我獨何命兮未有家, 時將暮兮可奈何)"라는 내용을 참조하여 변용시킨 것이다. 앞의 구와 이 구절은 각각 이전에 있었던 표현을 거의 그대로 인용하고 있다. 앞 구절을 보면 주역에서 말했듯이 늙은 나이에 아내를 얻는 경우도 있었다 하나 독목자는 나이 일흔에 혼자 살아 꿩만도 못한 자신의 신세를 한탄하였다. 이러한 인용을 통해 이백은 노년에 자신의 삶을 돌아보며 독목자의 외로움에 깊이 공감한 것으로 보인다.

27) 앞부분에 나오는 〈치자반〉곡조는 어디선가 연주되어 들려오는 것으로 보이고, 이 시의 마지막에서 연주되고 있는 것은 본 시의 제목이기도 한 〈치조비〉가락으로 이백 자신의 곡으로 보인다.

28) 황니(黃泥): 황천(黃泉), 즉 저승을 의미함. 이 구절은 독목자에 동화된 이백의 심정을 그린 것으로 보인다.

29) 나병철 지음,《영화와 소설의 시점과 이미지》(소명출판, 2009)220-234쪽 참조

시인의 목소리와 스타일
– 이백(李白)의
<월하독작(月下獨酌)>

서용준(서울대)

1. 노래[1]의 가사와 가수의 관계

1) 양희은의 〈사랑 그 쓸쓸함에 대하여〉와 〈자우림〉의 보컬 김윤아

몇 년 전 나는 지인이 인터넷의 다시 보기 서비스를 통해 어떤 지상파 방송의 음악프로그램[2]을 시청하는 것을 옆에서 구경한 적이 있다. 그 방송은 기존 가수와 아마추어가 함께 듀엣으로 기존 노래를 열창해서 방청객이 준 점수로 다른 듀엣과 대결하는 내용의 프로였다. 그 방송의 후반부에 그날의 최강의 듀오가 나왔는데 그룹 〈자우림〉의 유명가수 김윤아와 내가 아마추어라고 생각했던 채보훈[3]이었다. 이들은 양희은의 노래 〈사랑 그 쓸쓸함에 대하여〉를 불러서 그날 경연에서 우승하며 〈듀엣가요제〉의 3연승을 달성하였다.

그런데 그들의 그 우아하면서도 치명적이었던 2중창은 그 재방송을 어깨너머로 구경하던 나에게, 비슷한 종류의 음악 경연에서 자주 느꼈었고 지금도 종종 느끼는 그런 기괴한 경험을 선사하였다. '경연에서 이기려고 이렇게 부르는 건가?' '이 노래를 이렇게 부르면 원래 가수의 노래와 너무 다른데?' '지금 저렇게 부르는 것이 가사와 어울리나?' '사랑을 잃고 쓸쓸해서 모든 희망을 잃었다는 사람이 왜 저렇게 소리를 지르지?' '이건 무슨 뮤지컬 넘버 같네?' 등…

아무튼, 그날 이 노래는 많은 청중이 가장 좋아했던 노래였고, 나 역시 몇 년이 지나도 이 중창을 특히 김윤아가 부르던 부분을 기억하고 있다. 물론 만약에 지금 누가 나에게 〈사랑 그 쓸쓸함에 대하여〉를 불러보라고 하면 여전히 양희은의 노래만 가사가 생각나는 데로 흥얼거릴 수 있다.

2) 원곡 노래의 목소리와 가사

양희은의 〈사랑 그 쓸쓸함에 대하여〉는 인터넷 검색에 따르면 1991
년에 이병우 작곡, 양희은 작사로 발표된 노래이다. 당시 미국에 거주
하던 양희은이 음악가 이병우를 초청해서 앨범을 만들었다고 한다.
보통 많이 생각하듯이, 가수 본인이 작사한 이 노래의 가사는 그의
삶이나 경험이 반영되었을 것이라고 추측되며, 실제 이 노래의 녹음은
곧바로 실제 인물인 양희은을 떠올리게 한다.

다시 또 누군가를 만나서
사랑을 하게 될 수 있을까?
그럴 수는 없을 것 같아.
도무지 알 수 없는 한 가지
사람을 사랑하게 되는 일
참 쓸쓸한 일인 것 같아.

사랑이 끝나고 난 뒤에는
이 세상도 끝나고,
날 위해 빛나던 모든 것도
그 빛을 잃어버려.

누구나 사는 동안에 한 번
잊지 못할 사람을 만나고
잊지 못할 이별도 하지.
도무지 알 수 없는 한 가지
사람을 사랑한다는 그 일
참 쓸쓸한 일인 것 같아.

가사의 내용에 따르면 치명적인 사랑을 경험한 이 노래의 가수는 이 경험에 대해 비참한 기억을 하고 있다. 그 결과 이 가수는 그를 둘러싼 모든 대상에 대해 희망을 잃었으며, 더 나아가 사랑이라는 어떠한 정신적이거나 구체적인 현상 자체에 대해서까지 회의감을 가지는데, 이것은 어쩌면 대중가요에서 가장 친숙한 감정인 일종의 '사랑은 눈물의 씨앗'과 같은 인식이다. 그러나 양희은이 부르는 노래의 녹음에서 느껴지는 가수의 감정은 그런 대중가요의 감성과 조금 다른데, 그의 목소리에는 통속적일 수 있는 비참하면서도 떠들썩한 슬픔 같은 것보다는 너무나 아프면서 고독하게 침잠하지만, 여전히 자신의 정체성을 돌아보며 자신을 지키는 우아하며 강건한 그의 인격이 느껴진다.

'이 세상도 끝나버리고 모든 빛나던 것들도 사라져버린' 세상에서 가수는 자신이 사랑하던 '누군가'를 기억하는 것이 아니라 사랑이라는 행위 자체의 의미에 천착한다. 그래서 그 결과 사랑하던 사람은 '누군가' 모호한 대상으로 소개되며 그 사람과의 어떠한 상호 행위는 다만 '사람을 사랑하는' 쓸쓸한 일이 된다. 그러니 3단락에서 '잊지 못할 사람'은 분명 1단락의 '누군가'이지만 그 중요도는 '잊지 못할 이별'과 비슷한 정도일 뿐이다. '잊지 못할 사람을 만나고 잊지 못할 이별을 하고 온 세상이 찬란하게 빛나다가 모든 빛을 잃고 끝나버리는' 이 일련의 과정 모두가 '사람을 사랑하는'일이며 이는 자신의 인생에서 다시 또 할 수 있는 일이 아니다. 가수는 이 쓸쓸한 일의 정체를 파악하지 못한다. 그래서 이 불가지(不可知)의 일은 자신의 굳건하고자 했던 지난날의 우아한 인격을 쓸쓸하게 만든다.

누군가에 의해 빛나고 또 어두워지는 세상은 자신을 자신의 온전한 주제자가 되지 못하게 하며 그래서 고독하게 만든다. 그러나 타인에 의해 자신의 남은 인생이 좌우되는 이 우울한 환경 속에서 우리에게

이 노래의 가수의 의지를 믿게 만드는 것은 2단락에서 한 번 등장했던 전체 문장의 주어 '나'이다. 바로 이 구체적인 주어가 그 쓸쓸하고 죽을 것 같은 슬픔의 기억에서 가수를 견디게 한다. 그리고 이러한 해석이 가능한 것은 이미 밝혔듯이 노래를 하는 가수의 목소리 때문이다.

가수 양희은은 분명 알 수 없는 사랑에 상처받고 쓸쓸해하며 죽을 것 같았지만, 여전히 그의 우아하면서도 굳센 의지가 드러나는 목소리로 이 노래의 슬픔을 쓸쓸한 정도에서 지탱하였다. 알 수 없기에 자신을 위협했던 그 일을 알 수 없는 것으로 자신에게서 떨어뜨리면 그만이다. 만약 그의 목소리가 없었고 단지 가사만 보았다면 나는 이 노래에서 사랑을 돌아보는 '나'가 쓸쓸한 나머지 죽음에 이를 것이라고 상상했을 수 있다. 전체 내용에서 '나'는 오직 한 번 나올 뿐이다. 이와 달리 시의 세상은 거듭해서 비극적이며 결국 다시 못할 이 '참 쓸쓸한 일'로 인해 완전히 끝났기 때문이다. 이러한 가사의 내용적이고 구조적인 불균형의 상황을 가수는 자신의 강한 개성을 드러내는 목소리를 사용하여 극복하였고, 그래서 이 〈사랑 그 쓸쓸함에 대하여〉는 우아하고 강인한 '나'와 사랑이 끝난 불행한 세계 사이의 균형을 회복하였다.

3) 가수들의 커버 송과 김윤아의 커버 송

그러므로 이 노래, 〈사랑 그 쓸쓸함에 대하여〉는 노래하는 가수의 목소리가 노래의 전체적인 내용과 감정을 판단하는 데에 큰 영향을 주는 종류의 노래이다. 어차피 가사의 전체적인 내용이 비극적인 사랑의 결말이기 때문에 이 노래로 기쁜 감정을 표현할 수는 없다. 그러나 이 사랑의 기억에 대해 부르는 사람이 어떠한 태도를 보이냐에 따라 이 노래가 주는 느낌은 서로 다를 것이다. 그리고 여기에 대해서는 현재 인터넷 유튜브에서 검색할 수 있는 여러 가수의 다양한 커버 송으로 확인할 수 있다. 그리고 이 노래들에서 확인할 수 있는 다른 사실도 있다. 유명가수, 또는 개성이 확실한 가수는 자신의 독특한 목소리가 있고 같은 곡을 커버한 노래들도 그 가수의 개성에 따라 그 성격이 다르다는 것이다.

사랑의 성패에 따른 가수를 둘러싸는 환경의 변화를 제외하고 이 노래의 가사에서 주체인 '나'가 하는 일에는 크게 '사랑하기'와 '사랑 알기'가 있다. 그 중 '사랑하기'에는 '잊지 못할' '누군가'를 '만나서' '이별하기'가 포함된다. '사랑 알기'에는 사랑을 '쓸쓸한 일로' 평가하기가 포함된다. 이 2개의 일, 작업의 의미는 가수에게 동등하지 않은데 원래 가수인 양희은은 '평가하기'에 치중하였고, 그래서 사랑하기에 휩쓸려서 세계의 존망을 위협당했던 자신의 존재 가치를 다시 지탱한다.

그래서 이 노래 〈사랑 그 쓸쓸함에 대하여〉를 불렀던 여러 가수의 커버 송을 들어보면 각각의 개성적인 가수들이 이 2가지의 일 가운데에 어디에 더 의미를 두는지 살필 수 있다. 그리고 그 의미의 차이는 그들의 노래의 차이와도 연결되며 이는 노래와 가수의 성격 차이와도 연결된다. 어떤 가수는 원곡 가수와 비교도 할 수 없이 비참한 상태에 빠지기도 하고 어떤 가수는 여전히 끝나버린 사랑의 회복을 바라기도 하며 어떤 가수는 자기 자신만의 세계에서 오리무중이 되기도 한다.4) 그리고 대체로 그 가수라면 그렇게 부를 것 같다고 바라는 것처럼, 익히 알려진 그의 가수로서의 개성의 목소리로 부른다. 그 가운데에서 가령 가수 최백호는 얼마간 격정적으로 사랑의 경험과 평가에 대해 토로한다. 최백호는 노래를 부르는 내내 비교적 강하게 슬퍼하고 강하게 후회하는데 양희은이 자신의 우아함을 지키는 목소리를 지키는 것과 달리 최백호의 목소리는 나이든 남자의 솔직한 失態에 가깝다. 지나치게 단순하게 평하자면 이 노래는 '사랑에 빠진 노년의 돌연한 격정'의 느낌5)을 준다.

최백호의 노래를 예로 든 것은 김윤아의 〈사랑 그 쓸쓸함에 대하여〉와 비교하기에 쉽기 때문이다. 최백호는 〈사랑 그 쓸쓸함에 대하여〉를 부르면서 커버 송을 부른 다른 가수와 다르게 곡의 곳곳에서 화를 내는데, 그가 노년의 사랑 때문에 받은 상처는 전체 노래의 가사 내용의 흐름에 따라 그 감정을 조절하면서 격정으로 표출된다. 즉 최백호는 이 노래의 이야기를 자신의 관점에서 스스로 이해하고 그에 따라 자신의 개성적인 목소리로 부른 것이다.

이 글의 처음에서 감상처럼 이야기했듯이 김윤아가 부른 〈사랑 그 쓸쓸함에 대하여〉는 처음 느낌에 아주 기괴했다.6) 그는 노래의 전반부7)에서는 아주 기진맥진한 자세와 애절한 목소리로 사랑의 파국에 대해 슬퍼한다. 그의 자세와 외모 및 의상은 다소 과장되게 극적으로 보여서 마치 연극의 비극적인 여자주인공처럼 느껴진다.8) 마치 눈물을 글썽이는 듯한 시선을 보이며 그는 다소 우아하게 노래를 하는데, 그는 록 가수면서도 종종 성악적으로 노래를 한다.9)

김은아와 채보훈이 부른 전반부의 노래를 설명하는 가장 좋은 방법은 그날 방송의 자막을 소개하는 것이다. "마치 말하듯이 쓸쓸한 감정을 입히는 보훈", "담담하지만 고독함을 머금은 윤아의 목소리", "서정적인 곡10)에도 잘 어울리는 두 사람" 등이다. 어떤 특별함 없이 그저 슬픈 목소리로 잘 부른 그들의 노래는 그들의 연기와 함께 이해할 수 있는데, 그날의 노래의 전반부는 사랑의 파국 때문에 완전히 좌절해버린 비련의 여주인공이라고 결론 낼 수 있으며 이는 양희은의 원래 노래의 쓸쓸하지만 견뎌내는 목소리와는 전혀 다르다고 할 수 있다.

크게 노래에 신경을 쓰지 않았던 나의 관심을 끈 것은 공연의 후반부이다. 그들은 쓸쓸한 분위기의 마지막 가사, "참 쓸쓸한 일인 것 같아"의 마지막 '아'를 반복하며 노래의 높이와 세기를 강하게 바꾸더니 순식간에 노래 분위기를 바꾸어서 강렬한 목소리로 전체 노래의 가운데 부분(둘째 단락)과 나중 부분(셋째 단락)을 다시 불렀다. 방송의 자막에 따르면 '세 번째 서게 된 무대인 만큼 자신감 있는 목소리와 더 성숙해진 감정표현'을 가지고 채보훈이 후반부 노래의 시작[11]을 담당하는데, 록 밴드의 주요 보컬 같은 모습의 채보훈의 가창 태도와 달리 김윤아는 뮤지컬의 여주인공 같은 자세와 목소리로 채보훈이 부른 둘째 단락 부분을 반복한다.

그리고 다시 두 사람은 '사랑이 끝나고 난 뒤에는'을 번갈아 반복하며 노래의 높이와 강도를 강화하고, 특히 김윤아는 비극적인 여주인공의 모습을 강화한다. 이때 방송 자막에는 이 장면을 "도저히 눈을 뗄 수 없는 강렬함"이라고 설명하는데 채보훈이 노래를 계속 반복하는 것에 비해 김윤아는 '아…'하는 외침을 계속하면서 이 부분이 노래의 중요한 (일종의) 상승부라는 것을 알린다. 그리고 자막에는 "처절한 절규로 무대를 압도!"했다는 친절한 설명이 더해진다.[12]

이어서 김윤아가 혼자 부르는 셋째 단락은 전반부의 셋째 단락과 비슷하게 쓸쓸한 분위기이지만 앞부분의 고성방가(자막에 따르면 처절한 절규)에 이어지는 것이기에 노래의 효과가 다르다. 기진맥진하여 지치고 좌절했던 전반부의 쓸쓸했던 우아한 김윤아는 역시 지쳐 보이고 스스로 쓸쓸하다고 주장하지만, 독이 오르고 기세등등한 낮은 목소리의 어쩌면 매력적으로 보이는 김윤아로 바뀌었다. 상처받고 좌절한 미모의 여주인공이 원한을 품고 낮게 읊조리는 것처럼 매혹적인 장면도 많지 않을 것이다. 그리고 그의 독백이 끝나며 바로 "도무지 알 수 없는 한 가지"를 거듭 매우 강하게 두 사람이 반복하다가 끝내는

'아아!'의 외침을 함께 계속하며 노래를 마친다. 자막에는 '홀린 듯이 빠져들게 하는 무대'라는 설명이 나오는데 마지막에 '아아!'의 고성까지 나와서야 겨우 역전 우승을 달성하게 된다.

4) 김윤아의 개성과 분노

이 글의 처음에서 이야기했듯이 나는 막상 다시 보기를 어깨너머로 보면서 주로 '저 노래를 왜 저리 부를까?', '저리 불러서 겨우 우승했네?' 등의 생각이나 하고 있었다. 그러니 나는 가수 두 사람의 훌륭한 공연을 온전히 감상할 자격이 없었다[13]고 할 수 있다. 그런 나와 달리 나의 지인은 김윤아의 이 노래를 매우 마음에 들어 했다. 본래 노래를 들을 때 가사를 잘 안 듣고 목소리의 청탁고저와 분위기 및 가창력을 주로 느끼는 나의 지인은 그 뒤로 상당히 여러 차례 이 영상을 다시 보고 들었던 것 같다.

평소 자주 듣지는 않았지만 내가 김윤아의 다른 노래들을 듣고 느꼈던 바는 인터넷의 김윤아 노래에 대한 평가[14]와 아주 다르지 않다. 그는 화끈한 성격의 록 가수며 어두운 성격의 무시무시한 노래도 많이 부른다. 그리고 내가 생각하는 김윤아의 개성은 '앵그리 영맨(Angry Young Men)'[15]이다. 그는 영화음악이나 대중가요로 신나는 노래나 애상적인 노래도 불렀으나 그런 여러 노래에서 나는 공통으로 화가 나 있는 젊은 목소리를 느낀다. 그의 성남은 화끈하거나 무섭게 분출될 때도 있고 장난스러운 놀이나 다른 어떤 것으로 바뀌기도 한다. 정확하게 분석해볼 생각은 없었으나 그의 이러한 분노는 그가 스스로[16] 주장하는 자신의 아웃사이더적인 자의식과도 연결되는 것 같다.[17] 물론 어느 순간 그도 나이가 들어 이제 영맨이라고 부르기 애매하고 아웃사이더라고 하기에도 애매하지만 그가 자기 자신을 존귀하게 지키려는 의지는 변하지 않았을 것이다.

내가 최백호의 〈사랑 그 쓸쓸함에 대하여〉 커버 송과 김윤아의 커버 송을 비교하기에 쉽다고 평했던 것은 두 노래 모두 다른 커버 송들에서 보기 힘든 노래하는 사람의 남에 대한 성냄이 있기 때문이다. 그들의 분노는 자책이 아니다. 최백호는 굳이 표현하자면 사랑이라는 대상에 대해 성을 냈다. '이제 와 새삼 이 나이에 실연의 달콤함'[18]도 없이 그는 노년의 사랑과 미움 때문에 성을 냈다. 최백호는 자신이 나이가 든 다음에 그의 노래에 주로 담던 일종의 '달관한 성년의 안타까운 그리움'의 개성과는 조금 다른 목소리를 들려주었다. 그는 노래 가사의 내용 전개를 충실히 따랐으며 그래서 그가 화를 낸 것은 충분히 이해할 수 있고 그가 쓸쓸해 한 것 역시 이해할 수 있다.

김윤아가 그의 〈사랑 그 쓸쓸함에 대하여〉 커버 송에서 보여준 분노는 내가 이미 여러 차례 이야기한 것처럼 남다른 바가 있다. 노래 가사의 내용을 생각하지 않는다면 김윤아의 분노는 그 눈빛과 몸짓 그리고 노래하는 목소리를 통해 매우 훌륭하게 감동적이었으며 매우 큰 카타르시스를 선사한다. 나의 지인이 이 노래를 그렇게 좋아했던 것 역시 김윤아의 그 분노에 공감했기 때문이다. 방송 자막에 나왔듯이 관중은 넋을 놓고 보고 있었다. 그러나 지금 노래하면서 방금 쓸쓸해서 죽을 것 같은 모습[19]이었는데 그는 그 뒤에 바로 불같이 강렬하게 세상의 종말이 왔다고 외친다. "나는 너무 쓸쓸해! 그래서 이제 죽겠다는 말이다! 으아!"라고 그토록 크게 외치는 다 큰 어른을 나는 정상적으로 보기 어려웠다.

양희은은 원곡에서 자신의 죽을 것 같은 외로움을 견뎌내려고 자신의 목소리를 고상하게 가다듬고 사랑에 대해 모르겠다고 토로한다.

그는 사랑에 대해 모르기 때문에 쓸쓸하지만 반대로 모르기 때문에 그 이상으로 슬퍼하지 않을 수 있었다. 그가 모르면서도 우아할 수 있었던 것은 그의 목소리가 고상했기 때문이다. 그의 자세가 단정하고 굳건했기 때문이다. 이와 비교했을 때에 김윤아는 우아한 점은 있었으나 지치고 연약하였다. 정말로 죽을 것 같이 슬프고 쓸쓸했다. 이러한 감정 상태의 그를 지탱한 것은 그의 분노였다.

그는 '사랑이 끝나고 이 세상이 끝나고 모든 것이 빛을 잃은' 것에 대해 불같이 분노하였다. 그 뒤에 확실히 지치고 힘들어서 다음 단락을 부르고 '쓸쓸한 일인 것 같아'라고 말할 때는 다시 죽을 듯이 보였으나 다시 극도로 분노하며 그 힘든 몸으로 '도무지 알 수 없는 한 가지'를 계속 반복하면서 기염을 토한다. 최백호가 커버 송을 부르며 사랑에 분노한 것과 달리 김윤아는 자신의 자의식에 대해 분노한다. 지쳐있던 그는 고작 사랑이 끝났다고 나의 모든 존재 가치가 사라지는 이 상황에 분노하는 것이다. 그리고 그는 처음 분노 뒤에 지쳐 쓰러지려다가 다시 이 모순의 근원에 대해 참으로 분노한다. 양희은이 '알 수 없다'고 말하면서 자신의 가치를 지켰던 것과 달리 김윤아는 '알 수 없다'는 것에 진심으로 분노한다. 김윤아는 지쳐 쓰러진 자신에 분노하였고 그를 그렇게 만든 사랑에 대해 분노하였고 그것의 정체를 파악하지 못하는 자기 자신에 분노하였다. 그렇게 그는 분노함으로써 자기 자신의 가치를 다시 찾았다.

김윤아의 커버 송은 〈사랑 그 쓸쓸함에 대하여〉의 원곡과 이 노래를 커버한 많은 노래와는 확실히 구별되는 노래이다. 가사의 내용 전개와 상관없는 곡 구성을 가지며 다른 노래에는 없는 개성적 감성, 즉 너무 심한 분노를 보이기 때문이다. 자신의 존재 가치를 지키기 위한 극도의 분노는 김윤아의 독특한 개성이지만 〈사랑 그 쓸쓸함에 대하여〉의 원곡과 다른 커버 송에는 없는 감성이다. 그래서 나는 처음 김윤아의 노래를 들었을 때 기괴함을 느꼈고, 사실 지금도 〈사랑 그 쓸쓸함에 대하여〉를 부를 때 굳이 분노하면서 나를 지킬 생각은 없다. 그러나 그의 노래가 경연을 위한 억지였다는 내 생각이 틀렸다는 것은 분명하다. 그리고 김윤아의 노래가 그의 개성적인 노래 세계에서는 매우 훌륭한 선택이었다는 것도 분명하다.

2. 이백(李白)의 시 〈월하독작(月下獨酌)〉에 들리는 시인의 목소리

대중가요와 음악 분야의 비전문가이면서도 내가 앞에서 양희은과 김윤아의 목소리와 태도에 대해 공연한 장광설(長廣舌)을 늘어놓은 것은 노래의 가사와 가창자의 목소리 사이의 관계가 절대로 한 쪽만이 아니라 두 쪽 모두 영향을 끼치는 문제라는 것을 거론하기 위해서였다. 가창자의 노랫소리에 따라 그 가사의 해석도 달라질 수 있으며 결과적으로 노래라는 완성된 예술 형식의 총체적인 가치 평가도 달라진다. 아마도 음악계에서는 이러한 문제를 공연자의 곡 해석의 차이로 이해하는 것 같지만, 내가 거론하는 것은 단지 원래 있던 노래를 나중 가수가 어떻게 해석해서 노래하는가에 대한 문제만은 아니다.

원작자의 창작 의도를 파악하는 것은 문학 연구에서 매우 오래된 연구 주제이지만 역시 근대로 올수록 거부감이 커진 방법이기도 하다. 어느 소설가는 근년에 방송에 나와서 자신도 설명하지 못하는 자신의 소설의 내용을 나라에서 국어 교과서에 실은 다음에 그것으로 학교에서 작가의 의도를 묻는 국어 문제를 내는 것이 말이 되느냐?고 우리나라의 국어교육을 조롱하기도 하였다. 그러나 내가 말하려는 것은 하나의 문학작품이 작가로부터 독립된 즉자적인 문학적 총체라는 것을 긍정하거나 부정하려는 것이 아니다. 나는 문학작품의 종류 가운데에서 특히 서정시20), 즉 시인이 최초의 낭독자21)인 문학작품에서는 시인의 목소리와 발성 태도가 개별적인 작품의 완성에 영향을 미칠 수 있다는 것을 노래와 가창자22)의 관계에 대한 예증으로 설명하려 한 것이다. 어떤 가수는 주로 애절하게 슬퍼하는 노래만 부르고 어떤 가수는 주로 거칠고 무심한 모습만 보이고 어떤 가수는 강하지만 사랑에는 약한 모습을 보이기도 한다. 마찬가지로 어떤 시인이 보통 어떤 목소리를 내는 사람인지는 그의 다른 시를 이해하는 단서가 될 수 있다. 시인이 가진 목소리의 스타일은 그의 시의 스타일이 될 수 있다. 물론 모든 방법은 상대적이겠으나 나는 여기에서 이러한 시인의 스타일이라는 관점으로 李白의 시 〈월하독작(月下獨酌)〉23)을 논하려고 한다.

1) 〈월하독작(月下獨酌)〉의 감성에 대한 평가

이백에게는 제목이 〈월하독작〉인 작품이 4수가 있는데, 이 가운데에는 제1수와 제2수가 비교적 더 유명하다.24) 그리고 다시 제1수가 가장 유명하며 가장 이백시다운 작품의 하나로 손꼽힌다.25)

〈月下獨酌〉 其一26)

花間一壺酒	꽃 사이에서 한 병의 술을
獨酌無相親	홀로 마시니 서로 친한 이가 없구나.
擧杯邀明月	잔을 들어 밝은 달을 부르고
對影成三人	그림자를 마주하니 세 사람이 되었다.
月旣不解飮	달은 술도 마실 줄 모르고
影徒隨我身	그림자는 그저 내 몸을 따를 뿐.

暫伴月將影	잠시 달과 그림자와 어울리니
行樂須及春	즐겨야지 마땅히 봄이 가기 전에.
我歌月徘徊	내가 노래하면 달이 서성이고
我舞影零亂	내가 춤추면 그림자가 흐트러지네.
醒時同交歡	깨었을 때는 함께 즐거움을 나누고
醉後各分散	취한 뒤에는 서로 나뉘어 흩어진다.
永結無情遊	영원토록 정이 없는 사귐을 맺었으니
相期邈雲漢	멀리 은하수에서 만나기로 약속하네.

이 시에 대한 근래의 일반적인 평가는 이백의 극한의 고독한 정서가 반영된 시라는 것이다.[27] 이 시는 고대로부터 매우 유명한 이백시였으나 전통 시기의 평가는 대부분 '표현이 매우 놀랍다'와 같은 식의 평들이었는데 이백이 느낀 외로운(특히 이 시는 욱현호(郁賢皓)가 풀이하였듯이 제목에서부터 '독(獨)'이 쓰였고 시 전체 내용이 반복적으로 '독(獨)'을 상기시킨다[28]) 감정에 대해서는 크게 주목하지 않았다. 고대인들에게 이 시는 외로움이 잘 드러나서 좋은 시는 아니었다.

그러나 최근의 거의 모든 사람은, 한국이든 중국이든, 전문연구자든 한시교양인이든, 또는 다른 사람이라도 이 시의 저자이자 화자인 이백이 어떤 종류의 실의에 빠진 외로운 인물이라고 믿으며 이것을 바탕으로 시인의 목소리를 상상해서 시를 이해한다. 물론 시의 내용 전개에 대해서는 여러 가지 의견이 다를 수 있다. '꽃 사이의 한 병의 술', '서로 친한 이가 없네', '달을 부르네', '달은 술 마실 줄도 모르고', '그림자는 나를 따를 뿐', '그들을 잠시 짝하니', '달이 서성이고', '그림자가 흐트러지네', '깨었을 때 즐거움을 나누고', '취하면 서로 흩어지네' '영원히 정이 없는 사귐', '멀리 은하수' 등의 시에 나오는 거의 모든 부분에 대해 서로 다르게 이해할 수 있다. 그럼에도 여기에는 해석의 공통적인 전제 조건이 있으니 그들은 '이백은 고독하다'라는 기본 정서를 공유하며 개별적으로 시를 감상한다. 인터넷으로 어렵지 않게 확인할 수 있는 다양한 애니메이션이나 낭송자료들도 그 내용의 전개에 대해서 서로 의견이 다르더라도 시의 기본 정서인 외로운 이백을 공유한다.[29] 그런데 나는 이러한 생각에 두가지 방면에서 의문을 가진다. 왜 시를 처음부터 시만으로 보지 않는가? 그리고 이백이 두보인가?

2) 〈월하독작〉의 시적인 구조

나는 이전에 몇 차례 논문으로 이백시를 읽을 때 우선 시가 만들어낸 시적 세계에 대해서만 이해해야 한다고 주장했었다.[30] '이백은 원래 어떤 사람인지', '이백의 말이 말이 되는지 안 되는지' 등의 문제는 먼저 시의 전체를 해석하고 그다음에 다시 따질 문제라는 것이다. 이 시 〈월하독작〉 역시 마찬가지이다. 〈월하독작〉은 중국 전통시에서 흔히 볼 수 있는 '음주시(飲酒詩)'와 '신선시(神仙詩)' 또는 '은일시(隱逸詩)'가 융합된 내용의 시이다.

중국의 고대 시인 가운데에서 일부 인사들은 음주(飮酒)를 병적으로 좋아했는데 그들은 이 음주 행위를 통해 그들의 둘러싼 사회적인 문제들을 해결할 수 있다고 여겼다. 그리고 그 일부는 음주 행위를 통해 일종의 지고한 진리를 체득할 수 있다고 희망하기도 하였다. 후대의 그리고 현대의 일반인들과 연구자들이 거듭 음주시의 배후에 존재할 시인의 비애, 고뇌, 슬픔 등을 궁금해하고 연구하고 있지만, 적어도 시의 공간 속에서 그들의 음주 행위는 비애의 은폐가 아니라 비애의 극복 또는 초월을 의미하였고, 음주는 그 자체로 목적이었다. 어쩌면 진정한 술꾼들이나 이해할 수 있는 생각일 수 있으나, 음주시의 시인들은 친구와 즐겁게 만나려고 술을 마시는 것이 아니라 술을 잘 마시려고 친구를 불렀다. 정상적인 사고 능력을 갖춘 다른 사람들이 그들의 음주를 여러 가지 이유로 비난하는 것도 아랑곳하지 않았다. 음주만으로 시인은 이미 우월한 지위를 확보했기 때문이다. 그러니 음주는 교유를 위한 행위가 아니다. 반대로 패거리를 모으는 음침한 수작이다.

이백 역시 이러한 종류의 음주시를 여럿 지었고 굳이 예를 들을 것 없이 이러한 시들에서 이백은 술을 마시며 스스로 가장 뛰어나다고 여긴다. 그가 위대하게 술을 마시고 취할 수 있기 때문이다. 그리고 술친구는 그의 음주를 돕는 액세서리고 그래서 취하면 그 용도가 끝난다. 음주시에서 봄밤에 꽃을 즐기며 혼자 술을 마시는 것은 외로운 일이 아니고 우아한 일이다. 다만 조금 심심한 일이다. 그래서 술친구를 만들어낸다.

달을 부르고 그림자와 노는 일로부터 우리는 그가 진정한 술꾼임을 알 수 있다. 근래에는 외로워서 자연물이라도 불렀다는 해석이 많지만, 그것은 음주시의 해석이 아니다. 술에 취해가는 시인이 신외지물(身外之物)인 자연 대상을 소환하여 자신과 일체화시킨 극도의 서정시적 작업이며 시인 자신에게 신령한 가치를 부여한 행위이다. 술은 이러한 일을 가능케 한다.

이백만 노래를 하고 춤을 추고 달과 그림자는 흔들리기만 하는 것은 소통의 부재와 외로움을 나타내는 구절이 아니다. 술에 취한 시인이 신령한 존재로서 자연물을 부리는 모습이다. 달과 그림자는 술에 취한 부장님이 노래하고 춤을 추실 때 곁에서 손뼉 치고 환호하는 부하 사원에 비할 수 있다. 이백은 급시행락(及時行樂)을 위해 술을 마시고 그래서 말 잘 듣는 술친구들을 잠시 자연에서 빌렸다.

다른 음주시들과 마찬가지로 달과 그림자의 용도는 술에 취하는 순간 끝난다. 달과 그림자와의 술만남은 무정(無情)한 사귐이다.31) 주로 이백만 놀았지만, 그래도 그들은 별생각 없이 놀았다. 시인 역시 술에 취했으니 이제 헤어지면 그만이다. 남의 눈에 이상해 보이는 수상한 술잔치는 그냥 술주정이었을 뿐이다. 이들과 또다시 술을 마실까? 이번에는 봄이라 땅에서 만났으니 다음에는 신선인 이백이 은하수까지 가 줄 수도 있다.

3) 시인 이백의 스타일

자꾸 다르게 보고 싶은 마음에는 다소 이상하게 느껴질 수 있지만, 위에서 한 해석은 일반적인 음주시일 때 내용적 흐름에 따라 번역한 당연한 흐름이다. 고대의 평자들이 이백시를 볼 때 놀라운 표현과 발상이라는 말만 주로 하고, 이백의 외로움이 절절히 느껴진다거나 치명적인 고독감이 차가운 달빛 속에서 엄습한다고 말하지 않은 이유이기도 하다. "근사한 봄밤에 혼자 마시지 않고 달과 그림자를 불러? 놀랍군." "취한 다음에 쫓으면서 다음에는 은하수로 찾아가겠다니? 환상적이야." 물론 예전은 틀렸고 지금은 맞을 수 있다. 그러나 그럴까?

보통 연구자들은 이 시를 이백이 장안(長安)에서 현종(玄宗)의 조정에 들어가 벼슬 생활을 한 3년(42세에서 44세까지)의 마지막 해 봄에 그가 장안에서 떠밀려 나가기 얼마 전에 쓴 시라고 여긴다. 〈월하독작〉의 나머지 작품들을 보면 제3수에 3월의 함양성(咸陽城)이라는 말이 나오고 이것이 〈월하독작〉이 44세 봄에 지은 작품이라는 근거가 된다. 그러나 이 4수의 작품들은 원래 같은 제목이 아니었다가 나중에 합쳐진 것이며 특히 제3수와 제4수는 송대(宋代) 전반부까지는 있는지도 몰랐다. 그리고 설사 이 4수가 정말 연작시라고 하더라도 3월 함양성이 시를 쓴 그 장소, 그 시기인지 알 수 없다. 이백의 다른 시들(특히 악부시 종류)에는 지역과 시기를 상징적으로 사용하는 경우가 많으며 함양성과 같은 표현은 상투어의 범주에 들어가는 표현이다. 또한 정말로 3월의 함양성이라고 하더라도 이것이 언제의 함양성인지도 알 수 없다.[32]

나머지 3수의 작품들에서도 수시로 이백은 술을 시름을 잊게 하고 신선이 되게 하는 물건이라고 칭송하는데, 시름이라는 말을 했다고 이 시들의 기본 정서가 우울함이라고 보는 것은 마찬가지로 이 시들을 이해하는 기본적인 방법이 아니다. 우선 시의 내용을 이해하고 그 말을 검토하고 그다음 단계와 또 다음 단계에 시인의 속마음에 대해 따져볼 문제이고, 이 시들은 모두 음주를 찬양하거나 스스로 술꾼임을 과시하는 내용이다. 그리고 이러한 이백의 태도는 그의 다른 유명한 시[33]들에서도 마찬가지이다. 그가 정말로 슬프면 그는 술로도 시름을 씻을 수 없다고 말하였다.[34] 그는 슬프면 슬프다고 하는 사람이고 슬픈 마음을 바로 풀어쓰는 사람이지, 슬픈데 안 슬프고, 아무렇지 않은데 또 슬프고, 그래서 결정적으로 완전히 슬퍼서 죽을 것 같은 사람도 아니고, 아무리 기쁜 일을 봐도 슬픈 생각부터 나는 그런 사람도 아니다. 그러니까 이백은 두보가 아니다.

그러니 이 유명한 오언 고시 〈월하독작〉 제1수는 본래 이백이 시종 술 취한 큰 목소리로 고성방가를 하는 작품이다. 시의 내용도 당연히 그렇게 해석할 수 있고 시인 이백의 개성 역시 이러한 태도에 어울린다. 그는 그냥 목소리 크고 자기가 제일 잘난 사람이다. 이백은 자신의 가치를 지키기 위해 냉담한 태도를 보이거나 또는 극도로 분노하지도 않았다. 그렇다고 슬펐다 기뻤다 침울돈좌(沈鬱頓挫)하며 청승을 떨지도 않았다.

1) 녹음된 노래의 소리의 구체적인 결과물은 이 글에서 기록할 수 분야가 아니다. 다만 이 글에서 언급한 모든 노래는 인터넷의 유튜브(youtube)에서 확인할 수 있다. 그런데 김윤아가 부른 노래의 영상은 방송국의 다시보기(가령 네이버 tv)에서 확인할 수 있다.

2) 인터넷으로 검색한 결과 이 프로그램은 MBC에서 2016년 7월15일에 방송한 〈듀엣가요제〉 15회였다.

3) 그때는 내가 방송을 자세히 보지 않아 아마추어이거나 일반인이라고 생각했는데 〈더베인〉이라는 록 그룹의 보컬이었다. 이 방송의 아마추어 자리에는 인디나 무명의 가수도 참여하였다고 한다.

4) 유튜브에 있는 여러 가수의 커버 송에 대한 개별적인 자세한 평은 여러 가지 이유로 생략하겠다.

5) 최백호가 부른 이 노래를 듣고 나는 이 노래가 '이별 후에'가 아니라 '사랑 도중에' 부르는 노래인가? 의아해서 양희은의 원곡을 다시 확인하였다. 그리고 양희은의 원곡도 사랑 도중에 부르는 노래로 볼 수도 있다고 판단하였다. 다만 이 경우에는 노래하는 양희은의 자세가 지나치게 고결해서 도리어 냉담하거나 답답한 느낌을 준다. 그래서 나 개인적인 생각으로는 인간적인 매력이 떨어지는 느낌이지만 이것은 듣는 사람마다 호불호가 달라질 수 있을 것이다. 커버 송을 부른 다른 가수들도 마찬가지로 '사랑 후에'와 '사랑 도중에'로 나뉠 수 있다.

6) 나중에 내가 확인해보니 김윤아와 채보훈은 듀엣가요제에서 3번째 우승(3연승)에 도전하는 중이었고, 그전에 우승했던 2개의 노래(빅뱅의 〈If You〉, 시나위의 〈크게 라디오를 켜고〉) 역시 비슷한 구성으로(처음에는 안정되거나 부드럽게 부르다가 나중에는 강렬하게 폭발적으로 부르는 방식) 불렀다. 그러니 이 〈사랑 그 쓸쓸함에 대하여〉 역시 그러한 우승 도전 과정에서 나온 비슷한 형제라고 간주할 수도 있다.

7) 그날 공연에서는 전반부이지만 사실 원곡이 그리 길지 않은 노래라 이미 완곡을 전반부에서 불렀다.

8) 그 전해에(2015년) 김윤아는 뮤지컬 〈레베카〉의 주역으로 캐스팅된 바 있으나 가창력(고음) 부족으로 단 1차례 공연 이후 하차한 바가 있다고 한다. 뮤지컬은 그가 바라던 무대였으나 그 뒤로 다시 도전하지 않았다고 한다. (인터넷 사이트 〈나무위키〉의 〈김윤아〉편 참조.)

9) 인터넷 사이트 〈나무위키〉에서는 김윤아의 창법에 관해 설명하며 "기본적으로는 두성에 비음을 약간 섞어 사용한다. … 벨칸토 식 성악 창법과 락 창법도 사용한다. 비성 창법이 트레이드마크처럼 여겨지지만, 비음을 사용하지 않고 진성으로 부르는 곡도 많다. 곡마다, 아니 곡 안에서도 창법을 계속 바꿀 수 있는 드문 보컬리스트. 곡 중간에 창법을 바꾼다는 것은 어렵지만 … 김윤아는 서로 이질감이 들 수 있는 창법을 과격할 정도로 변화시키며 노래한다는 점이 차이점이다. 또한 김윤아는 그 창법의 변화를 통해 자기 색깔을 드러내는, 즉 온전한 자기의 방식으로 노래하는 보컬리스트라고 할 수 있다. … "라고 평하였다. (앞의 사이트 참조. 그러나 사실 〈나무위키〉는 누가 그 내용을 썼는지 모르기 때문에 다만 참고용의 의미만 있다.)

10) 이 자막은 조금 이상한 것이 그들이 처음 불렀던 빅뱅의 〈If You〉가 서정적이지 않았다고 생각하는 것이다. 〈If You〉 역시 이별한 뒤 남자가 후회하고 안타까워하는 내용이고 곡의 끝까지 애절하게 부르는 노래이다. 김윤아와 채보훈이 부를 때도 역시 전반부에는 감성적이고 부드럽게 불렀다. 물론 김윤아와 채보훈은 원곡과 달리 자신들의 후반부에는 록 음악으로 강렬하게 불렀기 때문에 자막을 다는 사람이 빅뱅의 〈If You〉가 서정적이지 않았다고 생각한 것인지, 아니면 김윤아와 채보훈이 〈If You〉는 잘 못 불렀다고 생각한 것인지, 아니면 그들의 의상과 연기가 너무 슬펐기 때문인지 이번에 너무 슬퍼 보였기 때문인지 모르겠다.

11) 같은 노래를 한 번 더 부르는 것이고 그것도 중간 부분('사랑이 끝나고 난 뒤에는…')부터 다시 부른 것이니 '시작'이라는 용어가 적절하지 않을 수 있다. 보통 음악 형식에서 '인트로'는 前奏를 의미하는데, 드라마 등의 극 형식에서 서막의 의미로 쓰인다는 점에서 채보훈이 부른 부분을 강렬하게 변화한 후반부의 '인트로'라고 부를 수도 있겠다.

12) 당연하지만 성량은 록 가수인 채보훈이 더 클 수밖에 없고 김윤아는 여자 가수 가운데에서 주로 중저음에 강점이 있는 가수라고 평가를 받으니 이 노래에서도 김윤아의 목소리가 채보훈보다 아주 높거나 강하기는 어렵다.

13) 그저 가사와 상관없이 고성방가만 하는 요즘 경연용 노래라고 생각했다.

14) 주로 〈나무위키〉의 평가이다.

15) 본래는 문학 용어이다. "1950년대 J.브레인 등 영국에 등장한 일군의 젊은 작가들을 이르는 말. 이 말은 영국의 극작가 오스본의 '성난 얼굴로 돌아

보라'에서 유래하였다. 그들은 기성의 제도에 반항하고 기계 문명에 대하여 공격하였으며 허영과 위선에 대하여는 반역적인 태도로 작품 활동을 하였다.…"《문학 용어 사전》(신희천·조성준 편저, 도서출판 청어, 서울, 2001년), 390-391쪽 인용.《문학 용어 사전》은 이 사람들을 '아웃사이더'와도 연관시켰다.

16) 나는 그가 자신을 아웃사이더라고 평하거나 남(또는 주류)과 다른 방향성을 지닌다고 방송에서 말하는 것을 여러 차례 시청하였다.

17) 아웃사이더 역시 문학 용어이다. "어떤 무리에 끼지 못하는 사람. 즉, 제3자, 열외자를 지칭하는 말로, 인사이더에 대응된다. 이 말은 영국의 평론가 윌슨이 1956년에 평론집〈아웃사이더〉라는 책을 낸 이래 널리 쓰이게 되었다. 아웃사이더는 기존의 질서 안에 있는 사람, 즉 인사이더를 부정하고 새로운 질서를 찾는 사람으로서 겉으로는 자기 부정에 젖은 사람처럼 보이나, 실은 강한 자기 긍정의 경향을 가지고 있다.…" (신희진, 앞의 책, 377쪽)

18) 최백호의 노래〈낭만에 대하여〉(1995년)에서 인용.

19) 전반부 마지막의 쓸쓸함과 후반부의 쓸쓸함이 종류가 달랐다는 것은 나중에 노래를 여러 번 다시 들은 뒤에 알았다.

20) 일반적인 문학적 설명에서 서정시는 시인과 낭독자가 일치하고 소설은 일치하지 않는다고 풀이한다. 시가 소설보다 어떤 가치(가령 감수성의 일치)가 더 있다고 주장하는 사람들은 이 시인과 낭독자의 일치를 중요시한다.

21) 동서고금으로 시의 낭독은 시의 의미를 부여하는 작업이기도 하였다. 낭독자가 시를 낭독하는 순간에 그는 시의 저자와 동등한 수준으로 시를 조정하는 입장이 된다.

22) 현대의 가요는 많은 경우 작사가와 가수가 다르다. 그러나 노래를 듣는 대중은 대부분의 경우 그 노래의 가사를 들을 때에 그것이 가수의 이야기라고 생각한다.

23)〈月下獨酌〉을 선택한 이유는 따로 설명하지 않아도 글의 내용에 포함되어 있다.

24) 기록에 따르면 현재〈월하독작〉4수라고 전해지는 시들 중에 제1수와 제2수만이 唐의《唐人選唐詩》와 宋의《文苑英華》에〈獨酌〉과〈對酒〉의 서로 다른 이름으로 전하고, 제3수와 제4수는 그보다 나중의 선집에 비로소 이백의 작품으로 실려서 함께〈월하독작〉으로 불렸다. 郁賢皓 교주,

《李太白全集校注》, 南京:鳳凰出版社, 2015년, 2885쪽 참조.

25) 이 글에서는 제1수에 대해서 논하는 것이지만 나머지 3수도 참고할 필요가 있으므로 여기에 원문과 해석을 소개한다.

其二 : 天若不愛酒, 酒星不在天. 地若不愛酒, 地應無酒泉. 天地旣愛酒, 愛酒不愧天. 已聞清比聖, 復道濁如賢. 賢聖旣已飮, 何必求神仙. 三杯通大道, 一斗合自然. 但得酒中趣, 勿爲醒者傳. (하늘이 만약 술을 사랑하지 않았다면 주성이 하늘이 있지 않았으리. 땅이 만약 술을 사랑하지 않았다면 땅에는 마땅히 주천이 없었으리라. 하늘과 땅이 이미 술을 사랑했으니 술을 사랑하는 것이 어찌 하늘에 부끄러우리. 청주가 성인에 비유된다는 말을 이미 들었고 탁주가 현인과 같다고 또 말하였다네. 성인과 현인을 이미 마셨으니 어찌 반드시 신선을 찾겠는가? 석 잔으로 큰 도에 통하고 한 말로 자연과 합쳐지네. 다만 술 속의 흥취를 얻을 뿐 깨어있는 자들에게 전하지는 않으리라.)

其三 : 三月咸陽城, 千花晝如錦. 誰能春獨愁, 對此徑須飮. 窮通與修短, 造化夙所稟. 一樽齊死生, 萬事固難審. 醉後失天地, 兀然就孤枕. 不知有吾身, 此樂最爲甚. (삼월 함양성에는 수많은 꽃이 대낮에 비단과 같다. 누가 봄에 홀로 근심할 수 있으리 이를 대하면 곧장 마땅히 술을 마셔야지. 곤궁과 통달, 장수와 유절은 자연이 진작에 정해준 것. 한 동이 술에 생사를 동일시하니 세상만사는 정말로 살피기 어렵다. 취한 뒤에는 하늘과 땅을 잃어버리고 꽐라가 되어 홀로 잠이 드네. 내 몸이 있는지도 모르니 이러한 즐거움이 최고로구나.)

其四 : 窮愁千萬端, 美酒三百杯. 愁多酒雖少, 酒傾愁不來. 所以知酒聖, 酒酣心自開. 辭粟臥首陽, 屢空飢顏回. 當代不樂飮, 虛名安用哉. 蟹螯卽金液, 糟丘是蓬萊. 且須飮美酒, 乘月醉高臺. (곤궁의 시름은 천만 가닥인데 좋은 술은 삼백 잔이네. 시름은 많고 술은 비록 적으나 술을 기울이니 시름이 오지 않는다네. 그래서 술이 성인임을 알겠으니 술이 무르익으면 마음 절로 열린다네. 곡식을 마다하고 수양산에 누웠고 자꾸 쌀독이 비어 굶주리던 안회. 살아서 즐겁게 술을 마시지 못했으니 헛된 명성은 어디에 쓰겠는가? 게의 집게발은 신선의 단약이고 지게미 언덕은 봉래산이네. 이제 마땅히 좋은 술을 마시고 달을 타고 높은 누대에서 취할 것이네.)

26) 이백시의 원문은 淸의 王琦의 《李太白全集》을 기준으로 하였다.

27) 아마도 다카시마 도시오의 해설이 이 시에 대한 이러한 해설 가운데에서 가장 문학성이 뛰어난 편일 듯하다. "이 시는 이백의 시 중에서도 특히

유명하다. 대부분의 사람들이 한두 번은 이 시를 읽을 적이 있을 것이다. 그렇지만 이 시의 너무나도 운치있고 독특한 표현에 매혹되어, 오히려 이 시가 노래하는 정경을 새롭게 상상해 본 일은 적지 않았을까. 꽃이 한창 피어 있는 어느 곳에서 서로 이야기를 나눌 벗도 없이 하늘의 달을 향해 잔을 든다. 그러고는 그 달빛에 의해 지상에 생겨난 자신의 그림자를 보고 이로써 세 사람이 되었다고 한다. 허무하고 쓸쓸한 풍경이다. 그 쓸쓸함을 달래기 위해 이백은 혼자 노래한다. 노래하면 그에 따라서 달이 흔들린다. 이백은 일어나 보는 사람도 없는 춤을 춘다. 지상의 그림자가 어지러이 흔들린다. 자신이 노래하고 춤추는 데 따라서 달이 흔들리고 그림자가 흔들리면, 이백의 고독은 해소될까. 해소되지 않았을 것이다. 오히려 고독은 더욱더 깊어졌을지 모른다. 그래도 이백은 자신의 눈이 깊은 취기로 감기고, 그래서 달과 그림자가 사라져버릴 때까지 노래하고 춤추었다." 다카시마 도시오 저, 이원규 역《이백, 두보를 만나다》, 서울: 심산문화, 2003년. 271-272쪽.

28) 郁賢皓, 앞의 책, 2889쪽 참조.

29) 가령 중국 cctv에서 2018년 2월16일(春節)부터 3일간 3회분으로 방송한 대형 문화 프로그램인 〈經典咏流傳〉은 '和詩以歌(노래로 시에 맞춘다)'라는 주제로 중국의 연예인들이 중국의 옛 시가를 다양한 형태의 노래로 불렀다. 이 프로는 인기가 매우 좋아서 같은 해 3월3일부터 매주 방송하여 8회분을 더 방송하였다. 3월 3일 4회분에는 중국의 가수이자 배우인 廖俊濤와 毛不易이 〈월하독작〉 제1수를 노래로 만들어 듀엣으로 불렀다. 이 내용은 인터넷에서 검색해서 볼 수 있다. 두 사람은 전체 시의 내용을 주고받으며 2번 반복해서 부르고 마지막에《紅樓夢》의 유명한 대사인 "万兩黃金容易得, 知心一个也難求.(만 냥의 황금은 얻기 쉬워도 마음을 알아주는 이는 한 사람을 얻기 힘들다)"로 노래를 마쳤다. 나는 중국의 대중음악에 대해 잘 모르지만, 이들의 노래는 단정하게 멋을 낸 젊은 두 남자가 약간은 뽐을 내는 듯한 자세로 약간 허스키하게 목소리를 만들어 부른 중국 느낌의 알엔비였다. 그들이 마지막에 林黛玉의 대사를 인용한 것으로 보면 이 두 사람은 〈월하독작〉을 우정에 대한 노래로 여긴 것 같다. 즉 진정한 친구는 찾기 어려우니 우리 두 사람은 진정한 친구라고 말한 것이다. 평가자이자 해설자로 나온 사람 중에 중국의 유명 가수 (라는) 庾澄慶은 대략 "李白의 시라서 즐겁지 않고 무기력할 것이라고 생각했고 노래도 우울한 블루스였는데 두 사람의 우울함 속에는 도리어

희망이 있어서 고독감을 완전히 부쉈기 때문에 매우 신선했다. 이처럼 희망이 있는 고독감이라니."라고 평하였다. 北京師范大學 文學院 교수이 자 방송강좌로 유명한 康震(그는 cctv에서 이백 관련 강의를 진행해서 큰 인기를 끈 바도 있고 이백 관련 저작도 있다.)은 "이백의 많은 시는 즐겁지 않은 것 같다. 그러나 즐겁지 않은 시인이 쓴 즐겁지 않은 시가 왜 사람들을 즐겁게 하고 해방감을 느끼게 하겠는가? 이백이 살던 대당시 대는 비참할 수 없는 위대한 시대이며 이백은 큰 기회를 찾으려 했다. 그에게서 보이는 우울, 번뇌, 실망 등은 모두 배후의 시대와 자신의 거대 한 기대를 나타낸다."라고 하였다. 결국 두 평가자 모두 이 〈월하독작〉의 기본 정서는 고독감이라고 본 것인데 가수는 그날의 노래가 이 고독감에 희망을 부여했다는 것이고 고전문학 교수는 이백의 시에 원래 희망이 있다고 한 것이다. 그날 다른 사람의 평은 생략한다.

30) 여기에서는 필요하지 않으므로 따로 거론하지 않는다.

31) 無情遊의 의미에 대해서는 다양한 해석이 있다. 그 가운데에서 근래에는 아마도 '다른 욕망이 없는 순수한 사귐'이라는 해석이 가장 우세한 것 같다.

32) 심지어 이 '이백 44세 3월의 함양성'을 가장 강력하게 주장하는 연구자의 하나인 安旗는 이백이 평생 3차례 長安에 갔다고 주장하는 학자이다. 과거에는 이백이 40대에 한 번 장안에 갔다고 다들 생각했으나 근래에도 2차례 이상 갔다고 믿는 학자들이 대부분이다. 그의 방문 상황에 따라 그의 시가 달라졌다고 믿는 것이다. 개인적으로 나는 1차례만 의미 있다 고 생각한다.

33) 〈山中對酌〉과 〈山中問答〉을 예로 들 수 있다. 이백은 같이 술 마신 친구를 술에 취하자 그냥 쫓아버렸고, 산속에 은거하는 일이 근사한 일이고 다른 사람들은 모르는 일이라고 했다. (兩人對酌山花開, 一杯一杯又一杯. 我醉 欲眠卿且去, 明朝有意抱琴來. 두 사람이 술을 마시니 산에 꽃이 피었고, 한 잔 한 잔 또 한잔. 나는 취해서 자려고 하니 그대는 이제 가시게나, 내일 생각이 있으면 거문고 안고 오시고.) (問余何意棲碧山, 笑而不答心 自閒. 桃花流水杳然去, 別有天地非人間. 나에게 묻노니 왜 푸른 산에 사냐 고, 웃으며 대답하지 않으나 마음 절로 한가롭다. 복숭아꽃 흐르는 물에 아득히 떠나가니, 별천지이지 속세가 아니라네.) 이 두 시의 주된 정서와 내용 표현을 합치면 〈월하독작〉 제1수가 된다.

34) 가령 〈宣州謝朓樓餞別校書叔雲〉의 마지막 부분에서 "抽刀斷水水更流,

擧杯消愁愁更愁. 人生在世不稱意, 明朝散髮弄扁舟.(칼을 뽑아 물을 잘라도 물은 거듭 흐르고, 잔을 들어 시름 삭혀도 시름 더욱 시름겹다. 사람이 살아 세상에서 뜻에 맞지 않으니 내일 아침에는 머리 풀어헤치고 조각배를 탈 것이다.)라고 하였다.

'미(味)' 체험과 '식(食)'의 사회화
- 두보(杜甫)의 시*

노우정(대구대)

1. 미감(味感)을 시(詩)의 미감(美感)으로

두보(杜甫, 712-770)는 '식(食)'이라는 일상생활에서 반복되는 미(味)의 체험 행위로 '자아', '타자', '세계'를 나타내어 중국 고전시를 미적(美的) 영역으로 승화시킨 시인이다. 두보는 상류층, 하류층과 폭넓게 교류하고 장기간의 유랑에서 다양한 계층의 삶을 목도하면서 호화로운 음식부터 기아(飢餓)까지 경험하였다. 어린 시절 먹고 자란 북방 음식, 젊은 시절 오(吳)와 월(越) 여행에서 경험한 낯설고 새로운 음식, 낙양(洛陽), 장안(長安), 성도(成都)에 거주하던 기간에 참석한 연회에서 맛본 고급 음식, 피난지 서촉(西蜀)과 남방 지역에서의 낯선 식재료, 그리고 오랜 기아 생활은 단일하게 혹은 복합적으로 두보의 음식 관념을 형성시켰다. 그래서 두보에게 '식'과 '먹음'은 식욕뿐만 아니라 생존, 안정, 욕망 등과 연결되며 쾌락, 고뇌, 방황, 만족, 좌절, 행복, 고통과 같은 감정이 융합되어 있다. 두보는 '먹는다'는 의미를 개인적인 경험의 차원에서만 접근하지 않고 외부 세계로 확장시켜 당시 사회와 구성원의 삶의 태도와 시대를 읽는 기호로 활용한다. 개인의 '먹는 행위'로 집단적, 계층적 삶을 반영하기도 하고, '더불어 먹는다'는 문화적 행위로 도덕관을 제시하기도 하였다. 두보 시에 나타난 음식은 육체적인 것이지만 정신적인 것과 분리될 수 없으며 생존, 쾌락, 욕망, 정신, 철학은 물론 시대를 비판하는 매개체로서도 작용한다.

두보는 음식 의상을 자유자재로 활용하고 음식과 관련한 시어를 대량으로 운용하였는데, '식(食)'을 소재로 한 두시의 '미(味)'적 체험이 중국시의 미적(美的) 영역으로 편입될 수 있었던 이유는 두보의 시법과 창작의식에서 기인한다. 두보 이전부터 《시경(詩經)》, 《초사(楚辭)》의 〈초혼(招魂)〉, 한(漢) 악부(樂府)에도 '식(食)'을 내용으로 한 작품은 있어 왔다. 하지만 당대(唐代)에 들어서야 음식 제재가 중국 시인의 관심 영역에 진입하게 되었다. 중당(中唐) 이전의 시에는 식물(食物)을 독립적인 제재로 쓰거나 그 자체의 미(美)로 주목하지 않았고 단지 생활 장면을 묘사하는 매개로 한정하여 사용하였다.[1] 이것은 '식(食)'을 제재로 서정적이고 간명하게 시를 창작하기가 어려운데다 식재료, 요리방법, 요리 이름, 음식의 맛, 식사 풍경 등의 먹고 맛보는 것 같은 신변잡기를 시의 주요 소재로 삼으면 아(雅)와 기(奇)를 추구하는 중국 고전시가 속(俗)과 졸(拙)로 평가받기 쉽기 때문이다. 그래서 하층민의 식사 묘사의 경우 주로 '밥(飯)과 국(羹)'으로 초라한 식사 정황이나 기아를 표현하였고, 식재료가 풍부한 귀족층의 식사 묘사라도 '맛 좋은 술(美酒)', '맛 좋은 요리(美食)' 이 두 가지 시어로 한정하여 표현하였다.[2] 동진(東晉)의 도연명(陶淵明, 365-427)은 전원시에 식재료를 운용하고, 음주(飮酒)로 일상생활과 인생철학을 결합하여 새로운 시경(詩境)을 창출하였으며, 〈걸식(乞食)〉 시에서 삶에 진솔하고 가난을 감내하는 기자(飢者) 형상(形象)을 창조하여 후대에 많은 영향을 끼쳤다. 하지만 다량의 '식(食)'을 시가의 영역에 편입시켜 고전시의 시야를 확장하고 서정성과 심미성을 확보한 것은 두보의 역할이 크다.

두보는 고전시에서 부수적으로 활용되던 '음식 체험'과 '식재료'를 시의 주요 소재와 주제 전달의 주요 매개로 삼아서, 굴곡지고 스펙트럼 넓은 사유나 감정과 결합시켰고 나아가 사회 비판의 도구로 활용하였다. 또한 두보는 시적 제재에 제한을 두지 않고 음식과 같은 소소한 제재로도 생각과 사상을 효과적으로 전달할 수법을 고안하였다. 송(宋) 장계(張戒)는 "투박한 언어로도 시를 쓸 수 있다는 것을 몰랐으니, 오직 두보만은 그렇지 않았다. 산림에서는 산림을, 낭묘에서는 낭묘를, 세련되어야 하면 세련되게, 촌스러워야 하면 촌스럽게, 기이해야 하면

기이하게, 투박해야 하면 투박하게, 촌스러워야 하면 촌스럽게, 풀어쓰기도 하고 정연하기도 하며, 새롭게 하기도 하고 예스럽게도 하여, 모든 사물, 모든 사건, 모든 생각을 시로 짓지 않은 것이 없다"[3]고 평가한다. 이것은 두보가 제재의 운용에 제한과 한계를 두지 않고 자신이 처한 시공간에서의 경험과 관찰에 따라서 일상에서의 시적 제재를 끌어다 썼고, 예술적으로 속(俗)과 아(雅), 창조와 전통의 경계를 넘나들며 의경을 창출한 시인임을 시사한다. 또 청(淸) 주준(周樽)이 "두보의 시는 수많은 소재를 망라하였으니, 함축이 풍부하고 심원하다. 문사는 간략하고도 정미하며, 일컫은 명칭은 작지만 가리키는 의미는 지극히 크며, 쉽게 볼 수 있는 것을 거론하지만 뜻을 드러낸 것은 심원하다"[4]고 평가한 것에서 두보가 정치, 사회, 역사 등의 거시적 관점에서뿐만 아니라 지나치기 쉽고 일상적인 소재로도 심원한 의미와 사상을 표출하였음을 알게 된다. 두보의 미식 체험과 식에 대한 사회적 인식을 통해, 두보의 시에서 인간의 가장 일상적인 활동인 '먹다'와 보편적인 소재인 '음식'이 '미(味)적 감각'을 넘어서서 '미적(美的)'으로 작동하는 메커니즘을 이해하고, 중국 역사상 시성(詩聖)의 명성에 내포된 두보의 숭고함 즉, 비극의 순간에도 삶에 성실한 한 인간, 상하층의 입장에서 사회적 교량 역할을 실천해 내려한 지식인, 인간의 삶과 사건을 세밀히 관찰하여 희로애락의 층차적, 복합적 감정을 치밀하게 전달해 낸 시인의 창작 정신에 대해 공감할 수 있는 기회가 되었으면 한다.

2. 낯선 감각과 기억의 환기

두보는 감각적 이미지의 활용과 시공(時空) 초월 수법을 활용하여 새롭고 낯선 미식 경험과 기억을 생동적으로 묘사하였다. 자칫 평범할 수 있는 식재료와 일상의 식사 상황을 형상적으로 묘사하고자 시각과 청각의 감각을 적극 운용하고, 시각과 청각을 후각, 미각, 촉각의 감각들과 복합적으로 결합하였다. 오관(五官)에서 시각과 청각은 예술 감상과 연상의 주요 기관이며 미각, 후각, 촉각은 시각과 청각을 통해서 예술 감상과 예술 창작에 영향을 미칠 수 있다.5) 두보는 음식의 색, 향기, 촉감 등의 감각을 공감각적으로 활용하여 '음식을 먹는다'는 쾌락적 차원의 활동과 '맛'이라는 주관적 차원의 감성을 선명하게 전달한다. 특히 두보에게 '먹는다'는 것은 행복하고 아름다운 생활의 징표이며, 빈곤한 현실 생활에서조차 '먹는다'는 것은 삶과 생명에 대한 강렬한 감정을 반영한다.

두보는 시공(時空)을 넘나드는 수법을 활용하여, 음식을 먹는 현재적 경험을 통해 순간적으로 과거의 경험을 연상하거나 과거와 미래의 시공간으로 이동한다. 음식을 먹은 기억은 축적되어 한 개인의 삶과 정체성을 형성하기도 한다. 먹은 음식이 '기억'에 남는다는 의미는 음식의 종류에 대한 기억뿐만 아니라 한 공간에 존재했던 사람과 사건에 대한 기억이 모두 저장된다는 것이다. 두보는 음식을 매개로 단절된 것 같았던 현재와 과거, 현재와 미래의 두 세계를 연결시키기도 하고, 현재의 자신과 과거의 자신을 분리하여 행복과 불행의 대립적인 감정을 표출시키기도 한다. 두보는 시공의 경계를 타파하여 현재와 과거, 현재와 미래의 서로 다른 실경을 하나의 화면에 담아내는 구상을 하여 진한 서정적 색채와 진솔함을 확보하였다.

〈문향강칠소부설회희증장가(閿鄕姜七少府設鱠戲贈長歌)〉

姜侯設鱠當嚴冬,　　강후가 혹독하게 추운 겨울 회를 차려주는데

昨日今日皆天風.	어제도 오늘도 날씨는 바람이 분다.
河凍味魚不易得,	황하가 얼어 맛난 물고기 잡기가 쉽지 않고
鑿冰恐侵河伯宮.	얼음을 뚫는다면 하백의 궁을 침범할까 두렵다.
饔人受魚鮫人手,	요리사가 어부의 손에서 생선을 받아
洗魚磨刀魚眼紅.	생선을 씻고 칼을 가는데 생선의 눈이 붉다.
無聲細下飛碎雪,	소리 없이 잘게 써니 눈이 흩뿌려져 날리는 듯
有骨已剁觜春葱.	뼈를 잘게 썰어 놓으니 쪼아 놓은 봄 파 같다.
落碪何曾白紙濕,	도마에 얹어놔도 흰 종이는 젖은 적이 없고
放筋未覺金盤空.	젓가락으로 마음껏 먹어도 금 쟁반이 빌 줄 모르네.
偏勸腹腴愧年少,	특별히 생선 뱃살을 내게 권하니 젊은 그대에게 부끄럽고
軟炊香飯緣老翁.	향기로운 밥을 보드랍게 지은 것은 늙은 나 때문 이다.
新歡便飽姜侯德,	새로 사귀어 편하고 배부른 것은 그대의 덕이 충 만해서이고
清觴異味情屢極.	맑은 술과 색다른 맛은 정이 되풀이되고 극진해서 라네.
東歸貪路自覺難,	동쪽으로 서둘러 가려하니 절로 이별이 어렵다 느 껴지고
欲別上馬身無力.	헤어져 말에 오르려니 몸에 힘이 빠진다.
可憐爲人好心事,	남을 위하는 좋은 마음은 어여뻐할 만하니
於我見子眞顔色.	나에게 그대의 진정한 모습을 보여주었네.
不恨我衰子貴時,	내가 쇠하고 그대가 귀하게 될 때라도 서럽지는 않겠으나
悵望且爲今相憶.	오늘이 서로의 기억이 된다는 것에 슬피 창공을 바라보네.

두보는 교류가 넓고, 호객(好客)이었기 때문에 벗으로서 극진한 대

접을 받았고, 교외의 연회에도 많은 초대를 받았다. 이 작품 〈문향강칠
소부설회희증장가(閿鄉姜七少府設鱠戲贈長歌)〉는 건원(乾元) 원년(元
年, 758) 겨울 화주(華州)에서 낙양(洛陽)으로의 여정 중에 문향에 사는
강소부의 연회에서 음식을 대접받고 이별하는 정을 썼다. 생선회는
당대(唐代)의 흔한 요리법이다. 두시에는 연회, 음식, 식사, 쌀, 생선,
고기, 채소, 오이, 국, 생선회와 같은 의상(意想)의 출현 빈도가 높은데,
특히 생선과 관련된 의상이 월등히 많다. 두보는 청년시기 절강(浙江)
의 고모 댁에서 거주하고, 이후 오월(吳越)을 유람하면서 생선을 즐겨
먹는 남방의 습속에 익숙해졌다. 두보는 요리사가 생선을 회로 뜨는
장면을 세밀하게 관찰하고, 감각적 이미지로 생선회의 모양과 맛을
묘사하였다. 생선의 붉은 눈, 겨울눈 같은 하얀 생선살, 초록색이 연상
되는 봄 파 같은 뼈로 생선회의 싱싱함을 시각적으로 형상화하였다.
감각적 이미지의 활용은 마치 두보가 음식이 조리되는 경험을 공유하
는 것과 같은 환상과 쾌락을 갖게 한다. 이는 마치 오늘날 텔레비전에
서 주방장이 식재료를 맛 좋은 요리로 변형시키는 장면으로 시청자들
을 환상적인 세계로 몰입시키고, 요리 시간과 기술이 부족한 시청자들
이 텔레비전에서 음식이 만들어지는 장면을 보는 것만으로도 쾌락을
느끼는 것과 같은 효과와 다르지 않다.6) 생선 뱃살이 혀에 닿는 부드러
움으로 촉각적 감각을, 향기로운 밥으로 후각적 감각을 나타냈다. 그리
고 청각적으로 주방장이 생선을 씻고 칼을 가는 소리에서 생선회를
'소리 없이(無聲)' 써는 상황으로 전환하고, 다시 도마와 젓가락 등의
식기로 식사 정경의 소리를 연상시킴으로써, 음식을 먹는 내적 즐거움
과 흥분을 유성(有聲)과 무성(無聲), 정(靜)과 동(動)으로 표현하였다.
'색다른 맛(異味)'은 새롭고 낯선 미식 경험을 의미하는데, 두보 시
〈이감택(李監宅)〉의 "또 한 쌍의 맛난 물고기 먹으니, 누가 색다른 맛을

거듭 맛보겠는가(且食雙魚美, 誰看異味重)"에서도 색다르고 맛있는 음식을 '색다른 맛(異味)'으로 표현하였다. '맛있다'는 상대적인 것이라서 사실상 마음으로 느껴지는 맛과 감각, 분위기와 정취를 모두 포괄하는 긍정적인 개념이라고 할 수 있다. 시상(詩想)은 겨울의 냉기(冷氣)를 시작으로 생선회의 신선함과 차가움으로 잇고, 밥으로써 온기(溫氣)로 전환한 후, 음식의 온기를 대접한 이의 온정(溫情)과 미식 체험의 기억으로 이어서 여운을 남겼다.

〈배정광문유하장군산림(陪鄭廣文遊何將軍山林)〉 둘째 수

百頃風潭上,	드넓은 못 위로 바람 불고
千章夏木淸.	드높은 여름 나무 그늘이 맑다.
卑枝低結子,	늘어진 가지는 열매를 맺었고
接葉暗巢鶯.	잇닿은 잎 사이 꾀꼬리는 몰래 둥지를 텄다.
鮮鯽銀絲膾,	싱싱한 은실 같은 붕어회
香芹碧澗羹.	푸른 골짝 물로 끓인 향기로운 미나리 국.
翻疑舵樓底,	도리어 의심하네, 배의 타루에서
晚飯越中行.	저녁밥을 먹으며 월중으로 가는 것은 아닌가.

천보(天寶) 2년(753) 봄 장안(長安)에 거주하던 두보는 광문관박사(廣文館博士) 정건(鄭虔)과 장안 남쪽의 하장군(河將軍)의 산림에 놀러갔다. 이 시 〈배정광문유하장군산림(陪鄭廣文遊何將軍山林)〉 둘째 수의 전반부는 산림과 융화된 시인의 내면을 표출하고, 후반부는 '붕어회'와 '미나리 국'의 음식 체험을 환상적으로 묘사하였다. 생선은 두시에 가장 많이 나오는 식재료로 방어(魴魚), 황어(黃魚), 백어(白魚), 이어(鯉魚), 옥어(玉魚), 은어(銀魚), 경어(鯨魚), 노어(鱸魚) 등의 다양한 물고기 이름이 등장한다. 시에서 미나리를 식재료의 의미로 사용한 것은 두보가

처음으로[7] '미나리(芹)'는 당나라 사람들이 흔히 먹는 채소이다. 시각적으로 은빛의 회와 푸른빛의 미나리 국이 싱그러워 식욕을 자극한다. 그 때 미나리 국의 향이 후각을 일깨우며 미나리 특유의 싱그러움이 입안에 퍼진다. 마지막 두 구에서 '산림'에 있던 시인은 시공을 초월하여 20세 때 '배'를 타며 월(越) 지역을 여행했던 시간으로 옮겨간 듯한 환상에 젖고, 순간 두보는 행복했던 과거의 자신과 마주하게 된다. 두보의 무의지적 기억이 우연히 생선회와 미나리국의 맛과 향이 일으킨 감각의 환기를 통해 복원된다. 두보의 기억을 과거로 환기시키는 시간적 배경은 저녁이다. 빛과 어둠이 교차되고 어스름한 빛이 컴컴한 빛에 함몰되어 갈 즈음, 내면의 고즈넉함과 쓸쓸함이 얽히어 올라오고, 낮도 아니고 밤도 아닌 경계의 음식 냄새는 짙고 강렬하게 사방으로 퍼져나간다. 이 때 냄새와 맛은 오랫동안 잊고 있었던 시간과 경험의 모든 부분에 연결된 생생한 감각적 세부들을 일깨워주고,[8] 두보는 과거의 아름다운 순간을 다시 현재화하고, 현재의 붕어회와 미나리국의 '맛은 가장 아름다운 순간의 기억'[9]으로 남게 된다.

〈야인송주앵(野人送朱櫻)〉

西蜀櫻桃也自紅,	서촉의 앵두도 절로 빨갛게 익었다고
野人相贈滿筠籠.	시골 사람이 바구니 가득 선사하네.
數回細寫愁仍破,	몇 차례 세심히 옮겨 담으며 터질까 마음 졸이고
萬顆勻圓訝許同.	알마다 둥글기가 약속한 듯 같아서 의아하네.
憶昨賜沾門下省,	기억난다, 지난날 문하성에서 앵두를 하사받아
退朝擎出大明宮.	퇴조하며 받쳐 들고 대명궁을 나오던 일이.
金盤玉箸無消息,	금 쟁반과 옥 젓가락은 기별이 없으니
此日嘗新任轉蓬.	이 날 떠도는 쑥 같은 유랑자로 햇앵두를 맛보네.

이 시는 상원(上元)과 보응(寶應) 연간에 성도(成都)에서 지은 작품이다. 당시 두보는 51세 전후의 나이로 촉지(蜀地)를 떠도는 처지였다. 앵두는 진(秦)·한(漢) 시기에는 궁에서 기르다가, 당대(唐代)에는 가정의 정원에 보편적으로 심었다. 앵두는 초여름을 알리는 과일로, 당왕조에는 궁정부터 민간에 이르기까지 앵두를 맛보는 것이 유행하였다. 당대에는 앵화절(櫻花節)이 있어 앵두를 선물하며 행복과 여유를 축원하였는데, 궁에서는 신하와 관료에게 앵두를 하사하기도 하고, 민간에서는 친구들 간에 선물하기도 하였다. 과거(科擧)에 3등으로 급제하면 앵두를 하사받았기 때문에, 당나라 사람들에게 앵두는 '으뜸', '미식(美食)'이라는 인식이 있었다. 두보는 서촉(西蜀) 타향에서 '붉은 앵두'를 농부에게 선물 받았다. 앵두의 새콤달콤한 맛을 연상하면 침이 고이고, 특히 작은 모양의 붉은 색은 강렬한 이미지로 각인된다. 농부가 건네 준 바구니에 담긴 풍성한 앵두의 붉은 빛깔, 둥근 모양, 가지런한 생김새가 두보의 과거 기억 속에 내재된 앵두에 얽힌 사건과 감정을 환기시킨다. 농부에게 바구니를 건네받는 동작, 바구니의 촉감, 바구니의 무게감이 결합되면서 두보는 과거 궁에서 앵두를 하사 받던 자신을 떠올린다. 그러면서 시의 화면은 현재와 과거 두 세계로 대비된다. '농부-임금', '피난지 서촉-궁전', '바구니-금 쟁반과 옥 젓가락'의 대비는, 극명하게 다른 현재의 자아와 과거의 자아를 두 화면으로 보여준다. 이러한 대비를 통해서 두보는 과거 궁궐에서 생활하던 자아를 만나는 정신 여행은 찰나이며, 결국 자신은 영광스러웠던 시절로 환원될 수 없어 체념하게 된다는 것을 전달한다. 그래서 앵두는 초여름이 주는 설렘과 과거의 초여름과 다르다는 상실감을 동시에 나타낸다. 마지막 구는 타향 촉지의 유랑자 신세에 대한 무한한 슬픔을 앵두를 맛본다는 절제된 언어로 표현하였다.

〈괴엽냉도(槐葉冷淘)〉

青青高槐葉,	파릇파릇 높다란 느티나무의 이파리
采掇付中廚.	뜯어 모아 부엌에 건네준
新麵來近市,	근처 시장에서 사 온 새로 빻은 밀가루에
汁滓宛相俱.	느티나무 이파리 즙을 한데 섞는다.
入鼎資過熟,	솥에 넣어 너무 삶으면
加餐愁欲無.	차려 낼 때 맛과 색이 사라질까 조바심난다.
碧鮮俱照箸,	선명하게 새파래서 젓가락이 다 비칠 듯한데
香飯兼苞蘆.	향기로운 밥과 갈대 순을 곁들인다.
經齒冷於雪,	이를 스쳐 입에 넣으면 눈보다 차니
勸人投此珠.	누군가에게 권하면 이 음식은 진주를 주는 것과 다름없네.
願隨金騕褭,	바라건대 금장식의 명마를 좇아서
走置錦屠蘇.	궁궐에 이 음식을 가져다 드리고 싶네.
路遠思恐泥,	길이 멀고 진흙탕이 두렵다 생각 들지만
興深終不渝.	일어난 감정이 깊어 끝내 변하지 않네.
獻芹則小小,	미나리 바치는 것 같이 하찮은 뜻이고
薦藻明區區.	수초를 바치는 것 같이 자잘한 뜻이라네.
萬裏露寒殿,	만 리 밖 이슬 차가운 궁전에
開冰淸玉壺.	맑은 얼음 줄지은 듯 옥항아리 있겠지만,
君王納涼晚,	군왕께서 저녁 무더위 식히실 때는
此味亦時須.	이러한 맛도 때때로 필요하리.

이 시는 대력(大歷) 2년(767) 기주(夔州) 양서(瀼西)에서 지었다. 제목 '느티나무 잎으로 만든 냉국수'에 식재료와 음식명을 게시하여 흥미를 유발하였다. 이어 냉국수의 레시피를 생생하게 묘사하였는데, 마치 눈앞에서 국수를 만드는 장면을 보는 것처럼 흥분된다. 두보는 타지 촉(蜀)의 느티나무 잎으로 만든 냉국수가 재료로나 맛으로나 이색적이고 생소하다. 시인은 느티나무 잎의 즙을 새로 찧은 밀가루에 섞어서 반죽을

만든 다음, 솥에서 국수로 삶아 요리로 조리되는 과정을 순차적으로 묘사하였다. 6구의 '조바심난다(愁)'는 오래 삶아 맛과 색이 없어질까 마음을 졸이는 것으로, 색다르고 낯선 음식에 대한 기대감과 설렘을 역으로 표현하였다. 시인은 새파란 냉국수를 입에 넣으면 촉감이 한겨울 눈보다 차다고 말한다. 후반부는 냉국수를 군왕에게 드리고 싶은 충의를 묘사하였는데, 구조상 전반부의 속(俗)과 후반부의 아(雅)가 모순적이고 대립적으로 공존한다. 두보는 양립 불가능한 상황을 '냉국수'로 연결함으로써 촉(蜀)에서 유랑자로 사는 시인과 궁궐의 왕을 공간적으로 연결시킨다. 시인이 군왕과 이 맛을 함께 공유하는 것이 불가능한데도 희구하는 것은, 그의 의식 세계가 여전히 정치에 참여하여 시대와 역사의 개조를 갈망하고 있다는 것을 의미한다. 시인은 냉국수를 직접 먹는 현실 체험과 임금이 먹는 환상 체험을 결합시켜, 자아와 세계가 분리되지 않았던 행복한 시절의 자아를 만난다. 그러나 시인의 독특한 음식인 '느티나무 잎으로 만든 냉국수'의 미식 체험은 결국 환상 속에서 허무하게 끝이 난다. 두보에게 '냉국수'는 자의식을 자각시키고, 자아 주변 세계의 변화에 대한 갈망을 구현한 매개로서 작용한다.

3. 생존과 계층의 구별짓기 기호

두보의 인생에서 그와 가족의 생존을 압박한 사건은 전쟁과 유랑이다. 생존 의지는 인간의 무의식에 내재되어 있다가, 기아나 전쟁과 같은 강압적인 환경에서 더욱 강렬하게 작용하기도 한다. 두보에게 기아와 유랑은 음식에 대한 의식 세계에도 영향을 미쳤다. 〈증왕이십사시어계사십운(贈王二十四侍御契四十韻)〉의 "떠돌이 삶이라 먹는 것 저버리기 어렵다(浮生難去食)", 〈송고팔분문학적홍길주(送顧八分文學適洪吉州)〉의 "어찌 하여 먹고 입는 것으로 괴로운가(胡爲困衣食)", 〈병후과왕의음증가(病後過王倚飮贈歌)〉의 "다만 남은 인생 배불리 밥 먹으며, 그저 무사히 오래 만날 수 있기만을 바라네(但使殘年飽吃飯, 只願無事長相見)"는 두보가 유랑자의 신세에서 '식(食)'의 문제를 생존의 문제로 인식하였음을 말해준다. 유랑자 두보에게 음식의 결핍은 '음식'을 '맛'이 아닌 생존하기 위한 '영양'과 '건강'적 차원에서 접근하게 한다. 그리고 음식이 없어서 굶어 죽을 수 있다는 공포와 불안, 음식을 구하기 위해 외부세계와 접촉하면서 느낀 비정, 서운, 원망, 처참함 등은 두보의 부정적인 다양한 감정선을 이해하게 해준다.

계급과 사회계층 체계는 먹는 형태로 나타난다.[10] 두시의 '식'에 반영된 두보의 생존욕망은 개인적인 것이지만 동시에 동시기를 산 하층민의 욕망을 반영한다. 두시에서 생존을 결정짓는 음식은 상하층의 분리를 비판하는 매개로도 작동한다. 전쟁과 과도한 조세는 '누가 먹을 수 있는가', '무엇을 먹는가'의 차이를 야기하고, 하류층과는 다른 상류층의 음식 문화는 상대적 우월성과 집단의 정체성을 드러낸다. 상류계층의 희귀하고 이색적인 식재료로 차려진 한 끼 식사는 자신들이 하류층보다 우월하다는 인식의 표상이다. 반면 불합리한 사회일수록 음식은 노동자에게 귀속되지 않고 수탈자의 것이 되어, 노동한 자가 기아를 겪는 아이러니가 발생된다. 상·하류층을 두루 경험한 두보는 두 계층 간 식문화의 차이와 괴리로 유발된 감정들을 형상적으로 물화(物化)한다. 채소와 곡식으로 하층 백성의 기아와 처참함을 드러내고, 고기와 과일로 고관대작의 무도(無道)를 비판한다. 하류층을 상징하는 음식은 생존과 직결되지만, 상류층을 상징하는 음식은 쾌락과 연결된다. 두보에게 음식은 사회 계급과 계층을 '구별 짓는' 기호가 된다.

〈인최오시어기고팽주일절(因崔五侍御寄高彭州一絶)〉

百年己過半,	백년 인생에서 이미 반이 넘었는데
秋至轉飢寒.	가을이 왔는데도 배고픔과 추위의 굴레에 있네.
爲問彭州牧,	나를 위해 팽주목 고적에게 물어주시게
何時救急難.	어느 때에야 절박한 곤란에서 구해주련지.

이 시를 쓴 상원(上元) 원년(元年, 760) 가을 두보는 생계가 매우 어려웠다. 두보는 생존에 위기를 느끼거나 곤궁할 때 친척과 친구 등의 지인을 찾아가 끼니를 해결하기도 하고, 편지를 보내 먹을 것을 보내달라거나 생존의 위기에서 도와줄 것을 요청하기도 하였다. 두보는 시 〈우과소단(雨過蘇端)〉, 〈병후과왕의음증가(病後過王倚飮贈歌)〉, 〈시종손제(示從孫濟)〉는 직접 방문하여 끼니를 구하는 처지를 썼고, 〈좌환산후기(佐還山後寄)〉 셋째 수, 〈추일완은거치해삼십속(秋日阮隱居致薤三十束)〉은 편지를 보내어 구제를 요청하였다. 이 시에서 두보는 벗 고적(高適)에게 추수의 계절에도 기아에 시달리는 상황에서 벗어나게 해 달라고 직접적으로 말한다. '배고픔과 추위의 굴레에 있네(轉飢寒)'로써 그의 인생이 배고픔과 추위의 굴레에서 돌고 도는 운명이라고 밝히고, '절박한 곤란에서 구해주오(救急難)'로써 당시 두보가 처한 생존의 위기와 급박함을 알리는 것에서, 한 인간으로서의 처연함과 노년의 소외감이 전해진다.

〈좌환산후기(佐還山後寄)〉 둘째 수

白露黃粱熟,	백로에 황량이 익으면
分張素有期.	나눠 준다고 평소에 약속했더랬지.
己應春得細,	벌써 곱게 찧었을 것인데
頗覺寄來遲.	자꾸 더디 부친다고 느껴지네.

味豈同金菊,	그 맛이 어찌 노란 국화 같을까
香宜配綠葵.	향기는 응당 푸른 아욱과 어울리겠지.
老人他日愛,	이 노인네 평소부터 좋아하던 터라
正想滑流匙.	기름져 수저에서 흘러내릴 것을 한창 상상해본다네.

건원(乾元) 2년(759) 가을 두보는 전란 중에 진주(秦州)로 피난을 와서 유랑생활을 하다 동가곡(東柯谷)에 머물렀다. 당시 조카 두좌(杜佐)가 식량을 보내주곤 했는데, 추수시기에 약조한 '메조(黃粱)'가 도착하지 않자 재촉의 편지를 보냈다. 당대에 멥쌀(稻米)이 점차 조를 누르고 수석 지위로 대체되는 역사적인 변화가 일어났다. 농민과 하층 백성에게 조는 여전히 생존과 직결되는 양식이었다. 시인은 가을에 생산되는 황량과 금국(金菊)을 대비시켜 색은 같으나 맛은 다름을 부각시켰는데, 이는 금국을 먹는 자신을 연상시켜 식량의 급박함과 간절함을 역설한 것이다. 두보는 상상으로 향기로운 조밥에 파릇한 아욱을 곁들여 입 안에 넣는다고 설정했다. 조밥이 숟가락에서 '흘러내린다(滑流)'는 마치 맛있는 음식이 침샘을 자극하는 것 같은 장면을 연상시킨다. 노년에 음식을 보내줄 것을 재촉하는 난처함과 무안함을 유머로 표현한 것이다. 이 시의 비애 속 유머와 해학은 진정성이 있으며, 현실을 타파할 수 없는 한계에 부딪쳐 나온 언어유희는 비장미가 있다. 두보의 구식(求食)은 무례(無禮)하거나 무치(無恥)하지 않고, 비애 속에 유머가 있으며, 비극에서 희극을 노래할 줄 아는 인생의 맛과 멋이 있어 사람을 더욱 슬프게 한다.

〈병후과왕의음증가(病後過王倚飮贈歌)〉

麟角鳳觜世莫識,	기린 뿔과 봉황 부리의 효용을 세상은 모르나
煎膠續弦奇自見.	아교 끓여 활을 잇자 기이함이 절로 드러나네.

尚看王生抱此懷,　　왕선생은 아직도 이러한 마음을 지니고 계시니
在于甫也何由羨.　　내가 어찌 그대를 뒤좇을 수 있겠습니까?
且過王生慰疇昔,　　잠시 왕선생을 찾아가자 지난날을 위로해주니
素知賤子甘貧賤.　　평소 미천한 내가 빈천을 달게 여김을 잘 알고 계
　　　　　　　　　　셔서라네.
酷見凍餒不足恥,　　지독한 추위를 만난거야 부끄러워 할 것까지는 아
　　　　　　　　　　니나
多病沈年苦無健.　　말년에 아픈 데 많아 건강하지 못한 것은 괴롭네.
王生怪我顏色惡,　　왕선생이 내 안색이 나쁜 것에 놀라 의아해하니
答云伏忱艱難遍.　　병 져 누워 두루 어려웠다고 대답하네.
瘧癘三秋孰可忍,　　학질을 가을 석 달 앓으니 누가 견딜 수 있었겠는
　　　　　　　　　　가?
寒熱百日相交戰.　　백일 간 한기와 고열이 교차하며 들락거렸네.
頭白眼暗坐有胝,　　머리 희어지고 눈은 침침한데 욕창까지 생기고
肉黃皮皺命如線.　　살은 누렇고 피부는 주름져 목숨이 실낱과 같네.
惟生哀我未平復,　　오직 선생만이 내가 회복하지 못한 것을 애달파
　　　　　　　　　　하시어
爲我力致美淆膳.　　나를 위해 힘써 맛난 고기 요리 마련하였네.
遣人向市賒香粳,　　사람을 시장에 보내 향기로운 쌀을 사다가
喚婦出房親自饌.　　부인을 부엌으로 불러내어 직접 음식을 차리게 했네.
長安冬葅酸且綠,　　장안의 절인 채소는 시큼하고도 푸르고
金城土酥靜如練.　　도성의 치즈는 비단처럼 깨끗하네.
兼求畜豪且割鮮,　　여기에다 살찐 돼지를 구하여 신선한 고기를 잘라
　　　　　　　　　　주고
密沽斗酒諧終宴.　　세심하게 한 말 술로 연회가 마칠 때 까지 화기애
　　　　　　　　　　애하네.
故人情義晩誰似,　　옛사람 중에 정과 의리가 만년에 누가 이 같을까
令我手足輕欲旋.　　나의 손발을 가볍게 돌릴 수 있을 것 같네.

老馬爲駒信不虛,	늙은 말이 망아지 된다는 것이 참으로 헛말이 아니니
當時得意況深眷.	지금도 기쁜데 하물며 더욱 돌봐 주신다니요.
但使殘年飽吃飯,	다만 남은 인생 배불리 밥 먹으며
只願無事長相見.	그저 무사히 오래 만날 수 있기만을 바랍니다.

두보는 그의 나이 35세에서 44세까지 장안에서 머문 10년(746-755) 동안 인고의 생활을 보냈는데, 장안에서 일정한 거처가 없는 가난한 이들에게 주는 태창미(太倉米)를 배급받아 연명하였고, 754년 가을에는 장안에 식량이 부족하여 두보의 가족들은 장안에서 일 년도 살지 못하고 부인 양씨(楊氏)의 종친이 있는 봉선현(奉先縣)의 현량(縣令)에게 의탁하게 되었으며, 두보의 나이 40에는 생활고가 더욱 극심해져 시장에서 약을 팔기도 하고, 살기가 어려워 친구에게 기식(寄食)하였고, 41세 겨울에는 절박한 생활고를 견딜 수 없어, 곤궁함이 극에 달하여 시를 지어 관직을 구하려 노력하였다.[11] 이 시를 쓴 천보(天寶) 13년(754) 장안에 거주하던 43세의 두보는 당시 생계가 어려운데다 학질을 앓았다. 두보는 병을 앓고 나서 왕의의 초대로 음식을 극진히 대접받았는데, 이 시에 등장한 음식에는 건강을 회복하려는 시인의 생존 의지가 반영되어 있다. 두보는 왕의의 집에서 먹은 영양 있고 신선한 재료를 일일이 나열함으로써, 자신이 음식을 통해 질병과 굶주림, 죽음에 대한 두려움과 공포에서 벗어날 수 있다고 썼다. 그리고 '손발을 가볍게 하여 돌릴 수 있다', '늙은 말이 망아지가 된다'로써 왕선생이 베푼 음식과 정성을 섭취하여 삶의 동력을 얻게 되었음을 과장적, 해학적으로 드러내었다. 시의 정조는 두보가 음식을 섭취하기 전과 후로 나뉘며, 두보의 감정은 신체 리듬에 따라 변화한다. 시 앞부분은 죽음과 노년에 대한 공포로 침체되어 있는데, 음식이 준비되면서

는 음식을 먹을 흥분과 기대로 동적(動的)으로 변하고, 끝부분에서는
음식을 먹은 후 안정감을 찾자 자신의 무사와 장수를 바라면서, 이
긍정적인 감정을 고조시켜 왕선생에 대한 감사의 감정까지 표출한다.
이 시에서 음식은 두보의 신체의 변화뿐만 아니라 내면의 변화를 읽는
기제로 작용한다. 시인은 시작 부분에서 죽음의 공포를 서술하였지만
음식이 입과 내면으로 흡수되는 과정을 거치자 마지막에서는 '무사하
고 오래 만나자며' 삶에 대해 노래하였다.

勸客駝蹄羹,	손님에게 낙타 발굽으로 만든 탕을 권하고
霜橙壓香橘.	서리 맞은 유자와 향기로운 귤을 상에 올린다.
朱門酒肉臭,	부잣집 대문에는 술과 고기의 썩은 내가 나는데
路有凍死骨.	길에는 얼어 죽은 시체 뼈가 뒹군다.
榮枯咫尺異,	영화와 참혹함이 지천 간에 판이하니
惆悵難再述.	비통하여 더는 말하기 어렵네.
……	
老妻寄異縣,	아내는 다른 마을에 기거하는데
十口隔風雪.	열 식구가 눈바람에 멀어지게 되었다.
誰能久不顧,	뉘라서 오래 돌보지 않을 수 있으랴
庶往共饑渴.	앞으로 굶주림도 목마름도 함께 하길 바랐다.
入門聞號咷,	문에 들어서니 오열하는 소리 들리니
幼子餓已卒.	어린 자식이 굶주려서 죽어버렸구나.
吾寧舍一哀,	내 어찌 이 큰 슬픔을 그칠 수 있겠는가?
里巷亦嗚咽.	마을 사람들 역시 흐느껴 운다.
所愧爲人父,	부끄러운 것은 사람의 아비가 되어
無食致夭折.	먹을 것이 없어 요절하게 했다는 것이다.
豈知秋禾登,	가을 벼가 익었는데도
貧窶有蒼卒.	형편없이 가난하여 쩔쩔매는 일이 생길 줄 어찌 알았겠

	는가!
生常免租稅,	나야 나면서 조세가 면제되었고
名不隸征伐.	이름도 병적에 오르지 않았는데도
撫迹猶酸辛,	삶의 발자취 더듬어보면 맵고 신 듯 한 고통인데
平人固騷屑.	백성들은 항상 애간장 태운다.
默思失業徒,	눈 감고 가만히 생업 잃은 이들 생각하고
因念遠戍卒.	멀리 수자리 사는 병졸들 마음에 두자니
憂端齊終南,	근심은 종남산 만큼이나 높고
澒洞不可掇.	끝도 없이 아득히 펼쳐져 멈출 수 없다.

이 시 〈자경부봉선현영회오백자(自京赴奉先縣詠懷五百字)〉는 천보 (天寶) 14년(755) 11월, 안사(安史)의 난(755-763)이 일어나기 전날 저 녁에 쓴 시로, 두보는 상류층과 하류층의 구별을 음식으로 선명하게 대조함으로써 현실의 불합리와 첨예화 된 사회 모순을 강렬하게 부각 한다. 시인은 상층계급과 하층계급의 '사치스럽게 먹거나' '먹지 못하 는' 대조적인 두 세계를 두 폭의 화면에 담아낸다. 두 화면에서 쾌락적 으로 음식을 소비하는 상류계층과 기아로 죽은 하류계층의 비참한 운 명을 대비시킨다. 그리고 굶어 죽는 것이 계층화에 따라 출현한 인재 (人災)임을 전달한다. 상류층이 소비하는 낙타 발굽 탕, 서리 맞은 유자, 향기로운 귤, 넘쳐나는 술과 고기는 향락과 쾌락의 음식으로, 낙타고기 는 인간의 사치와 퇴폐를 상징하고 귤과 유자는 상류층의 부귀를 상징 한다. 〈여인행(麗人行)〉의 "붉은 낙타의 등 요리를 푸른 솥에서 꺼내고, 수정 쟁반에 생선 안주를 담는다(紫駝之峰出翠釜, 水精之盤行素鱗)" 에서 두보는 낙타 요리로 상류층의 식문화를 비판한다. 두시에서 귤과 유자도 상류층을 대표하는 상징적인 과일로 〈우묘(禹廟)〉의 "황량한 뜰에 귤과 유자가 늘어졌네(荒庭垂橘柚)"에서는 우임금이 드시는 과일

로 묘사하였고, 〈병귤(病橘)〉의 "뭇 귤나무들 생기가 적으니, 비록 많은 들 또 무엇 하랴. 애석하다, 열매를 적게 맺음이, 시고 떫어 마치 팥배 같구나(群橘少生意, 雖多亦奚爲? 惜哉結實小, 酸澀如棠梨)"에서는 먹지 못하는 '병든 귤'을 백성들의 고통스런 삶에 비유하여 '시고 떫다'고 표현하였다. 두보는 후각적으로 상류층의 음식 소비를 '취(臭)'로 표현했는데, 이는 과욕과 탐식을 추구하고 인륜을 무시한 부패한 상류계층에서 발산되는 추하고 혐오스러운 냄새이다. 두보는 하층계급의 먹을 것이 없는 무기력하고 참담한 상황을 '농작의 수확이 없거나(饑)', '장기간 먹을 음식이 없거나(餓)', '식량 위기로 먹을 것이 없다(無食)'는 것으로 표현하고, 이러한 삶이 지속되면 닥치게 되는 불가피한 결과를 '사망(死)', '죽음(卒)', '요절(夭折)'로 표현함으로써, 음식으로 삶과 죽음의 경계에 있는 자들의 운명을 사실적으로 부각하였다. '오열하는 소리(號咷)'와 '흐느껴 우는 소리(嗚咽)'로 굶어 죽은 자식을 보는 비통함과 타인의 죽음에 무관심한 상류계층에 대한 반감을 청각적으로 표출하였다. 두보의 굶어 죽은 자식에 대한 아버지로서의 괴로운 감정은 '슬프다(哀)'와 '부끄럽다(愧)'로 표현하였는데, 그가 슬픔과 부끄러움을 감내하기 어려운 것은 자식이 굶어 죽은 시기가 오곡을 추수한 뒤의 가을이기 때문이다. 가을은 풍성함을 상징하는 계절인데 모순되게도 가을은 두보에게 비참하고 슬픈 상흔의 시기이다. 음식이 없어서가 아니라 음식이 공유되지 않는 참혹하고 부조리한 현실 때문에 스스로 애태우며 쩔쩔매는 이 순간에도, 두보는 자신보다 더 처절한 삶을 사는 백성과 병졸의 고통에 대해 언급함으로써 자신을 포함한 하층계급을 대변한다. 중국 고전시에서 빈부귀천의 의식 차이에 대한 대비 묘사는 전통적인 것이지만, 두보의 필법은 더욱 날카롭고 진정성이 넘친다. 그래서 청(淸) 조익(趙翼)은 《구북시화(甌北詩話)》에서 두보의 강렬한 대비묘사에 대해 "부잣집 문 앞의 술과 고기 악취를 내뿜고, 길에는 얼어 죽은 시체 뼈 뒹구네'는 본래 출처가 있는 것으로, ……이러한 것은 다 옛사람이 오래전부터 사용했던 것인데, 소릉(少陵) 두보의 손에 들어가게 되자 마음과 혼백을 놀라게 할 정도로 사람의 손을 전혀 거치지 않은 것 같다"[12]고 찬사를 표하였다.

〈구수자적창이(驅豎子摘蒼耳)〉

江上秋已分,	강가에는 추분이 이미 지났고
林中瘴猶劇.	숲속에는 장역이 더욱 기승이네.
畦丁告勞苦,	밭 만드는 일꾼은 고되다 하소연하니
無以供日夕.	조석 끼니 마련이 어려워서라네.
蓬莠獨不焦,	쑥과 강아지풀만 유일하게 말라비틀어지지 않았고
野蔬暗泉石.	들판의 푸성귀는 시냇가에 숨어 있다.
卷耳況療風,	도꼬마리는 더구나 중풍도 낫게 한다니
童兒且時摘.	어린 종에게 때로 따오게 하네.
侵星驅之去,	별이 희미해지는 새벽에 가라고 내몰아
爛熳任遠適.	환해지거든 맘대로 멀리까지 가라하네.
放筐亭午際,	정오쯤에 멈추고 돌아와 광주리에 쏟으면
洗剝相蒙冪.	씻고 벗겨 수건으로 덮어 놓네.
登床半生熟,	살짝 데쳐 식탁에 차려 내어
下箸還小益.	젓가락으로 집어 먹으면 몸에 조금은 도움이 되네.
加點瓜薤間,	오이와 부추를 섞어 더하면
依稀橘奴跡.	귤 맛이 옅게 나는 듯하네.
亂世誅求急,	어지러운 세상 가혹하게 수탈당해
黎民糠粃窄.	백성들은 지게미도 부족한데.
飽食復何心,	배불리 먹고 또 무슨 마음일까
荒哉膏粱客.	황당하구나! 고량진미에 흥청대는 사람들
富家廚肉臭,	부잣집 부엌은 고기가 썩어 악취가 나는데

戰地骸骨白.	전쟁터는 해골이 나뒹군다.
寄語惡少年,	악렬한 젊은 놈들에게 전하노니
黃金且休擲.	황금을 함부로 던지지 마라.

이 작품은 대력(大歷) 2년(767)에 지었다. 추분 전후는 햇곡식과 햇과일에 대한 기대로 가장 풍요로운 시기이다. 그런데 당시 기주에 머문 두보는 끼니 걱정으로, 국화과의 약용으로 쓰는 도꼬마리를 반찬으로 마련한다. 새벽부터 노복에게 도꼬마리를 캐오게 하여, 씻고 벗기고 덮어 놨다가 살짝 데쳐 요리한다. 시인은 도꼬마리가 반찬으로 요리되는 과정을 상세히 묘사하여, 평소 식재료가 아닌 도꼬마리가 고관대작과 관료들의 수탈 때문에 귀한 식재료로 대접받는 아이러니한 현실을 풍자한다. 또한 두보는 맵고 쓴 맛을 지닌 도꼬마리가 몸에 '조금' 도움이 되고, 오이와 부추에 섞어 먹으면 굴 맛이 '옅게' 난다고 익살스럽고 해학적으로 표현하였다. 이러한 과장은 현실과 상상의 경계에서 현실의 비극을 초극하려는 두보의 정신세계를 보여준다. 시인의 강한 현실인식과 정치부패에 대한 날카로운 시선은 부잣집의 고기 썩은 냄새와 전쟁터에 나뒹구는 해골의 대비로 고조된다. 부잣집과 전쟁터는 상반되는 공간이지만, 부잣집은 고기가 '썩어서' '악취'가 나고 전쟁터는 해골로 악취가 난다. 결국 두보는 부잣집의 썩은 고기나 전쟁터에 나뒹구는 해골이나 모두 통치 권력과 부유층의 사치와 탐욕의 결과임을 폭로하며, 그들이 타인의 생존과 생명을 함부로 하지 말 것을 주장한다.

4. 나눔 정신과 연대감

인간은 음식을 함께 먹음으로써 부모와 자식, 친척, 친구, 지인 간의 연결고리가 형성·유지될 뿐만 아니라, 사랑, 우정, 신의를 확인하게 되며, 음식을 누구와 먹고 마시는지에 따라 다르게 사회화된다.[13] 그러나 전쟁이나 부귀공명을 추구하는 과정에서 인간의 나눔 정신과 연대감은 쉽게 증발한다. 그래서 두보는 전쟁과 불합리한 사회 구조로 허물어져가는 연대감을 음식을 통해서 유지하고 회복하고자 하였다. 두보는 타인을 서로 연결된 한 덩어리의 존재로 인식하고, 음식 나눔이 타인의 생명에 대한 존중뿐만 아니라 타인의 굶주림과 배고픔의 고통을 이해하는 인간적 실천이라고 여겼다. 두보의 이러한 사유는 그가 직접 기아와 자식의 아사를 경험한데서 기인한다. 그러나 그가 음식 나눔과 음식을 통한 연대감 형성을 인식한 더 주요한 이유는, 중국 음식 문화에 전통적으로 존재하는 '절제'와 '선(善)의 실천' 정신을 계승하였기 때문이다. 중국 문인들의 음식 관념은 절제를 '인(仁)'의 실천이라고 주장한 공자(孔子)의 미학관을 수용하였다. 중국고전미학의 발전 과정에서 공자의 미학관 '인'에 공리성과 사회성이 침투되었고, 특히 음식 관념에 공리성이 삽입되면서 중국 문인들은 음식을 쾌감으로 보는 것을 엄격하게 반대하고 '숭고(崇高)한 도덕 정신'으로 보는 관점을 긍정하게 되었다.[14] 중국의 음식 문화에서 음식은 예의, 윤리 교화, 참됨과 선함 등과 다양한 측면에서 연관을 맺으며 인의도덕과 예의를 전파하고 실천하는 주요 수단으로 인식되었다.[15] 그래서 유교를 학습한 두보에게 음식은 나눔의 정신, 인간의 도덕과 선을 '실천'하는 기제로도 작동한다. 두보는 타인과 함께 음식을 먹으면서 위로, 공감, 안심, 인간미 등의 도덕 감정을 공유하고, 음식을 나눠 주는 실천적 행위를 통해서 자아와 타자, 자아와 세계와의 관계를 형성해나가고자 했다. 그는 전쟁과 과도한 조세로 인정(人情)이 소멸하고 인간관계의 친밀함이 와해될 때, 나눔으로써 연대감을 유지해야 한다고 보았다. 두보는 극한의 어려움에서도 음식을 나눔으로써 도덕과 선함을 실천하였고, 이로써 나와 타자가 한 덩어리로 서로 연결된 존재임을 인식시키고자 하였다.

〈시종손제(示從孫濟)〉

堂前自生竹,	집 앞뜰에는 대나무가 절로 자랐고
堂後自生萱.	집 뒤뜰에는 원추리가 절로 자랐네.
萱草秋已死,	원추리는 가을이라 이미 죽었고
竹枝霜不蕃.	대나무는 서리 맞아 우거지지 않았다.
淘米少汲水,	쌀 일 때는 물을 조금만 길어야 하니
汲多井水渾.	많이 길게 되면 우물물 흐려진다.
刈葵莫放手,	아욱 뜯을 때는 손을 마구 놀리지 마라
放手傷葵根.	손 마구 놀리면 아욱 뿌리 상한다.
阿翁懶惰久,	늙은 나는 나태함이 몸에 배어
覺兒行步奔.	네 행동 부산스럽다 느껴진다.
所來爲宗族,	친족의 정 때문에 온 것이지
亦不爲盤飧.	한 끼 밥 때문이 아니라네.
小人利口實,	소인은 핑계 찾는 데 능하니
薄俗難具論.	박정한 풍속 이루 다 말하기 어렵구나.
勿受外嫌猜,	남이 험담하는 말 듣지 말지니
同姓古所敦.	동족 간에는 예부터 돈독함이 있었다.

천보 13년(754) 가을 두보가 장안에 거주할 때 매우 곤궁하여 당손(堂孫) 두제의 집을 방문하고 이 시를 썼다. 두제가 '밥 한 끼'로 두보를

박정하게 대하자, 동족 간 돈독함의 중요성에 대해 훈계하였다. 1, 2구의 '절로(自)'는 두보를 냉대한 두제에게 불만의 감정이 생겨, 자신은 두제 집의 경물과 무관하며 융화할 수 없음을 표출했다. 송(宋) 갈립방(葛立方)은 두시의 '자(自)'를 해석하길, "천지간의 경물은 사람에게 후하거나 박하지 않지만, 하나라도 흡족하지 않게 되면 경물은 나와 냉담해져서 아무 상관이 없게 된다. 그래서 두보는 '자(自)' 자(字)를 많이 사용하였다."[16] 두보는 '절로(自)'를 거듭 사용하여 두제의 두보에 대한 무심을 돌려서 비판하고 있는데, 두제 집 앞 뒤뜰의 쇠락한 대나무와 원추리로써 두제의 무정을 완곡하게 비판하였고, 이어 밥 짓는 것으로써 두보가 불쾌한 이유를 설명하였다. 두보는 두제의 쌀 씻고 아욱 뜯는 불손한 태도를 거론하여, 우물물과 아욱도 근원이 있어 함부로 해서는 않되듯 친족의 뿌리도 유념해야 하지만, 두제는 만물과의 관계를 함부로 하고 친족을 소원하게 대우한다고 비판한다. "친족의 정 때문에 온 것이지, 한 끼 밥 때문이 아니라네"에서 함께 먹음으로써 온정을 나눈다는 것을 모르는 두제를 탓하는 한편 곤궁함 때문에 무시 받는 자신의 서러운 처지도 드러냈다. 두보는 나눔을 베풀지 않고 구실만 찾는 두제와 같은 무정한 소인들이 팽배한 세태를 한탄하였다. 두보는 '밥 한 끼'의 시상을 인간관계와 나눔의 의미에 대한 사고로 확장한다.

〈우정오랑(又呈吳郎)〉

堂前撲棗任西鄰,	집 앞뜰 대추는 서쪽 이웃이 따가라고 놔두시구려
無食無兒一婦人.	먹을 것도 없고 자식도 없는 외톨박이 과부라네.
不爲困窮寧有此,	곤궁하지 않다면 어찌 이렇게까지 하겠는가
祇緣恐懼轉須親.	다만 두려워서 그런 것이니 친근하게 대해 주시게.
卽防遠客雖多事,	멀리서 온 객을 가까이 하자니 염려가 많아서인데
使插疏籬卻甚眞.	울타리를 친 것은 너무 변통이 없지 않소.

已訴征求貧到骨,	세납을 내다 가난이 뼈골에 사무친다 하소연 했었 건만
正思戎馬淚盈巾.	한창 전쟁을 생각하니 눈물이 수건을 가득 적시네.

이 시는 대력(大歷) 2년(767) 가을 기주(夔州) 동둔(東屯)으로 이사한 뒤 썼다. 두보는 자신이 세 들어 살던 낭서(瀼西) 초당(草堂)을 사법참군(四法參軍)인 친척 오랑(吳郎)에게 물려주었다. 두보가 초당에 살 때는 의지할 곳 없는 이웃집 과부가 울타리를 넘어와 대추를 따가는 것을 묵인하여 이웃 간의 친밀함을 유지하였다. 그런데 오랑은 울타리를 쳐서 과부를 차단하였다. 두보는 이웃의 배고픔과 처지에 공감하지 않고 관계를 차단한 오랑을 나무란다. 2구의 '먹을 것도 없고 자식도 없는(無食無兒)'의 구어(口語)를 사용하여 과부가 처한 절박한 상황을 노골적으로 드러내고, 6구에서는 이웃 사람들 간의 나눔의 미덕과 인정이 없음을 훈계한다. 그러면서 두보는 과부가 타인의 음식을 탐하는 것이 전쟁과 과도한 세금 정책에서 비롯된 시대적 문제이지 개인의 문제가 아님을 넌지시 지적한다.

〈한식(寒食)〉

寒食江村路,	한식날 강마을 길에는
風花高下飛.	바람에 꽃이 어지러이 날리네.
汀煙輕冉冉,	물가의 안개는 가볍게 하늘거리고
竹日淨暉暉.	죽엽에 햇살은 반짝이며 맑게 빛난다.
田父要皆去,	농부가 초대하면 언제나 응하여 가고
鄰家問不違.	이웃집이 음식을 보내면 그 정을 거스르지 않는다.
地偏相識盡,	땅이 외져서 서로 잘 알고 지내기에
雞犬亦忘歸.	닭과 개마저도 돌아가는 걸 잊는다.

상원(上元) 2년(761) 50세에 타향 성도(成都)의 완화계(浣花溪)에서 한식절(寒食節)을 맞이하고 썼다. 두보에게는 한식(寒食), 청명(淸明), 단오(端午), 동지(冬至) 등의 명절과 관련된 시가 적지 않다. 한식은 양력 4월 5일 무렵으로, 전날이나 당일에 만든 찬 음식이나 해당 절기에 채취한 식재료를 나누어 먹는다. 절기에 해당하는 차가운 요리와 날것의 음식을 나눠 먹는 즐거운 미각경험은 식욕의 해소가 목적이 아닌 두보가 속한 마을 공동체의 문화적인 행사를 수행하는 작업이다. 명절에 사람들은 자연의 운행 법칙을 반영한 음식을 먹음으로써 주변 사람들과의 경계를 허물고 어울리면서 일체감을 강화한다. 두보는 한식날 타향인인 이웃의 식사에 초대받으면서 공통의 미각 경험으로 연대감을 강화하기도 하고, 타향에서 이주해 그곳 사람들과 음식을 나누고 그것을 수용하는 행위에서 자신이 타지인과 동화되었다는 것을 확인하기도 한다. 명절에 행해지는 공동의 미각 경험과 문화 활동은 시공간을 초월하여 과거부터 이어진 공통의 생활 방식과 전통적인 사유를 공유하게 되는 것이다. 마지막 구의 '닭과 개마저 돌아갈 것을 잊는다'에서 두보는 '닭', '개'의 물상으로 자신이 타향 사람과 허물없는 관계를 형성하며 소속감을 느끼고 살아가고 있다는 인간 교류의 의미를 기탁하였다.

〈해우(解憂)〉

減米散同舟,	쌀 덜어 같은 배 탄 사람들에게 나누어 주고
路難思共濟.	험난한 여행길 함께 건너리라 생각한다.
向來雲濤盤,	이제껏 사납게 인 파도의 소용돌이에 휘말릴 때
衆力亦不細.	많은 사람의 힘이라서 또한 약하지 않네.
呀坑瞥眼過,	소용돌이 물구멍을 눈 깜짝할 사이에 지나고
飛櫓本無蔕.	배질하는 노는 나는 듯 메인 곳 없네.

得失瞬息間,	생을 얻고 잃음이 순식간이니
致遠宜恐泥.	멀리 가고자 할수록 물길이 막힐까 두렵네.
百慮視安危,	온통 걱정으로 안정과 위태를 엿보니
分明曩賢計.	이 시련은 분명 앞선 현인의 계획이리.
茲理庶可廣,	이 이치 널리 펼 수 있기를 바라오니
拳拳期勿替.	두 손 받들어 부디 이 소망 못 쓰고 버려지지 않길 기대하네.

　　대력(大歷) 4년(769) 두보의 나이 58세에 악양(岳陽)에서 담주(潭州)로 가는 도중에 지은 작품으로, 죽기 1년 전에 썼다. 두보가 탄 배가 역류를 만나 소용돌이에 휘말리자, 배를 탄 사람들은 서로 의지하며 배를 건넌다. 두보는 그즈음 학질, 당뇨, 폐병, 중풍에 시달렸지만,[17] 배가 역류를 만나 소용돌이에 휘말리고 동관저(銅官渚)에서 발이 묶이자 두보의 가족들이 먹을 쌀을 덜어 동승한 사람들과 나눠 먹는다. '같은(同)' 처지의 사람들이 '함께(共)' 어려움에서 벗어나고자 하는 두보의 공동체 정신과 인간다움은 극한의 상황에서도 실천된다. 생사를 오가는 상황에서 타인과 나, 내 가족과 남의 가족을 구별하지 않는 삶의 태도는 사실상 실천하기 어려운 것이다. 그래서 두보의 나눔 정신은 숭고하게 여겨진다. 또한 음식을 낯선 사람과 나누어 먹는다는 것은 '결속'의 의미를 지닌다. 함께 음식을 나누어 먹음으로써 형성된 연대의식은 함께 어려움을 이겨낼 수 있다는 정신적인 단계로 나아간다. 같은 음식을 먹는다는 것은 나와 타자로 분리되었던 사고를 동일한 속성을 가졌다는 생각으로 변화시키고, 이는 연대감과 일체감을 갖게 한다. 오랜 유랑에서도 삶을 희망하고, 위기 속에서 얻은 인생의 득실에 대한 깨달음을 널리 실천하고자 한 두보의 삶의 태도는 숭고하고 고귀하다.

5. 두시(杜詩), '식(食)'의 문화 의미

　인간 삶을 반영하는 가장 기본적인 소재이지만 중국 고전시에서는 속(俗)의 속성이라서 잘 쓰이지 않던 '식(食)'은, 두보에게는 생존에서 철학의 영역까지 그의 삶과 창작의 중심에 자리 잡고 있다. 두보는 '먹는다'는 일상의 경험과 낯선 '식' 체험에서 체득한 풍부한 감정과 복합적인 사건을 사회적 문제로 확대하고 문화적 의미를 부여하여 중국 고전시의 스펙트럼을 넓혔다. 우선, 두보는 미식 체험에서 음식의 색, 냄새, 맛, 촉감, 소리를 통해 기억 속에 저장된 과거의 시공간 안에서 감각의 기억을 환기하기도 하고 저장된 감각 세부를 일깨우기도 하며, 특별한 미각을 타인과 공유하여 새로운 기억과 추억을 저장한다. 두보의 음식 교류와 미식 경험에서의 감각기억과 공감각의 저장은 시적 감정 표출과 인간의 사회화에 중요한 작용을 한다. 다음으로, 두보 시의 '식'은 인간 생존과 계층의 '구별짓기' 기호로 작용한다. 두보는 생존과 직결된 하층민의 음식 결핍과 기아의 원인이 불합리한 계층화와 계급화의 사회 구조에 있다고 보았다. 두보는 상류 계층과 하류 계층의 음식 문화의 구별을 '식재료'의 의상(意想)으로 구조화하고 음식의 기능이 '생존'과 '사치'로 구별되어 있음을 지적하여, 하층민의 소외에 대한 불만을 강렬하게 표출한다. 마지막으로, '식'은 나눔 정신을 실천하고 연대감을 형성하는 기능을 한다. 두보는 타인과 타인을 서로 연결된 관계로 인식하고 인정과 동정에서 나오는 음식 나눔은 인간다움이자 연대 형성의 바탕이 된다고 보았다. 두보는 인간미가 약화되는 시대에 음식의 나눔 정신과 연대감을 중요한 가치로 인식하고 실천을 독려하였는데, 그의 음식 나눔에서의 연대 정신은 유교적 가치인 인(仁)과 도덕 정신의 계승에서 근원한다. 삶의 방향을 상실한 시대에 정서적 허기를 '식'의 교류와 나눔으로 실천한 두보를 통해 오늘날의 우리를 성찰하고 인간의 숭고 정신에 대해 사고하게 된다.

| 참고문헌 |

두보, 《杜甫詩選》, 김의정 역, 지식을만드는지식, 2008.

리언 래퍼포트, 《음식의 심리학》, 김용환 역, 인북스, 2006.

미셸 루트번스타인·로버트 루트번스타인, 《생각의 탄생》, 박종성 역, 에코 의 서재, 2007.

이영주 外, 《두보 성도시기시 역해》, 서울대학교출판부, 2008.

존 앨런, 《미각의 지배》, 윤태경 역, 미디어윌, 2013.

캐롤 M.코니한, 《음식과 몸의 인류학》, 김정희 역, 갈무리, 2005.

한성무, 《두보평전》, 김의정 옮김, 호미, 2007.

杜甫 著, 仇兆鰲 注, 《杜詩詳注》, 中華書局, 1979.

杜甫 著, 楊倫 箋注, 《杜詩鏡銓》, 上海古籍出版社, 1981.

林東海, 《詩法舉隅》, 上海文藝出版社, 2004.

萬建中, 《中國飲食文化》, 中央編譯出版社, 2011.

張冉冉, 〈中唐至北宋詩歌中飲食書寫〉, 折江工業大學碩士學位論文, 2014.

莫礪鋒, 〈飲食題材的詩意提升: 從陶淵明到蘇軾〉, 《文學遺産》第2期, 2010.

楊嘉, 〈從飲食描寫看杜詩對俗文化題材的開拓〉, 《南昌大學學報》第35卷第6 期, 2004.

* 본 글은《중국어문학지》제60집(중국어문학회, 2017년 9월)에 수록된 〈두 보(杜甫) 시(詩)의 '식(食)'의 기능과 의미〉를 수정한 것이다.

1) 張冉冉,〈中唐至北宋詩歌中飮食書事〉, 折江工業大學碩士學位論文, 2014, 1-2쪽.

2) 莫礪鋒,〈飮食題材的詩意提升: 從陶淵明到蘇軾〉,《文學遺産》第2期, 2010, 4-5쪽.

3) 張戒,《歲寒堂詩話》卷上 : "不知拙語亦詩也. ……惟杜子美則不然. 在山 林則山林, 在廊廟則廊廟. 遇巧則巧, 遇拙則拙, 遇奇則奇, 遇俗則俗, 或放 或收, 或新惑舊, 一切物, 一切事, 一切意, 無非詩者."

4) 杜甫 著, 楊倫 箋注,《杜詩鏡銓》〈周樽序〉: "公詩包羅宏富, 含蓄深遠. 其 文約其詞微, 稱名小而指極大, 擧類邇而見義遠."

5) 林東海,《詩法擧隅》, 上海文藝出版社, 2004, 115쪽.

6) 리언 래퍼포트,《음식의 심리학》, 김용환 역, 인북스, 2006, 190쪽.

7) 楊嘉,〈從飮食描寫看杜詩對俗文化題材的開拓〉,《南昌大學學報》第35卷第 6期, 2004, 110-113쪽.

8) 미셸 루트번스타인·로버트 루트번스타인,《생각의 탄생》, 박종성 역, 에 코의서재, 2007, 397쪽.

9) 존 앨런,《미각의 지배》, 윤태경 역, 미디어윌, 2013, 267쪽.

10) 캐롤 M. 코니한,《음식과 몸의 인류학》, 김정희 역, 갈무리, 2005, 31쪽.

11) 全英蘭,《忍苦의 詩史》, 태학사, 2000, 47-49쪽.

12) 趙翼,《甌北詩話》卷二 : "'朱門酒肉臭, 路有凍死骨', 此語本有所自.……此 皆古人久已說過, 而一入少陵手, 便覺驚心魂魄, 似從古未經人道者."

13) 리언 래퍼포트,《음식의 심리학》, 김용환 역, 인북스, 2006, 42쪽.

14) 萬建中,《中國飮食文化》, 中央編譯出版社, 2011, 154쪽.

15) 萬建中,《中國飮食文化》, 中央編譯出版社, 2011, 154쪽.

16) 葛立方,《韻語陽秋》: "天地間景物非有厚薄於人.……一有不慊則景物與 我漠不相干. 故公多用一自字."

17) 한성무,《두보평전》, 김의정 옮김, 호미, 2007, 503쪽.

문자화된 놀이
– 공평중(孔平仲)의 《시희(詩戲)》*

최석원(제주대)

1. 문자로 놀이하다-유희적 시체의 등장과 발전

전통 중국 문인들의 시에 대한 인식은 비단 "시언지(詩言志)"만으로 설명할 수 없다. 굳이 명대(明代) 출현한 이지(李贄)의 "동심(童心)"과 공안파(公安派)의 "성령(性靈)"을 언급하지 않더라도, 이미 한(漢)과 위진남북조(魏晉南北朝) 시기 수많은 잡체시(雜體詩)가 창작되었음은 전통 문인들의 관념 속에서 시란 단순히 엄숙하고 문아한 창작 행위에 머물지 않았음을 보여준다. 이와 관련하여 주광잠(朱光潛)은《시론(詩論)》에서 문자 유희는 시가 문학의 발생과 밀접한 연관이 있으며, 이후 문인들의 실제 창작 과정 속에서 나타나는 유희는 다양한 방법으로 활용되고 있음을 지적하였다.[1] 이처럼 전통 문인들의 시작(詩作)은 한 편으로는 뜻을 표출해내는 수단이기도 하였지만, 또 다른 한편으로는 재미 추구를 목적으로 행해지기도 하였다.[2] 그런데 역대 문인들의 유희적 시체에 대한 인식은 그리 긍정적이지만은 않았던 것이 사실이다. 이에 본고에서는 그동안 엄숙한 창작의 하나로 여겨졌던 중국의 시문학이 '문자'를 통해 놀이적 속성을 갖추게 되는 과정을 살펴보고자한다. 이를 위하여 필자는 100여수가 넘는 잡체시를 창작한 송대(宋代)문인인 공평중(孔平仲)에 주목하고자 한다.

사실 중국문학사에서 공평중에 대한 언급은 쉽게 찾아볼 수 없다. 그러나 공평중은 "이소삼공(二蘇三孔)"이라 할 정도로 당시 명성이 널리 알려진 인물인데, 여기에서 이소(二蘇)라 함은 소식(蘇軾)과 소철(蘇轍) 형제를 가리키고, 삼공(三孔)은 공평중의 형이었던 공무중(孔武仲), 공문중(孔文仲)을 합해 일컫는 말이다. 공평중은 그의 형들과 더불어 그 문재(文才)를 날렸었는데, 일찍이《송시초(宋詩鈔)》에서 "무중과 그의 형 문중, 동생 평중은 모두 문장으로 이름난 자인데, 당시 이소삼공이라 불렀다."3)라고 한 언급을 통해 이를 확인할 수 있다. 뿐만 아니라 황정견(黃庭堅) 역시 "두 명의 소씨는 이어진 옥과 같은 아름다움에 이르렀고, 세 명의 공씨는 천하를 삼분한 지위에 서 있네."4)라 하였으니, 당시 공씨 삼형제의 명성이 소식, 소철 형제에 못지않았음을 알 수 있다. 공평중에게는 7명의 형제가 있었는데, 그 중 둘째, 셋째, 넷째였던 삼공의 명성이 가장 높았고,5) 그 가운데에서도 공평중의 시재가 가장 뛰어났던 것으로 보인다.6) 그리고 왕수조(王水照)는 소식을 배운 이 중에는 "청강삼공(淸江三孔)"이 있는데, 공평중이 소식의 풍격에 가장 가까웠다고 평가한 바 있다.7)

공평중은 자가 의보(義甫)로, 그 생졸연도는 명확치 않다. 다만, 이춘매(李春梅)에 따르면《삼공사적편년(三孔事迹編年)》에 경력(慶曆) 4년(1044년) 출생한 것으로 기록되어 있다고 하였는데,8) 여전히 사망 연도에 대해서는 기록이 남아 있지 않다. 공평중은 치평(治平) 2년(1065년) 진사에 급제하여, 비서승(秘書丞), 집현교리(集賢校理) 등의 관직을 역임하다가, 소성연간(紹聖年間)에 권력을 지닌 이들에게 빌붙고 선열을 욕보였다는 이유로 교리직이 삭탈되었다.9) 이후에도 공평중에 대한 중상모략은 끊이지 않았는데, 동필(董必)이 공평중이 상평법(常平法)을 행하지도 않고, 관미(官米) 60만석을 훼손케 했다는 이유로 탄핵하자, 상소문을 올려 "쌀이 창고에 보관되었던 것이 5년 반이라, 모두 썩어 먹을 수 없을 텐데, 만약 백성들이 식량이 부족할 때를 이용해서 적당하게 나눠주지 않으면, 장차 쓰레기가 될 것입니다. 만약 이것이 잘못 되었다고 한다면, 신은 감히 죄를 피하지 않겠나이다."라고 한 바 있다.10) 이는 공평중의 강직한 성격을 엿볼 수 있는 대목이다. 이후 휘종(徽宗)이 즉위한 뒤 공평중은 조산대부(朝散大夫), 이부(吏部)와 금부낭중(金部郎中)에 배수되었지만, 결국 이후 다시 파직되고 만다.

이와 같이 공평중은 소식과 마찬가지로 신법파의 정치적 공격에서 자유롭지 못했고, 그로 인해 순탄치 않은 관직 생활을 했던 것으로 보인다. 또한《송사(宋史)》의 기록에 따르면, 공평중은 역사에 능했고, 문사도 뛰어났다고 하였는바,[11) 이와 관련하여《청강삼공집(淸江三孔集)》에 교점 작업을 진행한 손영선(孫永選)은 공평중이 이룬 문학적 성취는 이전까지 화려하고 부염한 작품이 위주였던 서곤파의 풍격을 변화시켜 개인의 사상과 감정을 투영한 평담한 시풍에 있다고 설명하였다.12) 뿐만 아니라《시희》에 수록되어 있는 공평중이 창작한 100여수의 잡체시는 그 수량뿐만 아니라 다양한 잡체시의 형식을 활용하고 있다는 점에서 상당한 의미를 지니고 있는 바,13) 이에 공평중이 창작한 문자 유희 작품 가운데 대표적인 약명시(藥名詩), 장두체(藏頭體)를 위주로 그의 이희위시(以戲爲詩) 특징에 대해 살펴보도록 한다.

2.《시희(詩戲)》에 수록된 잡체시(雜體詩)의 몇 가지

《사고전서(四庫全書) · 제요(提要)》에서는 공평중의《시희》에 대해 "인명, 약명, 회문, 집구와 같은 것으로, 대개《송릉집》에서 잡체를 따로 한 권으로 삼은 것을 모방한 것이다."14)라고 한 바 있다. 여기에서《송릉집(松陵集)》이란 당대(唐代) 문인인 피일휴(皮日休)와 육구몽(陸龜蒙)이 서로 창화한 작품을 모아둔 작품집이다. 그 속에는 다양한 잡체시가 출현하는데, 공평중의《시희》는 바로 이를 모방한 것이라는 설명이다. 공평중의《시희》에는 총 101제의 작품이 수록되어 있는데, 그 속에는《사고전서 · 제요》에서 언급하였듯 다양한 잡체시들로 구성이 되어 있다. 이를 정리하면, 아래와 같다.

[표-1]

시체	작품 수	시체	작품 수
인명(人名)	4제	장두(藏頭)	17제
군명(郡名)	1제	약명(藥名)	21제
괘명(卦名)	1제	보탑(寶塔)	2제
숙명(宿名)	1제	양두섬(兩頭纖)	1제
성명(星名)	1제	오잡조(五雜組)	1제
부인명(婦人名)	2제	집구(集句)	4제
팔음(八音)	3제	평상거입 (平上去入)	2제
회문(回文)	1제		
총 62제[15]			

위의 표에서 알 수 있듯 공평중은 《시희》에서 다양한 방식의 잡체시를 수록해 놓고 있는데, 그 가운데에서 장두체[16]와 약명시가 가장 많은 수를 차지하고 있음을 확인할 수 있다. 뿐만 아니라 지금까지 공평중 문집에 수록된 작품이 모두 고시 224제, 근체시 349제인 것과 비교하였을 때, 《시희》에 수록된 101제의 작품은 공평중 작품 내에서 결코 적지 않은 비중을 차지한다. 이는 곧 다양한 형태의 잡체시가 수록된 《시희》가 당시 문인들의 유희적 시 쓰기를 이해하는 데 의미 있는 자료로 활용될 수 있음을 보여준다.

1) 약명에 이합을 겻들이다

《사고전서 · 제요》의 설명과 같이 공평중의 《시희》에는 사람의 이름, 별의 이름, 마을의 이름 등을 활용한 잡체시가 존재하는데, 이는 역사는 물론이고 천문, 지리 등에 걸친 다방면의 지식을 갖추고 있지 않으면 창작이 불가능하다. 이러한 다방면의 지식을 활용한 시체 가운데 가장 대표적인 것이 약명시인데, 이는 육조시대 이후 시작되었다. 이후 당대에는 피일휴와 장적 등에 의해 창작되었으며, 송대 황정견과 왕안석(王安石)의 작품에서도 이를 확인할 수 있다.[17] 사실 약명시는 잡체시의 일종이었기 때문에, 문인들에게 '본받기에는 충분하지 않은 것'으로 인식되었지만, 여전히 많은 문인들이 약초 이름을 활용하여 약명시를 창작했다는 사실은 매우 흥미롭다. 그러면 공평중의 〈새로이 西庵을 지어, 장차 봄이 오니, 장난으로 두 수를 지어, 절도추관 이사중에게 함께 짓기를 청하다(新作西庵, 將及春景, 戲成兩詩. 請李思中節推同賦)〉 두 번째 작품을 살펴보도록 한다.

昨葉何搖落,	어제 나뭇잎 어찌나 흔들리며 떨어지던지.
今逢淑景天.	오늘은 맑은 날 보게 되었구려.
山椒紅杏火,	산꼭대기의 붉은 살구나무 불타는 듯 하고,
巖石綠苔煙.	바위에 푸른 이끼는 연기가 피어오르듯 하늘거리네.
爐火沉香燼,	침향이 타다 남은 화롯불,
琴絲續斷弦.	이어질 듯 끊어질 듯 소래 내는 거문고 줄.
忍冬已徹骨,	겨울을 이겨내느라 이미 뼈까지 한기가 스며드니,
衰白及長年.	쇠하고 흰 머리 한 늙은이 되었구려.

위의 작품은 새롭게 지은 서암(西庵)에서의 봄날 경치와 더불어 이제는 기운도 쇠하고 머리도 하얗게 변한 자신의 신세에 대해 묘사하고 있다. 손영선이 밝혔듯 위 작품은 약명을 활용하고 있다.[18] 한 구에 하나의 약명을 표시하고 있는데, 그 순서대로 나열하면, 작엽하(昨葉何)-경천(景天)-산초(山椒)-녹태(綠苔)-침향(沉香)-속단(續斷)-인동(忍冬)-백급(白及)이다. 약명시의 관건은 약초의 이름을 활용하되 작품 속에서 그 자취가 은연중에 드러나야 함에 있는데, 공평중의 위 작품에

서도 시의 의미와는 상관없이 약초의 이름이 교묘하게 숨어 있다. 사실 약명시를 창작하기 위해서는 약초의 이름을 교묘하게 숨겨놓는 시재는 물론이고 약초에 대한 지식이 없다면 창작이 불가능하다. 약명 이외에도 공평중의《시희》에는 마을 이름, 인명, 팔괘 등을 활용한 시체들이 수록되어 있는데, 이는 곧 송대에 요구되던 문인들의 박학적 소양과도 밀접한 연관을 맺고 있다. 송대 대표적인 문인이라고 할 수 있는 소식은 시문에 능했을 뿐만 아니라, 사상과 경학 그리고 차와 요리 등과 같은 영역에 있어서도 능통했다. 또한 심괄(沈括)과 같은 문인 역시 '통달하지 못한 것이 없다(無所不通)'라고 평가될 만큼 다양한 방면에 많은 지식을 소유했던 인물이었는데, 송대의 이러한 경향은 '보록(譜錄)'과 같은 저작으로 반영되기도 하였다. 약명을 비롯한 공평중의《시희》에 수록되어 있는 작품들은 바로 당시 문인들에게 요구되었던 다방면의 지식을 활용한 시체로 나타나게 된 것이다. 그런데 공평중의 약명시는 약초의 이름을 시구 속에 숨겨 놓는 방식 이외에도 또 다른 형식적 규율을 두어 유희성을 추구하고 있다.

七夕一首呈席上

琥珀杯濃酒味醇,	호박 술잔 짙고 술맛 진하고,
鬱金裙轉舞腰新.	울금빛 치마 돌며 춤추는 허리 새롭네.
鉛華第一人中白,	화장하는 연분 가운데 제일은 사람의 반백머리요,
歌響幾多梁上塵.	노래 소리는 대부분 들보 위의 먼지와 같다네.
玉漏將沉香未斷,	옥루가 장차 가라앉겠지만 향기는 끊기지 아니하고,
銀潢雖遠志相親.	은하수 비록 멀지만 뜻은 서로 가깝다네.
合歡促席留君醉,	서로 즐기며 가까이 앉아 그대 머물며 취하노니,
最苦參斜夜向晨.	가장 고통스러운 것은 참성 기울어 밤이 새벽으로 향해가는 것이지.

위의 〈칠석에 한 수를 자리에서 드리다(七夕一首呈席上)〉은 칠월칠
석날 연회 자리에서 지은 것으로, 새벽이 되어감에 따라 자리를 파해야
하는 아쉬움을 담고 있다. 위의 작품 역시 매 구절마다 약명이 숨겨져
있는데,   호박(琥珀)-울금(鬱金)-인중백(人中白)-양상진(梁上塵)-침향
(沉香)-원지(遠志)-합환(合歡)-고삼(苦參)이 바로 그것으로, 역시 약명
을 교묘하게 활용하고 있음을 확인할 수 있다. 그런데 위의 작품은
순(醇)-신(新)-진(塵)-친(親)-신(晨)으로 진운(眞韻)을 사용하여 압운하
고 있으며, 평측의 규칙에도 부합된다. 즉 7언 율시라는 엄격한 규칙
속에서 약명을 교묘하게 숨겨 둠으로써, 공평중은 근체시의 격률 속에
서 약명이라는 또 다른 규칙을 덧보탬으로써 유희를 이룩해 낸 것이다.
이렇듯 공평중의 약명시는 단순히 약명을 시구에 숨겨두는 것으로만
그치지 않고 또 다른 규율을 만들어 둠으로써 시작의 쾌감을 만끽했던
것이다. 이는 이합의 방법을 활용한 약명에서도 확인할 수 있다. 공평
중의 약명시 가운데에는 이합의 방식으로 약명을 드러내는 경우가 상
당수 존재한다. 공평중의 〈약명 이합시 사계절 4수(藥名離合四時四
首)〉 가운데 첫 번째 작품을 보도록 한다.

草滿南園綠,　　풀 가득한 남원은 녹색 빛을 띠는데,
青青復間紅.　　푸르고 푸른 가운데 또 사이사이 붉은 빛이네.
花開不擇地,　　꽃 피는데 땅을 가리지 않으니,
錦繡徑相通.　　비단이 길가에 서로 이어져 있는 듯.

위 작품은 봄, 여름, 가을, 겨울을 계절 순서에 따라 읊고 있는데,
인용한 작품은 봄에 해당한다. 추운 겨울을 지내고 녹음 짙고 그 사이
에 꽃들이 만개해 붉은 빛이 섞인 봄날의 풍경을 묘사하고 있는 본

작품은 이합의 방법으로 약명을 드러내고 있다. 한(漢) 공융(孔融)에게
서부터 시작되어진 이합시는 그 종류가 다양한데,[19] 위의 작품에서는
앞 구절의 마지막 글자와 다음 구절의 첫 글자를 합하면 약초 이름이
완성되는 방식을 취하고 있다. 따라서 〈약명 이합시 사계절 4수〉 첫
번째 작품에서는 홍화(紅花)-지금(地錦)-통초(通草)와 같은 약명이 나
타난다. 또한 홍(紅)-통(通)의 압운을 취하고 있으니, 약명의 사용, 이합
의 방식 채용, 동일한 운목의 운자 사용이라는 다소 엄격한 규칙을
통해 유희성을 탑재했던 것이다. 이처럼 공평중의 《시희》에 수록되어
있는 약명시는 단순히 약명을 시구에 교묘하게 숨겨두는 차원에서 그
치는 것이 아니라 근체시의 격률 활용 또는 이합이라는 방식을 첨가함
으로써 한층 수준 높은 시재가 필요했던 것이다.

2) 장두체(藏頭體)를 활용해 누군가에게 시를 보내다

장두체는 한자가 지닌 문자적 특징에 기반하고 있는, 말 그대로 단순
한 유희에 가까운 시체라고 하겠다. 그런데 흥미로운 것은 장두체 작품
은 모두 다른 이에게 시를 보내거나 바치는 과정에서 창작되었다는
점이다. 그러면 장두체 작품 가운데 〈황중광에게 드리다(呈黃仲光)〉을
살펴보도록 한다.

寄黃仲光

早識江西黃仲光,	오래 전 江西의 황중광을 알았건만,
兀然相對鬢毛蒼.	갑자기 만나니 귀밑머리 세었구려.
口陳仁義何明白,	입으로 늘어세우는 仁義는 얼마나 분명할 것인가?
日欲經綸孰抵當.	날마다 나라를 운영하려는 포부 누가 담당할 것인

가?

田父謳吟知盛德,　　田夫들이 읊조리고 노래하는 것으로 그대의 성대한 덕 알겠고,

心交隔闊想餘芳.　　마음으로 맺은 교분 멀리 떨어져 있으매 그대의 사라지지 않는 향기 생각하노라.

方今天子求材藝,　　바야흐로 천자께서 재주 있는 이를 찾으시니,

云有鋒車降寵章.　　이르길 날랜 수레로 관복 하사하는 일 있을 것이리라.

　　장두체를 활용한 위의 작품은 황중광에게 보내는 시이다. 황중광의 이름은 은(隱)으로, 복건(福建) 출신이다. 그는 치평(治平) 4년(1068년) 진사과에 급제한 뒤, 국자감사업(國子監司業) 및 전중시어사(殿中侍御史)를 역임하였고, 황정견과 친밀한 관계였던 인물로 알려져 있다. 작품에서 공평중은 천자가 구하는 인의와 덕을 지닌 인물로 황자평만한 이가 없음을 칭송하면서, 조만간 황중광에게 벼슬이 내려질 것임을 예견하고 있다. 앞서 언급하였듯 인용한 작품은 장두체를 활용하여, 각 구절의 마지막 글자의 윗부분을 파자(破字)하여 그 다음 구절 처음 글자로 사용하고 있음을 확인할 수 있다. 이를테면 위의 작품에서 첫 번째 구절의 '광(光)'에서 윗부분을 제거하여 남는 '올(兀)'자를 두 번째 구절의 첫 글자로 놓고 있다. 이러한 방식으로 蒼-口, 白-日, 當-田, 德-心, 芳-方, 藝-云이라는 글자가 활용되고 있는 것이다. 뿐만 아니라 8구의 '장(章)'은 '입(立)'을 제거하여 남는 早를 작품 첫 구 첫 번째 글자로 사용하고 있기도 하다. 그리고 光-蒼-當-芳-章으로 운자 역시 지키고 있으니, 고도의 기교와 언어 구사력이 필요한 셈이다. 이처럼 장두체를 상대방 문인과의 교류 과정 속에서 활용한 예를 살펴보면, 아래의 표와 같다.

[표-2]

寄詩		呈詩
〈寄江西同官〉	〈寄何君表〉	〈呈魏道輔〉
〈寄方逢原〉	〈寄張天覺〉	〈呈張子平〉
〈寄黃仲光〉	〈寄向公美使君〉	〈因來詩有題橋之句呈陸農師〉
〈寄張江州〉	〈寄呂汝州〉	〈呈陸農師〉
〈寄張解州〉	〈寄王滑州〉	〈愼思移日至月望交割, 口占奉呈〉
〈寄賈宣州〉	총 11제	총 5제

공평중의《시희》에 수록된 총 17제의 장두체 가운데 기시(寄詩)와 정시(呈詩)의 형태로 창작된 작품이 총 16제에 해당한다. 또한 〈累約愼思視事, 今已入境, 盤桓不進, 欲以十四日交承. 又云六甲窮日. 戲作藏頭一首〉는 기시(寄詩) 또는 정시(呈詩)임을 명확하게 밝히고 있지 않지만, 시제를 통해 문인 상호 교류 과정 속에서 창작된 것임을 알 수 있다. 이처럼 문인 간의 교류 과정에서 창작된 공평중의 장두체는 위에서 예로 들었던 〈황중광에서 드리다(呈黃仲光)〉와 같이 상대방에 대한 칭송과 권면 또는 〈강서의 동료에게 부치다(寄江西同官)〉의 '하늘 끝에서 고개 돌려 성대한 잔치 자리 생각하다가, 해 떨어지고 연기에 어둑해지자 지금 절로 슬퍼진다네.(天涯回首思高會, 日落烟昏今自悲.)'와 같이 지난날의 추억과 그리움이 묘사되어 있다. 그 가운데에는 상대방에 대한 그리움과 더불어 자신이 처한 신세와 이에 대한 슬픔이 보이는 작품도 존재한다. 〈신사가 시간이 지나 15일에 업무를 교대함에 입에서 나오는 대로 써 받들어 보내드리다(愼思移日至月望交割, 口占奉呈)〉을 살펴보도록 한다.

日日高樓倚望君,　　날마다 높은 누대에서 그대 바라보며,
口吟心想跂淸塵.　　입으로 읊조리고 마음으로 생각하며 수레 뒤 일어

나는 맑은 먼지 기대하고 있다네.

土膏著雨蒼葭出,　　비옥한 토지에 비 뿌려 푸른 갈대 돋아나고,

山色凝雲翠黛顰.　　산 빛에 구름 어려 푸른 눈썹 찡그리게 하네.

卑冗一官誰羽翼,　　보잘 것 없는 관직이니 누구들 날개 달 수 있으리오

異同千狀極艱辛.　　같고 다른 온갖 모습에 고생스러움이 극에 달한다오.

十分明月迎新守,　　분명하고 밝은 달 새로운 해를 맞이하고,

寸步江村老盡春.　　강촌 천천히 걸으며 늙은 몸으로 봄을 보내네.

위의 작품에서는 신사[20])에 대한 그리움과 동시에 덧없이 늙어가는 자신의 신세가 함께 묘사되어 있다. 더욱이 '卑冗一官誰羽翼'구는 순탄치 않았던 관직 생활 속에서 시련의 세월을 보냈던 공평중 스스로에 대한 자책이자 체념의 표현으로 다가온다. 이 역시 매 구의 끝 글자를 파자(破字)하여 다음 구의 첫 글자로 사용하는 유희를 보이고 있지만, 실상 그 내용은 결코 해학적이지 않다. 이렇듯 공평중은 다른 문인 간의 상호 과정 속에서 장두체를 활용하고 있는데, 이는 송시가 지니고 있는 교유적 시 쓰기의 반영이라고도 할 수 있다. 오태석은 송시를 설명하면서 이는 당시의 감회나 기행시, 묘사시와는 다른 인식적 표현으로서, 주로 문인들 간의 교유와 세계관의 피력을 위한 사회적 자아표현 방식의 유력한 도구로 인식되었다고 지적한 바 있다.[21]) 이러한 송대 문인들의 시 쓰기에 대한 인식은 장두체를 활용한 공평중에게도 해당되었다고 할 수 있다. 그렇다면 굳이 장두체라는 유희적 시체를 통해 문인들에게 시를 보내었던 것일까? 이와 관련하여 로제 카이와가 설명하고 있는 놀이의 개념을 참고할 필요가 있다. 그는《놀이와 인간》에서 놀이의 속성 가운데 하나로 사회성을 지목하면서, 비록 연, 팽이, 요요와 같이 혼자 노는 경우라도 이는 다른 사람이 따라 하기 힘든 기록을 달성해서 자랑하기 위한 것이라고 설명하였다.[22]) 즉 공평중의《시희》

에 수록되어 있는 작품들 역시 크게 다르지 않은데, 공평중은 문인 간의 상호 작용 과정에서 유희를 목적으로 하는 잡체시 창작을 통해 상대방에 대한 친밀감을 표시할 뿐만 아니라 그 속에서 드러나는 문자 활용 능력을 보여줌으로써 자신의 시재를 뽐내고자 했던 것이다.

3. 유희를 통한 문학적 위안

일찍이 진응신(陳應申)은 "시를 짓는 것은 원래 어려운데, 집구하는 것은 더욱 쉽지 않다."23)라고 한 바 있다. 이는 비록 집구시(集句詩) 창작의 어려움을 설명한 것이지만, 비단 집구시만의 어려움은 아닐 것이다. 주지하듯이 전통적인 시작 속에는 유희를 목적으로 그 형식적 특이함에 기댄 다양한 시체들이 존재하는데, 이를 잡체시라 한다.24) 잡체시는 유희를 목적으로 창작되긴 하였지만, 앞서 설명하였듯 문자를 운용하는 고도의 능력과 학력이 수반되지 않는다면 결코 작품을 완성할 수 없는 일종의 아이러니를 드러낸다. 사실 여전히 역대 많은 문인들이 잡체시 창작을 평가 절하했음에도 불구하고25), 공평중이 무려 101제에 이르는 잡체시를 창작했음은 의미하는 바가 크다. 앞서 공평중의 약명 그리고 장두체는 모두 송대 문인들의 '학문으로 시를 짓다[以學爲詩]'와 교유적 시 쓰기 그리고 박학적 소양의 추구라는 시대적 경향과 밀접한 연관을 지니고 있음을 확인한 바 있다. 그런데 주목해야 할 것은 유희라는 시적 체계 속에 공평중이 경험한 개인적 비애와 좌절이 스며들어 있다는 점이다. 이와 관련하여 앞서 살펴본 《송사》에 기재되어 있는 공평중의 생애를 다시 한 번 살펴볼 필요가 있다. 공평중은 진사과에 급제한 뒤 비서승, 집현교리 등의 관직을 역임하였지만, 이후 신법파의 정치적 공격으로 인해 그의 삶은 그리 평탄치만은 않았다. 특히 휘종의 즉위 이후 다시 관직에 복귀하였지만 원우당적(元祐黨籍)에 이름이 올라가면서 다시금 파직되는 일을 겪어야만 했는데, 이러한 정치적 부침은 그의 작품 창작에 지대한 영향을 미쳤을 것이다. 이는 잡체시 창작에 있어서도 예외가 아닐 것인데, 공평중의 집구시 가운데 〈손원충에게 부치다(寄孫元忠)〉 제12수에서 두보(杜甫)의 시구를 인용하여 '儒術于我何有哉. 口雖吟詠心中哀.(儒術이 나에게 무슨 소용 있겠는가, 입으로는 시를 읊조리지만 마음속으로는 애달파 하네.)'26)라고 한 것에서도 공평중이 경험한 현실에 대한 좌절과 비애를 확인할 수 있다. 이와 관련하여 소식이 공평중의 집구시에 차운한 〈공의보가 옛사람의 구를 모아 보낸 온 시에 차운하다(次韻孔毅父集古人句見贈五首)〉를 살펴볼 필요가 있다.

次韻孔毅父集古人句見贈五首 其三

天下幾人學杜甫,	천하에 몇 사람이 杜甫를 배웠던가,
誰得其皮與其骨.	뉘가 그 가죽과 뼈를 얻었을 텐가.
劃如太華當我前,	갑자기 태화산이 나의 앞으로 다가왔는데,
跛牂欲上驚崢嶸.	절음발이 양이 올라가고자 하나 험준함에 놀라는 것과 같네.
名章俊語紛交衡,	이름난 문장 뛰어난 시어가 어지러이 엇섞여 있으나,
無人巧會當時情.	당시의 정 만나게 할 이는 없구나.
前生子美只君是,	전생의 자미인 자는 단지 그대일지니,
信手拈得俱天成.	손이 가는대로 집어도 天成을 갖추네.27)

위의 작품에서 소식이 차운한 공평중의 원 작품이 무엇인지는 확인할 수는 없지만,28) 소식은 위의 작품을 통해서 "당시의 정 만나게 할

이는 없는(無人巧會當時情)" 상황 속에서 공평중이 두보의 "가죽과 뼈"를 얻었다고 칭송하고 있다. 이는 곧 두보가 겪은 현실에서의 좌절과 비애에 대한 공명 때문으로, 소식이 공평중을 "전생의 자미인 자는 단지 그대일지니(前生子美只君是)"라고 평가한 이유이기도 했던 것이다. 앞서 잠시 설명하였듯 두보가 경험한 비애와 불운에 대한 공명은 곧 두보시에 대한 집구를 행한 계기가 되기도 하였던 셈이다.《문선(文選)》을 집구하여 완성한《《문선》으로 집구하여 신사에게 부치니, 학사에서 교체되어, 신사는 산을 유람하고, 늙은이는 집을 지키고 있으매 옛날 노닐었던 것을 서술하고, 삼가 사귐을 묻고, 받들어 배를 버리고 육지에 오르는 계책을 드리니, 이 모든 것을 여기에 갖추어 두었다(文選集句寄愼思, 交代學士. 愼思游嶽, 老夫守舍, 敍述游舊, 愼問交, 承與夫舍舟登陸之策, 俱在此矣.)》에서도 이를 살펴볼 수 있는데, 먼저 작품을 살펴보도록 한다.

...(上略)...
今我唯困蒙,　　지금 나는 곤경에 빠졌으니,
處身孤且危.　　이내 몸 고독하고 위태롭네.
顧影悽自憐,　　그림자 돌아보며 스스로 가련히 여기나니,
悄悄令心悲.　　근심스레 가슴 슬프게 하네.
一心抱區區,　　일편단심 사랑의 마음 품고 있지만,
知音世所希.　　나를 알아주는 이 세상에 적구나.
塊然守空堂,　　나 홀로 텅 빈 방을 지키고 있는데,
高窓時動扉.　　높은 창 때때로 문짝 흔들리네.
...(後略)...
(〈感舊詩〉-〈贈山濤〉-〈赴洛道中作二首〉-〈詠懷詩十七首其七〉-〈古詩十九首〉-〈爲顧彦先贈婦二首〉-〈雜詩〉-〈學省愁臥〉)

위의 작품에서는 등신사(鄧愼思)[29]와의 옛 노님을 추억하면서 지금 자신이 곤경에 처해 고독하고 위태로움을 묘사하고 있다. 더불어 '일편단심'을 간직하고 있는 자신을 알아주는 이가 별로 없음을 개탄하고 있다. 앞서 언급하였듯 위의 작품은 《문선》을 집구하였다는 점에서 유희성을 나타내고 있지만, 실상 그 내용에 있어서는 자신의 불운과 비애를 묘사하고 있다. 앞서 공평중의 장두체를 설명하면서 언급한 〈신사가 시간이 지나 15일에 업무를 교대함에 입에서 나오는 대로 써 받들어 보내드리다(愼思移日至月望交割, 口占奉呈)〉의 '보잘 것 없는 관직이니 누구들 날개 달 수 있으리오같고 다른 온갖 모습에 고생스러움이 극에 달한다오.(卑冗一官誰羽翼, 異同千狀極艱辛.)'구와 약명시인 〈新作西庵, 將及春景, 戲成兩詩. 請李思中節推同賦〉의 '忍冬已徹骨, 衰白及長年.', 그리고 〈새로이 서암을 지어, 장차 봄이 오니, 장난으로 두 수를 지어, 절도추관 이사중에게 함께 짓기를 청하다(新作西庵, 將及春景, 戲成兩詩. 請李思中節推同賦)〉에 이어 지은 〈다시 짓다(再賦)〉에서 '늙은이는 수염 절로 하얗게 변하는데. 쌓인 눈 속에서 풀은 바야흐로 파릇파릇해지네.(老翁須自白, 積雪草方天.)'라 한 것도 비록 유희라는 시체를 활용하였지만, 그 내용에 있어서는 자신이 경험한 비애와 불운이 나타나 있다. 이렇듯 유희 속에 표출된 비애와 불운은 일찍이 당대 두보의 시에서도 비슷한 모습을 찾아볼 수 있다. 두보의 작품 가운데 그의 유머를 엿볼 수 있는 희제시(戲題詩)는 총 34수가 존재하는데, 두보의 희제시에는 다양한 표현수법을 활용하여 두보가 평생 겪은 인생의 비애와 좌절을 드러내고 있다.[30] 이처럼 유머를 통한 비애의 표출이라는 일종의 아이러니는 독자들로 하여금 한층 더 핍진하게 느끼도록 하는 효과를 발휘한다.[31] 공평중의 잡체시 역시 마찬가지이다. 앞서 설명한 바 있듯 공평중은 평생 신법파의 정치적 공격에 자유롭지 못했고, 그로 인한 비애와 좌절을 겪은 바 있다. 이는 곧 《시희》에 수록된 다양한 잡체시의 형식으로 표현되었는데, 재미를 목적으로 하는 유희적 시체의 활용은 그가 경험한 삶의 비애에 대한 나름의 위안이었던 셈이다. 이러한 점에서 약명시, 장두체를 비롯한 공평중의 《시희》에 수록된 다양한 잡체시 창작은 단순한 웃음과 재미가 아닌 사회적 모순에 대한 나름의 위안과 해소였다는 점에서 의미를 지닌다고 하겠다.

일찍이 임형택은 조선 말 문인들의 희작화 경향을 설명하면서, "희작을 어떻게 평가할 것인가는 희작화 현상에 대한 구체적인 이해, 역사적인 인식이 없이 속단해서는 안될 것"[32)]이라고 언급한 바 있다. 비록 잡체시 창작은 시체가 지니고 있는 유희성으로 인해 역대 문인들의 비판에서 결코 자유로울 수 없었다. 그럼에도 불구하고 공평중의《시희》에 수록된 100여수의 잡체시는 송(宋)이라는 시대적 상황에서 기인한 창작 기제가 투영된 것이며, 단순한 유희가 아닌 그가 경험한 비애에 대한 문학적 위안이었다는 점에서 그 가치를 지닌다고 하겠다.

| 참고문헌 |

孫永選 校點, 《淸江三孔集》, 濟南: 齊魯書社, 2002.

王文誥 輯註, 孔凡禮 點校, 《蘇軾詩集》, 北京: 中華書局, 1999.

嚴羽 著, 郭紹虞 校釋, 《滄浪詩話校釋》, 北京: 人民文學出版社, 2000.

吳訥 著, 羅根澤 校點, 《文體明辨序說》, 北京: 人民文學出版社, 1998.

徐師曾 纂, 《詩體明辯》, 臺北: 廣文書局, 1972.

王夫之 等撰, 《淸詩話》, 上海: 上海古籍出版社, 1999.

文天祥, 《文天祥全集》, 北京: 中國書店, 1985.

朱光潛,《詩論》, 南京: 鳳凰出版社, 2008.

王水照 主編,《宋代文學通論》, 開封: 河南大學出版社, 2005.

張明華, 李曉黎,《集句詩嬗變研究》, 北京: 中國社會科學出版社, 2011.

饒少平,《雜體詩歌概論》, 北京: 中華書局, 2009.

鄔化志,《中國古代雜體詩通論》, 北京: 北京大學出版社, 2001.

張撝之, 沈起煒, 劉德重 主編,《中國歷代人名大辭典》, 上海: 上海古籍出版社,
   1999.

로제 카이와 지음, 이상률 옮김,《놀이와 인간》, 서울: 문예출판사, 2012.

임형택,《전환기의 동아시아 문학》, 서울: 창작과 비평사, 1985.

송용준, 오태석, 이치수 공저,《송시사》, 서울: 역락, 2004.

오태석,《중국문학의 인식과 지평》, 서울: 역락, 2001.

류형표,《王安石 詩歌文學 研究》, 서울: 법인문화사, 1993.

李春梅,〈臨江三孔研究〉, 碩士學位論文, 四川大學校, 2002.

梁德林,〈論中國古代文學的遊戲娛樂功能〉,《文學遺産》, 第2期, 1992.

陳蓮香,〈臨江三孔的文學活動〉,《井岡山師範學院學報》, 第26卷2期, 2005 · 4.

陳蓮香, 錢耐香,〈北宋臨江三公的詩歌創作特徵〉,《南昌大學學報》, 第38卷3
   期, 2007 · 5.

王克平,〈詩苑奇葩: 古代藥名詩詞及其價值〉,《延邊大學學報》, 第3期, 1995.

蔡錦芳,〈論杜甫的戲題詩〉,《杜甫研究學刊》, 第1期, 1992.

최석원,〈해석의 실천-文天祥 集杜詩에 대한 고찰〉,《中國文學》, 제66집,
   2012 · 2.

최석원,〈宋代 回文詩의 격률화에 대한 고찰〉,《中國文學研究》, 제53집, 2013 ·
   11.

안예선,〈宋代 학술 筆記와 洪邁의《容齋隨筆》〉,《中國學論叢》, 제38집, 2012.

강길중,〈宋代 文人形成과 人文學의 發展〉,《역사문화연구》, 제35집, 2010 · 2.

김효,〈놀이에 관한 인문학적 고찰〉,《불어불문학연구》, 제46집, 2001

이영주, 강민호,〈杜詩 속에 나타난 비애 속의 유머에 대한 고찰〉,《중국문
   학》, 제37집, 2002

* 이 글은 중국어문논역학회에서 간행하는 《중국어문논역총간》 제35집 (2014. 7)에 수록된 〈孔平仲《詩戲》에 나타난 詩的 유희성에 대한 고찰-集句詩와 藥名詩, 藏頭體를 중심으로〉를 수정한 것이다.

1) 朱光潛, 《詩論》, 南京: 鳳凰出版社, 2008, 43~44쪽.

2) 梁德林, 〈論中國古代文學的遊戲娛樂功能〉, 《文學遺産》, 第2期, 1992, 15~16쪽.

3) 《宋詩鈔》卷十五〈孔武仲淸江集鈔〉: "(武仲)與兄文仲弟平仲幷有文名, 時稱二蘇三孔."

4) 〈和答子瞻子由常父憶館中故事〉: "二蘇上連璧, 三孔立分鼎."

5) 《闕里文獻考》: "子七, 康仲, 文仲, 武仲, 平仲, 和仲, 義仲, 南仲, 皆自教而學, 子多而賢, 當時以爲盛."(자식이 일곱이니, 康仲, 文仲, 武仲, 平仲, 和仲, 義仲, 南仲로, 모두 스스로 가르쳐 배우게 하였는데, 자식이 많으면서도 현명하여, 당시 사람들이 흥성한 집안이라고 여기었다.)

6) 孫永選 校點, 《淸江三孔集》, 濟南: 齊魯書社, 2002, 6쪽.

7) 王水照 主編, 《宋代文學通論》, 開封: 河南大學出版社, 2005, 108쪽.
    소식은 공평중과 상당한 친분을 유지했던 것으로 보이는데, 소식이 공평중에게 보낸 작품으로는 〈次韻孔毅父久旱已而甚雨三首〉, 〈次韻孔毅父集古人句見贈五首〉, 〈孔毅父妻挽詞〉, 〈孔毅父以詩戒飮酒, 問買田, 且乞墨竹, 次其韻〉 4제 10수가 전해진다. 소식과 공평중이 나누었던 교분에 대해서는 섭언지(聶言之)의 〈孔平仲與蘇軾交誼考〉를 참고할 것.

8) 李春梅, 〈臨江三孔硏究〉, 碩士學位論文, 四川大學校, 2002, 6쪽.

9) 《宋史》卷三百四十四: "用呂公著薦, 爲秘書丞, 集賢校理. 文仲卒, 歸葬南康. 詔以平仲爲江東轉運判官護葬事, 提點江浙鑄錢, 京西刑獄. 紹聖中, 言者詆其元祐時附會當路, 譏毁先烈, 削校理, 知衡州."

10) 《宋史》 卷三百四十四: "提擧董必劾其不推行常平法, 陷失官米之直六十萬, 置獄潭州. 平仲疏言 米貯倉五年牛, 陳不堪食, 若非乘民闕食, 隨宜泄之, 將成棄物矣. 倘以爲非, 臣不敢逃罪."

11) 《宋史》 卷三百四十四: "平仲長史學, 工文詞."

12) 孫永選 校點(2002: 6)

13) 《宋史》 卷三百四十四: "著續世說, 釋稗, 詩戲諸書傳於世."

14) "皆人名藥名回文集句之類, 蓋倣松陵集雜體別爲一卷例也."

15) 손영선(孫永選)의 교점(校點) 작업에 의거 현재까지 총 70제 작품에 대한 시체 확인 작업이 이루어졌을 뿐이다. 나머지 작품들의 경우 단순히 내용상 희작인 경우도 존재하는 것으로 보인다.

16) 《사해(辭海)》에서는 장두체를 크게 세 가지로 분류하여 설명하고 있는데, 첫 번째는 율시의 마지막 연에 작품의 주제를 밝히는 것, 두 번째는 시구의 첫 글자를 마지막에 숨겨 놓는 경우, 세 번째는 이야기하고자 하는 것을 시구의 첫 글자에 나누어 놓는 경우가 바로 그것이다. 요소평(饒少平)(《雜體詩歌概論》, 北京: 中華書局, 2009, 95~96쪽)에서 《사해》에서 설명한 첫 번째의 경우에는 단순히 수사적인 측면일 뿐이라고 하면서, 두 번째와 세 번째의 경우를 장두체의 범위로 설정하였다.

17) 황정견의 작품 가운데 약명시로는 〈荊州卽事藥名詩八首〉와 〈藥名詩奉送楊十三子問省親淸江〉이 있으며, 왕안석의 작품으로는 〈和微之藥名勸酒〉가 남아 있다.

18) 孔文仲, 孔武仲, 孔平仲 著, 孫永選 校點, 《淸江三孔集》, 濟南: 齊魯書社, 2002, 471쪽.

19) 이합시(離合詩)란 파자된 글자를 결합하는 방식으로 창작된 잡체시의 일종으로, 그 방식은 다양하다. 첫 번째는 글자의 편방을 분리하여 두 구씩 두어, 총 4구를 글자를 합하면 하나의 글자가 되는 방식, 두 번째는 한 글자의 편방을 나누어 두 구씩 넣어두고, 여섯 구를 합해야 하나의 글자가 완성되는 방식, 세 번째는 한 글자의 편방을 한 구의 처음과 끝에 두어, 이를 합하면 글자가 완성되는 방법, 마지막으로 네 번째는 편방을 분리하지 않고, 하나의 사물 이름을 한 구의 끝과 그 다음 구의 처음에 두어, 이를 합하면 하나의 사물이 되는 방법이 있는데, 현명이합(顯名離合), 약명이합(藥名離合)이 여기에 속한다. 이와 관련하여서는 吳訥의 《文體明辨序說》을 참고할 것.

20) 신사(愼思)에 대해서는 주석 36)을 참고할 것.

21) 오태석, 《중국문학의 인식과 지평》, 서울: 역락, 2001, 360쪽.

22) 로제 카이와 지음, 이상률 옮김, 《놀이와 인간》, 서울: 문예출판사, 2012, 71쪽.

23) 《江湖小集》卷九: "作詩固難, 集句尤不易."

24) 명대 문인인 서사증(徐師曾)은 《시체명변(詩體明辯)》에서 잡체시를 잡구시(雜句詩), 잡언시(雜言詩), 잡체시(雜體詩), 잡운시(雜韻詩), 잡수시(雜數詩), 잡명시(雜名詩), 잡합시(雜合詩), 회해시(詼諧詩)로 나누고, 다시

각 항목에 속하는 시체들을 열거하여 설명하고 있다. 徐師曾 纂,《詩體明辯》, 臺北: 廣文書局, 1972, 62~67쪽.

25) 잡체시에 대해 피일휴는 "비루하여 창작해서는 안 될 것(鄙而不爲)"이라 하였고, 엄우(嚴羽)는《창랑시화(滄浪詩話)》에서 "건제, 자미, 인명, 괘명, 수명, 약명, 주명은 단지 재미를 위한 것이니, 법으로 삼기에는 부족하다. (至於建除, 字迷, 人名, 卦名, 數名, 藥名, 州名, 只成戲謔, 不足法也.)"고 하였으며, 심덕잠(沈德潛)은《설시쇄어(說詩晬語)》에서 "잡체에는 대언 · 소언 · 양두섬섬 · 오잡조 · 이합 · 성명 · 오평 · 오측 · 십이진 · 회문 등 이 있는데, 유희에 가깝다. 옛 사람들은 우연히 이를 취하였으나, 시의 정격으로는 취하지 않았다.(雜體有大言 · 小言 · 兩頭纖纖 · 五雜組 · 離合 · 姓名 · 五平 · 五仄 · 十李辰回文等項, 近於戲弄, 古人偶取之, 然而大雅不取.)"고 하였다.

26) 위의 두 구는 각각 두보의 〈취한 때의 노래(醉時歌)〉와 〈비 개인 저녁(晚晴)〉의 구절을 집구한 것이다.

27) 王文誥 輯註, 孔凡禮 點校,《蘇軾詩集》, 北京: 中華書局, 1999, 1157쪽

28) 張明華와 李曉黎의《集句詩嬗變硏究》에서는 소식이 차운한 공평중의 원작 집구시는 실전되어 정확한 내용을 확인할 수 없다고 설명하였다.

29) 시제에 언급한 신사는 본 작품의 첫 구절인 '鄧生何感激'을 통해 등신사임을 확인할 수 있다. 또한 공평중의 형이었던 공무중의 작품 가운데 〈次韻和鄧愼思謝劉明復畫道林秋景〉과 〈次韻和鄧愼思與太守同登淸湘樓〉,〈次韻瀛倅鄧愼思見寄〉 등을 통해 이를 확인할 수 있다.

30) 채금방(蔡錦芳)은 〈論杜甫的戲題詩〉에서 두보의 희제시를 슬픔, 즐거움, 풍자를 표현한 것으로 나누어 설명하였고, 이영주와 강민호는 〈杜詩 속에 나타난 비애 속의 유머에 대한 고찰〉에서 한편으로 이에 동의하면서, 희제시에 대한 정밀한 분석을 통해 유머 속에 두보가 간직한 비애감이 스며 들어 있음을 지적하였다.

31) 이영주, 강민호, 〈杜詩 속에 나타난 비애 속의 유머에 대한 고찰〉,《중국문학》, 제37집, 2002, 19쪽.

32) 임형택,《전환기의 동아시아 문학》, 서울: 창작과 비평사, 1985, 13쪽.

촉각과 정서표현
- 이청조(李淸照)의 사(詞)

1. 들어가며

인간은 매 순간 오감을 통해 세상을 인식한다. 눈으로 보고 귀로 듣고 코로 냄새 맡으며 입으로 맛을 보고 접촉을 통해 촉각을 느낀다. 이러한 오감은 뇌와 밀접한 관계를 지니며 오감을 통해 사물과 자연을 인지하고 자신만의 필터를 통해 세상과 타인을 바라보는 시각을 갖고 다양하게 반응하며 살아간다. 송사(宋詞)는 송대의 유행가사로서 남녀 간의 사랑과 이별 그리고 그리움의 감정을 섬세하게 투영한 장르이다. 중국 최고 여성 작가인 이청조의 사(詞)를 텍스트로 삼아 그녀가 자신의 상실과 내면세계를 어떻게 오감을 통해 표현했는지 고찰하고자 한다. 특히 이청조가 촉각에 뛰어난 묘사를 통해 자신만의 감정 세계를 표현한 점에 주목하여 날씨 변화에 따른 감정 기복, 비바람과 예기치 않은 시련, 눈물에 담긴 슬픈 정서, 접촉으로 인한 감정 세계, 상한 마음 엿보기 등을 탐색하고자 한다.

2. 날씨 변화에 따른 감정 기복

이청조는 날씨의 변화에 따라 감정 기복이 심하고 정서적으로 영향을 받았는데 이러한 모습이 자주 사(詞)에 반영되었다. 대표적인 작품으로는 〈염노교(念奴嬌)〉가 있다.

蕭條庭院,	쓸쓸한 뜨락에
又斜風細雨,	또 비낀 바람에 가는 비
重門須閉.	겹문 닫혔는데

寵柳嬌花寒食近,　　사랑스런 버들 아리따운 꽃 핀 한식 가까우니
種種惱人天氣.　　　온갖 사람 괴롭게 하는 날씨로다.
……
樓上幾日春寒,　　　누대에 며칠간 봄에 싸늘하고
簾垂四面,　　　　　주렴 사방에 드리우니
玉闌干慵倚.　　　　난간에 기대기도 귀찮네.
……
日高煙斂,　　　　　해 떠오르고 안개 거두었지만
更看今日晴未?[1)]　　오늘 날이 갤지 더 두고 봐야지.

　　이 사(詞)는 남도(南渡)전의 작품으로 황묵곡(黃墨谷)의 고증에 의
하면 이청조가 청주(靑州)에서 남편 조명성(趙明誠)에게 보낸 것이
다.[2)] 이청조는 평소 날씨와 온도에 매우 민감하게 반응하였다. 한식이
가까운 봄날에 유난히 추위를 느끼고 정원에서 비바람 부는 날씨 속에
서 고독과 쓸쓸함을 더 깊게 느꼈다. 그녀는 자신에게 마음속의 수심과
우울을 불러일으키는 날씨 때문에 괴롭다고 하소연하였다. 변덕스러운
날씨로 인해 만사에 의욕 상실을 느낀 이청조는 정서적으로 낙심하여
몸을 일으켜 난간에 서는 것조차 힘들어 귀찮다는 표현을 드러냈다.
외부 환경에 취약한 이청조는 날씨에 따라 내면의 온도가 달라지고
기분도 영향을 받았다. 이청조는 〈남가자(南歌子)〉에서도 날씨에 대해
묘사하였다.

天上星河轉,　　　　하늘 위에 은하수 돌고
人間簾幕垂.　　　　인간 세상 주렴 드리우네.
涼生枕簟淚痕滋.　　한기 서린 침상과 삿자리에 눈물 자국 보태네.
起解羅衣聊問夜何其?　일어나 비단옷 풀고 밤 깊은지 묻네.
……

| 舊時天氣舊時衣, | 예전 날씨, 예전 옷이건만 |
| 只有情懷, 不似舊家時.3) | 마음만 예전 같지 않네! |

이 사(詞)는 이청조 후기 작품으로 조명성(趙明誠)이 1129년에 병사한 후 이청조가 나라를 잃고 남편과 사별의 고통 속에서도 그녀는 남도(南渡) 이전의 과거를 자주 떠올렸다.4) 이청조는 과부가 되어 밤마다 혼자서 차가운 침상을 지키고 삿자리에 눈물 흘리는 여인의 고독을 촉각을 사용하여 묘사하였다. 그녀는 과거의 날씨와 옷은 변함이 없지만 현재 자신의 마음은 과거보다 더 힘들고 고통스럽다고 토로하였다. 이청조는 〈영우락(永遇樂)〉에서도 날씨로 인한 내면의 두려움을 호소하였다.

元宵佳節,	원소 명절에
融和天氣,	따스한 날씨지만
次第豈無風雨?	나중에 어찌 비바람 안 불겠나?
......	
如今憔悴,	지금 초췌하여
風鬟霜鬢,	머리카락 헝클어져
怕見夜間出去.5)	밤에 외출하는 것 남이 볼까 두려워.

이 사(詞)는 이청조 만년 작품으로 남송의 수도인 임안(臨安)(지금의 절강 항주)에서 지은 것이다.6) 이청조는 현재 따스한 날씨를 보면서도 언제 닥칠지 모르는 비바람에 대한 불안한 예감 때문에 힘들어하였다. 그녀는 자주 최악을 생각하며 현재를 누리지 못하고 불안과 초조 그리고 인생의 시련에 대해 힘들어하였다. 그녀는 예전보다 초라해진 자신의 외모에 낙심하고 타인이 자신의 외모를 보고 판단할 것에 대해 두려

워 어두운 밤에 외출을 꺼리는 소극적이고 부정적인 자아상을 표출하였다. 〈성성만(聲聲慢)〉에서 날씨에 따른 촉각 표현을 많이 사용하였다.

尋尋覓覓,	찾고 찾고 구하고 구하네.
冷冷淸淸,	차디 차고 맑디 맑네.
淒淒慘慘戚戚.	쓸쓸하고 애처롭고 슬프도다.
乍暖還寒時候,	잠시 따스하다가 다시 싸늘할 때에
最難將息.[7]	쉬는 것이 가장 힘드네.

이청조는 자신이 상실한 것을 찾아 헤매는 동작을 통해 잃어버린 조국, 죽은 남편, 좋아했던 책과 서화 등등 이루 다 말로 표현할 수 없는 고통을 간접적으로 묘사하였다. '가을'이라는 계절에 유난히 민감했던 그녀는 '차갑다'라는 촉각 형용사를 사용하여 가을의 쓸쓸함, 비참함, 슬픔을 강렬하게 표현하였다. 이청조는 평소 날씨와 온도에 따라 민감한 감정 반응을 표출하고 따뜻한 온각과 추운 냉각이 교차하는 가을이라는 계절 때문에 자신의 감정도 변덕스러워서 마음의 평안과 안식을 누리지 못하는 모습을 그렸다. 그녀의 호가 '이안(易安)'이지만 역설적으로 이청조는 인생을 살면서 한순간도 마음이 편한 날이 없었다. 그녀는 태어나자마자 생모를 잃고 계모의 손에서 불안하게 성장하였고 18살에 조명성과 결혼했지만 1년 후에 친정아버지가 당쟁에 휩싸여 고난을 받을 때 반대 당파에 속했던 시아버지가 도와주지 않고 권력자에 붙었던 것을 신랄하게 비판하였다. 남편 조명성은 자주 집을 멀리 떠나 이청조 홀로 규방에서 외로운 나날을 보냈다. 북송은 금나라의 침입으로 북송의 휘종과 흠종을 비롯한 많은 사람들이 포로로 끌려가 나라 잃은 설움을 시(詩)에 많이 반영하였다. 이청조는 〈성성만〉의 첫 구절에 자신이 상실한 것에 대해 집착하며 찾아다니는 동작을 14개의

첩자를 통해 강렬하게 표현하였다.

3. 비바람과 예기치 않은 시련

이청조는 〈점강순(點絳脣)〉에서 독수공방하는 여인의 규방 묘사를 통해 내면의 쓸쓸함과 시간이 지나면서 불어나는 수심을 표출하였다.

寂寞深閨,　　　　적막하고 깊은 규방
柔腸一寸愁千縷.　한 치 창자에 천 갈래 수심
惜春春去,　　　　봄 애석해도 봄은 간다.
幾點催花雨.　　　꽃 재촉하는 비 뚝뚝.

倚遍闌干,　　　　난간에 기댔지만
只是無情緒.　　　마음에 슬픔뿐이네.
人何處?　　　　　임은 어디 계신가?
連天衰草,　　　　하늘가에 닿은 시든 향초
望斷歸來路.[8]　　뚫어지게 바라본다. 돌아오실 길을

이청조는 가슴속에 슬픔과 우수를 가득 지닌 채 자신을 떠난 임을 찾아 헤매는 안타까운 모습을 그렸다. 남편 조명성의 부재로 인한 고독과 기다려도 돌아오지 않는 것에 대해 원망을 표현하였다. 향초 가득한 들판은 이청조와 헤어져 있는 남편과의 공간적인 분리를 효과적으로 묘사하였고 결미에서 임이 언젠가는 반드시 돌아오실 거라는 믿음을 갖고 시선이 닿는 곳까지 바라보는 여인의 안타까운 모습을 생생하게 표현하였다. 이청조는 〈완계사(浣溪沙)〉에서 자신의 일상생활에서 느끼는 감정을 노출하였다.

鬢子傷春慵更梳,	쪽진 여인 봄을 애상하며 빗는 것도 귀찮아하네,
晚風庭院落梅初,	저녁 바람 부는 뜨락에 매화 막 지고
淡雲來往月疏疏.9)	엷은 구름 오가고 달빛 환하네.

이청조는 사랑하는 대상과 함께 봄날의 아름다운 경치를 감상할 수 없는 현실에 좌절하고 남편의 부재로 인해 봄날은 더욱 괴롭게 느껴지고 자신을 사랑해주고 반영해 줄 대상이 없는 상황에서 자신의 외모를 단장할 의욕조차 상실한 일상의 모습을 솔직하게 밝혔다. 이청조는 〈억진아(憶秦娥)〉에서 가을의 쓸쓸함을 묘사하였다.

斷香殘酒情懷惡,	타 버린 향, 동이 난 술에 마음 언짢은데
西風催襯梧桐落.	서풍은 오동잎 지길 재촉하네.
梧桐落,	오동 잎 지면
又還秋色,	또 가을이겠지
又還寂寞.10)	또 적막하겠지.

이청조는 규방에 타버린 향과 떨어진 술로 인해 마음이 답답하고 불편한 모습을 토로하였다. 그녀는 가을바람이 불어오는 것을 통해 촉각적인 느낌을 살리고 오동잎이 떨어지는 것을 통해 시각과 청각적인 효과를 동시에 연출하여 독수공방하며 내면에 쌓인 고독과 우수를 드러냈다. 이청조는 〈만정방(滿庭芳)〉에서 남도(南渡)하기 전에 창작한 작품으로 내면의 그리움과 매화를 결합하여 심오한 기탁을 하였다.11)

無人到,	오는 사람 없으니

寂寥渾似,　　　　적막함이 꼭
何遜在揚州。　　　하손이 양주에 있을 때 같네.

……

從來知韻勝,　　　매화 운치 뛰어난 것 전에 알았지.
難堪雨藉,　　　　고인 빗방울 못 견디고
不耐風揉。　　　　스친 바람 참지 못하네.
更誰家橫笛,　　　더구나 어디선가 피리 불면
吹動濃愁?12)　　　깊은 시름 자아내네.

　　이 사에서는 촉각과 청각적인 표현을 효과적으로 사용하였다. 이청
조는 매화가 비바람을 견디지 못하는 모습을 통해 내면의 나약함과
쓸쓸함을 우회적으로 묘사하고 귓가에 들려오는 피리 소리를 통해 마
음속에 깊어가는 근심과 우수를 심화시켰다.

4. 눈물에 담긴 슬픈 정서

　　이청조는 사에서 자주 눈물을 사용하여 피부에 닿는 촉각을 통해
내면의 감정과 슬픔을 표현하였다. 〈감자목란화(減字木蘭花)〉에 눈물
에 대한 묘사가 있다.

淚染輕勻,　　　　　눈물 흘러 옅게 바른 분이 얼룩지고
猶帶彤霞曉露痕.　　붉은 노을 진 곳에 새벽이슬 자국 남은 듯.

……

雲鬟斜簪,　　　　　머리에 비스듬히 꽂아서
徒要教郎比並看.13)　임한테 비교해 보시라고 해야지.

이청조는 얼굴에 흘러내리는 눈물이 자신이 애써 화장한 분가루를 얼룩지게 만든 것이 마치 붉은 노을 속에 새벽이슬 자국 같다고 아름답게 비유하였다. 〈청옥안(靑玉案)〉에서는 늙어가는 자신의 모습에 대해 절망하였다.

如今憔悴,	지금 초췌하여
但餘雙淚,	두 줄기 눈물만 넘쳐
一似黃梅雨.14)	장마 비처럼 쏟아지네.

자기연민과 깊은 우울에 빠진 이청조는 장마 비같은 눈물이 뺨에 흘러내린다는 표현을 통해 촉각을 더욱 부각시켜 내면의 처량함과 슬픔을 심화시켰다. 〈다려(多麗)〉에서도 눈물에 관한 사구(詞句)가 보인다.

小樓寒,	작은 누각 싸늘하고
夜長簾幕低垂.	긴 밤 주렴 낮게 드리우네.
恨蕭蕭、無情風雨,	한스럽다. 무정한 비바람 획획 불어
夜來揉損瓊肌.	밤새 와서 고운 꽃잎 결 상하게 하니.
......	
似淚灑、紈扇題詩.	눈물이 흘러내린다. 비단부채에 시 썼던 것처럼.
朗月淸風,	밝은 달 맑은 바람
濃煙暗雨,	짙은 안개 어두운 비
天敎憔悴度芳姿.15)	하늘이 꽃다운 시절을 초췌하게 하네.

이청조는 꽃에 불어 닥치는 비바람을 무정하게 느끼고 하염없이 눈물 흘리는 모습을 그렸다. 인생의 시련과 역경 속에서 모든 것이 춥게 느껴지고 폭풍 속에 짓눌린 꽃잎 같은 자신의 젊은 시절을 한탄하였다. 이청조는 〈고안아(孤雁兒)〉에서는 매화를 읊었는데 조명성(趙明誠)이

병사한 후에 지은 것으로 추정되고 그녀가 죽은 남편을 그리워하고 죽은 영혼에 대해 위로하였다.16)

小風疏雨蕭蕭地,　　미풍에 성긴 비 적막하니
又催下千行淚.　　　또 눈물 천 줄기 재촉하네.
吹簫人去玉樓空,　　퉁소 불던 이 떠나니 옥루는 텅 비었으니
腸斷與誰同倚.17)　　애끓어지니 누굴 의지하지?

　이청조는 비바람으로 인해 쓸쓸해져 하염없이 눈물을 쏟고 퉁소 불던 남편이 떠난 후 홀로 남겨진 자신의 슬픔과 외로운 처지를 하소연하였다. 황묵곡(黃墨谷)에 의하면 〈접련화(蝶戀花)〉는 1121년 이청조가 청주(青州)에 거할 때 지은 것으로 추정된다.18) 이청조는 봄비와 바람 그리고 녹기 시작한 얼음을 통해 시각과 촉각 및 청각을 효과적으로 연출하였다.

暖雨晴風初破凍,　　봄비 갠 후 부는 바람에 얼음 갓 풀리는데
柳眼梅腮,　　　　　버들 눈, 매화 뺨.
已覺春心動.　　　　이미 춘심 일어나는 것 느끼는데
酒意詩情誰與共?　　술 생각 시 짓는 마음 누구와 함께하지?
淚融殘粉花鈿重.　　눈물이 화장 자국 지우고 꽃 비녀 무겁게 늘어지네.

乍試夾衫金縷縫,　　잠시 금실로 바느질한 웃옷 입고
山枕斜欹,　　　　　베개에 비스듬히 기대어 보지만
枕損釵頭鳳.　　　　봉새 비녀 꽂은 머리만 헝클어질 뿐.
獨抱濃愁無好夢,　　외로이 짙은 시름 안고 좋은 꿈도 꾸지 못한 채
夜闌猶剪燈花弄.19)　한밤중에 불똥 심지 자르네.

이청조는 의인화 수법을 사용하여 버들과 매화를 묘사하여 시각을 강조하였고 만물이 소생하는 아름다운 봄날에 함께 술 마시며 詩를 창작할 대상이 자신에게 없는 것에 대해 한탄하였다. 마지막 구절에서 눈물로 인해 화장을 지워지는 표현을 통해 촉각을 자연스럽게 표현하였다. 이청조는 외로운 규방에서 자신이 손수 지은 옷을 입기도 하고 베개에 기대지만 헝클어진 머리카락 때문에 마음속에 시름만 더했다. 이청조는 詞에서 밤에 번민과 우울감에 사로잡혀 뒤척이고 꿈도 꾸지 못해 자신의 불안과 고독을 묘사하였다. 이청조가 지은 〈청평악(淸平樂)〉은 남도(南渡) 후에 매화를 읊은 작품이다. 그녀는 남도(南渡)하기 전에 매화와 관련 있는 과거를 회상했는데 심오한 기탁을 하였다.[20]

挼盡梅花無好意,　　　매화 다 만지면 마음 편치 않아
贏得滿衣淸淚.[21]　　　옷자락 가득 맑은 눈물뿐.

이청조는 매화를 자주 읊었는데 손으로 시든 매화를 만지작거리며 점점 초라해지는 자신의 모습을 투영하고 하염없이 눈물 흘리는 모습을 통해 촉각적인 묘사를 강화하였다. 황성장(黃盛璋)의 고증에 의하면 〈무릉춘(武陵春)〉는 1135년 3월에 지어진 것으로 당시 이청조는 금화(金華)에 있었다. 그녀는 나라가 망하고 남편과 사별하고 전란으로 이리저리 떠도는 고난으로 인해 그녀는 떨쳐 버릴 수 없는 깊은 수심에 빠져 있었다.[22]

風住塵香花已盡,　　　바람 그치고 먼지 향속에 꽃 시들고
日晚倦梳頭.　　　　　해가 지도록 머리 빗기도 귀찮네.
物是人非事事休,　　　만물 그대로인데 인간 사 변해 모든 것 다 끝났네.
欲語淚先流.[23]　　　　말하려다 눈물 먼저 흐르네.

이청조는 시든 꽃향기가 흙먼지에 배인 것을 통해 자신의 초췌함과 늙어가는 모습을 서러워하였다. 그녀는 임과의 이별로 인해 깊은 수심에 빠져 자신의 머리를 빗는 것도 귀찮아하였다. 자연과 만물은 예전 그대로 변함이 없지만 세상은 변화무쌍하여 금나라의 침입으로 나라를 잃고 설움에 빠지고 남편의 죽음으로 과부가 되었고 난리 중에 자신이 사랑했던 책과 서화마저 잃어버린 이청조는 모든 것을 포기하고 싶을 만큼 깊은 낙심과 자포자기의 심정에 빠져 버렸다. 그녀는 내면에 쌓인 원망과 분노를 쏟아내고 싶었지만 그저 하염없이 눈물만 흘리며 내면의 고통을 표출하였다.

5. 접촉으로 인한 감정 세계

이청조는 피부 접촉을 통해 느끼는 감정을 사(詞)에 섬세하게 묘사하였다. 〈소충정(訴衷情)〉는 남도(南渡) 전의 작품으로 이청조가 멀리 떠난 남편을 그리워하는 장면을 연출하였다.[24]

夜來沈醉卸妝遲,	밤에 많이 취해 화장 더디 지우네.
梅萼插殘枝.	매화 핀 꽃받침 시든 가지에 꽂혔네.
酒醒熏破春睡,	술 깨고 매화 향기 다한 봄에 잠들었지만
夢遠不成歸.[25]	꿈 멀어지니 돌아갈 수 없네.

이청조는 술에 취해 자신의 얼굴에 묻은 분을 지우는데 남편의 부재로 인해 동작이 느리고 귀찮아하는 모습을 드러냈다. 그녀는 시든 가지에 붙어있는 매화의 초췌한 모습을 묘사하였고 술 깬 후에 매화의 향이 사라진 것을 안타까워하고 꿈에서 깨어나 돌아갈 곳 없는 처량한 신세

를 읊었다. 〈염노교(念奴橋)〉는 남도(南渡) 이전에 창작한 작품으로 추정되고 이청조가 청주(青州)에서 남편을 그리워하였다.[26]

被冷香消新夢覺,　　이불 싸늘하고 향 다 타버린 때 꿈마저 깨었으니
不許愁人不起.[27]　　수심에 젖은 이는 일어날 수밖에.

이청조는 근심 속에 나날을 지내다 보니 규방에서 이불이 싸늘하게 식어버리고 향이 다 타버린 실내 환경 속에서 임과 이별하여 독수공방 하는 여인의 우수를 드러내고 현실과 이상의 매개체 역할을 했던 꿈마 저 깨져버려 허전하고 공허한 마음을 가눌 수 없었다. 〈보살만(菩薩 蠻)〉은 이청조의 후기 작품으로 규방에서 이른 봄에 고향을 바라보며 그리워하는 감정을 묘사하였다.[28]

風柔日薄春猶早,　　부드러운 바람 옅은 햇살 봄은 아직 이른데
夾衫乍著心情好.　　잠시 얇은 겹저고리 입으니 기분이 좋아라.
睡起覺微寒,　　　　잠에서 깨어나니 한기 약간 느껴지고
梅花鬢上殘。[29]　　매화 머리에 꽂힌 채 시들었네.

이청조는 잔잔한 바람과 약한 햇살을 통해 촉각과 시각을 표현하였 고 봄날에 겹저고리를 입어보는 행위를 통해 촉감을 드러내고 울적한 마음을 떨쳐내고 기분 전환하였다. 그녀는 머리에 꽂은 매화의 시든 모습을 통해 점점 초췌해가는 자신의 외모에 우울해하고 한밤중에 잠 에서 깨어나 봄날 저녁의 한기를 느끼며 독수공방하는 여인의 쓸쓸한 정감을 표현하였다. 〈봉황대상억취소(鳳凰臺上憶吹簫)〉는 이청조가 젊은 시절에 지은 사(詞)로 추정되었다.[30]

香冷金猊,	향이 싸늘한 금속화로
被翻紅浪,	붉은 이불 젖히고
起來慵自梳頭.	일어나 나른하게 혼자 머리 빗네.
任寶奩閑掩,	먼지 묻은 보석함과 화장대에 기대니
日上簾鉤.	해는 주렴 고리만큼 떠올랐네.
生怕閑愁暗恨,	가장 두려운 건 이별의 고통이지.
多少事,	수많은 말
欲說還休.	꺼내려다 관두네.
新來瘦,	요즈음 수척한 것은
非干病酒,	술병 때문도 아니고
不是悲秋.31)	가을 서러운 것도 아니네.

  이청조는 향기 나는 초와 식어버린 화로를 대비하여 규방의 싸늘한
분위기를 연출하였다. 그녀는 촉감을 사용하여 간신히 이불을 젖히고
일어났지만 단장하기 귀찮은 여인의 우울감을 간접적으로 노출하였다.
그녀는 규방의 보석함과 화장대를 통해 시각적인 효과를 연출하고 떠
오른 붉은 해를 묘사하여 시간이 많이 지난 것을 암시하였다. 이청조가
평생 살면서 가장 두려웠던 것은 누군가에게 버림받고 홀로 남겨지는
것이었다. 이는 그녀가 태어난 지 얼마 지나지 않아 생모인 왕씨가
돌아가시고 계모 왕씨의 손에 의해 자라면서 생모와의 애착이 형성되
지 않은 것에 대한 원초적인 불안 때문에 임과의 이별은 시공간적으로
분리되는 것이고 그로 인해 자신이 버림받을 것 같은 근심 때문에 좌절
하게 되었다. 그녀는 가슴속에 하고 싶은 말이 너무 많이 있지만 차마
한 마디도 꺼내지 못하고 침묵 속에 자신을 가두었다. 이청조는 점점
초췌해지고 수척해 가는 자신의 모습을 바라보고 자신이 술을 많이
먹어서 그런 것도 아니고 가을이라는 계절 때문에 쓸쓸한 것이 아니라

고 부정하면서 사랑했던 대상에 대한 상실의 고통인 점을 표현하지
못했다. 〈일전매(一翦梅)〉는 이청조가 젊었을 때 남편에게 보낸 송별사
로 추정된다.[32]

紅藕香殘玉簟秋,	붉은 연꽃 향 옅고 삿자리 깐 가을
輕解羅裳,	비단 치마 살짝 치켜들고
獨上蘭舟。	홀로 치장한 배에 오르네.
雲中誰寄錦書來?	누가 구름 헤치고 편지 보낼까?
雁字回時,	기러기 떼 돌아올 때
月滿西樓.[33]	달이 서쪽 누각에 가득 비추네.

이청조는 시각과 후각을 사용하여 연꽃의 향이 옅어지는 것을 묘사
하고 가을이라는 계절의 쓸쓸함을 촉각적으로 묘사하였다. 그녀는 여
인의 동작을 통해 촉각을 부각시켜 치마를 들고 배에 오르는 모습을
생생하게 그렸다. 하늘에서 기러기 떼가 구름을 뚫고 나와 자신에게
임의 소식을 전해주길 간절히 바랐지만 좌절되어 달빛만 서쪽 누각에
있는 외로운 여인을 비추는 고독한 장면을 그렸다.

6. 상한 마음 엿보기

이청조는 사(詞)에서 내면의 상한 마음과 공허한 마음을 솔직하게
표현하였다. 〈염노교(念奴嬌)〉는 남도(南渡) 이전의 작품으로 규방에
서 이별의 정감을 묘사하였다.[34]

險韻詩成,	험운시 짓고

扶頭酒醒,　　　　　독한 술 깨어도
別是閑滋味.35)　　　유난히 허전한 마음

　이청조는 한가로우면 밀려오는 내면의 공허한 마음을 달래려고 평
소 좋아하는 시를 창작하고 독한 술로 잠시나마 현실의 고통을 잊으려
해도 아무 소용없음을 깨달았다. 〈점강순(點絳脣)〉에서는 독수공방하
는 자신의 심정을 토로하였다.

寂寞深閨,　　　　　적막하고 깊은 규방
柔腸一寸愁千縷.　　한 치 창자 천 갈래 시름.
……
依遍欄干,　　　　　난간에 기대니
祗是無情緒.36)　　　슬픔만 생겨나네.

　이청조는 봄날 남편의 부재로 인해 홀로 규방에서 외로워하다가 마
음속에 밀려오는 수심을 억누를 수 없었다. 난간에 서서 멀리 계신
남편이 집으로 돌아오길 원했지만 기대했던 마음은 산산 깨어져 결국
우울과 슬픔 가득 찬 나날을 보냈다. 〈일전매(一翦梅)〉에서는 남편에
대한 그리움을 표현하였다.

一種相思,　　　　　한 가닥 그리움
兩處閑愁.37)　　　　두 곳에서 시름겹네.

　이 사는 이청조가 결혼 한지 얼마 지나지 않아 조명성이 멀리 떠나
자 남편에게 준 송별사이다.38) 그녀는 쓸쓸한 가을에 서로 그리워했지
만 공간적인 분리로 인해 만날 수 없는 고통을 대구의 형식으로 강렬하

게 묘사하였다. 〈원왕손(怨王孫)〉은 이청조가 결혼 이후에 지은 것으로 당시 그녀는 변경에 있었던 것으로 추정된다.[39]

草綠階前,　　　　섬돌 앞 푸른 풀
暮天雁斷.　　　　해 저물 때 기러기 자취도 끊어졌네.
樓上遠信誰傳?　　누대에서 쓴 먼 곳 갈 편지는 누가 전해줄까?
恨綿綿.[40]　　　　한(恨)만 끝없이 생겨난다.

이청조는 한식이 가까운 계절에 임과 함께 밟았던 섬돌에 풀이 우거지고 석양에 소식 전해주던 기러기 사라져 허전한 마음으로 먼 하늘만 쳐다보았다. 그녀는 누대 위로 올라가 임 계신 곳 바라보며 자신의 애달픈 심정을 전할 방도가 없어 마음속에 끝없는 한(恨)과 수심으로 힘들었다. 〈무릉춘(武陵春)〉에서는 내면에 쌓인 시름을 과장적인 수법을 사용하여 묘사하였다.

只恐雙溪舴艋舟,　　다만 두려운 것은 쌍계 작은 배,
載不動、許多愁.[41]　　수많은 시름 실을 수 없을 것 같아서

이 사(詞)는 1135년 봄에 지은 것으로 당시 이청조는 금화(金華)에 있었는데 나라가 망하고 남편이 병사하고 전란으로 떠돌며 살았다.[42] 이청조는 내면에 쌓여가는 시름이 점점 많아져 쌍계의 작은 배에도 다 실을 수 없다고 강조하였다. 〈취화음(醉花陰)〉에서는 자신의 외모를 국화에 비유하였다.

莫道不消魂,　　　넋 나갔다 말하지 말게.
簾卷西風,　　　　주렴 걷고 서풍 맞는데

人似黃花瘦.43)　　　　사람은 국화보다 야위었네.

　　이 사는 남도(南渡) 이전에 지은 것으로 중양절에 남편을 그리워하는 애틋한 정서를 담았다.44) 이청조는 중양절 해질녘에 술을 마시며 시름을 달래며 서쪽 바람을 맞으며 자신의 수척해진 모습이 국화보다 더 수척했다고 비교하며 마음고생으로 인해 초췌해진 모습을 묘사하였다. 〈성성만(聲聲慢)〉에서는 기러기를 바라보며 내면의 슬픔이 깊어졌다.

雁過也,　　　　　기러기가 날아오니
正傷心,　　　　　마음 애달픈데
卻是舊時相識.45)　전에 알던 사이였지.

　　이청조는 쓸쓸한 가을에 예전에 알던 기러기를 바라보며 고향에 대한 그리움이 솟아나 가슴 아파하였다. 한밤중에 시든 국화를 바라보며 자신의 비참한 자아상을 떠올리고 가을비에 뚝뚝 떨어지는 오동잎 소리를 들으며 내면의 수심을 말로 형용할 수 없음을 한탄하였다. 〈임강선(臨江仙)〉은 이청조가 조명성을 따라 건강(建康)에 있을 때 지은 것으로 자신이 떠돌이 신세로 지내면서 점점 늙어가는 모습에 절망하였다.46)

誰憐憔悴更凋零.　누가 야위고 시든 모습 가련하게 여길까?
試燈無意思,　　　등 켜는 것도 시들고
踏雪沒心情.47)　　눈 밟는 것도 내키지 않네.

　　이청조는 수척하고 시들어 버린 자신의 초췌한 모습을 아무도 관심

가지 않을 것에 대해 속상해하였다. 그녀는 일상생활에 대한 의욕이 상실되어 규방에 등을 켜는 것이나 야외에 나가 눈을 밟기도 꺼리는 소극적이고 우울한 모습을 표현하였다. 이청조는 〈영우락(永遇樂)〉에서 외모를 가꾸지 않는 자신의 모습을 묘사하였다.

如今憔悴,   지금 초췌하여
風鬟霜鬢,   머리카락은 제멋대로
怕見夜間出去.[48)   밤에 외출도 두렵네.

이청조는 과거 중주 땅에서 원소절에 평소 친분이 있었던 여인들끼리 아름다운 외모를 뽐냈던 과거를 추억하며 현재 머리칼도 헝클어지고 외모도 초라한 자신의 모습으로 인해 자존감도 저하되어 타인의 시선에 대해 민감한 반응을 보이고 외출하는 것조차 내키지 않은 우울한 모습을 표현하였다. 〈옥루춘(玉樓春)〉는 이청조가 남도(南渡)하기 전에 지은 것으로 매화를 소재로 읊었다.[49)

道人憔悴春窗底,   봄날 창가에서 수척하다고 말하는데
悶損闌干愁不倚.[50)   번민으로 축난 심신 시름겨워 난간에 기댈 수
                        없네.

이청조는 아름다운 봄날 점점 수척해 가는 자신의 외모에 민감하게 반응하였다. 그녀는 마음속에 번민과 시름이 많아 몸을 일으킬 기력조차 없어 난간에 기대지도 못하는 자신의 나약한 모습을 사(詞)에 솔직하게 투영하였다. 〈고안아(孤雁兒)〉는 매화를 소재로 읊었는데 남편 조명성이 병사한 이후에 창작한 것으로 추정된다.[51)

吹簫人去玉樓空,　　퉁소 불던 분 떠난 후 옥루 텅 비었으니
腸斷與誰同倚.[52]　　애끊는 슬픔 누구에게 기댈까

　　이청조는 평소에 퉁소 불던 남편이 자신의 곁을 영영 떠나 다른 세상으로 떠난 후 규방에 홀로 버려진 자신의 초라한 처지를 비관하며 앞으로 심적으로 의지할 대상이 없는 현실에 비관하며 과부로서의 삶을 어떻게 살아가야 하는지 막막해하였다.

7. 나오며

　　이 논문은 중국 최고 여성 작가 이청조(李淸照)의 사(詞)에 나타난 촉각과 정서표현을 탐색하였다. 이청조는 평소에 계절과 날씨의 변화에 민감한 반응을 드러냈다. 그녀의 사(詞)에는 사계절 중에서 가을에 대한 묘사가 많고 쓸쓸하고 우울한 분위기를 섬세하게 연출하였다. 이청조는 사(詞)에서 변덕스러운 날씨 때문에 온각과 냉각에 대한 형용사가 자주 등장하고 외부 환경에 취약한 그녀의 연약한 모습을 감추지 않고 솔직하게 노출하였다. 이청조는 화창하고 따뜻한 날씨에도 앞으로 비바람이 닥칠 것에 대한 우려를 표명하여 정신적으로 잠시도 마음의 안식을 누리지 못하는 불안한 상태를 노출하였다. 이청조는 사(詞)를 창작할 때 자주 세차게 불어오는 비바람에 관한 묘사가 많은데 이 점은 그녀가 험한 세상을 살면서 모진 인생의 시련과 역경을 겪었기 때문이다. 이청조는 남편이 집을 떠날 때마다 늘 버림받은 느낌으로 독수공방하며 외로운 나날을 견뎌야만 했다. 이청조는 북송의 멸망으로 인해 흠종과 휘종이 금나라에 포로로 잡혀가는 국가적인 수치를 당한 사건에 격분하기도

하였다. 그녀는 남편 조명성이 먼저 세상을 떠나 과부의 신세로 살아갔다. 온갖 상실의 고통이 내면에 쌓인 이청조는 외부적으로 비바람이 몰아칠 때마다 과거의 상처와 아픔으로 힘들어하였다.

이청조는 눈물을 자주 흘리는 감성이 풍부한 여인이었다. 남편의 부재로 인해 자주 눈물 흘리고 고독과 자기연민에 빠져 외모마저 망가진 자신의 초라해진 모습 속에서 비참하게 느꼈다. 그녀는 점점 늙고 야윈 신세를 한탄하고 하염없이 눈물 흘리며 내면의 슬픔을 그대로 (詞)에 표현하였다. 이청조는 남편이 멀리 떠난 후에 규방에서 고독한 나날을 보내야만 했다. 그녀는 쓸쓸한 규방에서 차가운 이불 속에서 잠 못 이루며 우울과 낙심 속에 생활하였다. 이청조는 자신을 알아주는 임의 부재로 인해 화장 지우는 것도 귀찮아하고 외모를 가꾸지 않았다. 이청조는 남편과의 공간적인 분리로 인한 이별의 수심으로 인해 시간이 흘러갈수록 수척하고 초췌해지고 일상적인 생활을 영위하기 힘들 정도로 깊은 우울과 절망에 빠져 독수공방하였다. 이청조는 남편이 병사한 후에 심적으로 의지할 대상을 상실하여 내면에 깊이 뿌리박힌 공허함과 고독감에 사로잡혀 힘들어하였다.

1) 徐北文 主編,《李淸照全集評注》, 山東 : 濟南出版社, 1990, 60쪽
2) 위의 책, 60쪽
3) 위의 책, 83쪽
4) 위의 책, 83쪽
5) 위의 책, 22쪽
6) 위의 책, 22쪽
7) 위의 책, 46쪽
8) 위의 책, 80쪽
9) 위의 책, 94쪽
10) 위의 책, 128쪽
11) 위의 책, 113쪽
12) 위의 책, 113쪽
13) 위의 책, 109쪽
14) 위의 책, 150쪽
15) 위의 책, 29쪽
16) 위의 책, 71쪽
17) 위의 책, 71쪽
18) 위의 책, 136쪽
19) 위의 책, 136쪽
20) 위의 책, 96쪽
21) 위의 책, 96쪽
22) 위의 책, 65쪽
23) 위의 책, 64쪽
24) 위의 책, 58쪽
25) 위의 책, 58쪽
26) 위의 책, 60쪽
27) 위의 책, 60쪽
28) 위의 책, 105쪽
29) 위의 책, 105쪽
30) 위의 책, 16쪽
31) 위의 책, 16쪽

32) 위의 책, 3쪽
33) 위의 책, 3쪽
34) 위의 책, 60쪽
35) 위의 책, 60쪽
36) 위의 책, 80쪽
37) 위의 책, 3쪽
38) 위의 책, 3쪽
39) 위의 책, 73쪽
40) 위의 책, 73쪽
41) 위의 책, 65쪽
42) 위의 책, 65쪽
43) 위의 책, 125쪽
44) 위의 책, 125쪽
45) 위의 책, 46쪽
46) 위의 책, 77쪽
47) 위의 책, 77쪽
48) 위의 책, 22쪽
49) 위의 책, 27쪽
50) 위의 책, 27쪽
51) 위의 책, 71쪽
52) 위의 책, 71쪽

자유와 쾌락을 추구한
감각적 글쓰기
– 양유정(楊維楨)의 시

김지영(성결대)

1. 원말·명초를 살아간 지식인

양유정(楊維楨, 1296-1370)은 자가 염부(廉夫)이고, 호가 철애(鐵崖), 철적도인(鐵笛道人), 포유노인(抱遺老人), 동유자(東維子)이며, 회계(會稽, 지금의 절강성(浙江省) 제기시(諸暨市)) 사람이다. 그는 원대 후기를 대표하는 시인으로서, 당시 강남 시사(詩社)의 영수로 추앙받았다.[1] 그의 시는 문호(文豪)라는 칭찬과 문요(文妖)라는 비방을 동시에 받았는데[2], 이는 그의 시풍과 생활방식이 독특한 특징을 지니고 있었기 때문이다. 양유정은 원대 후기 정치적으로 불우하고 혼란한 시대를 살아갔던 시인으로, 그의 시 속에는 원말·명초의 혼란기를 살았던 지식인의 모습이 그대로 반영되어 있다. 양유정은 생전에 이미 두 권의 시집이 있었는데, 첫 번째 시집은 1936년 오복(吳復)이 편찬한 《철애시집고악부(鐵崖詩集古樂府)》10권으로 총 409수의 시가 실려 있다. 두 번째 시집은 1364년 장완(章琬)이 편찬한 《복고시집(復古詩集)》6권으로 양유정 만년의 시를 모아 엮은 것이다.[3]

양유정이 생존했던 시기는 중국이 몽고의 통치하에 놓였던 원대 (1206-1367) 후기에서부터 다시 한족이 정권을 되찾은 명대(1368-1644) 초기까지이다. 13세기 중국은 몽고의 광폭한 전란을 겪은 뒤 영토 전부가 몽고의 통치하에 놓였다. 원의 세조(世祖) 쿠빌라이[忽必烈]는 중국의 거주민들을 몽골인, 색목인(色目人), 한인[華北주민], 남인(南人) 네 등급으로 나누어 지배하였다. 이때 가장 멸시당한 이들은 남송정권 아래 있었던 강남의 한족인 남인이었다. 양유정이 활동했던 14세기 전반은 원대 정치사에서 소강(小康) 상태의 시기였다. 1294년 세조 쿠빌라이가 세상을 떠난 이후 그 손자, 증손, 현손 등이 계속 제위를 이었으나 그 재위 기간은 길지 않았다. 열 명의 제위 기간을 모두 합쳐도 대략

40년이었다. 마지막 순제(順帝, 1333-1368) 토곤티무르[妥懽貼睦爾]에 이르러 재위 기간이 비교적 길었다고 할 수 있는데, 바로 14세기 중엽이다. 이때 고관 요직의 관료들은 아직 몽고인 혹은 색목인이었고, 한인이 정치에 뜻을 펼 수 없었던 것은 예전과 같았다. 그러나 시대가 변천함에 따라 몽고인의 거친 기운은 점차 사라지고 중국적 체제가 그것을 대신하여 등장하기 시작했다. 예를 들면 세조 쿠빌라이의 손자 인종(仁宗, 1311-1320) 아율바리바톨[愛育黎拔力八達]에 의한 '과거(科擧)'의 부활은 그 하나의 좋은 예라 할 수 있다. 1313년에 과거가 부활되었는데, 이때부터 25세 이상이면 과거에 응시할 수 있게 되었다. 또한 원조(元朝)의 역대 황제 대부분은 중국어를 알지 못해서 몽고어를 사용했지만, 한림(翰林)은 대개 한족 출신의 문인이어서 통역을 통해 중국의 경전과 역사를 강론하였다. 소강 상태의 평화로운 국면은 순제가 재위한 14세기 중엽까지 계속 유지되었다. 1356년에 주원장(朱元璋)이 집경(集慶, 강소성 남경)을, 장사성(張士城)이 소주를, 진우량(陳友諒)이 지주(池州,강소성 귀지현)를 탈취하였는데, 원의 국력은 이미 이들을 제압할 수 없을 만큼 쇠퇴해 원 왕조는 비로소 종말을 고한다.

　원대 정치로부터 단절된 한족 문인들은 달리 출구가 없어 그들의 재능과 열정을 문학 창작하는데 쏟아부었다. 남인이 정치에서 배제되었던 사회적 환경은 남방을 중심으로 민간 시인들이 나올 수 있는 여건을 제공한다. 원대 후기의 문단에서 주목할 것은 남방, 즉 장강 이남 일대의 민간시단이 성숙해졌다는 점이다. 13세기 전반 남송말기에 장강 하류 일대에 영가사령(永嘉四靈), 강호파(江湖派) 시인들이 등장하면서 시작된 민간시단은, 14세기 전반 원나라 말기에 이르러 한층 성숙해졌는데 이때의 시단은 남방 평민의 주도에 의한 발전이었다.4) 이 방면에서 가장 두드러진 공을 세운 이는 대부분 남방 민간 출신으로 북방 조정에 들어가 일하였던 한족의 문인이었는데, 그 대표적인 시인이 양유정이다.

양유정은 자라면서 아버지에게 매우 엄격하게 교육을 받았다. 양유정의 아버지 양굉(楊宏)은 봉훈대부(奉訓大夫), 지온주로서안주사(知溫州路瑞安州事), 비기위(飛騎尉) 등의 관직을 역임했으며, 회계남(會稽男)에 추서되었다. 1320년 양유정이 25세 되었을 때 당시의 관습에 따라 그 지방에서 과거시험을 볼 수 있도록 추천을 받는다. 그러나 그의 아버지는 아들이 경학에 대한 공부가 부족하다고 사양하였다. 그는 철애산(鐵崖山) 속에 서루(書樓)를 세우고 서루 주변에 매화나무 백 그루를 심고서 책 수만 권을 가져다 아들에게 읽게 하였다. 서루에 사다리도 없애고, 5년간 그곳에서 독서하게 하였는데, 이로서 양유정은 스스로 호를 지어 철애(鐵崖)라 하였다.5) 1327년 양유정은 32세의 나이로 진사에 급제하였다. 그는 천태현윤(天台縣尹)으로 처음 관직을 시작하였는데, 부임한지 4년째 되던 1330년에 유력자와의 충돌로 파면되었다. 그 후 4년 뒤인 1334년에 다시 전청장염사령(錢淸場鹽司令)에 올랐다. 전청(錢淸)은 절강성 소흥시(紹興市) 서쪽에 있는 소금산지이다. 그는 이곳에서 관직을 맡으며 당시의 염전 부역이 백성을 괴롭히는 것을 목도하고는 식사도 하지 못하며 이러한 불합리한 일을 절강성 중앙에 상소하였으나 받아들여지지 않았다. 그러자 그는 뜰에서 머리를 숙이고 울었다고 한다.6) 양유정은 이때 보고 느낀 괴로운 심정을 〈염상행(鹽商行)〉7), 〈염거중(鹽車重)〉8) 등의 시로 지어냈다. 1339년 상을 당하여 전청장염사령을 그만두고 복상하였는데, 이때 그의 나이 44세였다. 복상이 끝난 뒤 항주로 돌아가 관직을 얻으려 하였으나 집정자들의 반대에 부딪혀 뜻을 이루지 못했다. 그러자 1341년 양유정은 가족을 데리고 항주로 이주하였다. 항주로 옮긴 후 양유정은 오산(吳

山) 철야령(鐵冶嶺)에 거주하며 부춘(富春), 호주(湖州), 소주(蘇州), 곤산(崑山), 송강(宋江) 등 강남의 각지를 편력하였는데, 이때 이미 그는 시단에서 명성을 얻어 가는 곳마다 젊은 문인들에게 환영을 받았다.[9] 1350년 양유정은 항주사무제거(杭州四務提擧)라는 자리를 얻어 부임하였다. 그러나 다음 해인 1351년 홍건적의 난이 발생하여 강남은 동란의 회오리 속에 휘말렸다. 그러자 양유정은 병란을 피해 부춘산(富春山)에 있다가 전당(錢塘)으로 옮겨 갔다. 이때 홍건적의 수장인 장사성은 누차 양유정을 조빙하였으나 그는 이에 응하지 않았다. 1359년 항주에서 송강으로 이주하였는데, 이때 양유정의 나이 66세였다. 양유정은 송강에서 마음껏 쾌락한 생활을 즐겼다. 양유정은 70세 때인 1364엔 스스로 현포봉대(玄圃蓬臺)라는 누대를 축조하여 찾아오는 벗들과 함께 주연을 베풀고 마음껏 즐겼다. 명 태조 주원장은 즉위 후 1369년 두 차례 사람을 파견하여 양유정을 불러내어 관직을 내렸다. 그러나 그는 과거에 원나라 조정의 관리로 일하였다는 이유를 들어 거절하면서 "어찌 늙은 아낙이 고목이 다 되어 또 다시 시집갈 수 있겠는가?"라고 하며,[10] 〈노객부요(老客婦謠)〉 1수를 지어 바쳤다.[11] 이 시의 내용을 살펴보면 다음과 같다: "늙은 아낙네, 늙은 아낙네! 살아온 세월 칠십에 십년을 더했네. 나이 어려 지아비에게 시집 간 게 너무 분명하니, 지아비 죽어도 여전히 쓰던 키와 비로 남아야 하네. 남산의 언니와 북산의 이모는, 나에게 재가하길 권하나 나는 단호하게 물리쳤네. 강을 건너 연밥 따고, 산에 올라 천궁을 캐네. 연밥과 천궁을 캐면, 굶주림 면할 수 있네. 밤에 길을 가다 창루 앞을 지나는데, 창루 문에서 늙고 추하다고 시끄럽게 떠들어 대네. 늙고 추하나 스스로 몸을 보호할 수 있으니, 만 냥의 황금이 손안에 있는 것이네. 하늘에서 짠 구름 같은 비단 얻어, 수를 놓아 순임금의 옷에 보탬이 되길 원하네. 순임금의 옷에, 첩이 함께 하여, 예전에는 맑은 빛 날렸으니, 첩은 한단의 기생이 아니라고 말해주시오."

부녀자로서 지아비 한 사람만을 섬겨야 하듯, 전 왕조의 신하였던 사람이 두 임금을 섬길 수 없음을 말한 것이다. 명 태조가 비록 문인에 대하여는 잔혹한 군주였지만 양유정에 대해서만은 관대하여 그를 초청하여 궁정에 3개월이나 머물게 하고, 그를 평안히 산림으로 돌아가게 하였다. 당시 《원사(元史)》를 편수하던 송렴(宋濂)이 그를 보낼 때 시를 썼는데, 그 가운데는 다음과 같은 구절이 있다: "군왕의 오색찬란한 부름 받지 않고 백의로 베풀고 백의로 돌아가네".12) 1370년 양유정은 75세에 민간 시인의 신분으로 그의 일생을 마감하였다.

2. 양유정의 악부체와 철애체(鐵崖體)

양유정의 시가집인 《철애고악부(鐵崖古樂府)》, 《철애선생고악부(鐵崖先生古樂府)》, 《철애고악부보(鐵崖古樂府補)》, 《철애악부(鐵崖樂府)》 등의 제목에서도 알 수 있듯이 양유정은 주로 악부체 형식의 시를 썼다.13) 오복(吳復)은 《철애선생고악부·서(鐵崖先生古樂府·序)》에서 양유정이 악부체를 쓰고자 한 취지를 다음과 같이 말하고 있다.

회계 철애선생이 지은 잡언 고체시는 대략 오백 여 수로 스스로 악부의 유성(遺聲)이라 하였다. 무릇 악부는 풍아가 변하여 나온 것으로 시대가 병들고 속된 것을 근심하며 좋은 것을 알리고 사악함을 단절시키고자 한 것인데, 장차 풍아와 더불어 행하여도 어그러짐이 없는 것이 바로 선생 시의 취지이다.14)

양유정은 악부시를 지어 시대의 병폐를 근심하고, 좋은 일을 드러내며 사악함을 없애고자 하는 악부정신을 계승하고자 한 것이다. 그러면 양유정은 왜 악부체를 선택했을까? 그는 《동유자문집(東維子文集)》에서 악부시를 본받게 된 이유도 말하고 있다.

> 시의 폐단이 송말에 이르러 극에 달하니 우리 원의 시인은 종종 성당 시인을 선택하는 기풍이 생겼는데, 진위한초(晉魏漢楚)에 이르지 않으면 그치지 않았다.15)

원대 시인은 송 말엽 시의 폐단을 직접 목도하고 송시를 본받으려하지 않았다. 그들은 이백, 두보나 이하 같은 성당 시인들의 시풍을 본받았는데, 가능한 고대 전범에 가까운 진한위초(晉漢魏楚)의 시를 추종하고자 하였다. 양유정 역시 예외가 아니어서 한위(漢魏)의 악부시뿐 아니라 시경과 초사를 본받고자 하였다. 그의 문하 사람 장완(章琬)은 《복고시집 · 서(復古詩集 · 序)》에서 다음과 같이 말하였다.

> 어지러운 세상을 살면서 옛 것에서 시를 지어 제량(齊梁)을 뛰어넘고 한위(漢魏)를 추종하여 위로 이소 · 이아(二雅)에 이르고자 하였다.16)

양유정은 실제로 고악부시를 많이 지었으며 이에 대한 자부심도 대단하였다. 고사립(顧嗣立)의 《원시선(元詩選)》에는 다음과 같은 기록이 있다.

> 나는 세 가지 체재로 영사시를 썼는데, 칠언절구체로 쓴 것이 삼백 수이고, 고악부체로 쓴 것이 이백 수이고, 고악부 소절(小絶)로 쓴 것이 사십 수이다. 절구로 내 문하에 이른 이 중에 장화(章禾)가 뛰어났다.

고악부로 내 문하에 이르기가 쉽지 않은데 장헌(張憲)이 뛰어났다. 소악부에 이르러는 두 세 사람도 뛰어나지 못하였으며 오직 내가 뛰어났다. 그래서 오봉(五峰) 이효광(李孝光)은 (나를) 영사시에 뛰어났다고 칭찬하였다.[17]

이 글에서 양유정은 절구로 뛰어난 이는 장화이고, 고악부로 뛰어난 이는 장헌이라 평가하며, 소악부에서는 자신을 따라올 자가 없다고 말하고 있다. 장화와 장헌은 모두 양유정에게서 배운 문하 사람으로, 그가 이들을 평가한 것에서도 고악부 시를 품평할 수 있는 안목에 대한 자부심을 살펴볼 수 있다. 실제로 양유정의 악부시는 후대인들에게 높은 평가를 받고 있다. 고기륜(顧起綸)은 〈국아품(國雅品)〉에서 다음과 같이 말하였다.

양유정은 위로는 한위를 본받았고 당대 시인도 간혹 본받았는데, 고악부는 세상에서 보기 드물게 아주 뛰어났다.[18]

또한 전겸익(錢謙益)도 《열조시집(列朝詩集)》에서 말하였다.

(선생은) 고악부에 자부하는 바가 있어 고인 중에는 더 나은 이가 없다고 여겼는데, 여러 시를 살펴보니 진실로 과장이 아니었다.[19]

이상에서 살펴보았듯이 양유정은 악부체에 대해 대단한 자부심을 가졌고, 그의 악부체 작품에 대한 후인들의 평가도 매우 긍정적이었다. 양유정이 악부체를 본받으려 한 것은 송대 말기 시의 폐단에서 벗어나기 위한 것으로, 고대 시의 전범이 남아있는 것이 악부라고 생각했기 때문이다. 또한 '슬프고 기쁜 일에 감동하고, 시사적인 일을 글로 펼쳐 낼 수 있는[感於哀樂, 緣事而發]' 악부정신이 원대 말기의 시에도 필요했기 때문이다.

반면 중국 역사상 이질적인 시대라 할 수 있는 원대에 문인으로 살았던 양유정은, 시가 창작에 있어서 정통의 시대를 살았던 시인들의 그것과는 분명히 다른 특징을 지니고 있었다. 양유정은 아버지의 엄격한 가르침에 따라 철애산에서 5년간 독서하였는데, 이로 인해 스스로 호를 지어 철애라 불렀다. 그는 45세 이후 강남지역을 돌아다니며 문인들과 교류하였는데, 당시 그의 시풍은 '철애체'라 불렸고 한때 시대를 풍미하였다. 고사립은《원시선》에서 원대 시가발전사에서의 양유정의 위치를 평가하면서 철체(鐵體)가 오랫동안 만연하였음을 언급하였다.

> 원시의 흥기는 원호문에서 시작되었다. 중통(中統)·원지(至元) 이후 시절이 태평하여 송과 금의 여풍이 다 씻겨나갔는데 조맹부가 맹주였다. 연우(延祐)·천력(天曆) 연간엔 문장이 성하여 대가를 이었는데 우집(虞集), 양유정, 범팽(范梈), 게혜사(揭傒斯)가 최고였다. 지정(至正)으로 연호를 바꾼 후 인재가 배출되며 대담한 주장을 폈는데, 양유정이 우두머리였다. 이때 원시는 크게 변하였다. 명초 원개(袁凱), 양기(楊基) 등이 모두 철애체 무리에서 나왔다. 전겸익은 철체(鐵體)가 만연하여 오래도록 그치지 않았다고 말하였는데, 이 말로 철애를 다 말하기엔 부족하다.[20]

이 글에서 양유정이 출현하면서 원시의 시풍이 크게 변하였음을 알 수 있다. 원시는 이때부터 이전의 시풍과는 다르게 대담하고 자유분방한 시가 등장하였는데, 그것은 '철애체'가 유행하였기 때문이다. 왕소미(王素美)는 양유정의 '철애체'에 대하여 다음과 같이 말하였다.

> 양유정의 이런 시는 대개가 오월(吳越) 지역을 유랑할 때 지은 것으

로, 겉모습을 제멋대로 하여 자신의 성정을 펼쳐내었는데, (시가) 기이
하게 염려하거나 기괴하고 종횡으로 이르며 굳세어 사람들은 철애체라
불렀다. 기록된 내용은 연회자리에서 광분하여 술 마시는 장면이거나,
또는 강호를 떠돌며 회재불우한 정회를 서술한 것; 또는 그림을 감상하
고 음악을 들으며 고아한 정취를 서술하거나 많은 진귀한 미학관점을
가진 것이다.21)

《명사 · 양유정전(明史 · 楊維楨傳)》에서는 양유정 시에 대하여 다음
과 같이 평하였다.

　　　시가 움직임이 가볍고 재빠르며, 귀신을 부리듯 하여 더욱 명가라
　　불렸다.22)

위의 두 언급에서 '철애체'는 양유정이 강남지역을 편력하면서 쓰기
시작한, 형식에 얽매이지 않고 종횡으로 자유롭게 생각과 감정을 서술
한 문체임을 알 수 있다. 철애체로 쓴 것으로는 초현실적이고 환상적인
유선시(遊仙詩), 여성의 색정을 대담하게 묘사한 향렴시(香奩詩), 예술
작품을 감상하고 자신의 예술관을 드러낸 제화시(題畵詩)가 포함된다.

3. 자유와 쾌락을 펼쳐낸 양유정의 글쓰기

원말 · 명초의 과도기를 살았던 한족 지식인인 양유정은 형식과 내용
의 얽매임 없이 종횡으로 자유롭게 생각과 감정을 펼쳐냈다. 이런 시
속에 자신만의 시 쓰기 형식인 철애체를 구현하였다. 양유정이 회재불
운한 시인으로 한 시대를 살면서 자신의 자유로운 생각과 쾌락의 감정

을 잘 표현한 시를 유선시, 향렴시, 제화시로 나누어 살펴보기로 한다.

1) 유선시(遊仙詩): 환상적인 신선세계를 묘사함

양유정은 1341년 가족을 이끌고 항주로 이주하였다. 그가 항주로
이주한 것은 복상을 마친 그가 복직하고 싶었으나 집정자들의 반대에
부딪혔기 때문이다. 항주로 옮긴 후 그는 오산 철야령에 거주하며 부춘,
호주, 소주, 곤산, 송강 등 강남의 각지를 편력하였다. 양유정의 시는
이 시기를 전후하여 크게 변하게 된다. 관직에서 실의를 맛본 그는
현실세계의 속박에서 벗어나 신선세계를 논하거나 초현실적이며 환상
적인 시 세계를 추구한다. 이때부터 양유정은 본격적으로 유선시를
짓기 시작하였다.

그의 유선시 가운데 〈나부미인(羅浮美人, 나부산의 미인)〉23)을 보기
로 하자.

海南天空月皜皜,	해남의 높은 하늘 달빛 희게 빛나고
三山如拳海如沼.	삼신산은 주먹 같고 바다는 늪인 듯,
綠衣歌舞不動塵,	푸른 옷이 춤추는 듯 먼지 한점 일지 않고
海仙騎魚波嬺嬺.	바다 신선 물고기 타고 오니 물결이 살포시이네.
翩然而来坐芳草,	사뿐히 날아와 방초 위에 앉으니
皎如白月射林杪.	밝게 빛나기가 흰 달빛 숲속 나뭇가지 끝에 쏟아지는 듯.
洗粧不受瘴煙昏,	화장을 씻어내니 독기 서린 연기의 어지럽힘 받지 않고
縞袂初逢鴻欲矯.	명주 소매를 처음 만난 기러기는 날아오르려는 듯.
手持君山老人笛,	손에는 군산 노인 피리 들고 있었지만

黄鶴新腔知音少.　　황학의 새 곡조를 알아줄 이 없구나.

江南吹斷桃葉腸,[24]　강남에선 도엽가(桃葉歌) 애절하고

雨聲夜坐巫山曉.　　빗소리 들으며 밤에 앉아 있으니 무산의 새벽 밝
　　　　　　　　　　아오네.

　　이 시는 나부산에 선녀가 경쾌하게 춤추듯이 다가오는 환상을 묘사
하였다. 시인은 시 전체에 걸쳐 전설 속에 나오는 인물이나 장소를
나열하고 있다. 나부는 곧 나부산으로 복건 지방의 매화로 이름난 곳이
다. 삼산은 발해만 동쪽에 있다는 삼신산, 곧 봉래(蓬萊), 방장(方丈),
영주산(瀛洲山)으로 신선이 살고 봉황이 날아든다는 상상 속의 산이다.
군산(君山)은 동정호이고, 군산노인은 전설 속의 인물이다. 황학은 신
선이 타는 학인데, 여기선 악곡의 이름을 가리킨다. 무산은 장강 무협
에 있는 산으로 이곳에 신녀묘가 있다. 송옥이 〈고당부(高唐賦)〉를 쓴
이후 무산은 남녀 사이의 사랑과 만남을 비유하는 곳으로 쓰인다. 시인
은 환상 속에서 고요하게 달빛 비치는 산에 어여쁘고 순결한 선녀가
내려와 춤추고 노래하는 것을 보았는데, 문득 슬퍼져 밤을 지샜다는
내용을 시로 써내었다. 이 시는 신화 전설을 제재로 초현실적인 전고를
빌려 씀으로써 시 속에 새로운 의경을 창조한 작품이라 할 수 있다.
　　다음은 〈여산폭포요(廬山瀑布謠, 여산폭포의 노래)〉[25]를 보기로 한다.

　　갑신년 가을 8월 16일 저녁, 나는 꿈에 산재선객과 여산에 놀러 가
　각자 시를 지었다. 산재는 〈팽랑사〉를 짓고, 나는 〈폭포요〉를 지었다.
　[甲申秋八月十六夜, 予夢與酸齋仙客遊廬山, 各賦詩. 酸齋賦〈彭郎詞〉,
　余賦〈瀑布謠〉].)

銀河忽如瓠子决,　　갑자기 표주박이 터지 듯 은하수가

瀉諸五老之峯前.	다섯 봉우리 앞으로 쏟아지네.
我疑天仙織素練,	나는 선녀가 흰 명주를 짜면서
素練脫軸垂青天.	흰 명주를 푸른 하늘에서 뽑아내어,
便欲手把并州剪,	바로 병주에서 나온 가위를 손으로 들어서
剪取一幅玻璃烟.	한 폭의 투명한 안개를 잘라낸 것인가 하였네.
相逢雲石子,	관운석을 만나니
有似捉月仙.	달의 신선을 잡고 있는 것 같네.
酒喉無耐夜渴甚,	목으로 술을 넘기니 밤에 갈증이 몹시 나 참을 수 없었는데
騎鯨吸海枯桑田.	고래를 타고 바닷물 마시니 마른 뽕나무 밭이 되었네.
居然化作千萬丈,	과연 천만 장 길이의 폭포수가 되니
玉虹倒挂清泠淵.	옥 같은 무지개 청량한 폭포 위에 거꾸로 매달려 있네

작자가 서문에서 밝혔듯이 이 시는 꿈 속에서 산재선객과 함께 여산에 놀러 간 일을 쓴 것이다. 여기서 산재는 관운석(貫雲石, 1286-1324)을 가리키는데, 그는 당시 유명한 산곡 작가였다. 시인은 여산 폭포의 모습을 선녀가 하늘에서 흰 명주를 뽑아내어 가위로 잘라서 만든 것 같다고 비유하였다. 또한 술에 취한 관운석이 갈증이나 바닷물을 다 마시고 물을 쏟아내니 천만 장 길이의 폭포수가 되었다고 하였다. 이 시는 이백 시의 "나는 듯 흘러 곧장 아래로 삼천 척, 은하수가 아래로 떨어졌나 하였다.[飛流直下三千尺, 疑是銀河落九天.]"[26]의 시구를 떠오르게 한다. 양유정은 여산폭포의 모습을 환상적이고 초현실적으로 묘사하여 마치 선경을 보는 듯한 느낌을 가지게 하였다. 이처럼 철애체는 형식과 내용의 얽매임 없이 종횡으로 자유롭게 생각과 감정을 펼쳐 나간 시라 할 수 있다.

다음은 〈소선유(小游仙)〉20수[27] 가운데 세 수를 보기로 한다.

(其七)

道人得道輕骨毛,　　도인이 뼈를 가볍게 해 깃털로 만드는 도를 닦아

飛渡弱水能千遭.　　약수를 날아 천 번 건널 수 있다네.

明朝挾至兩浮島,　　내일 아침 양부도에 이르러

臥看滄洲戲六鰲.　　누워 창주를 보며 여섯 자라 희롱하리.

(其十)

別來已及三百秋,　　떠나온 지 이미 삼백 년

遊遍乾坤第十洲.　　천지를 두루 다니며 십주를 품평하네.

不識人家今幾世,　　사람 사는 곳 지금이 언제인지 알지 못하니

明朝騎鶴過山頭.　　내일 아침에 학을 타고 산봉우리 지나가리라.

(其十一)

日落海門吹鳳匏,　　해 떨어지니 바다 문에 봉포 부는 소리 들리고

須臾海水沸如炮.　　잠시 바닷물이 통채로 끓어오르네.

船頭處女來相喚,　　뱃머리에 처녀가 와서 서로 부르니

知是洞庭千歲蛟.　　이것이 동정호의 천년 묵은 교룡임을 알겠네.

〈소유선〉 20수은 도교의 선경과 기이한 신선세계를 묘사한 시다. (기칠)은 도인이 뼈를 깃털로 만드는 비법을 깨달아 신선이 되어서 약수를 날아다닌다는 이야기를 적고 있다. (기십)은 속세를 떠난 지 삼 백년 동안 학을 타고 십주를 두루 돌아다니다 보니, 지금은 사람 사는 곳의 시간을 알지 못한다는 내용이다. (기십일) 동정호에 저녁이 되면 봉포 소리와 함께 물이 끓어오르며 처녀가 와서 뱃사람을 유혹하는데, 그것이 바로 천년 묵은 교룡임을 말하고 있다. 시 속에 신선이

사는 모습, 신선의 유유자적한 생활, 동정호의 교룡 이야기까지 환상적인 선경의 이야기를 펼쳐내었다. 관직생활에서 실의를 경험하고 항주로 온 양유정은 현실을 잊고자 하는 방법으로 초현실적이고 환상적인 신선세계를 선택했던 것이다.

2) 향렴시(香奩詩): 여성의 색정을 드러냄

양유정은 1359년 66세 때 항주에서 송강으로 이주하였는데, 이때 그는 마음껏 쾌락한 생활을 즐겼다. 그는 만년에 더욱 광달하여 송강 자락에 현포누대(玄圃蓬臺)를 쌓았는데, 빈객이 없는 날이 없었고 취해 떨어지지 않은 날이 없었다.[28] 1364년 그의 문하 사람 장완(章琓)은 양유정 만년의 시를 모아 두 번째 시집 《복고시집(復古詩集)》6권을 엮어내었다. 이 시집에는 만당 이상은의 〈무제〉를 모방하여 지은 애정시와 한악의 《향렴집》을 모방한 〈향렴팔제(香奩八題)〉와 〈속렴집이십영(續奩集二十詠)〉이 있다. 이 시의 내용은 젊은 여성을 주제로 하거나, 사랑의 감정을 묘사하거나, 또는 여성의 색정을 주제로 한 것이다. 이러한 향렴시는 주로 양유정 만년에 지어졌다.

먼저 〈향렴집(續奩集)〉 20수 가운데 한 수인 〈적신(的信, 확실한 믿음)〉[29]을 보기로 한다.

平時詭語難爲信,　　평소 속일 듯이 하던 말 믿기 어려웠는데
醉後微言却近眞.　　술 취한 뒤 미묘하게 하는 말 오히려 진실에 가깝네.
昨夜寄將雙豆蔲,　　어젯밤 두구꽃 두 송이 보내오니
始知的的爲東鄰.　　이제는 그대의 마음을 확실히 알겠네.

이 시는 사랑을 확신하지 못하는 여인의 심리를 묘사하였다. 남자가

평소에 자신에게 하는 말을 믿어야 할지 망설였던 여인이, 우연히 남자가 술 마신 후 한 말을 듣고 나서 비로소 그 사람의 진심을 알게 되었다는 내용이다. 이제는 그가 보내온 꽃도 기쁘게 받을 수 있을 정도로 그에 대한 확실한 믿음이 생겼다. 불확실했던 사랑의 감정에서 확신이 서기까지의 여인의 섬세한 감정 변화를 잘 표현하였다.

다음은 〈염갑(染甲, 손톱에 물을 들이다)〉[30]을 보기로 한다.

夜搗守宮金鳳蕊,	밤에 수궁과 봉숭아 꽃잎을 찧어 발랐더니
十尖盡換紅鴉嘴.	열 손가락 모두 거위부리처럼 붉게 바뀌었네.
閑來一曲鼓瑤琴,	한가히 거문고 한 곡조 연주하니
數點桃花泛流水.	몇 점 복숭아 꽃잎이 흐르는 물에 떠가는 것 같네.

수궁(守宮)은 벽호나 도마뱀 류에 속하는 곤충이다. 일설에는 수궁에게 주사(朱砂)를 먹이고 다 자란 후 햇볕에 말려 분말로 만들어 여인의 손가락을 물들이면 평생 없어지지 않는다고 한다. 그러다 방사를 하면 손가락에 물들인 붉은 것이 바로 사라진다고 한다. 이 때문에 정결을 보호하는 상징으로 여겨졌다. 이 시는 수궁과 봉숭아 꽃잎으로 손톱을 물들인 여인에게서 붉은 것이 복숭아 꽃잎이 물에 떠내려가듯 없어진다고 서술함으로써 방사의 일을 말하고 있다.

다음은 더 대담하게 쓴 〈성배(成配, 짝을 이루다)〉[31]를 보기로 한다.

眉山暗淡向殘燈,	눈썹 산 꺼져가는 등불아래 희미한데
一半雲鬟撒枕稜.	구름같은 머리 베게 모서리에 뉘우네.
四體着人嬌欲泣,	사지가 몸에 붙어 교태로움에 흐느끼는 것 같은데
自家揉碎硏繚綾.	스스로 매끄럽게 감긴 비단을 비비며 감추네.

이 시는 방사의 희열을 쓴 것으로 여인의 교태로움을 묘사하고 있다. 양유정은 만년으로 갈수록 행동이 더욱 자유분방하였고 세속적인 관습의 제약을 받지 않았다. 그는 시 창작에서도 여성의 색정이나 방사의 희열같은 대담하면서도 파격적인 내용을 시로 담아냈다. 이에 명초의 왕의(王禕)는 양유정을 '문요(文妖)'라고 배척하기도 하였다.[32] 그는 만년에 어지러운 시대 속에서 쾌락을 추구하는 삶을 살았는데, 이는 양유정이 회재불우한 심정을 잠시 시대말적인 정서에 기댄 것이다. 양유정은《복고시집》권6에서 "내가 한악의 〈속향렴〉 시를 이어 교태롭고 아름다운 시를 썼으나 어찌 내 본래의 마음을 훼손시킬 수 있으리?"[33]라고 하였다. 향렴시는 양유정이 잠시 쾌락을 추구하기 위해 쓴 것임을 알 수 있다.

3) 제화시(題畫詩): 그림에 대해 감상함

원대는 몽고의 지배를 받은 시기여서 중국 문화나 예술에 대한 억압이 심하였다. 그러나 당시 민간 시인들은 여전히 송대의 여풍을 이어받아 시로써 그림에 제한 제화시를 많이 지었다.《석주시화(石洲詩話)》에는 당시의 이런 풍토에 대하여 다음과 같이 기록하고 있다.

원대 사람 가경중(柯敬仲), 왕원장(王元璋), 예원진(倪元鎭), 황자구(黃子久), 오중규(吳仲珪)에서부터 매번 소시(小詩)를 지어 스스로 그림에 제하였는데, 잘 지은 것이 매우 많았다. 이외에 제가의 제화절구(題畫絶句) 가운데도 뛰어난 것이 셀 수 없이 많다. 원대 사람의 제화시 중 장편이 많기는 하지만 이장길(李長吉)의 시 수준에서 벗어나지 못하였고, 드물게 다른 것을 볼 수 있었다. 그러나 절구의 경지는 차이가 적어 맑은 생각과 오묘한 말이 계속해서 이어지니, 그 본의를 드러내기 쉬워서이다. 만약 원대 사람의 제화소시(題畵小詩)를 취하여 그 뛰어난 것을 뽑아 책으로 낸다면, 당인(唐人)의 뒤를 이어 육의(六義)를 드러낼 것이라 기대할 만하다.[34]

이 글에서 원대 시인이 당인의 뒤를 이을 만큼 수준 높은 제화시를 많이 지었음을 알 수 있는데, 양유정의 시 가운데도 제화시가 많이 보인다. 먼저 〈제춘강어부도(題春江漁父圖, 춘강 어부도에 제하다)〉[35]를 보기로 한다.

一片靑天白鷺前,	한 편의 푸른 하늘에 백로가 서서히 날아오고,
桃花水泛住家船.	봄에 얼음이 녹아 불어난 물에 어부가 머무는 배 떠있네.
呼兒去換城中酒,	아이를 불러 성에 가서 술과 바꿔오라고 하면서
新得槎頭縮頸鯿.	새로 잡은 방어를 내어준다.

이 시는 제목에서 알 수 있듯이 봄에 불어난 강물에서 고기잡이 하는 어부를 그린 그림에 제한 것이다. 그야말로 한 폭의 그림을 시로 담아내었다. 제1-2구는 백로가 날아가는 푸른 하늘과 고깃배가 떠 있는 봄에 강물의 경치를 그림처럼 담아내었다. 그러나 이 시가 단지 그림의 내용만을 전달한 것은 아니다. 제3-4구의 어부가 아이에게 갓 잡은 방어를 주면서 술을 바꾸어 오라고 한 것에서 사람 살아가는 냄새를 전해주기 때문이다. 아마도 어부는 고기잡이 하느라 얼은 몸을 술을 마시면서 녹이려 한 것일 것이다. 그림을 감상하며 쓴 시지만 그림만으로는 표현하기 힘든 인정을 담아낸 시라 하겠다.

다음은 〈제파초미인도(題芭蕉美人圖, 파초 미인도에 제하다)〉[36]를 보기로 한다.

鬢雲淺露月牙彎,	구름 같은 머리에 가볍게 그린 완만한 눈썹
獨立西風意自閑.	홀로 서풍이 부니 그 모습 절로 한가롭네.
書破綠蕉雙鳳尾,	한 쌍의 봉황 꼬리 같은 푸른 파초 잎을 꺾어 종이 로 삼으니
不隨紅葉到人間.	낙엽 따르지 않은 정신 사람에게 이르렀네.

　이 시는 미인이 파초 잎에 글을 쓰고 있는 모습을 그린 그림에 제한 것이다. 시인은 시 속에서 미인의 구름 같은 머리나 엷은 눈썹만을 이미지로 담아내고, 불어오는 바람 속에 미인의 우아한 여유로움을 드러내었다. 또한 파초 잎을 종이 삼아 글씨 연습을 하고 있는 미인의 모습을 보며, 낙엽으로 떨어지지 않는 파초 잎 같은 미인의 고고함을 담아내었다. 이 시는 미인도이지만 미인의 모습을 구체적으로 그려내지 않고, 미인의 고고한 정신과 범속하지 않은 인격을 표현하였다.

　다음은 〈연명무송도(淵明撫松圖, 도연명이 소나무를 어루만지는 그림)〉[37]을 보기로 한다.

孤松手自植,	한 그루 소나무 손수 심으니
保此貞且固.	이로써 곧음과 굳셈을 보존하리라.
微微歲寒心,	보잘 것 없이 나이 들어가는 마음
孰樂我遲暮.	누가 나와 같이 늙어감을 즐기리오!
留侯報韓仇,	장량은 한나라의 원수를 갚고
還尋赤松去.	다시 적송자를 찾아 떠났네.
後生同一心,	후인 역시 이들과 마음이 같으니
成敗顧隨遇.	성패란 도리어 운명에 순응하는 것이라네.
歸來撫孤松,	돌아와 한 그루 소나무 어루만지니
猶是晉時樹.	바로 진나라 때 나무라네.

이 시는 도연명이 소나무를 어루만지는 그림을 보고 지은 시다. 도연명은 소나무처럼 절개를 지키며 나이 들어가는 것을 즐긴 사람이다. 시인은 생각을 확대하여 장량을 떠올린다. 장량이 적송자를 찾아 떠났기 때문이다. 후대 사람 도연명 역시 전원으로 돌아와 외로운 소나무를 어루만졌다. 장량은 자신의 나라 한을 무너뜨린 진에 원수를 갚고 떠났고, 도연명은 40세에 관직을 버리고 자연으로 돌아왔다. 이들은 모두 운명에 순응했던 사람들이다. 시인은 소나무 그림을 통해 정절을 지키며 곧게 살았던 이 두 사람을 떠올렸던 것이다.

4. 문호(文豪)와 문요(文妖)라는 평가 사이에서

양유정은 원대 후기를 대표하는 시인이지만 후세에 문호라는 칭찬과 문요라는 비방을 동시에 받았다. 이는 그의 시풍과 생활방식이 독특한 특징을 지니고 있었기 때문이다. 양유정은 원대 후기 정치적으로 불우하고 혼란한 시대를 살아갔던 시인으로, 그의 시에는 당시를 살았던 지식인의 모습이 잘 반영되어 있다. 양유정이 살았던 시대는 중국 역사상 이질적인 시대라 할 수 있는 몽고족이 지배했던 시기이다. 이때 강남의 한족인 남인은 가장 멸시 당하였는데, 이런 정치적 상황은 장강 이남을 중심으로 민간 시단이 생겨날 수 있는 여건을 제공한다. 당시 민간 시인의 영수로 시단을 이끌어 간 대표시인이 양유정이었다. 양유정은 아버지의 엄격한 가르침에 따라 철애산에서 수 만권을 책을 읽을 만큼 열심히 공부하였다. 32세에 과거에 급제하였으나 관직에서의 길은 순탄하지 못하였다. 그의 나이 45세를 전후로 강남의 여러 지역을 돌아다니며 문인들과 교유하며 지냈다. 당시 그는 이미 시명을 얻어

가는 곳마다 환영을 받았다. 그는 시간이 지날수록 쾌락을 추구하는 삶을 살았는데, 이것은 회재불우한 문인으로서 원대 후기 혼란한 사회를 살아가는 방식이었다. 그렇지만 그는 장사성과 명 태조 주원장의 부름에도 응하지 않는 일관된 자기주장을 가진 사람이었다.

양유정은 원말·명초의 시대에 한족 지식인으로 자신만의 방식으로 자유와 쾌락을 추구하였고 당시 시단의 영수로서 문단을 이끌어 갔다. 청초의 송렴은 이런 양유정의 자유로운 생활방식과 즐거움을 추구하는 모습을 다음과 같이 기록하고 있다.

> 혹은 화양건(華陽巾)을 쓰고 우의(羽衣)를 입고 용담 봉주 가운데 배를 띄우고 철적(鐵笛)을 들고 불었다. 피리 소리가 구름을 뚫고 올라가니 바라 본 이들은 그가 하늘에서 내려온 신선인가 여겼다. 만년에는 더욱 광달하여 송강(松江) 자락에 현포봉대(玄圃蓬臺)를 쌓았다. 빈객이 없는 날이 없었고 또 취해 떨어지지 않는 날이 없었다. 술이 올라 귀까지 달아오르면 시녀를 불러서 〈백설(白雪)〉을 부르게 했다. 그 분이 친히 비파가락에 맞춰 따라 부르면 좌객 중에 혹 비틀거리며 일어나 춤을 추었는데 곁눈질로 자태를 보니 흡사 진나라 도연명의 높은 풍모를 가지고 있는 것 같았다......대개 그 분이 운수가 좋지 않고 남과 어울림이 부족하여 이에 다만 반은둔 상태에 있으며 세상을 멸시한 것 뿐이니 어찌 그 본래의 성품이었겠는가?[38]

길천행차랑(吉川幸次郎)은 양유정의 이 같은 태도에 대하여 다음과 같이 평가하였다: "이와 같이 세상을 업신여기며 불손한 태도를 취하는 생활태도는 바로 예술가가 대중과 같지 않음을 고의적으로 표현하기 위해서이고, 심지어는 특권적인 생활방식을 주장하는 것이다. 상식에서 출발한 민간문학은 양유정에 이른 후에, 문화의 내용뿐 아니라 작자의 생활에서도 마침내 상식의 한계를 초월하는 지경에까지 이르러 더 복잡하고 높은 수준으로 향상할 수 있었다."[39] 양유정의 자유분방하며 약간은 기이한 생활모습에도 불구하고 당시의 민간 작가들은 오히려 그를 문단의 영수로 받들고 추앙하며 그의 사람됨과 문학을 좋아했다.

양유정은 개성적인 성격과 자유분방한 생활방식으로 삶을 살았지만, 당시 그는 민간 시인들이 우러르며 기꺼이 따랐던 문단의 지도자였다. 원대 후기 혼란한 시기를 살면서 시대를 외면하고 자유와 쾌락을 추구하는 양유정의 태도는 당시 사람들이 충분히 공감할 수 있는 것이었으며, 홍건적의 수장인 장사성과 명 태조 주원장의 부름에도 응하지 않았던 그의 일관된 삶의 방식 역시 많은 이들이 그를 좋아하도록 만들었다. 또한 그의 문학상의 성취와 명성 역시 그가 민간의 영수로 자리매김하는데 중요한 요인이었다 하겠다.

| 참고문헌 |

元 楊維楨 選, 淸 樓卜瀍 注, 《鐵崖古樂府注》, 臺北: 新興書局, 民國49.

淸 顧嗣立 編, 《元詩選》, 北京: 中華書局, 1987.

鄧紹基, 《元代文學史》, 北京: 人民文學出版社, 1991.

楊鐮, 《元詩史》, 北京: 人民文學出版社, 2003.

錢仲聯 等撰, 《元明淸詩鑑賞辭典》, 上海: 上海辭書出版社, 1994.

吉川幸次郎 著, 鄭淸茂 譯, 《元明詩槪說》, 臺北: 幼獅文化事業公司, 民國75.

鄒志方 校點, 《楊維楨詩集》, 浙江: 浙江古籍出版社, 1994.

劉美華 著, 《楊維楨詩學硏究》, 臺北: 文史哲出版社, 民國72.

이나미리쓰코 著, 김태완 驛, 《중국문장가열전》, 서울: 한국학술정보, 2001.

黃仁生, 〈楊維楨的文學觀〉, 復旦學報, 1997. 4.

黃仁生, 〈楊維楨詠史詩考述〉, 中國文學硏究, 1994. 3.

劉倩, 〈略論楊維楨詩歌創作思想〉, 宿州學院學報, 2007. 6.

劉倩, 〈楊維楨詩歌題材的多樣性〉, 阜陽師範學院學報, 2007. 3.

喬光輝·樊華, 〈試論楊維楨的交遊與創作〉, 鹽城師專學報, 1997. 2.

陳書彔, 〈楊維楨-明代詩文邏輯發展的起點〉, 南京師大學報, 1995. 3.

汪聚應, 〈楊維楨對竹枝詞創作的貢獻〉, 上饒師專學報, 1999. 1.

哈嘉莹, 〈楊維楨的詩歌思想〉, 對外經濟貿易大學學報, 2001. 1.

張琼, 〈也說楊維楨的詠史詩〉, 內蒙古社會科學, 2002. 9.

王素美, 〈論楊維楨的詩〉, 河北大學成人敎育學院學報, 2004. 3.

陳懷利, 〈怪異詩風中的眞情-楊維楨詩淺論〉, 黔東南民族師專學報, 1999. 10.

졸고, 〈楊維楨 시 연구〉, 중국학보, 2008. 12.

1) 宋濂〈元故奉訓大夫江西等處儒學提擧楊君墓誌銘〉, "吳越의 여러 선비들이 그를 따랐다. 산이 높은 봉우리를 향하고 강물이 바다로 향하는 것에 비유할 수 있었으니 이와 같은 지가 40년이었다. (吳越諸生多歸之. 殆猶山之宗岱, 河之走海, 如是者四十餘年.)"

2) 宋濂은〈元故奉訓大夫江西等處儒學提擧楊君墓誌銘〉에서 "其於詩尤號名家, 震盪凌厲, 駸駸將逼盛唐, 驟閱之, 神出鬼沒, 不可察其端倪, 其亦文中之雄乎."라고 칭찬하였으며, 王彝는《王常宗集》권3에서 "余故曰: 會稽楊維楨之文, 狐也; 文妖也."라고 비난하였다.

3) 양유정 시의 판본을 살펴보면 다음과 같다. 가장 먼저 간행된 것은 明成化刊本인《鐵崖先生古樂府》16권(商務印書館影印本)으로, 이를 成化本또는 四部叢刊本이라 한다. 明末 毛晉이 간행한《鐵崖古樂府》와 증보판인《鐵崖古樂府補》6권이 있는데, 이것이 汲古閣本이다. 靑 乾隆년간《四庫全書》에 수록되면서 文淵閣本으로 불렸다. 이후 양유정의 고향사람 樓卜瀍이 각 판본을 모아《鐵崖樂府》10권,《鐵崖詠史》8권,《鐵崖逸編》8권을 엮어서《鐵崖古樂府》(中華書局排印本)로 만들었는데, 이를 四部略要本이라 한다. 光緖14년 樓卜瀍는 여기에 다시 증보하였는데, 이것이 崇德堂本이다. 필자는 양유정의 시를 연구하는데 鄒志方 校點의《楊維楨詩集》(浙江古籍出版社, 1994)을 참고하였다. 이 책은 四部略要本을 저본으로 삼고, 四部叢刊本, 汲古閣本,《四庫全書》文淵閣本, 樓卜瀍의 崇德堂本을 가지고 교감한 것이다. 또한 顧嗣立의《元詩選》, 漱雲樓의《楊鐵崖文集》, 靑照堂 叢書《鐵崖詠史》를 참조하여 저본에 빠진 시를 보충하여 수록한 저서이다. 鄒志方 校點,《楊維楨詩集》(浙江古籍出版社, 1994), pp.4-5참조.

4) 吉川幸次郎 著, 鄭淸茂 譯,《元明詩槪說》, p.105.

5) 貝瓊,《淸江貝先生文集》, "父宏, 築樓鐵崖山中, 繞樓植梅百株, 聚書數萬卷, 去其梯. 俾誦讀樓上者五年, 因自號鐵崖."

6) 宋濂,〈元故奉訓大夫江西等處儒學提擧楊君墓誌銘〉, "久之. 改錢淸場鹽司令. 時鹽賦病民, 君爲食不下咽, 屢白其事於江浙行中書. 不聽, 君乃頓首泣涕於庭."

7)《鐵崖樂府》권5.

8)《鐵崖樂府》권5.

9) 宋濂〈元故奉訓大夫江西等處儒學提擧楊君墓誌銘〉, "吳越諸生多歸之. 殆猶山之宗岱, 河之走海, 如是者四十餘年."

10) 《明史 · 文苑一》, "豈有老婦將就木, 而再理嫁者耶?"

11) 〈老客婦謠〉, "老客婦, 老客婦, 行年七十又一九. 少年嫁夫甚分明, 夫死猶存舊箕帚. 南山阿妹北山姨, 勸我再嫁我力辭. 涉江采蓮, 上山采蘼. 采蓮采蘼, 可以療饑. 夜來道過娟門首, 娟蕭然驚老醜. 老醜自有能養身, 萬兩黃金在纖手. 上天織得雲錦章, 繡成願補舜衣裳. 舜衣裳, 爲妾佩, 古意揚清光, 辨妾不是邯鄲娼."

12) 《元史》, "不受君王五色詔, 白衣宣至白衣還."

13) 양유정의 현존하는 시 1000여 수를 시의 형식별로 나누면 古樂府, 古詩, 絶句, 律詩, 琴操, 竹枝體 등으로 나누어 볼 수 있다.

14) 吳復, 《鐵崖先生古樂府 · 序》, "會稽鐵崖先生爲古雜詩, 凡五百餘首, 自謂樂府遺聲. 夫樂府出風雅之變, 而憫時病俗, 陳善閉邪, 將與風雅幷行而不悖, 則先生詩旨也."

15) 楊維楨, 《東維子文集》권11, 〈無聲詩意序〉, "詩之弊至宋末而極, 我朝詩人往往造盛唐之選, 不極乎晉魏漢楚不止."

16) 章琬, 《復古詩集 · 序》, "生於季世, 而欲爲詩於古, 度越齊梁, 追蹤漢魏, 而上薄乎騷雅."

17) 顧嗣立, 《元詩選》, "予三體, 咏史, 用七言絶句體者三百篇, 古樂府體者二百首, 古樂府小絶句體者四十首. 絶句, 入到吾門者, 章禾能之; 古樂府, 不易到吾門, 張憲能之. 至小樂府, 二三子不能, 惟吾能. 故五峰李著作, 推爲詠史手云."

18) 顧起綸, 〈國雅品〉, "廉夫上法漢魏, 出入李唐, 其古樂府有曠世金石之聲." 劉美華 著, 《楊維楨詩學研究》(文史哲出版社), P.13에서 재인용.

19) 錢謙益, 《列朝詩集》, "古樂府其所自負, 以爲前無古人, 徵諸句曲, 良非誇大." 錢仲聯 等撰, 《元明淸詩鑑賞辭典》(上海辭書出版社), p.185에서 재인용.

20) 顧嗣立, 《元詩選》, "元詩之興, 始自遺山. 中統 · 至元而後, 時際承平, 盡洗宋金餘習, 則松雪爲之倡. 延祐 · 天曆間, 文章鼎盛, 希踪大家, 則虞楊范揭爲之最. 至正改元, 人才輩出, 標新領異, 則廉夫爲之雄. 而元詩之變極矣. 明初袁海叟 · 楊眉庵輩皆出自'鐵門'. 錢牧齋謂'鐵體'靡靡, 久而未艾. 斯言未足以服鐵崖矣."

21) "楊維楨這類詩, 大都詩浪游吳越時所作, 放蕩形骸, 自抒性靈, 奇艷詭譎,

縱橫排奡, 人稱鐵崖體, 所反映內容, 或是描寫宴飮狂飮的場面; 或是抒發
放任江湖懷才不遇的情懷; 或是表達賞畵聞樂的高情雅致幷流露出很多珍
貴的美學觀點." 王素美, 〈論楊維楨的詩〉(河北大學成人敎育學院學報,
2004)

22) 《明史·楊維楨傳》, "詩震蕩陵厲, 鬼設神施, 尤號名家云."

23) 《鐵崖樂府》권3.

24) 桃葉은 晉 王獻之의 첩인데, 두 사람 모두 '桃葉歌'를 지었다.

25) 《鐵崖樂府》권3.

26) 〈望廬山瀑布〉(其二), 王琦 注, 《李太白全集》(中華書局)

27) 《鐵崖樂府》권10.

28) 宋濂 〈元故奉訓大夫江西等處儒學提擧楊君墓誌銘〉: "晚年益曠達, 築元
圃蓬臺於松江之上. 無日無賓, 無日不沈醉,"

29) 《鐵崖逸編》권8.

30) 《鐵崖逸編》권8.

31) 《鐵崖逸編》권8.

32) 王彝, 《王常宗集》권3, "余故曰: 會稽楊維楨之文, 狐也; 文妖也."

33) 《復古詩集》권6, "余賦韓偓續香奩, 亦作娟麗語, 又何損吾鐵石心哉."

34) 《石洲詩話》, "元人自柯敬仲, 王元璋, 倪元鎭, 黃子久, 吳仲珪, 每用小詩,
自題其畵, 極多佳製. 此外, 諸家題畵絶句之佳者. 指不勝屈. 蓋元人題畵長
篇雖多. 未免限於李長吉之詞句, 罕能轉變; 而絶句境地差小, 則淸思妙語,
層見疊出, 易於發露本領. 如就元人題畵小詩, 選其尤者彙鈔一編, 以繼唐
人之後, 發揚風人六義之旨, 庶有冀乎!"

35) 《鐵崖逸編》권8.

36) 《鐵崖逸編》권8.

37) 《鐵崖逸編》권5.

38) 宋濂 〈元故奉訓大夫江西等處儒學提擧楊君墓誌銘〉: "或戴華陽巾, 被羽
衣, 泛畵舫於龍潭鳳洲中, 橫鐵笛吹之. 笛聲穿雲而上, 望之者疑其爲謫仙
人, 晚年益曠達, 築元圃蓬臺於松江之上. 無日無賓, 無日不沈醉, 當酒酣耳
熱, 呼侍兒出, 歌白雪之辭. 君自倚鳳琶和之. 座客或蹁躚起舞, 顧盼生姿,
儼然有晉人高風. ......蓋君數奇諸寡, 故特托此以依隱玩世耳, 豈其本情哉?"

39) 吉川幸次郎 著, 鄭淸茂 譯, 《元明詩槪說》, p.111.

오감, 그 짜릿함에 대하여
- 명대(明代)의 민가(民歌)*

서연주(충남대)

1. 오감(五感)의 집적체, 명대 민가

민가(民歌)는 요즘으로 치면 '대중가요'에 해당한다. 이 글에서 다루는 명대(明代)의 민가는 특히 명나라 후기에 많은 백성들이 즐겨 불렀던 유행 가요의 일부라 할 수 있다. 요즘 우리가 흥얼거리게 되는 노래의 상당수가 '남녀의 사랑'을 주제로 삼고 있듯, 지금으로부터 약 400년 전에 유행했던 이들 민가에서도 주로 사랑을 노래한다. 때로는 너무나도 장난스럽게, 혹은 열정적으로. 때로는 너무나도 조심스럽게, 혹은 과감하게. 그러나 언제나 진실된 감정으로.

대부분의 민중은 지적인 '교육', '교양'과는 거리가 먼 삶을 살았다. 이들은 예교의 속박에서도 비교적 자유로웠으며, 문자의 사용에도 취약했다. 흥미롭게도 민가는 이로써 민중들이 일상생활에서 겪는 여러 사건과 그로 인한 감정에 대해 보다 자유롭게 노래할 수 있는 장(場)이 될 수 있었다. 어떤 내용이든 형식이든 신경 쓰지 않고, 그저 마음 가는대로 흥얼흥얼 내뱉은 노래가 민가의 시작이었으니 말이다.

민가는 남녀의 사랑을 노래함에 더욱 그 진가를 발휘했다. 현대를 살고 있는 우리에게는 '남녀칠세부동석(男女七歲不同席)'이란 말이 우스갯소리 정도로 통용될 뿐이지만, 고대 중국에서는 아니었다. 유교 사상의 영향 아래 부부가 아닌 남녀 간의 연애는 곧 '불륜'이었다. 특히 명대에는 송대 이학(理學)이 교조화 되면서 여성의 '정절', '절개', '수절' 문제가 더욱 이슈화되었던 터였다. 이 같은 사회적 분위기 속에서도 민가는 사랑의 제 문제에 대한 인간의 감정을 가감 없이 반영해 많은 사람들로부터 환영받았다.

민가의 인기몰이에는 여러 요인들이 얽혀있지만, 우선 도시와 청루 문화가 발달하면서 민가와 같은 오락물에 대한 수요가 증폭했다는 점,

양명 심학(心學)의 유행과 더불어 '진짜의 것'을 추구하던 문인들 가운데 민가를 '참된 시[眞詩]'로 인정하는 이들이 생겼다는 점 등을 들수 있을 것이다. 본디 민중 사이에서 구전(口傳)되다 소멸하고 마는 것이 일반적인 민가의 운명이었다. 소위 '배웠다'는 사람들의 입을 통해 오르내릴만한 존재가 결코 아니었던 것이다. 그러나 명대 후기, 민가는 더 이상 민중들만의 것이 아니게 되었다.

> 벗인 탁인월(卓人月)이 이전에 말하기를, "우리 명나라는 시(詩)는 당나라에게, 사(詞)는 송나라에게, 곡(曲)은 원나라에게 자리를 내주었다. 그러나 오가(吳歌), 〈괘지아(掛枝兒)〉, 〈나강원(羅江怨)〉, 〈타조간(打棗竿)〉, 〈은교사(銀鉸絲)〉 등은 우리 명나라가 가장 뛰어나다."라고 하였다.[1]

> 요즘 오중(吳中)의 《산가(山歌)》, 《괘지아(掛枝兒)》는 말이 풍요(風謠)에 가깝고, 이[理]는 없으나 정(情)이 있어서 근래 참된 시[眞詩]라는 한 선상에 존재한다[2]

누군가는 당시 유행하던 민가의 곡조 이름을 나열하면서 시가 장르 중 민가만큼은 명나라가 독보적이라 자부했고, 누군가는 민가를 '참된 시'라 칭송하며 기록으로 남겼다. 민가는 이처럼 일부 문인 식자층으로부터 가치 있는 '시'로 인정받기에 이르렀다.

본 글은 명대 민가에 나타나는 오감(五感) 표현을 중심으로 전개된다. 민간에서의 삶이 인간 본연의 감각과 맞닿아 있는 만큼, 민가는 '오감의 집적체'라고 해도 과언이 아니다. 오감 표현을 살피는 과정에서 우리는 당시의 민가가 오락용으로도, 참된 시라는 칭호로도 손색이 없었던 원인에 대해서도 실감할 수 있으리라 생각한다.

이하 작품은 모두 명대 만력(萬曆) 연간에 출간된 민가집인 《괘지아

(掛枝兒)》와《산가(山歌)》에서 가려 뽑았다. 명대 후기에 활동했던 풍몽룡(馮夢龍, 1574-1646)은 민가를 '참된 시'로 인정한 대표적인 문인이며, 민가를 보존하는 데도 딱딱한 문언(文言)이 아니라 입말을 적극 활용했다. 이로써 풍몽룡이 수집하고 기록한 민가는 민중의 일상과 사유를 보다 생생하게 재연했을 뿐더러, 우리에게 민가 가운데 오감의 짜릿함을 제대로 보여주리라는 기대를 안긴다.

2. 시각

명대 민가에 등장하는 소재들은 시적 화자에 의해 '직감적', '직설적'으로 배열되어 형성되는 경우가 많다. 화자는 자신의 눈에 보이는 사물이나 인물의 형상을 있는 그대로 묘사하고, 그 움직임이나 행위 또한 발생한 순서대로 꽤나 구체적으로 읊어낸다. 이 때 민가의 소재는 가시적인 인물, 음식, 동물이나 일상 기물을 크게 벗어나지 않는다. 이로써 민가는 사실성을 획득하고 진실함에 더욱 다가서게 된다.

私窺[3] (몰래 엿보다)

是誰人把奴的窗業餂破?	누가 내 창에 침 발라 구멍을 내었을까요?
眉兒來, 眼兒去, 暗送秋波.	눈썹과 눈이 오고가면서 몰래 추파를 보내오네요.
俺怎肯把你的恩情負,	내 어찌 당신의 사랑을 저버리겠어요?
欲要摟抱你,	당신을 끌어안고 싶은데,
只爲人眼多.	다만 남의 눈이 많은 걸요.
我看我的乖親也,	나는 내 임의 눈치를 살피고,

| 乖親又看著我. | 임은 또 나를 지켜보고 있지요. |

명대 민가에서는 남녀 간의 사랑, 특히 '밀애'를 주된 주제로 표방하고 있는 만큼 직감적인 시각적 이미지는 자연물이나 기물보다 '인물'을 중심 소재삼아 표현되는 경향이 있다. 이 작품의 시적 화자인 '나'는 규방에서 자유롭지 못한 여인이다. '나'에게는 임이 있는데, 엉큼하게도 내 창에다 남몰래 구멍을 내어서는 자꾸 추파를 보내온다. 그의 눈빛에 나는 당장에라도 그를 끌어안고 싶어 안달 났지만, 그저 눈치만 살펴야 하는 현실에 안타까울 뿐이다.

시적 화자는 얽힌 시선들과 직접 '보았던' 경험을 중심으로 당시 상황을 상세히 재현하고 있다. 조그마한 창구멍 사이로 눈이 왔다 갔다 하는 모습, 추파, 주변 사람들의 시선과 이를 피하려는 화자에 대한 포착은 이 작품에서 시각적 이미지가 더욱 돋보이게 한다. 이와 더불어 '임이 구멍을 뚫고-화자가 이를 발견하고-서로 감응하며-주변 사람들을 피해 조심스레 다시 임의 눈치를 살피는' 일련의 시간 순서에 따른 전개는 짧은 영상을 보는 듯한 효과까지 창출한다.

다음으로 화자의 상상력을 가시화한 '비유적 표현' 역시 민가에 나타나는 시각적 이미지의 한 축을 담당한다. 이는 특히 어떤 사물에 대한 즉흥적인 감정을 노래한 영물 민가에 집적되어 있으며, 민가집 곳곳에 산재하고 있는 색채 이미지 역시 유효한 예가 된다. 여성이 순결을 잃은 상황을 '꺾여서 붉어진 꽃', '먹물로 더럽혀진 벼루' 등으로 묘사하거나, 젊은 여성을 싱그러운 초록 매실에, 나이든 여성을 물렁하게 익어버린 누런 매실에 비유하는 것 등이 그 예이다. 전자(前者)인 영물 민가의 경우는 사랑하는 이의 특성, 은밀한 사랑의 정황, 성애의 장면과 같이 추상적이거나 민감한 문제를 일상적인 행위나 기물에 비유함으로써 시각적 표현 효과를 극대화 한다.

香筒[4] (향통)

結識私情像香筒,	남몰래 정을 맺은 이가 향통 같으니,
外頭花巧裏頭空.	면의 꽃무늬 아름답고 속은 비었다네.
郎做子紅柄香插著子我筒孔,	임이 붉은 향을 만들어 내 구멍에 꽂으니,
未曾動火眼朦朧.	아직 불꽃이 솟지 않았는데도 눈앞이 몽해지네.

이 작품은 향통과 향에 관한 시각적 이미지 묘사를 통해 성애(性愛)를 노래하고 있다. 화자는 처음에 향통과 일정 거리를 두고 그 생김새를 묘사하고 있지만, '임'과 '내 구멍'이라는 표현을 통해 향통과 자신을 동일시하는 존재로 전환되었음을 알 수 있다. 독자들은 이내 이 작품이 순수하게 향통 묘사에만 집중한 것이 아님을 알아챘을 것이다. 즉, 향통 겉면의 꽃무늬는 '여성의 성기'를, 속은 '여성의 질'을 의미한다. 화자가 향통의 형체를 목격한 그대로 덤덤하게 서술하는 듯하지만, 기실 은밀한 신체 부위에 대한 시각적 비유 효과의 산물이었던 것이다.

시각적 비유는 우선 '붉은', '구멍', '불꽃이 솟은'과 같은 표현으로 구체화되며, 촉각적 이미지와 직결되는 '꽂다[插]'란 표현과 결합해 몽롱해지는 시야의 간섭에까지 이르면서 그 활용의 스펙트럼을 넓힌다. 이때 어느새 '나'로 전환된 화자는 보다 직접적으로 독자들의 감각을 자극하고 있다.

위와 같은 직감적, 비유적인 시각적 표현들은 명대 민가의 오감 묘사 가운데서 가장 흔히 나타난다. 이들은 작품의 생동적인 전개와 추상적 이미지에 대한 가시적인 비유 과정에 관여하면서 조심스럽게 다뤄질 수밖에 없었던 남녀 관계를 과감하게 드러내었다.

3. 청각

우리는 일상에서 크게 두 가지 경로로 소리를 접한다. 물리학적 측면
으로는 청각기관이 공기와 같은 매질을 통해 진동의 분자운동을 지각
할 때, 그리고 심리학적 측면으로는 소리를 듣는다는 청각적 경험으로
'듣는다'고 인식하는 것이다.5) 명대 민가에서도 이들 경우를 포착할
수 있는데, 보통은 모종의 모티브에서 빚어낸 관념적인 산물이 아니라
실제 소리에서 비롯된 경우가 대부분이다. 이 또한 민가의 사실성과
밀접한 관련을 지닌다.

명대 민가 중 청각적 표현의 대부분은 주로 여성의 '밀회'와 '기다림'
의 과정에서 부각된다. 이에 민가집의 청각 표현은 으레 '청각'에 대한
이미지를 상기했을 때 기대되는 강한 소리 자극과 대조의 양상을 보인
다. '밀회'는 금지된 사랑 행위이므로 일절 어떠한 '소리', '소문'도 용납
될 수 없는 상황이 연출되며, '기다림'의 과정에는 그 대상이 애인이든,
남편이든 임을 그리워하고 원망하면서 침체된 분위기가 주도되기 때문
이다.

우선 '밀회'와 관련한 주제를 다른 작품에서 화자는 '누군가 오는
소리', '발자국 소리', '헛기침 소리', '닭 울음소리' 등에 민감하게 반응
한다. 임과 만날 수 있는 기회가 극히 제한적인 데다, 밀회 장면을
들켜 구설수에 오르지 않도록 방비하는 것이 중요했기 때문이다. 이에
임과의 밀회 과정에서도 청각은 지속적으로 예민한 상태여야 했으며,
그들의 만남을 방해하는 청각적 요인은 이내 원망의 대상이 되어버렸

다. 아래에서 한 예를 살펴보자.

調情(之四)[6] (사랑하기 제4수)

意中人, 偶撞見, 正在無人處,	마음에 품은 이와 우연히 마주치길, 마침 인적 없는 곳이라,
兩條心, 熱如火, 何待躊躇?	두 마음이 불같이 타오르니, 어찌 머뭇거릴 틈이 있었겠나?
衣未解, 肉未貼, 又聽得人來至.	옷도 다 벗지 못하고, 살도 채 부비지 못했는데, 또 어떤 이 오는 소리 들리네.
早是不曾做脚手,	애당초 아무 짓도 안했으니 망정이지,
險些露出馬脚兒.	하마터면 들켜버릴 뻔했네.
罵一聲殺風景的冤家也,	욕 한마디 퍼붓길, "분위기 망쳐놓은 원수여,
你來做什麼子?	네 놈은 무엇하러 온 것인가?"

이 작품의 화자는 애인과의 소중한 만남의 시간을 방해받자 욕을 퍼부을 정도로 아쉬워하고 있다. 이때 그의 감정은 청각 이미지의 흐름에 따라 표출된다. 인적 드문 장소의 고요함에서 시작하여 그 곳의 정적은 남녀의 사랑 행위로 인해 대체되는 듯하였지만, 이내 누군가 다가오는 소리로 인해 별다른 소득이 없게 되어버렸다. 이에 화자는 욕 한마디를 내지르면서 같은 '소리'로 대응한다. 이 때의 욕설은 화자의 강한 반발 의지를 가시화하면서 작품 중의 고요를 완전히 전복시켜버린다. 독자는 이 과정에서 청각 이미지의 '정적-어떤 이가 다가오는 소리-욕설'로의 이행이 화자의 '기쁨-불안-원망'에 이르기까지의 감정을 그대로 투영하고 있음을 발견하게 되는 것이다.

화자는 예상치 못한 만남에 반가움이 배가되었을 터였다. 그는 욕정

(欲情)에 대한 기대를 노래하고, 욕설 또한 거리낌 없이 내뱉는다. 이와 같은 표현은 당시 체면을 중시하는 인물들이 생각조차 해서는 안 될 금기(禁忌) 사항을 담고 있는데, '색(色)'에 대한 인간의 본능을 그대로 반영한지라 지금을 사는 우리 역시 덩달아 아쉬움과 통쾌함을 느낄 정도이다. 이것이 바로 민가에 내재한 진실한 감정의 힘이리라.

　다음으로 '기다림'에 대해 노래한 작품에서는 화자가 '까치 울음소리', '봄의 새소리', ' 기러기 울음소리', '한 밤 중의 바람 소리', '피리 소리', '재채기 소리', '문 두드리는 소리' 등에 신경이 온통 곤두서있다. 작중 화자들은 청각 기관을 통해 임과 서로 주고받는 신호나 임이 왕림한 기척 등에 귀 기울이면서 임, 혹은 제3자의 동향을 감지한다. 이 가운데 새소리나 바람 소리 등은 일상생활 가운데 무의지적으로 듣게 되는 수많은 소리 가운데 하나이기는 하지만 화자가 보다 주의 깊게 듣고 싶어 하거나, 들어야만 하는 집중과 선택적 의지를 반영하면서 특수한 의미를 지니게 되었다. 아래의 작품에서 그 예를 살펴보자.

錯認(之二)7) (착각 제2수)

月兒高, 望不見我的乖親到.	달은 높이 떠 있는데, 내 사랑하는 임은 오지 않네.
猛望見窗兒外, 花枝影亂搖,	문득 창밖을 보니, 꽃가지 그림자가 어지러이 흔들리며,
低聲似指我名兒叫.	낮은 목소리로 내 이름을 부르고 있는 듯하네.
雙手推窗看,	두 손으로 창을 열고 내다보니,
原來是狂風擺花梢.	실은 거센 바람이 꽃가지를 흔들고 있던 것이라.
喜變做羞來也,	기쁨이 변해 민망해지더니,
羞又變做惱.	민망함이 변해 또 원망이 되었네.

이 작품의 화자는 바람 소리와 나무 그림자를 임의 기척으로 착각해 버렸다. 화자가 흔들리는 나무 그림자를 보고 벌떡 일어난 것을 보면, 예전에 임이 자신이 왔다는 신호로 나무를 흔들거나, 나무를 타고 방으로 들어오는 것과 같이 나무가 흔들리게 하는 행위를 했었음을 추측할 수 있다. 이 때 '바람 소리'는 화자의 마음과 행위를 동요시킨 결정타이다. 화자는 작은 소리로 슬며시 자신을 부르는 말을 듣기까지 했다. 화자는 나무 그림자를 본 데 까지는 혹여나 했을지라도, 자신의 이름을 부르는 소리에는 임일 것이라 확신을 가진 터였을 것이다. 이에 그만큼 실망도 클 수밖에 없었는데, 때문에 화자의 감정이 삽시간에 '기쁨 - 민망함 - 원망'에 이르는 변화를 겪게 되었다. 나뭇가지 사이로 부는 바람 소리와 그 작용 때문에 희비가 교차하는 찰나의 감정을 잘 포착해 독자들의 공감까지 성공적으로 끌어낸 예이다.

특히 여기서 '바람 소리'는 비가시적인 존재이기 때문에 화자의 상상력과 기대를 더욱 증폭시키는 기제가 될 수 있었다. 민가 작품 중에서 등장인물들의 애정 행각은 주로 '밀애'란 전제 하에 있었기 때문에, 그들은 기대와 불안 속에서 이 같은 '보이지 않는 자극'들에 더욱 민감해질 수밖에 없었을 것이다.

또한 명대 민가에 나타난 청각적 표현은 일상에서 실제로 접할 수 있는 소리들의 재현이자, 화자의 마음과 행위를 동요하게 하는 주요한 매개체로 작용하고 있음에 유의할 필요가 있다. 이에 비해 이하 서술할 '촉각', '후각'과 '미각'은 인물의 행위·감정의 단면을 보다 세밀화하면서 민가 작품을 더욱 '감각적'으로 읽히게끔 하는 데 일조한다.

4. 촉각

촉각은 '나'와 '타자'와의 관계에 있어서 '피부'를 매개로 작용하는 감각이다. 이로 인해 시가에서 촉각 이미지의 양상은 사회·문화적인 문제보다는 타자와 관련된 개인의 본질적인 존재론이나 정서, 욕망 등을 표출하는 양상으로 많이 나타난다.[8]

민가집에서의 촉각 표현은 민가 작품에 등장하는 인물 개인의 애정 행위를 구체화하는 과정에 주로 출현한다. 이를 통해 촉각은 어떤 사건의 단면, 화자의 순간적인 감정과 행위를 보다 세밀하게 묘사하는 기능을 담당하고 있다. 이 때, 촉각의 묘사가 구체적인 만큼 작품은 더욱 감각적이고 육감적인 면모를 띠게 된다.

명대 민가에서 촉각적 이미지는 청각적 이미지보다도 빈번하게 출현한다. 이는 당시 민가에서 촉각의 기능이 제법 유의미한 메시지를 내포하고 있음을 짐작케 한다. 예를 들어 《괘지아》에서 촉각 이미지는 다양한 접촉 방식을 통해 이루어지며, 이로써 남녀의 애정 문제에 있어 호감부터 환락, 원망, 이별까지 희노애락(喜怒哀樂)의 양상을 포괄하고 있다. 이 가운데 가장 많은 비중을 차지하는 것은 성애를 포함한 애정 행각의 묘사이다. 《산가》에서는 촉각적 이미지가 남녀의 '성애' 묘사에 편중된 양상을 보이면서 음란성이 보다 두드러진다. 두 민가집에서 시적 화자가 타자와 접촉할 때 주로 '손', '입', '혀', '발(다리)', '몸뚱이 자체' 등이 사용된다는 점은 동일하며, 이는 민가에서 특히 성적(性的)인 상상력을 배가한다.

피부에 자극을 유발하는 접촉 수단 가운데 '손'이나 '팔'의 경우는 대상을 붙잡고, 끌어안고, 어루만지거나 주무르고, 긁고, 할퀴고, 때리는 행위 등에 나타나며, '입'의 경우는 입맞춤, 깨물거나 깨물린 결과,

혀로 씨앗의 껍질을 벗기는 행위 등에 등장한다. '발'이나 '다리'는 대상을 걷어차거나 어깨에 걸쳐질 때, '몸뚱이' 간의 접촉은 배 위에서 키를 잡거나 노 젓는 행위와 같은 성관계를 연상케 하는 비유를 통해 형상화된다. 이들 행위는 간혹 경험에 의거한 상상에 그치기도 하지만, 절대다수가 실질적인 접촉에 따른 피부 외적인 자극을 전제로 한다.

또한 이상의 촉각 이미지는 시적 화자나 타자의 의지에 의해 해당 행위가 주도된 결과이기도 하다. 한 예로 아래의 작품을 보자.

問咬[9] (깨문 자국에 대해 묻다)

肩膀上現咬著牙齒印,	어깨 위에 깨물어 생긴 이 자국 드러나니,
你實說那箇咬, 我也不嗔,	누가 깨문 것인지 사실대로 말하면 화내지 않겠네.
省得我逐日間將你來盤問.	그러지 않으면 내가 매일 네게 캐물을 것이라네.
咬的是你肉,	깨물린 것은 네 살이지만,
疼的是我心.	아픈 것은 내 마음이야.
是那一家的冤家也,	대체 어느 집안의 원수가,
咬得你這般樣的狠.	당신을 이처럼 심하게 깨문 것인가?

이 작품의 화자는 정인의 살갗에 남겨진 다른 사람의 '이 자국'을 보고 분노하고 있다. 이 자국이 곧 다른 사람과의 사통(私通)을 증거하고 있기 때문이다. 촉각적 이미지를 상기하는 '깨무는 행위'는 도합 4회나 등장하고 있는데, 그 과정에서 최초로 유발되었던 피부 상의 통증이 '대상의 살'에서 어느새 '화자 자신의 마음'으로 전이되었다. 결국 이 작품에서 촉각적 이미지는 화자가 처한 사건의 단면을 재구성한 가운데 가장 결정적이고 구체적인 표현을 담당함으로써 화자 내면

의 실망감과 좌절감을 증폭시키는 기능을 한 셈이다.

한편, 민가의 촉각적 이미지에서 화자와 접촉하는 타자는 임 자체이거나 그의 귀, 가슴과 같은 신체 일부일 수도 있지만, 화자 자신의 분비물로 인해 젖은 속옷이나 벽돌, 돌멩이, 부지깽이, 제기, 씨앗, 귀후비개, 옥피리, 게 등과 같이 음식, 동물 등을 포함한 일상 사물인 경우도 있다. 특히 사물의 경우는 원관념이 대개 이성(異性), 혹은 그 신체 부위를 가리키며 에로틱한 상상력을 부추긴다. 화자는 이들과의 접촉을 통해 '뜨거움'이나 '싸늘함', '축축함', '아픔', '가려움'이나 '시원함', '부드러움'이나 '딱딱함' 등의 촉각을 느낀다. 아래의 예를 보자.

跋弗倒[10] (오뚝이)

郎有介件東西像箇跋弗倒箇能,	임의 그 물건이 마치 오뚝이 같으니,
光頭滑面又像箇老壽星.	대머리에 미끌한 얼굴이 노수성(老壽星)과도 닮았다네.
姐道我郎呀, 看你趫上趫下能硬掙,	여인이 말하길, "내 임아, 당신이 위아래로 들리며 단단한 것을 보건대,
只怕你紙糊頭當弗起我箇水淋淋.	당신의 종이풀로 만든 부분이 내 축축함을 견디지 못할 것같네요."

위 작품의 제목인 '발불도(跋弗倒)'는 아무렇게나 굴리며 장난해도 벌떡벌떡 일어서는 장난감인 '오뚝이'를 가리킨다. 화자는 이러한 오뚝이의 생김새와 기능, 재질 등의 특성을 정인의 성기에 비유하여 묘사하고 있는데, 그가 가장 우려하는 바이자 본 작품의 핵심이 바로 제4구의

'축축함'이라는 표현에 있다. 종이가 습기를 머금어 흐물거리게 되면 예전의 빳빳했던 성질을 상실하는 것처럼, 임의 그 물건 또한 그럴 수 있음을 의미하기 때문이다. 또한 이 같은 축축함에 대한 촉각 이미지는 제3구의 '딱딱한' 느낌에 대응하면서 더욱 강조된다.

민가집에는 여성 화자의 비율이 우세하다. 가장 감각적이라 할 수 있는 촉각적 이미지를 묘사하는 데도 위와 같이 여성 화자의 역할이 지대하다. 이처럼 '여성 화자'가 특히 자신의 몸이 수용한 촉각적 이미지에 대해 주목하고, 이를 적극적으로 형상화하는 양상은 타자와의 경계가 뚜렷한 촉각의 특성상 개인적인 욕망을 스스럼없이 드러내는 것과 우선 통하며, 사회적인 의미로도 재해석될 수 있는 여지를 남긴다.

더불어 이와 같은 작품을 '참된 것'으로 여기고 대량으로 수집해 놓은 풍몽룡 민가집의 경우는 촉각의 의미를 개인에서 집단적인 사유 대상으로, 특히 여성 화자들로부터 남성 독자들에게까지 확장하고 전파할 수 있는 계기를 적극 제공하고 있다는 데서도 의의를 찾을 수 있을 것이다. 억압적인 사회 분위기에 대한 반항이라는 각도에서 생각해보면, 여성 화자들의 표현은 일단 '여성은 성욕조차 지녀서는 안 된다'는 성적 금기에 대한 거센 반항으로도 해석될 수 있다. 이 같은 집단적인 반항 의식은 민가집의 주요 독자층이라 상정할 수 있는 남성 문인들의 반사회적인 심리에 대리만족의 기회를 제공할 수도 있었을 것이다.

5. 미각

미각은 맛을 느끼는 감각이다. 입 안에 넣은 내용물이 씹히는 물리적 성질이나 미뢰를 통한 통각, 촉각, 온도 차 등은 그 대상의 맛을 섬세하게 구분할 수 있게 한다. 《괘지아》와 《산가》 약 800수 가운데 '맛'의 종류에 의해 구현되는 미각적 표현은 20수 정도에 보인다. 이는 상술했던 시각, 청각, 촉각적 표현에 비해 적게 나타나는 편이다. 미각적 표현은 여타 감각의 예시에서와 같이 실제 눈앞에서 펼쳐지는 상황이나 들리는 소리, 접촉 당시의 느낌을 위주로 재현되기보다는 다량의 비유적 표현을 채용하는 경향이 우세하다.

미각적 표현은 크게 세 부류로 나타난다. 우선 임과의 사랑을 '달콤한 맛'에, 임을 그리워하는 마음을 '쓴 맛'에, 임과의 이별로 아쉬운 마음을 '신 맛'에 비유하는 등 '사랑의 맛'을 표현하는 경우이다. 다음으로 기녀의 성격을 '꿀맛'과 '매운 고추 맛'에, 임의 성격을 '신 맛'에 비유하며 맛의 종류로 대상의 성격을 정의하는 것을 들 수 있다. 마지막으로 미각적 표현은 성적인 행위와 관련하여 여성의 신체 부위를 '별미', '쭝즈', '갈비구이', '만토우', '연근', '면근', '오이' 등으로, 남성의 신체 부위를 '사탕수수' 등에 비유하여 이를 '버무려 간하고', '연거푸 먹고', '고루 맛보는' 행위 등으로 구현되기도 한다. 이들을 탐하는 행위나 그 상상에서 오는 전율은 '해파리 맛', '짠 맛', '단 맛' 등으로 전이된다. 아래의 예시를 보자.

甘蔗11) (사탕수수)

甘蔗兒是奴心所好,	사탕수수는 내 마음이 좋아하는 것,
猛然間渴想你,其實難熬,	문득 목말라 네 생각이 나면 정말 견딜 수 없으니,
喚梅香是處都尋到.	종년을 불러다가 어디든 찾아보게 하네.
愛他段段美,	그 마디마디 아름다운 것을 아끼고,
喜他節節高.	그 마디마디 긴 것을 좋아라 하네.

只怕頭兒上甜來也,　　　　다만 머리 부분은 달고

梢兒又淡了.　　　　　　　끝 부분은 또 싱거울까 걱정이네.

　이 작품의 여성 화자는 처음부터 사탕수수의 달콤한 맛을 좋아한다고 공언하고 있다. 다음으로 사탕수수에 대한 화자의 갈증과 이를 해소하기 위한 그녀의 적극적인 태도가 이어지며, 또 사탕수수 줄기의 어떤 면이 좋은지가, 마지막으로 맛의 달달함이 갈수록 못할까봐 조바심내는 화자의 심경이 드러난다.

　이 때 미각과 시각의 상호 작용이 엿보이기도 하는데, 실질적으로 미각과 시각은 매우 밀접한 관련을 맺는다. 음식의 모양새가 훌륭하고, 맛있는 것으로 인지되면 미각에 대한 자극도 커지고, 반대로 음식에 시각적인 아름다움이 결핍되어 있으면 그에 대한 미감도 저하되는 원리인 것이다. 이 작품의 사탕수수는 시각적으로도 화자의 입맛을 돋우는 대상이었음이 틀림없다. 또한 독자들은 화자가 표면적으로는 사탕수수의 단맛을 즐기는 취향을 노래하고 있지만, 기실 사탕수수가 상기하는 것이 남성의 성기임을 알아채고 그 은밀한 비유를 함께 즐겼을 것이다.

　이처럼 명대 민가에서 미각은 대상의 맛이 실제로 어떠한지, 그로 인해 어떤 심적 동요를 겪는지에 초점이 맞춰지기보다는 '추상적인 대상'에 대한 갖가지 정보들을 동시에 연상시킴으로써 독자들의 상상력을 자극하는 데 일조하고 있다.

6. 후각

인간은 수천 종류의 냄새를 구분할 수 있다고 알려져 있다. 다만 풍몽룡 민가집에서 '향(香)'이란 글자와 함께 언급되는 후각적 표현은 10수가 채 안 되는 수량에 그치며, 그 가운데 약 절반은 미각적 표현과 함께 쓰이고 있다. 이는 후각과 매우 높은 상관관계를 보이는 감각이 미각인 것과 관련 있다. 음식 냄새만으로도 입 안에 침이 고이면서 식욕이 돋는 현상을 경험해보지 못한 사람은 드물 것이다.

후각적 표현에서도 미각의 경우에서와 같이 '남녀의 애정'을 '사탕이나 과육의 달콤한 향'에 비유하기도 하고, '임의 성격'을 '침향(沈香)', '남성의 체액'을 '은은한 이슬향' 등으로 표현한 예가 드러난다. 이들은 임에 대한 점괘를 뽑거나 그를 저주하면서, 혹 그를 침실로 맞이하기 위한 과정에서 피우게 되는 '향내', 임에게 선물하는 '다향(茶香)', 여성의 '분향(粉香)'과 '체취' 등과 같이 실질적인 후각의 서술과 대조를 이룬다. 아래에서 한 예를 살펴보자.

癡想(之二)[12] (미칠 듯한 그리움 제2수)

俏冤家, 你怎麼去了一向,	어여쁜 임이여, 당신은 어찌하여 계속 떠나있나요?
不由人心兒裏想得慌.	나도 모르게 못 견디게 그리워지는걸.
你到把砂糖兒抹在人的鼻尖上,	당신이 사탕을 내 코끝에 문질렀는데,
餂又餂不著,	핥으려면 또 핥을 수 없고,
聞著撲鼻香.	향내를 맡아보면 코를 찌르죠.
你到丟下些甜頭也,	당신은 달달함을 던져놓고서는,
教人慢慢的想.	오래도록 생각나게끔 하네요.

이 작품에는 여러 가지 감각 표현이 등장하는데, 그 가운데 가장 주목받는 감각이 바로 후각이다. 화자가 임의 사랑을 '사탕'으로 형상화하여 추억하는 과정에서 '코를 찌르는 듯한' 가장 강렬한 자극을 선사한 결과가 바로 후각이기 때문이다. 사탕이 문질러지는 과정은 부드러우면서도 진득한 촉각적 이미지를 연상시킨다. 이는 '코끝'이라는 국소 범위를 문지르는 행위이기 때문에 그 시간이 결코 오래지 않았을 것임을 예상할 수 있다. 또한 화자가 달달함을 맛보려는 시도에서 연상되는 미각적 이미지 역시 결국 코끝이라는 한계를 넘지 못하고 만다. 후각은 이 상황에서 달콤한 사랑의 여운을 가장 적극적으로 감지하고 있다. 이는 여타 감각의 기억력을 압도하기 마련인 후각의 특성과도 잘 맞물린다고 할 수 있을 것이다.

후각과 관련한 표현은 미각과 더불어 민가집의 오감 양상 가운데 차지하는 비율이 높지 않다. 그러나 위에서 예시한 작품에서처럼 실제적인 자극이 아닌, 화자의 상상에 의한 비유로 말미암은 표현이 돋보이기도 하며, 후각과 미각적 표현이 한 데 결합하여 협력하는 구도가 감각적 표현을 더욱 심화시키는 효과를 창출하기도 한다. 비록 수량이 적다고 하더라도 그 자체만으로도 대상의 구체적인 형상화에 미치는 강도가 큰 것이다.

7. 명대 민가, 그 짜릿함에 대하여

문학 작품 속의 시각, 청각, 촉각, 미각 및 후각을 포함하는 오감은 개인과 세계를 연결해 주는 통로이다. 오감 표현은 작품 내에 등장하는 인물들의 세계관과 그 삶의 현장을 자연스럽게 파악할 수 있는 계기를 제공한다. 민가의 화자는 신체의 감관이 어떤 자극을 수용하면서 느끼게 된 감각에 대해 직설하거나, 비유적으로 표현함으로써 작품의 전체 이미지에 생기를 불어넣는다. 눈을 통해 포착되는 대상의 모습이나 행위, 귀를 통해 들려오는 대상의 소리, 피부에 접촉한 대상들로부터 말미암은 갖가지 느낌, 혀의 돌기를 통해 수용되는 맛, 코를 통해 흡입되는 대상의 냄새 등 일상의 자극들에 대한 정보를 구체적으로 반영하면서 민가의 사실성을 보다 적극적으로 구현하는 한편, 자신의 상상력을 가미해 독자들의 상상력까지 확장하는 데 이르는 것이다.

독자들은 명대 민가에 나타난 갖가지 오감 표현을 통해 '짜릿함'을 경험한다. 짜릿함이란 심리적 자극으로 인해 순간적으로 떨리거나 흥분되는 느낌을 이른다. 명대 민가의 오감에는 그 표현 자체가 분출하는 짜릿함 이상의 동기가 존재한다. 자신이 평생을 살아가면서 남들 앞에서는 쉽사리 꺼낼 수 없는 말이 그 안에 있다. 자신이 꿈조차 꿀 수 없는 세상이 그 안에 있다. 이들은 때로는 간질간질하게, 때로는 찌릿찌릿하게 내 마음을 자극한다. 설사 자신과는 너무나 먼 이야기라 할지라도 인간의 본능인 '사랑'을 노래함으로써 분명 내 마음 어딘가와 통하는 구석이 있고, 절로 흥미를 일으키는 구석이 있는 것이다. 이것이 민가의 묘미이다.

현존하는 명대 민가 작품의 주된 주제는 남녀 간의 사랑이다. 명대 민가 작품들은 그 중에서도 '금지된 사랑'에 보다 초점이 맞추어진 경우가 많다. 고대 중국에서는 부모가 승인한 '부부관계'나 '기녀와 손님의 관계'가 아닌 이상, 이성 간의 사랑은 모두 '불륜'으로 치부되었다. 그러나 민간의 삶에서 '윤리(倫理)'의 준수는 선택사항일 뿐이었다. 윤리, 도덕의 제약보다는 자신의 마음에 따라 자신이 내키는 대로 행하는 이들의 이야기는 은폐되기는커녕 노래로도 불리며 퍼져나갔다. 금지하면 오히려 더 범하고 싶고, 이를 범했을 때 더한 쾌감을 느끼는 인간 본연의 반발 심리가 작동한 것이다. 이는 결국 지역과 남녀노소, 신분의 차이를 가리지 않고 유행하여 민가집의 출간으로까지 이어졌다.

민가에서 노래한 남녀 간의 불륜은 그 진위를 떠나 봉건 예교에 과감하게 맞서는 숭고한 사랑이라 평가되기도 했고, 일체의 거짓 없이 자신의 마음을 따랐기에 '참된 것'이라 여겨지기도 했다. 기왕 남녀 간의 밀애, 밀회를 비롯한 성적 표현까지 위선적이지 않은 참된 것의 범주로 인정한 이상, 민가는 표현 면에서 더욱 자유로울 수 있었다. 이 같은 속성을 대변해 주는 것 중 하나가 바로 '오감'의 영역인 것이다.

우선 명대의 민가는 그 자체적인 표현, 특히 복합적인 감각 표현으로 짜릿함을 구사한다. 이들 작품에서는 오감을 활용하여 여러 가지 감각적 이미지가 동시에, 혹은 연속적으로 재현되는 경우가 돋보인다. 이는 인간이 어떤 대상을 인지할 때 제 감각을 함께 활용하고, 그 과정에서 오감 간의 상호 작용이 일어나 수용하게 되는 자극을 심화시키는 것과 같은 원리를 사실적으로 반영한 결과이기도 할 것이다.

앞서 살펴보았던 작품들만 보더라도 <香筒(향통)>, <問咬(깨문 자국에 대해 묻다)>, <跌弗倒(오뚝이)>등에서는 시각과 촉각, <錯認(之二)(착각 제2수)>에서는 시각과 청각, <甘蔗(사탕수수)>에서는 시각과 미각, <癡想(之二)(미칠 듯한 그리움 제2수)>에서는 미각과 후각의 작용이 얽혀있음을 확인할 수 있다. 아래 작품에서는 시각, 미각, 촉각 표현의 조화가 드러난다.

饅頭13) (만토우)

姐兒胸前有介兩箇肉饅頭,	여인의 가슴 앞에 만토우 두 개가 있으니,
單紗衫映出子哎像水晶球.	홑겹 사삼(紗衫)에 비치는 것이 수정구

一發發起來就像錢高阿鼎
店裏箇主貨,
無錢也弗肯下郎喉.

슬 같다네.
한 번 들썩 만하면 전고아정(錢高阿鼎)의 만토우 같으니,
돈 없이는 어느 남정네의 목구멍으로도 넘길 수 없지.

이 민가의 감각적 이미지는 여성의 젖가슴을 중국식 찐빵인 '만토우'에 비유하는 것을 시작으로, 마침내 이를 '목구멍'으로 '넘기는' 행위로까지의 연상 작용을 통해 구현된다. 여기서의 만토우는 여성의 하얀 가슴살[肉]로 빚어진 것으로, 제2구에서는 그 둥근 모양이 시각적으로도 두드러짐이 드러났다. 제3구에서는 이 만토우가 분명히 '먹음직스러운' 것임을 재차 상기하며 미각을 자극한다. '전고아정'은 해당 민가가 유행하던 오(吳) 지역에서 유명한 만토우 가게 이름이었다. 이어지는 제4구에서 만토우를 목구멍으로 넘기는 데 대한 언급은 촉각적, 미각적 표현의 반영이다. 이처럼 시각, 미각, 촉각적 표현의 협력은 작품을 보다 감각적으로 느껴지게 하고, 독자들의 에로틱한 상상을 더욱 구체화한다.

복합적인 감각의 운용은 민가 작품에서 인간 본능의 사실적인 반영이라는 차원을 넘어 감각적인 표현 효과를 극대화하는 효과를 거두고 있다. 민가는 이로써 더욱 생기 있어지고, 흥미로워질 수 있었던 것이다. 이는 민가가 갖가지 화려한 수사 기교로 시어를 꾸미지 않았어도, 매 구를 정결하게 가다듬지 않았어도, 애써 독자의 마음을 후벼 팔 표현을 고심하지 않았어도, 감관의 느낌 그대로의 자연스러운 표현만으로 당시 대중들을 사로잡을 수 있었던 주요한 이유 중 하나였으리라.

다음으로 명대 민가의 짜릿함은 다양한 비유, 특히 성애와 관련한 오감 표현을 통해서도 강화된다. 소재 자체의 에로틱함은 물론이거니

와, 상술한 바 사회적 '금기'를 건드렸다는 측면 또한 독자들에게 쾌감을 제공하기 때문이다. 누군가는 민가를 들으며 친근한 일상 소재의 등장과 비유에 재미를 느끼고, 혹은 자신의 이야기·주변의 이야기를 떠올리며 공감하거나 대리만족 했을 수도 있다. 또 누군가는 민가를 읽으면서 정숙한 여성과 단정한 남성에 대한 기대가 무너지는 중 자신의 정욕까지 배출할 수 있었을 것이다. 아래에서 예시 하나를 더 살펴보자.

粽子14) (쫑즈)

五月端午是我生辰到,	5월 단오는 내 생일이라,
身穿著一領綠羅襖,	몸에는 녹색 비단옷 차려입고,
小脚兒裹得尖尖趫.	작은 발은 뾰족하고 아리땁게 감쌌다네.
解開香羅帶,	향긋한 비단띠 풀고서,
剝得赤條條,	벗은 몸 실오라기 하나 걸치지 않게 하더니,
插上一根梢兒也,	긴 막대기를 꽂고,
把奴渾身上下來咬.	내 온 몸을 깨무시네.

이 민가에서도 감각의 향연이 펼쳐진다. 특히 시각, 후각, 촉각, 미각의 활용이 돋보인다. 화자는 우선 예쁘게 포장된 쫑즈의 모양을 읊은 뒤에 누군가 그 껍질을 벗기고 긴 막대를 꽂아 먹는 장면을 노래한다. 그러나 이는 기실 남녀의 성교를 형상화한 것이다. 쫑즈는 중국 전통 음식 중 하나이다. 대나무 잎에 쫀득한 찹쌀과 각종 재료를 넣고 주로 삼각형으로 말아 싼 뒤에 실로 묶어 쪄내는데, 중국에는 단오절에 이를 먹는 풍습이 있다. 이에 화자가 첫 구에서 '단오절'을 자신의 생일이라 칭하고, 그에 맞춘 어여쁜 차림새를 노래한 것이다. 이어지는 구에서 뾰족하게 감싼 발은 전족을 한 여성을, 제6구에서 '긴 막대기를 꽂는다'

는 표현은 여성을 탐하는 남성을 상기한다.

이들의 성교는 쫑즈를 먹는 절차에 빗대어졌다. 보통 쫑즈를 먹기 위해서는 쫑즈에 묶인 끈을 풀고, 찰떡을 감싼 댓잎을 벗긴 뒤에 막대를 꽂아 먹기 마련인데, 이것이 곧 남성이 여성의 허리끈을 풀어 옷을 벗기고, 그 성기를 삽입하기까지의 과정을 비유한 것으로 풀이될 수 있기 때문이다. '쫑즈의 찰떡-여성의 나체', '긴 막대-남성의 성기', '막대를 꽂는 행위-성기의 삽입', '쫑즈를 먹는 행위-애무' 등의 비유는 접하는 이로 하여금 음란한 상상을 부추긴다.

이때 비유의 근거가 두 사물 사이의 유사성에 있건, 동일성이 희박해 결합이 엉성하건 간에 명대 민가의 비유에서는 표현하고자 하는 원관념 자체가 시적 긴장을 자극하는 경우가 많다. 이는 민가에서 남녀의 생식기, 성감대, 성행위 자세 등 성애 관련 소재를 하등 가리지 않고 활용하고 있는 데서 기인한다. 특히 은유법을 활용할 경우 원관념을 감춤으로써 독자들의 작품에 대한 상상의 폭을 대폭 확장할 수 있는 기회를 제공할뿐더러, 당시의 관습상 금기를 범한 화자의 부담과 이를 향유한 독자들의 부담을 함께 덜어주는 이점(利點)까지 획득할 수 있었다. 이와 같은 성애의 비유는 과감하고도 은근한 오감 표현을 통해 독자들에게 억압적인 예교에서의 해방감을 제공했을 터, 민가의 짜릿함을 더욱 증폭시켰을 것이라 여겨진다.

8. 참된 감각의 노래, 민가

노래는 본디 인간의 원시 활동에서부터 시작된 산물이다. 그 자체적으로 인간의 본성과 불가분의 관계성을 담지하고 있는 것이다. 이 같은 노래의 특성은 제대로 교육받지 못하고, 봉건 예교 수호와도 거리가 멀었던 민간의 백성들이 생산・향유하던 민가에 그대로 묻어난다. 이에 민가는 태생적으로 일상사를 사실적이고 현실적인 표현으로 구현해 내는 특징을 지니기 마련이다.

감각에 대한 숱한 쟁론의 틈새에서 명대 민가에 드러난 오감을 살펴보았을 때, 이는 탈은폐적, 탈이성적이란 특징을 근거로 민가의 순도(純度)를 더욱 높이는 데 일조하고 있다. 민가에 등장하는 '감각' 문제는 그것이 실제이든, 지각의 과정에서 착각의 오류를 범하고 있는 것이든, 모두 '참된 것'으로 믿어졌다. 명대 민가는 오감의 집적체로서 '참된 감각의 노래', 그 자체였다.

민가는 '예가 아니면 보지 말고, 예가 아니면 듣지 말며, 예가 아니면 말하지 말고, 예가 아니면 움직이지 말아야'15)하는 예법에 종속되지 않았다. 교조적인 예법에 억눌려 살아야했던 많은 이들은 실제 '육안으로 보이는 것, 귀로 들리는 것'을 노래하고, 자신이 하고자 하는 말과 행동을 거리낌 없이 표출하는 민가에 더욱 매력을 느꼈을 것이다.

이때, 민가에서의 감각 표현은 궁극적으로 육체의 감관을 통한 느낌만을 진실이라고 하지 않는다. 어쩌면 '사랑에 눈이 멀다'라는 말로써 민가의 오감 표현이 그처럼 짜릿할 수 있었던 이유를 다시금 대변할 수 있을 것 같다. 민가 중의 오감은 그 표현 너머에 마음의 눈으로 보고, 마음의 귀로 듣고, 마음의 피부로 느끼고, 마음의 코와 혀로 냄새 맡고 맛볼 수 있는 진실한 '사랑'에 대한 갈구를 동반했던 까닭이다.

사랑에 의해 함께 지배되는 내 몸과 마음의 오관(五官)은 오늘날의 우리에게도 분명 시사하는 바가 있으리라 생각한다. 현재의 시점에서 민가를 수용하는 데 군이 '금지된 사랑'이나 '욕정'에 천착할 필요는 없다. '남녀 관계'에만 한정할 필요도 없다. 참된 사랑에 대한 관심과 믿음은 그 실천에서의 용기를 불러일으키고 진정성을 더할 것이다. 이것이 곧 나 자신에 대해서는 물론, 나와 소통하는 세계를 보다 아름답다고 느끼게 하고, 보다 아름답게 변화시키는 원천이지 않을까.

| 참고문헌 |

(明) 馮夢龍 編, 關德棟 校點, 《明淸民歌時調集》上, 上海: 上海古籍出版社, 1999(1987年 初版).

Frederick N. Martin 외 저, 허승덕 역, 《청각학 개론》, 서울: 박학사, 2016.

졸고, <馮夢龍 민가집 연구>, 서울대학교 박사학위논문, 2017.

졸고, <명대 영물민가 연구>, 《중국어문논총》 제89집, 2018.

정진경, <현대시에 나타난 촉각 이미지 연구>, 《우리어문연구》 제61집, 2018.

* 본 글은 '한국중국문학이론학회 2019년 춘계학술세미나'에서의 발표문과 《중국어문논총》 제96집에 수록된 〈명대 민가에 나타난 오감(五感)〉을 수정, 보완한 결과물이다.

1) 진굉서(陳宏緒), 《한야록(寒夜錄)》·권상(卷上) : "故卓人月曾言, '吾明詩讓唐, 詞讓宋, 曲又讓元, 庶幾吳歌, <掛枝兒>, <羅江怨>, <打棗竿>, <銀絞絲>之類, 為我明一絕耳.'"

2) 하이손(賀貽孫), 《시벌(詩筏)》 : "近日吳中《山歌》, 《掛枝兒》, 語近風謠, 無理有情, 為近日眞詩一線所存."

3) 《괘지아》 권1

4) 《산가》 권6

5) Frederick N. Martin 외 저, 허승덕 역, 《청각학 개론》, 서울: 박학사, 2016, 37쪽 참조.

6) 《괘지아》 권1

7) 《괘지아》 권1

8) 촉각은 경계 체험과 감정을 전제로 하고 있다. 접촉하는 지점은 '나'라는 주체와 '너'라는 타자나 세계를 인식하는 지점이지만 몸의 내부에서 지각하므로, 타자의 본질에는 도달할 수 없다는 한계를 가지고 있다. 이러한 점은 촉각이 사회적 의식으로 확장되지 못하는 한계로 작용한다. 정진경, <현대시에 나타난 촉각 이미지 연구>, 《우리어문연구》 제61집, 2018, 178-179쪽 참조. 이길우, <현상학의 감정윤리학>, 《철학과 현상학 연구》 제8집, 1996, 22쪽, 26쪽에서 재인용.

9) 《괘지아》 권2

10) 《산가》 권6

11) 《괘지아》 권8

12) 《괘지아》 권3

13) 《산가》 권6

14) 《괘지아》 권6

15) 《논어(論語)》 〈안연(顏淵)〉 : "非禮勿視, 非禮勿聽, 非禮勿動."

뮤즈가 된 여성, 지배된 감각
- 청대(淸代) 주이준(朱彝尊) 인체
영물사(詠物詞)
<심원춘(沁園春)> 12수*

김하늬(서울대)

1. 사(詞)와 여성의 몸

사물[物]을 노래하는 '영물(詠物)'은 중국 문학의 중요한 영역 중 하나이다. 만당오대(晚唐五代) 시기를 지나 송대(宋代)에 이르러서 완전히 문인 문학으로 정착한 '사(詞)' 역시 마찬가지였다. 특정한 사패(詞牌), 즉 곡조에 맞춰 각자 가사를 붙이는 방식으로 창작된 사는 오랜 역사 속에서 발전하고 쇠퇴한 뒤, 또 부흥하면서 다양한 모습으로 변화했는데, 사의 부흥기였던 청대(淸代) 사의 특징 중 하나로 바로 이 '영물사(詠物詞)'의 비약적인 발전을 들 수 있다.

사실 영물사는 남송대(南宋代)에 이미 한차례 크게 발전한 바 있다. 이 시기, 이민족에 의해 국가적 위기 상황을 맞이하였고 끝내 고국의 멸망을 겪은 지식인들이 비극적인 정감을 사물에 기탁하여 노래하는 방식을 선호하였기 때문이다. 청대에 들어 영물사가 또다시 크게 유행할 수 있었던 것 역시 비슷한 이유에서 출발하였다고 볼 수 있다. 명의 멸망을 경험한 청나라 초의 문인들이 자신들과 비슷한 경험을 했던 남송대 문인들에 공감하여 그와 유사한 주제의 사를 짓고자 했던 것이다. 다만 청대는 남송대와 달리 망국의 유민으로서의 정감을 우회적으로 노래하기보다는 점차 외부의 사물과 작자 자신을 분리하고 한걸음 떨어져 그 사물 자체를 관찰하고 탐구하여 노래하는 방식으로 발전해 나갔으며, 작품의 소재가 되는 '사물[物]'의 범위가 크게 확장되었다. 예컨대 기존의 영물사의 절대 다수가 식물류를 소재로 하였고, 꽃이나 새, 곤충 등에 고독한 자신의 신세를 의탁하였다면, 청대 영물사는 기존에 자주 사용하였던 소재뿐만 아니라 생활용품, 신기한 짐승, 맛좋은 물고기와 열매 등 일상생활 속에 존재하는 다양한 소재를 노래하였다. 이때 새로이 영물사의 주요 소재가 된 것 중 하나가 바로 '여성의 몸'이었다.

사실 '여성', 그리고 '여성의 몸'을 노래하기에 사는 매우 유리한 문학 장르다. 사는 본디 민간에서 먼저 출발하였고 상업의 발달과 더불어 흥성하였으며 연회의 흥을 돋우기 위해 창작되는 경우가 많아 시(詩)에 비해 세속적이고 오락적이었다. 또한 문인과 가기(歌妓)라는 이성 간의 감정적 교류가 활발한 자리에서 자주 창작되었고 여성인 가기에 의해 노래로 불리었기 때문에 섬세하고 부드러운 '완약(婉約)'한 풍격이 대세를 이루었고 주제도 여성의 아름다운 자태나 정한(情恨), 혹은 남녀 간의 애정을 노래한 것이 많았다.

특히 〈심원춘(沁園春)〉 사패는 여성의 신체와 깊은 관련이 있다. 여성의 신체 기관을 하나하나 구분하여 〈심원춘〉 곡조로 노래하는 것은 남송의 문인 유과(劉過, 1154~1206)로부터 시작되었다. 유과가 〈심원춘・미인의 손톱(美人指甲)〉과 〈심원춘・미인의 발(美人足)〉을 창작하면서 이후 〈심원춘〉으로 여성의 몸을 노래하는 전통이 생겼고 이것이 청대에 들어 특히 크게 발전하였다. 사가 본래 '여성'과 관련된 주제를 선호했다는 점과 청대 영물사의 소재 확장이 맞물림에 따라 발생한 결과였다. 즉, 이 시기에 오면 '여성의 몸'이 외부의 '사물[物]'로 인식되어 영물의 대상으로 완전히 정착하게 된 것이다.

청대 여성 인체 영물사 〈심원춘〉의 발전에 가장 큰 역할을 한 것은 명말청초(明末淸初) 문단의 주요 인물이자 청 중기까지 사단(詞壇)의 중심이 되었던 절서사파(浙西詞派)의 창시자, 주이준(朱彝尊)[1]이었다. 주이준은 자는 석창(錫鬯), 호는 죽타(竹垞)로, 본래는 명의 유민으로서 각지를 떠돌아다니는 생활을 하였으나 1679년 박학홍사과(博學鴻詞科)로 한림원검토(翰林院檢討)가 되면서 청 왕조의 관리로서 《명사(明史)》의 편찬에 종사하였다. 그러나 몇 년 후 관직에서 물러나게 되자 고향으로 돌아와 저술에 힘쓰며 여생을 보냈다.

주이준의 영물사집 《다연각체물집(茶煙閣體物集)》에는 연작사(聯作詞) 〈심원춘〉 12수가 수록되어 있는데, 각각 여성의 이마[額]·코[鼻]·귀[耳]·치아[齒]·어깨[肩]·팔[臂]·손바닥[掌]·가슴[乳]·담[膽]·장[腸]·등[背]·무릎[膝]의 12가지 신체 부위를 노래하여 유과의 영향으로 여성의 손톱이나 발 등에 한정되어 있던 제재를 과감하게 확장시켰다. 이후 청대 문인들이 〈심원춘〉 곡조로 여성의 다양한 신체를 노래했던 것은 주이준의 이 작품의 영향이 컸다.

주이준의 〈심원춘〉 12수는 각각이 별개의 작품으로 존재하면서도 서로 연결되어 하나의 거대한 서사로 완성된다. 이마·코·귀·치아·어깨·팔·손바닥·가슴·담·장·등·무릎의 순서는 여성의 신체 기관을 위에서부터 아래로 나열한 것이며, 내용적으로도 여성 인물이 점차 성장하고 그의 감정이 심화되어 간다. 작자는 특정 여성을 중심인물로 내세워 그의 애정사를 이야기하는 동시에 그녀의 '몸'에 주목하고 그 '몸'으로 느끼는 감각을 세밀하게 묘사하였다. 절대적 위치에 있는 작자에 의해 관찰되고 감정과 감각까지 읽히는 이 여성 인물은 실은 작자의 비극적인 애정사와 관련 있는 인물로 추정된다. 그러나 작품 속에서 존재하는 여성의 형상은 실제 인물의 그 모습 그대로는 아니다. 작자 주이준에게 문학적 영감을 제공하는 뮤즈(Muse)가 된 여성은 작자의 욕망에 따라 실제와는 다른 모습으로 작품 속에서 재탄생된 것으로 보아야 할 것이다.

2. 비극적 사랑의 재생

　도시 문화와 상업의 발달 등 명 중기 이후 중국 사회의 변화는 송대 이후로 이학(理學)에 의해 억압당했던 인성(人性)을 해방시키고, 인간의 진실된 감정과 욕망을 긍정하는 분위기로 이어졌다. 이는 문인들이 '남녀지정(男女之情)'을 주제로 한 문학 작품을 적극적으로 창작하는 원인 중 하나였다. 주이준 또한 인간의 정을 노래하는 시의 '언정(言情)' 기능을 긍정하였고, 이에 따라 남녀 간의 애정을 다룬 시사(詩詞) 작품을 다수 창작하였다.

　그런데 남녀 간의 애정을 주제로 한 주이준의 시사 작품 중 일부 작품, 예컨대 칠언율시(七言律詩)인 〈한정(閑情)〉 8수(이하 〈한정〉)와 오언절구(五言絶句)인 〈무제(無題)〉 6수(이하 〈무제〉), 오언배율(五言排律)인 〈희효향렴체이십육운(戲效香奩體二十六韻)〉(이하 〈희효향렴체〉)과 〈풍회이백운(風懷二百韻)〉(이하 〈풍회〉), 그리고 그의 사집(詞集) 중 하나인 《정지거금취(靜志居琴趣)》의 작품 83수 등은 그의 작품 가운데서도 유독 주목을 받는 것으로, 모두 하나의 계열로 볼 수 있다.

　이 작품들은 유사한 특징을 가지고 있는데 우선 동일한 에피소드와 전고(典故)가 발견된다. 예를 들어 형수인 견씨(甄氏)에 대한 애정을 우회적으로 노래한 것이라는 설[2]이 있는 조식(曹植)의 〈낙신부(洛神賦)〉 전고나 함께 배를 타고 나갔다가 서로의 마음을 확인하는 '선행(船行)' 에피소드는 주이준이 즐겨 사용한 것이다. 형식적으로도 유사한 면이 있는데, 〈희효향렴체〉나 〈풍회〉와 같이 한편의 작품 자체가 긴 편폭을 활용한 것도 있지만, 그 외의 작품은 연작의 형식을 사용하여 짧은 길이의 개별 작품을 연결하여 하나의 긴 서사를 완성하는 방식을 사용하였다. 또한 의도적으로 작품의 제목을 정하지 않거나 추상적으로 정하여, 작품이 언제, 어디, 무슨 상황에서 쓴 것인지 구체적으로 밝히지 않고 있다는 점 또한 유사하다. 전체적으로 비극적 애정을 주제로 하여 그것을 긴 편폭을 활용하여 처음부터 끝까지 시간의 흐름에 따라 서술하는 서사적인 구성을 취하고 있는데, 이 작품들은 모두 동일한 여성과의 실제 애정 경험을 다룬 것으로 추정된다.

주이준의 일련의 애정 시사 작품에 등장하는 여성 인물에 관해서는 일찍부터 논쟁이 있었다. 전통적으로 중국 문인의 애정 시사에서 애정의 대상으로 자주 등장한 것은 '기녀'였다. 주이준의 작품 역시 기녀를 대상으로 한 것이 아닌가 하는 설이 있고, 실제로 기녀에게 선사한 작품도 있었지만 작품에 드러나는 인물들의 태도, 즉 여성 인물이 어렸을 때부터 알고 지내던 사이였고, 조심스럽게 밀회를 하며, 가족들 사이에서 관계가 발각될까 두려워하는 등의 모습을 보면 이러한 작품들이 묘사하는 것이 기녀와의 관계라 보기는 어렵다. 다른 한편으로 문학 작품을 감상하고 해석함에 반드시 작자의 생애와 연결 지어 볼 필요는 없다는 주장도 있다. 문학 작품은 작품 자체로만 보면 되며 결국 독자가 어떻게 수용할 지가 중요하다는 것으로 어느 정도 설득력 있는 주장이라 할 수 있다.

그러나 주이준의 문학 작품에서 반복적으로 등장하여 짙은 흔적을 남긴 이 인물은 분명 작자의 문학 세계에 강력한 영향을 끼친 어떤 존재가 실재하였음을 추정하게 한다. 그리하여 후대 학자들 사이에서 가장 대세를 이루는 주장은 주이준의 이 일련의 작품들이 그의 실제 애정사를 다룬 것이며, 그 애정의 대상이 되는 여성 인물은 그의 처제인 풍씨(馮氏)라는 설이다.

학자 모광생(冒廣生)은 1908년 출간한 《소삼오정사화(小三吾亭詞話)》에서 "세상에 전하기를 주이준의 〈풍회이백운〉은 그의 처제를 위해 지은 것이다. 사실《정지거금취》1권은 모두〈풍회〉시의 주석이다. 주이준은 17살에 풍씨를 아내로 맞이하였는데, 풍부인은 이름이 복정(福貞), 자는 해원(海媛)이며, 나이는 주이준보다 두 살 어렸다. 풍부인의 여동생은 이름이 수상(壽常), 자가 정지(靜志)였고, 주이준보다 7살 어렸다.(世傳竹垞風懷二百韻爲其妻妹所作, 其實, 靜志居琴趣一卷, 皆風懷註脚也. 竹垞年十七, 娶於馮, 馮孺人名福貞, 字海媛, 少竹垞二歲. 馮夫人之妹名壽常, 字靜志, 少竹垞七歲.)"라고 언급하였다.

〈주이준연보(朱彝尊年譜)〉에 따르면 주이준은 17세인 순치(順治) 2년(1645), 풍씨와 결혼했는데, 당시 주씨 집안이 가난한 처지였기 때문에 아내를 집안으로 들이지 못하고 그가 풍씨 집안의 데릴사위로 들어가야 했다. 얼마 후, 병란이 일어나 주씨와 풍씨 양가가 함께 피난을 다녔고 장인인 풍진정(馮鎭鼎)을 따라 풍촌(馮村)으로 들어갔다.《정지거금취》에 수록된 첫 번째 작품인〈청평악(淸平樂)〉(齊心耦意)에서는 "같은 마음 같은 뜻으로 양회(陽會) 날 놀이를 함께 했지. 양날개 매미 같은 머리 아직 빗어 올리지 않은 열두세 살이었네.(齊心耦意, 下九同嬉戲. 兩翅蟬雲梳未起, 一十二三年紀.)"라고 하여 음력 19일인 양회에 놀이를 하는 12,3살 정도 된 소녀의 모습을 묘사하고 있는데, 아마도 이것이 주이준이 처가에 들어간 지 얼마 되지 않았던 당시에 보았던 어린 처제의 모습을 회상한 것으로 추정된다.

서로를 몰래 엿볼 수 있을만한 지척의 거리에 있었던 두 사람은 어느덧 상대방에 대한 애정을 품게 되었다. 이 시기, 작자가 느낀 복잡한 감정은〈풍회〉시에 자세히 드러나 있다.[3]

…

長筵分潑散,   긴 대자리에서 세모(歲暮)의 모임 끝나고

複帳捉迷藏.	겹겹의 장막에서 숨바꼭질했지.
奩貯芙蓉粉,	화장 상자에 부용분가루 담고
萁煎豆蔻湯.	콩깍지 태워 육두구 목욕물을 끓였네.
洧盤潛浴宓,	유반 물에 몰래 목욕하는 복비(宓妃)와
鄰壁暗窺匡.	이웃한 벽 틈으로 몰래 엿보는 광형(匡衡).
苑裏艱由鹿,	동산 안 미끼 사슴처럼 괴로웠고
藩邊喻觸羊.	울타리 가에 뿔 걸린 양이 되었음을 알았네.
末因通叩叩,	끝내 간절한 마음 통하였건만
只自覺悵悵.	그저 어찌할 수 없음을 깨달았네.
…	

여기서 작자는 등불을 피울 돈이 없어 이웃집 벽을 뚫어 그 빛으로 책을 읽었던 광형을 등장시키는데, 이는 피란 중에 가난한 생활을 했던 자신의 처지를 비유하는 것인 동시에 '집'이라는 한 공간에 있으면서 '복비'에 비유된 여성을 몰래 엿보았던 상황을 암시하는 것이기도 하다. 더불어 조식의 〈낙신부〉에 등장하는 복비에 여인을 비유한 것 또한 조식이 형수였던 견씨를 사모했다는 설이 있는 것처럼 자신과 여인 역시 혼인으로 엮인 인척 관계임을 암시하는 것이라 볼 수 있다. 작품에서 주이준은 이 모든 일이 '남몰래' 이루어져야 했음을 말하며, 사회적으로 인정받을 수 없는 사랑에 빠진 자신의 처지를 덫에 걸린 사슴과 양에 비유하여 괴로운 심정을 드러내었다. 이후 풍씨가 혼인을 하며 이들은 이별하게 되었고, 서로의 마음을 확인하였음에도 물리적 거리와 사회적 통념상 애정 관계를 이어가기 어려웠다. 이후 풍씨가 이른 나이에 세상을 떠나면서 이 관계는 완전히 비극으로 끝나게 되었다.

모광생의 〈풍회시안(風懷詩案)〉에 의하면 풍수상은 1653년 19살의 나이에 혼인하였고, 24살인 1658년 11월에 주이준과 서로의 마음을 확인하고 애정 관계를 형성하였으며, 1667년 4월에 33살의 나이로 세상을 떠났다.4) 이에 따르면 주이준이 〈한정〉과 〈무제〉를 창작한 1653년은 풍씨가 혼인한 해이고, 《정지거금취》와 〈희효향렴체〉는 풍씨가 세상을 떠난 1667년에 완성된 것이며, 〈풍회〉는 여인이 세상을 떠난 지 2년 뒤인 1669년에 창작된 작품이다.

연작의 형태로 한 여성 인물에 주목하여 그의 애정사를 시간의 흐름에 따라 노래하는 〈심원춘〉 12수 역시, 위에서 언급한 작품들과 유사한 형식을 취하고 있어 같은 주제의 작품으로 추정할 수 있다. 이 작품이 수록되어 있는 《다연각체물집》은 대체로 주이준의 후기 사집으로 분류되며, 시기상으로는 박학홍사과에 추천되어 입경(入京)한 1678년 이후에 완성된 것으로 본다. 이에 따르면 〈심원춘〉 12수 역시 대체로 처제 풍씨로 추정되는 인물이 세상을 떠난 뒤에 창작된 것으로 추정된다.

이 외에도 《정지거금취》에 수록되어 있지 않은 다수의 애정사들 역시 실체가 불분명하지만 같은 인물을 대상으로 한 것으로 볼 여지가 있으니, 주이준은 이 여성과의 애정 관계가 진행되고 있던 당시는 물론, 그의 죽음이라는 충격적인 사건을 맞이한 때, 그리고 그 이후까지 오랜 기간 동안 다수의 작품에서 자신의 비극적인 애정사를 지속적으로 노래한 것이다. 이와 같이 주이준의 애정시사에는 처제인 풍씨로 추정되는 특정 인물의 그림자가 짙게 남아있다. 이 인물은 주이준이 끊임없이 문학 작품을 창작하게 하는 동력이 되었다는 점에서 작자의 뮤즈(Muse)라고 봐도 좋을 것이다.

그렇다면 주이준이 자신의 비극적인 애정 경험을 문학 작품의 형태로 재생산하여 얻고자 했던 것은 무엇일까? 일차적으로는 사회적으로 공인될 수 없는 관계에서 비롯된 복잡한 감정을 토로할 수단이 필요했기 때문으로 볼 수 있다. 주이준의 애정사가 진행되는 동시에 창작된

〈한정〉과 〈무제〉, 그리고 《정지거금취》에 수록된 일부 사 작품이 이에 해당된다. 그러나 주이준 애정시사의 상당수는 여성이 세상을 떠난 뒤, 즉 애정 관계가 모두 끝난 뒤에 창작된 것이다. 《정지거금취》의 작품들은 애정사가 진행될 당시의 심정을 토로한 것이지만 그것이 새로이 배치되고 정리되어 사집으로 정리된 것은 그 이후의 일이며, 〈풍회〉 시는 여인이 세상을 떠난 지 2년 뒤에 창작된 것이다. 〈심원춘〉 12수 역시 풍씨와의 애정사가 마무리되고 몇 년 뒤에 창작된 것으로 추정된다. 결국 이 작품들은 '다른 사람과 혼인한 처제와의 금지된 애정 관계'에서 느낀 갈등을 현재적 시점에서 풀어낸 것이 아니라 모든 애정 관계가 끝난 뒤의 시점에서 과거를 돌아보며 작자의 비극적 애정사를 새로이 재구성한 것이다.

그렇다면 작자는 애정사가 모두 마무리된 시점에 왜 굳이 과거의 사건을 꺼내어 비극적 애정사를 재생시키고자 한 것일까. 우선 주이준이 사회적으로 용인될 수 없는 자신의 애정사를 옹호하고, 여인의 죽음을 추모하고자 하였을 가능성이 있다.5)

...

峽裏瑤姬遠,	무산 협곡의 요희는 아득해졌고
風前少女殃.	바람 앞의 소녀는 죽어버렸네.
款冬殊紫蔓,	겨울을 넘기는 비파의 자줏빛 덩굴과 달리
厄閏等黃楊.	윤년을 만난 황야목(黃楊木)의 신세 같구나.
定苦遭謠詠,	분명 비방을 당하여 괴로웠던 게지,
憑誰解迭逿.	누구에게 기대어 방탕하다는 비난을 해명할까.
槔先爲檀斫,	혜나무가 먼저 박달나무 때문에 베어졌고
李果代桃僵.	자두나무는 과연 복숭아를 대신하여 쓰러졌구나.

...

위의 인용시는 〈풍회〉의 후반부로, 작자는 여인이 음해를 당하여 괴로워하다 죽었음을 암시하고, 박달나무로 인하여 베어진 혜나무와 복숭아를 대신하여 쓰러진 자두나무를 통해 여인의 죽음에 대한 죄책감을 드러내었다. 이는 여인의 억울함을 해명하여 훼손된 명예를 복구시키고자 하는 의도가 있었던 것으로 보인다. 더불어 주이준의 작품에서 여성 인물은 '복비'와 같은 여신에 비유되고, 그들의 사랑은 결코 이루어질 수 없는 인간과 신 사이의 관계로 그려진다. 작자는 그들의 과거를 비극적으로 묘사함으로써 독자로 하여금 그들을 동정하게 하는 동시에, 인신지련(人神之戀)에 비유함으로써 그들의 사랑을 보다 더 숭고하고 아름다운 것으로 승화시키고자 한 것이다.

　그밖에 또 하나의 가능성이 있다. 〈풍회〉 시의 말미에는 다음과 같은 시구가 있다.

　　…
　　慢卷紬空疊,　　〈만권주〉 노래 부질없이 겹쳐지고
　　鈴淋雨正鉠.　　〈우림령〉 노래 마침 울리네.
　　情深繁主簿,　　정이 깊었던 번주부이고
　　癡絶顧長康.　　치정이 절정이었던 고장강이로구나.
　　永逝文淒戾,　　〈영원히 떠나보내는 문장〉은 쓸쓸하고
　　冥通事渺茫.　　〈저승으로 통하는 글〉 아득하네.
　　感甄遺故物,　　견부인이 남긴 옛 물건에 감개가 일어나니
　　怕見合歡床.　　기쁨을 나누던 침상 보는 것이 두렵구나.
　　…

　주이준은 유영(柳永)의 〈만권주(慢卷紬)〉와 〈우림령(雨霖鈴)〉, 번흠(繁欽)의 〈정정시(定情詩)〉, 반악(潘岳)의 〈애영서문(哀永逝文)〉, 도홍

경(陶弘景)이 찬한 《명통기(冥通記)》, 그리고 조식의 〈낙신부〉 등 주로 인간의 '정(情)'을 노래한 고래의 명편을 언급하였다. 추측건대 주이준은 이와 같은 작품과 어깨를 나란히 할 문학 작품을 완성하고 싶었던 것 같다. 이미 여러 차례 같은 주제의 작품을 노래한 뒤에도 200운이나 되는 장편의 형태로 〈풍회〉 시를 지어 중국 애정시사에 유래 없는 작품을 완성한 것은 아마도 그 때문일 것이다.

그렇다면 이렇게도 생각해볼 수 있지 않을까? 주이준의 애정시사 속 '여성'은 주이준이 정말 그를 사랑했기에 문학 속에서나마 영원히 살아남을 수 있도록 했던 것일 수도 있지만, 다른 한편으로는 주이준이 훌륭한 문학적 결과물을 만들어내기 위해 이용한 것일 수도 있다. '애정', 혹은 '여성'을 주제로 한 작품을 창작하기 위해 과거의 기억 속에 강렬하게 존재하는 이 여성을 소환하여 문학적 영감으로 삼은 것이다.

현재의 시점에서 재현된 과거는 작자가 특정한 의도를 가지고 그에 맞게 가감한 결과물이다. 그리하여 작품 속에서 구현된 작자의 애정사는 실제 애정사 그대로는 아니며, 묘사된 여성 인물 또한 실제 인물 그대로는 아니다. 주이준 〈심원춘〉 속 여성 역시 마찬가지다. 그는 실존한 인물이나 본래의 인물 그대로는 결코 아니며, 작자의 완전한 통제 아래 응당 '그러해야 하는 모습', 혹은 '그러하기를 바라는 모습'으로 문학 작품 속에 존재하게 되었다고 보아야 할 것이다.

3. 꿰뚫어보는 눈, 지배된 감각

앞에서 언급한 바와 같이 주이준의 〈심원춘〉 12수는 각각이 서로 다른 신체 부위를 노래하는 개별의 작품으로 존재하기도 하지만, 동시

에 하나의 이야기를 구성하는 일부로서 존재하기도 한다. 12수의 작품
은 이마[額]·코[鼻]·귀[耳]·치아[齒]·어깨[肩]·팔[臂]·손바닥[掌]
·가슴[乳]·담[膽]·장[腸]·등[背]·무릎[膝]의 순으로, 시선을 위에
서부터 아래로 이동하여 여성의 신체 기관을 차례로 노래한 것이며,
내용적으로는 12수 전체가 여성 인물이 성장하고 감정이 심화되는 방
향으로 전개되어 간다.

沁園春 · 額 (이마)

鏡檻初開,	경대 막 열어
宜對粉題,	분칠한 이마 마주해야 하니
休籠紫綸.	자줏빛 두건은 쓰지 말아야지.
記折花共劇,	기억나는구나, 꽃을 꺾으며 함께 놀 때
蘭雲纔覆,	난초 구름이 겨우 덮었는데
塗妝伊始,	단장을 시작하고는
翠鈿曾安.	비취빛 비녀를 얹었었지.
慣疊纖羅,	고운 비단 장식 익숙히 두르지만
微嫌短髮,	짧은 머리 조금 불만스러워
手裊紅絲著意刪.	손으로 붉은 실 휘감아 애써 잘랐네.
犀梳斂,	무소뿔 빗 거두고
護貂茸一剪,	담비털 한 조각 얻어
閣住輕寒.	가벼운 추위를 이겨냈네.
日斜倚小門闌.	해가 저물어 작은 문틀에 기대는데,
但端正窺人莫便還.	그저 단정히 엿보아도 돌아오는 이는 없구나.
見障羞月扇,	둥근 부채로 수줍은 얼굴 가리는데
低時半露,	고개 숙일 때 반쯤 드러나네.
吹愁梅瓣,	근심을 불어오는 매화꽃잎
點處成斑.	점점이 모여 얼룩을 이루고,

素奈看匀,	하얀 능금꽃 두루 퍼져있는데
小蟬比並,	작은 매미에 견줄 만하니
料是詩人想像間.	아마도 시인의 상상 속에 있던 것이겠지.
蜂黃淺,	노란 화장 옅은 것은
愛夕陽無限,	석양을 무한히 아끼는 것이니
映取遙山.	먼 산을 돋보이게 하리라.

작품의 상편(上片)에서는 이제 막 소녀티를 벗고 단장하는 여인의 이마에 주목하였고, 하편(下片)에서는 저물녘 문에 기대어 누군가를 기다리는 여인의 모습을 그려 상편에서 여인이 애써 단장했던 이유를 암시한다. 이 작품에서는 여인의 감정의 향방이 구체적으로 드러나지 않지만 다음 작품으로 이어짐에 따라 여인의 감정도 점차 심화된다. 이와 같이 상편에서는 작품의 주요 제재인 신체 기관을 클로즈업하여 그 외형을 세밀하게 묘사하고, 하편에서는 시선을 확대하여 정인(情人)과 밀회를 나누거나 이별하여 그를 그리워하는 여성의 모습을 묘사하는 것이 〈심원춘〉 12수의 기본 구조이다.

주이준의 영물사는 '형사(形似)', 즉 사물을 최대한 닮게 묘사하는 데 주력하였다고 평가된다. 사물의 외형을 최대한 세밀하게 관찰하고 다양한 비유를 사용하여 그것을 시각적으로 실감나게 묘사하는 것이다. 이 작품 역시 그와 같은 특징을 가지고 있는데, '흰 능금꽃[素奈]', '노란 이마 화장[蜂黃]'과 같은 색채 이미지를 통해 "시인의 상상 속에 있었던 것" 마냥 곱게 화장한 여인의 이마를 표현하였고, 이마 위의 눈썹을 '매미[小蟬]'에 비유하는 등의 비유법을 사용하여 이마의 외형을 묘사하였다.

여기서 주목할 점은 바로 이 '형사(形似)'를 위하여 〈심원춘〉 속 여성이 작자가 창조해낸 남성 화자에 의해 줄곧 관찰되고 묘사된다는 점이다. 작품에서 여성 인물은 개인적인 공간에서 홀로 단장을 하고 또 홀로 누군가를 기다리고 있다. 사실상 외부인에 의해 관찰될 수 없는 장면이지만 이 내밀한 공간에서 벌어지는 사적인 일들은 어디에 위치하고 있는 지도 불분명한 전능한 존재에 의해 일방적으로 관찰된다. '보는 자'는 '보이는 자'가 갖지 못하는 '응시(凝視)의 권력'을 갖게 된다. 그에 따라 작품의 묘사 대상인 '여성'과 그를 묘사하는 '남성 화자'의 관계는 철저히 불평등한 관계가 될 수밖에 없다. 여성 인물은 그의 외모와 행동 하나하나가 모두 노출되고 심지어는 비가시적 영역인 '담[膽]', '장[臟]'과 같은 내부의 기관까지 화자에 의해 관찰되고 구체적으로 묘사되지만, 그는 정작 자신을 지켜보는 시선이 있다는 것조차 깨닫지 못한다.

沁園春 · 乳 (가슴)

隱約蘭胸,	흐릿한 난초 가슴에
菽發初勻,	콩이 터진 것 막 흩어지고
脂凝暗香.	매끈한 피부에 그윽한 향이 이네.
似羅羅翠葉,	마치 또렷한 푸른 잎 같고
新垂桐子,	새로 드리워진 오동나무 씨앗 같으며
盈盈紫蕋,	아름다운 자줏빛 연밥이
乍擘蓮房.	막 연방을 터뜨린 듯.
竇小含泉,	작은 구멍 샘을 머금고
花翻露蔕,	꽃이 뒤집어져 꽃받침을 드러내는데
兩兩巫峰最斷腸.	쌍을 이루는 무산 봉우리 가장 애간장 끊어지게 한다네.
添惆悵,	쓸쓸함 더해지는데
有纖袿一抹,	얇은 웃옷 한 조각 있건만
卽是紅牆.	바로 붉은 담장이로구나.

위의 작품은 〈심원춘·가슴(乳)〉의 상편으로, 작자는 콩·잎·씨앗·연밥·꽃·산봉우리 등 다양한 비유물을 통해 여성의 가슴을 세밀하게 묘사하였다. 비유물을 통한 우회적인 묘사는 독자에게 다양한 상상의 가능성을 열고 작품이 저속한 방향으로 흐르는 것을 막지만, 얇은 웃옷 너머 존재하는 여성의 가슴을 바라보며 마치 그것이 붉은 담장마냥 접근할 수 없는 것이라 괴로워하는 남성 화자의 시선은 성적(性的) 의미를 담고 있다. 〈심원춘〉에서 여성의 '몸'의 형상을 묘사하는 시각 이미지들은 여성을 '관찰'하고 '관음'하는 화자의 일방적인 시선과 관련되어 있으며, 이는 화자, 그리고 그 화자를 창조한 작자의 욕망을 반영한 것이라 할 수 있다.

〈심원춘〉 12수의 시각 이미지가 주로 작품 속 여성 인물의 '몸'을 바라보는 화자의 시선을 드러낸 것이라면, 다른 감각 이미지들은 여성 인물이 바로 그 '몸'을 통해 느낀 감각을 표현한 것이다. 사실 〈심원춘〉 12수는 시각적 묘사뿐만 아니라 다양한 감각의 묘사에 공을 들였는데, '감각'이란 신체 기관을 통해 외부의 자극을 받아들이는 행위를 의미하니 인간의 신체 기관을 제재로 삼은 〈심원춘〉이 특정한 인물의 다양한 감각을 표현하는 것은 필연적인 결과라 할 수 있다.

沁園春·耳 (귀)

玉琢芳根,	옥을 다듬은 향긋한 뿌리,
麝月初弦,	상현달 떠오르고
螺峰遠侵.	고동 뿔 아득히 다가가네.
勝吳綃畫了,	훌륭한 오 땅의 얇은 비단에 그림 그리고
微添朱暈,	살짝 붉은 물감을 더하였네.
秦瑞繫却,	진 땅의 귀고리 걸고
密釘神針.	촘촘한 못을 조심스럽게 찔렀네.

粉拂頻沾,	분첩 자주 적시고
香雲帶掠,	향긋한 구름머리가 둘러 스쳐지나가며
釵鳳珠垂冷不禁.	봉황모양 비녀 진주 늘어뜨리니 차가워 견딜 수 없구나.
盤龍鏡,	용이 서린 거울,
映玉臺素手,	옥경대에 비추는 흰 손이
影後斜臨.	형상 뒤로 비스듬히 임하네.

小堂誰弄清琴.	작은 방에서 누가 맑은 금을 타는가,
通一線靈犀直到心.	선이 하나로 통한 무소뿔처럼 곧장 마음에 닿았지.
慣春閑易倦,	한가로운 봄에 쉬이 게을러져
偸粘角枕,	남몰래 뿔 베개에 달라붙었는데
夢輕難續,	꿈은 가벼워 계속되기 어려우니
翻恨鶯吟.	도리어 꾀꼬리 우는 것을 한탄하네.
細馬馱來,	작은 말 타고
埃風生處,	먼지바람 이는 곳에 왔는데
掩就綃巾未易尋.	두건으로 가리니 쉬이 찾을 수 없구나.
羅幃底,	비단 휘장 아래에서
把無聲私語,	소리 없는 속삭임
遞向更深.	전하는 것 더욱 깊어졌네.

〈심원춘·귀(耳)〉의 상편에서는 귀에 초점을 맞추어 여인의 단장하는 모습을 묘사하였다. 하편에서는 밀회 장면을 그리되, 주제인 '귀'와 관련하여 귓속말로 밀담을 나누는 장면을 묘사하였다. 꽃나무 뿌리, 상현달, 고동 등의 비유물을 사용하여 귀의 외형을 시각적으로 표현하였을 뿐만 아니라, 귀고리와 비녀의 진주, 뿔 베개가 귀에 닿는 촉감, 몰래 귓속말을 나누는 과정에서 느껴지는 청각과 촉각의 감각까지,

다양한 감각을 묘사하였다.

이 작품에서 신체 기관인 '귀'의 외형을 묘사하는 시각 이미지들이 작품의 화자가 외부에서 여성 인물을 관찰한 시각을 반영한 것이라면, 청각·촉각과 같은 다른 감각 이미지들은 작품 속 여성 인물이 직접 느꼈을 감각을 묘사한 것이다. 그렇다면 제3의 위치에서 이 여성 인물을 바라보고 있는 이 전능한 화자는 여성 인물을 시각적으로 꿰뚫어보고 있을 뿐만 아니라, 여성 인물이 느끼는 감각까지 읽어낼 수 있다는 의미가 된다.

그렇다고 작품 속 여성 인물이 화자와 일치된다거나 공감의 대상이라고 보기는 어렵다. 앞에서 언급하였듯이 작품 속 여성을 바라보는 화자의 시각에는 다분히 성적 욕망이 반영되어 있다. 특히 밀착된 시점에서 특정 신체 기관을 클로즈업하여 그것의 시각 이미지 구현에 집중하는 〈심원춘〉 상편의 경우, 여성은 온전한 형상으로 존재하지 못하고 이마나 코, 귀, 가슴 등과 같은 신체의 일부로만 존재하여 관찰의 대상이 되며, 이때 여성의 감정과 서사는 배제된다. 서사가 사라진 여성의 몸은 남성 화자의 탐미와 욕망의 대상일 뿐, 공감의 대상이 아니다. 당연히 남송대 사인(詞人)의 영물사처럼 작자의 감정을 의탁하는 사물로서 기능하지도 않는다. 오히려 철저히 화자의 시선 안에서 통제되는 이 여성 인물은 심지어 그의 감각마저도 화자에 의해 완전히 지배당하고 있다고 보는 것이 타당할 것이다.

4. 나가며 – 뮤즈(Muse)가 된 여성

명말청초 시기 사단의 영수였던 주이준에게는 젊은 시절 그와 비극적인 애정 관계를 형성하여 평생 잊지 못할 기억을 남긴 여성이 있다. 그는 주이준의 문학 창작에 영향을 주었고 그에 따라 끊임없이 주이준의 작품 속에 자신의 존재를 드러냈다. 주이준의 애정시사에서 지속적으로 흔적을 남겨왔던 이 여성은 주이준이 영물사에 몰두하였던 창작 후반기까지도 일부 영향을 주었던 것으로 보인다.

주이준의 〈심원춘〉 12수는 〈심원춘〉으로 여성의 몸을 노래하는 전통과 청초 영물사의 발달, 그리고 주이준의 개인적 애정 경험이라는 여러 가지 요소가 영향을 끼쳐 탄생한 결과물이다. 시와 사 등 다양한 형태로 자신의 비극적 애정 경험을 재현하였던 주이준은 여성의 12가지 신체 기관을 제재로 하는 〈심원춘〉을 창작함으로써 또다시 특정 여성을 주인공을 내세워 애정사를 노래하였다.

현재의 시점에서 재현된 과거는 철저히 작자의 취사선택의 과정을 거쳐 재구성된 것이다. 그의 애정사는 시간이 지남에 따라 의식적, 또 무의식적으로 미화되고, 작자는 훌륭한 문학 작품을 완성하기 위해 자신의 애정 경험을 변형시키기도 한다. 그렇기에 문학 작품에서 구현된 작자의 애정사는 실제 애정사와 일치하지 않으며, 작품 속에서 묘사된 여성 인물 또한 실제 인물과 완전히 일치할 수 없다.

‘영물’이라는 주제와 만난 ‘여성’은 유사한 주제를 다루었던 주이준의 이전의 작품들과도 다른 모습으로 묘사되었다. 〈심원춘〉은 비극적 애정 관계 속에서 느끼는 갈등을 토로하기 위한 것도, 억울하게 훼손된 여성의 명예를 회복시키기 위한 것도 아니다. 영물사인 〈심원춘〉에서 ‘여성’은 타자이자 관찰의 대상인 ‘사물[物]’로, 12가지의 신체 기관으로 분리되어 존재한다. 또한 ‘보고’ ‘보이는’ 권력 관계 속에서 철저히 ‘보이는’ 위치에 놓여, 그의 외형과 그가 느낀 감각이 집요하게 관찰되고 묘사되었다. 그러나 〈심원춘〉 속 여성은 관찰되었음에도 정말 관찰된 것이라고 보기 어렵다. 내밀한 규방 안에서 홀로 단장하며 애태우는 여성을 실제로 관찰하는 것이 가능할리 없기 때문이다. 그렇다면 이 모든 것은 눈앞의 현실을 묘사한 것이 아니라 철저히 작자의 계산에 따라 재구성된 것이다. 작자에 의도에 따라 '여성'은 그럴 듯한 무대 위에, 그럴 듯한 모습으로 올라와서는 그의 외형은 물론 몸의 내부와 감정, 그리고 감각까지 모든 것이 작자에 의해 완벽히 설정되고 통제되어 독자에게 내보이게 된 것이다. 다양한 사물에 비유되어 세밀하게 묘사된 여성의 외형과 그가 느낀 감각들마저도 모두 작자의 욕망과 가치 관념에 따라 그럴 듯하게 설정된 것이다.

그렇기에 주이준 애정시사 속 '여성'은 실존 인물로 추정되지만 반드시 그와 일치할 필요는 없으며, 단순한 애정의 대상도 아니다. 그는 주이준의 '뮤즈(Muse)'가 되어 그의 문학적 원천이 되었으며, 작자의 완전한 통제 아래 응당 '그러해야 하는 모습', 혹은 '그러하기를 바라는 모습'으로 문학 작품 속에 영원히 남게 된 것이다.

| 참고문헌 |

(淸) 朱彝尊, 《曝書亭集》, 臺北, 世界書局, 民國78[1989].

(淸) 朱彝尊 著, 屈興國・袁李來 點校, 《朱彝尊詞集》, 杭州, 浙江古籍出版社, 2011.

(淸) 朱彝尊 著, 李當孫 纂, 嚴榮 參, 《曝書亭集詞注》, 中國, 校經廎, 1814.

졸고, 〈朱彝尊《靜志居琴趣》의 애정표현 방식〉, 서울대학교 석사학위 논문, 2010.

졸고, 〈朱彝尊 前・後期詞의 창작 양상 변화 : 明淸 교체기 강남 지식인의 정체성 변화와 관련하여〉, 서울대학교 박사학위 논문, 2018.

졸고, 〈물화(物化)된 여성의 몸 — 주이준(朱彝尊) 영물사(詠物詞) 〈심원춘(沁園春)〉 12수〉,《중국문학연구》제75집, 2019.

졸고, 〈朱彝尊 애정시 〈風懷二百韻〉 고찰〉,《中國文學》제83집, 2015.

* 이 글은 한국중문학회에서 간행하는《중국문학연구》제75집에 수록된,〈물화(物化)된 여성의 몸 — 주이준(朱彝尊) 영물사(詠物詞)〈심원춘(沁園春)〉12수〉(2019)를 토대로 하여 이를 수정·보완하고 요약한 결과물이다.

1) '朱彝尊'의 '尊'자는 한국식으로는 '존'으로 읽으나 여기서는 '樽'과 같은 글자로 보고 '준'으로 읽는다. 그의 이름의 '이(彝)'자와 그의 자(字)인 '석창(錫鬯)' 모두 제기(祭器)를 뜻하므로 '尊' 또한 제기의 하나인 '樽'으로 보는 것이 적합하다.

2)《문선(文選)》권19 이선(李善)의 주(注) : 위나라 동아왕이 한나라 말에 견일의 딸을 얻고자 하였지만 이루지 못했다. (중략) 황초 연간에 조정에 들어가니 황제가 조식에게 견후의 옥루금대침을 보여주었는데, 조식이 그것을 보고는 저도 모르게 울었다. 이때 (견후는) 이미 곽후에게 모함을 당하여 죽었다. (중략) 희비를 스스로 이기지 못하니 마침내〈감견부〉를 지었는데, 후에 명제가 그것을 보고〈낙신부〉로 바꿨다.(魏東阿王, 漢末求甄逸女, 既不遂. … 黃初中入朝, 帝示植甄后玉鏤金帶枕, 植見之, 不覺泣. 時已為郭后讒死. … 悲喜不能自勝, 遂作感甄賦. 後明帝見之, 改為洛神賦)

3) 주이준의〈풍회이백운〉 시의 자세한 내용과 번역은 졸고,〈朱彝尊 애정시〈風懷二百韻〉고찰〉,《中國文學》제83집, 2015를 참고할 수 있다.

4) 주이준과 풍씨의 애정 관계에 대한 자세한 고증은 졸고,〈朱彝尊《靜志居琴趣》의 애정표현 방식〉, 서울대학교 석사학위 논문, 2010, 제2장을 참고할 수 있다.

5) 이는 작자가 작시(作詩)하기에 특히 까다로운 장편오언배율의 체제를 선택한 것에서 잘 드러난다. 작품의 내용적인 구성과 배치, 적절한 전고와 엄정한 대장의 사용 등이 까다로운 장편배율 형식은 작자의 학문과 문학적 능력을 과시하는 수단이 될 뿐만 아니라, 정중하고 품위 있는 시체(詩體)로서 누군가에게 선사하였을 때 그에 대한 존중을 효과적으로 표현하는 방법이 된다. 결국 이 작품은 풍씨라는 인물을 애도하고 그에 대한 존중을 표현하는 글이라 할 수 있다. 졸고,〈朱彝尊 애정시〈風懷二百韻〉고찰〉,《中國文學》제83집, 2015, 61~62쪽 참조.

청각적 상상력
-《홍루몽(紅樓夢)》*

노선아(한림대)

중국 고전소설의 대표작으로 손꼽히는 《홍루몽(紅樓夢)》은 청대 중엽(약 1754년)에 등장하였다. 이때는 중국 사회가 큰 변화를 맞은 명 말엽으로부터 점차 시각 중심 사회로 접어들던 시기였다. 사회적 변화의 흐름에 따라 소설 역시 구연적인 전통에서 벗어나 점차 문자를 중심으로 한 시각적인 문학으로 변모해갔다.

　　그러나 우리는 모옌(莫言)이 언급한 바와 같이 소설의 발생이 "이야기하는(講故事)"1) 데서 온 것임을 잊어서는 안 된다. 시각적 문자가 발생하기 전, 혹은 문자가 역할을 거의 하지 못하는 사회에서 이야기는 구술로 전해진다. 그리고 이 청각적 구술성은 구술사회에서만 존재하는 것이 아니라 문자사회가 성숙한 시기에도 여전히 곳곳에 남아있다.2) 때문에 《홍루몽》에는 시각적 이미지가 가득하면서도 도처에 소리로 가득하기도 하다. 예를 들면, 가부(賈府)에서 열리는 수많은 연회에는 흥을 돋우는 시끌벅적한 음악이 있고, 피어나는 자매들은 삼삼오오 모여 재잘재잘 끊임없이 이야기꽃을 피운다. 왕희봉(王熙鳳)이 가는 곳에는 우스갯소리가 끊이지 않고, 환경(幻鏡)에 이르는 길목에는 언제나 신비로운 노래가사가 흘러나온다.

　　청각은 시각과 함께 사물 인식에 중요한 역할을 담당하는 감각이다. 그리고 상상이란 "실제로 경험하지 않은 현상이나 사물을 마음속으로 그려 보는 것"으로 실제적, 구체적 형상이 없는 이미지 운동이라는 점에서 청각과 매우 밀접한 관련을 가진다. 눈으로 보는 대상은 그 형상을 포착할 수 있지만, 공기 분파의 파동으로 귀에 전달되는 소리는 형체가 없다. 그리고 소리는 하나의 형태로 존재하는 것이 아니라 사방에서 들려올 수도 있고, 연속성을 갖기 때문에 대뇌에서는 경험을 바탕으로 상상과 추측, 판단을 해야만 한다.3) 이러한 청각의 모호함은 우리에게 상상할 수 있는 여지를 마련해 준다. 문학에서 상상력은 매우 중요하다. 이는 상상력 없는 문학은 무미건조한 문자의 나열이 될 수도 있기 때문이다.

1. 고대 중국에서 듣는 것이란?

인쇄술 발명 이후 시각을 절대적인 감각으로 여기며 매우 빠른 속도로 시각 중심 세계에 빠져든 서구 사회와 달리, 고대 중국 사회는 시각 중심 사회로 접어 든 뒤에도 오랫동안 구술사회의 특성을 지니고 있었다. 이러한 특성에 대해 캐나다의 저명한 미디어 이론가 마샬 맥루한(Marshall McLuhan, 1911~1980)은《구텐베르크 은하계》에서 "중국인은 부족적이고 청각적이다"[4)]라고 지적한 바 있다. 이는 인간의 감각이 동등한 지위를 가지며, 각 감각은 다른 감각을 배척하지 않고 자신의 역할을 수행한다는 고대 중국의 독특한 감각 인식과 관련된다. 중국의 문자인 한자를 예로 들어 보자. 일반적으로 한자는 표의문자라는 점에서 시각적이고, 영어 알파벳은 표음문자라는 점에서 청각적이라고 여긴다. 그러나 맥루한은 표음문자는 서로 의미 없는 언어와 부호를 나열한 것이기 때문에 시각으로 청각을 대신함으로써 감각과 그 기능에 분리가 일어난다고 보았다. 반면, 표의문자는 한 글자 안에 시각적 "형태(形)"와 청각적인 "소리(音)"를 갖추고 있으므로 시각이든 청각이든 서로 배척하지 않는다고 여겼다.[5)]

이러한 인식 하에 고대 중국에서 시각과 청각은 서로 공존하며 통합하는 특징을 보인다. 고대 중국의 시청각 통합에 대한 논의는 미국의 동양철학자 제인 기니(Jane Geaney)의 글에 보인다. 그는 전국시기 제자백가 사상서의 논의를 종합하여 고대 중국에서 귀(耳)와 눈(目)은 감각 전체를 의미하며, 귀와 눈을 통해 보고 듣는 행위는 지식을 얻는 것, 혹은 지식 자체로 대표된다고 하였다. 특히, 청각은 시각과 한 쌍을 이루어 지각과 인식에 핵심적인 역할을 담당하는데, 이때 중요한 것은 시각과 청각의 조화와 균형이며, 혹시라도 한쪽 감각에 치우치게 되면 정신적인 지식을 얻을 수 없게 된다고 보았다.6)

이는 "듣다"는 뜻의 한자 "청(聽)"에서도 살펴볼 수 있다. "청(聽)"의 왼쪽에는 청각의 핵심기관인 "귀(耳)"가 있고, 오른쪽에는 누운 모양의 "눈(目)"과 "마음(心)"이 있다. 한 글자 안에 "귀(耳)"와 "눈(目)"뿐만 아니라 "마음(心)"까지 전 방위적 감각이 존재한다.7) 고대 중국의 인식론으로 해석하자면, 듣는다는 것은 다만 "귀(耳)"로 소리를 듣는 것에 그치는 것이 아니라 "눈(目)"으로도 보고 "마음(心)"으로도 전해져야 한다는 것이다. "청(聽)"이 외에도 "이목(耳目)", "견문(見聞)", "총명(聰明)" 등 지식과 관련되는 단어를 보면, 귀(耳)와 눈(目) 중 어느 한 감각에 치우치지 않고 시각과 청각을 병렬해서 쓰고 있다. 오히려 "이목(耳目)"이나 "총명(聰明)"같은 글자를 보면, 청각을 앞세운 듯 보이기도 한다. 이처럼 고대 중국에서는 청각의 존재를 인정하고 그 역할에 의미를 부여하며, 시각 중심 사회로 나아갈 때에도 청각적인 감지를 중요하게 인식하였다.

그렇다면 고대 소설에서 청각의 역할은 무엇이며, 어떠한 영향을 미치는가? 이 문제의 답을 찾기 위해서는 먼저 문학이 문자화되는 과정을 살펴보아야 한다. 동서양을 막론하고 문학은 구술적인 노래나 이야기로부터 점차 문자로 정착되는 과정을 거친다. 이는 중국 문학의 시초라 일컬어지는 《시경(詩經)》에서부터 보인다. 주지하다시피 《시경》은 위정자가 민정을 살피기 위해 민간에 떠도는 음악을 모은 노래 가사집이다. 위정자는 백성들의 소리를 정확히 "듣기" 위해서 당시

백성들이 사용하는 말소리, 음정, 감정 등을 그대로 문자로 옮겨 적었다.8)

구술로부터 문자로 정착되는 과정은 소설에서도 예외가 아니다. "소설(小說)"이라는 단어에서도 볼 수 있듯이 소설이란 "작은 이야기", "자질구레한 이야기"를 뜻한다. 《한서·예문지(漢書·藝文志)》에는 "소설가의 무리는 대개 패관에서 나왔으며, 길거리와 골목의 이야기나 길에서 듣고 말한 것으로 짓는다"9)고 하였다. 한대 이전에는 《시경》과 마찬가지로 길거리나 골목에 떠도는 이야기를 모아 백성의 민심을 파악하거나 의론 제시, 개인 수양 및 가정과 사회를 다스리는 방편으로 활용하였다. 이러한 전통은 이후에도 계속 이어지는데, 육조의 지괴(志怪)와 당대의 전기(傳奇) 역시 항간에 전하는 기이한 이야기를 채집한 것이다. 대부분의 전기류 소설은 언제, 어디서, 누구에게, 어떤 일이 일어났는가에 대해 사실을 전하는 방식으로 쓰여 졌다.

이처럼 소설은 구술적인 이야기로부터 비롯되지만, 육조 지괴나 당 전기는 문자 자체인 문언(文言)으로 쓰인데다 글자를 아는 문인들끼리만 향유하였다는 점에서 순수하게 구술적 전통을 계승하였다고 보기는 어렵다. 송대 이후 화본소설(話本小說)이 등장하는데, 이 화본소설은 "설화(說話)"라는 구연 양식을 직접 계승한 것이며, 문자로 정착된 이후에도 곳곳에 구연적인 특성이 남아 있어 주목할 만하다.10)

설화는 고대 설창(說唱)에서 기원한 것으로 설서인(說書人), 즉 이야기꾼이 청중들 앞에서 이야기를 말하는 것이다. 설화는 당대 중엽부터 시작된 것으로 보이는데, 송대 도시경제가 발달하면서 시민들의 대표적인 오락문화로 자리 잡았다. 화본소설은 바로 이 설화의 줄거리를 적은 간략한 대본이다. 설화가 크게 성행하면서 송·원대에는 전문적으로 화본소설이나 희극 각본을 집필하는 집단인 서회(書會)가 생겨났다. 설화가 화본소설이 되는 과정에서 이야기를 전달하는 설서인은 소설의 서술자가 되어 자신을 "소인(在下)", "설화인(說話的)" 등으로 지칭한다. 그리고 화본소설에서는 종종 서술자가 "독자 여러분(看官)"이라고 칭하며 청중과 소통하는 듯한 모습을 보이는데, 이는 설화에 청중이 있는 것처럼 화본소설에 "가상의 청중"을 설정하였기 때문이다.[11] 또한, 설화에서는 "말을 하자면(話說)", "각설하고(且說)" 등의 상투어를 사용하여 끊임없이 서사의 내용을 전환하는데, 화본소설에 이러한 영향이 직접적으로 드러난다.

설화로부터 시작된 화본소설은 이후 백화(白話)로 쓰인 장편소설에도 직접적인 영향을 미친다. 명대 사대기서 가운데《삼국연의(三國演義)》,《서유기(西遊記)》,《수호전(水滸傳)》은 그 성서과정이 길고도 복잡한데, 대개 역사서나 설화 양식에 근간을 두고,《전상삼국지평화(全相三國志平話)》,《대당삼장취경시화(大唐三藏取經詩話)》,《대송선화유사(大宋宣和遺事)》등과 같은 화본소설의 직접적인 영향을 받았다.[12] 그리고《금병매(金甁梅)》와《홍루몽》에는 종종 "독자 여러분! 이야기 좀 들어보오(看官聽說)"라고 하거나 발화에 앞서 "각설하고"의 의미를 지닌 "且說", "不在話下", "話說"과 같은 설화적 표현들이 자주 등장한다. 뿐만 아니라《홍루몽》각 회 말미에는 "다음 회를 보시면 알게 될 것이외다(再看下回便知)"라고 하여 "보다(看)"라는 단어를 쓰기도 하지만, 대개 "다음 회의 이야기를 들어보시라(且聽下回分解)"라고 하여 "듣다(聽)"라는 단어를 사용한다.

이처럼 고대 중국의 소설은 구술적인 이야기에서부터 발생하였을 뿐만 아니라 송·원대를 거쳐 명대에 이르는 동안 설화적 구연 전통의 영향을 직접적으로 받아 곳곳에 청각적인 특성을 담고 있다.

2. 작가 조설근(曹雪芹)의 음악적 소양

고대 중국의 청각 인식과 구연으로부터 비롯된 소설 전통이 《홍루몽》의 청각적 상상력에 간접적인 영향을 미쳤다면, 작가 조설근(曹雪芹)의 배경은 보다 직접적인 영향을 미친다고 할 수 있다. 안타깝게도 조설근의 어린 시절 부유하던 가문이 몰락하였기 때문에 오늘날 그에 대해 자세히 알아볼 수 있는 사료가 거의 남아 있지 않다. 다만, 《홍루몽》의 내용과 그의 친우들이 남긴 시문 및 선조와 관련된 기록에서 대략적인 상황을 유추해 볼 수 있다.

결론부터 말하자면, 조설근은 음악에 정통하여 악기도 연주할 줄 알고 작곡 능력도 갖춘 다재다능한 음악인이었다.[13] 조설근의 친우 장의천(張宜泉, 1720~1770)이 남긴 〈상근계거사(傷芹溪居士)〉에 홍학자 주여창(周汝昌, 1918~2012)은 "설근이 사망한 후 장의천이 그의 저택을 다시 방문하였는데, 그리운 사람은 보이지 않고, 통곡의 눈물만 이어졌다. 설근의 시, 그림, 거문고, 검 등 여러 재예가 모두 끊어짐을 탄식하노라"고 설명을 덧붙였다.[14] 이를 통해 조설근이 시, 그림, 검에 능통하였을 뿐만 아니라 거문고에도 일가견이 있었음을 추측해 볼 수 있다.

그의 음악적 소양은 《홍루몽》 곳곳에서 살펴볼 수 있다. 《홍루몽》에 나타나는 수많은 연회 장면에는 음악이 끊이지 않는다. 거문고(琴), 북(鼓), 퉁소(簫), 생황(笙), 비파(琵琶) 등 여러 종의 악기가 쓰이고, 곡 연주, 악기 합주, 악기 독주 등 다양한 음악 연주가 이어진다. 특히, 제76회 가모(賈母)는 영국부(榮國府) 가족들과 추석 보름달을 감상하면서 음악을 연주하도록 하면서 다음과 같이 말한다.

"악기가 너무 여러 가지면 오히려 우아한 분위기를 해치게 되니 피리만 가지고 멀리서 불도록 해라."[15]

이를 통해 선선한 바람이 부는 추석날 밤, 밝게 뜬 보름달을 보며 멀리서 은은하게 울려퍼지는 피리소리를 감상하고 싶은 가모의 음악적 취향을 엿볼 수 있다. 가모의 이러한 우아한 취향은 작가 조설근에 의해 만들어진 것이며, 이는 바로 조설근의 취향이기도 하다.

또한, 제54회 정월대보름 연회에서 여자 이야기꾼들이 영국부 사람들의 매화 돌리기 놀이에 맞춰 북을 둥둥둥 치는 장면이 연출된다.

> 여자 이야기꾼들은 이미 익숙한 일이라 빠르게 혹은 느리게 치기도 하고 때로는 물방울 떨어지듯 천천히 치는가 하면 때로는 콩 볶듯이 급하게 두드려댔다. 마치 놀란 말이 미친 듯이 달리는 것 같기도 하고 마른하늘의 번갯불이 번쩍이는 듯하기도 했다. 북소리가 늦어지면 매화를 돌리는 속도도 늦어지고 북소리가 잦아지면 매화도 빨리 돌았다.[16]

북소리의 강약과 완급을 조절함으로써 누가 매화꽃을 받아 벌칙을 받게 될지 다들 긴장하면서도 즐거워하는 장면을 매우 효과적으로 표현하였다. 인물의 고상한 음악적 취향이나 위와 같은 장면 효과는 조설근의 음악적 소양이 받쳐주지 못했다면 《홍루몽》에서 찾아볼 수 없었을 것이다.

조설근이 이렇게 음악적 소양을 갖추게 된 것은 청대 희극이 크게 유행했던 시대적 상황 및 음악인과 교류가 잦았던 집안 환경의 영향이 컸다. 당시에는 고관대작이나 부유한 상인들이 집안에 전문적인 극단(戲班)을 들이는 유행이 일었는데, 조설근의 집안은 선조 때부터 강녕직조(江寧織造)를 역임한 터라 역시 전문 극단을 집안에 두고 있었다.

저명한 홍학가 서공시(徐恭時, 1916~1998)의 말에 따르면, "강녕, 소주의 직조 문중에는 모두 가정 극단이 있었으며, 항상 연극이 펼쳐졌다. 조설근은 은연중에 영향을 받아 어릴 때부터 연극 보는 것을 좋아했다"17)고 하였다.

조설근의 예술적 소양에 그의 조부 조인(曹寅, 1658~1712)을 빼놓고 이야기할 수 없다. 조인은 선조의 대업을 이어받아 강녕직조를 역임하였으며, 문학과 예술적 소양이 매우 높았다. 그는 시집과 문집을 여러 권 편찬했을 뿐만 아니라 강남 문단에서 명성이 높았다. 이에 따라 자연히 문학, 예술적 소양을 갖춘 이들과의 왕래도 잦았다. 그 가운데 조인은 당시 극단의 저명한 이들과도 교류하였는데, 대표적으로 극작가 홍승(洪昇, 1645~1704)이 있다. 홍학자 풍기용(馮其庸)이 《홍루몽개론(紅樓夢槪論)》에서 언급한 바에 따르면, "강희 42년에 조인이 극본 《태평악사》를 탈고하였는데, 홍승을 청해 서문을 적어 책머리에 넣었다. 강희 43년에 조인이 홍승을 강녕으로 청하여 남북의 명사들을 모아 놓고 《장생전》을 연극하였는데, 일시에 성대한 일로 전해졌다."18)

이뿐만 아니라 조인은 청대 유명한 장서가이기도 하였다. 그의 장서에는 음악과 관련된 서적도 꽤 많았다. 맹범옥(孟凡玉)이 《요해총서·연정서목(遼海叢書·楝亭書目)》에 의거하여 정리한 바에 따르면, 조인의 장서 가운데 "악(樂)", "악보유(樂補遺)", "잡부(雜部)", "시집(詩集)", "곡(曲)" 등 음악과 관련된 서적만도 50여 종에 이른다.19) 이처럼 조설근은 희극이 성행하는 시대적 영향과 선조로부터 이어오는 가정 환경의 영향 및 개인의 예술적 소양으로 말미암아 음악에 대한 조예가 남다를 수밖에 없었다. 그의 이러한 예술적 소양은 《홍루몽》 서사 안에서 뛰어난 청각적 상상력으로 발휘될 수 있었던 것이다.

3. 외로운 소녀의 마음에 울리는 서글픈 소리

귀로 전달되는 소리는 혼자서 들을 수도 있고, 여럿이 함께 들을 수도 있다. 소설에서 혼자 듣는(獨聽) 것은 연극에서 홀로 말하는 독백(獨白)과 같이 모든 상황이 청자에게로 집중되어 청자의 내면 심리를 보다 효과적으로 들여다 볼 수 있다. 뿐만 아니라 청자가 홀로 듣는 정경은 인물의 심리와 더불어 풍부한 시적 의경(意境)과 정취를 자아내는데 큰 공헌을 한다.

《홍루몽》에서 혼자 듣게 되는 청자는 주로 여주인공 임대옥(林黛玉)이 맡는다. 임대옥은 소설 안에서 청각이 가장 예민한 인물 가운데 하나이다. 이는 근심이 많고 감수성이 풍부한(多愁善感) 성격과 관련된다. 그리고 임대옥은 어릴 때 부모님을 잃고 친형제자매 없이 홀로 가부(賈府)에 의탁한 채 살아간다. 때문에 그녀의 경우 유독 혼자 있거나 홀로 듣는 장면이 많이 연출된다. 예를 들면, 제23회 임대옥은 가보옥(賈寶玉)과 심방갑(沁芳閘) 근처에서 《서상기(西廂記)》를 읽다가 처소로 돌아가는 길에 홀로 연극반 아이들의 노랫소리(戲文)를 듣게 된다.

> 막 이향원 앞의 담장 모퉁이를 지나는데 대청 안에서 피리소리가 노랫가락과 함께 유장하게 흘러나왔다. 대옥은 그것이 바로 열두 명으로 된 연극반의 여자아이들이 공연 연습하는 중임을 알았다. 다만 대옥은 평소에 연극을 즐기는 편이 아니었기에 별로 염두에 두지 않고 제 갈 길을 재촉했다. 하지만 우연히 두 구절의 노랫가락이 그녀의 귓속으로 파고들었다. 그리고 아주 분명하게, 한 글자도 빠지지 않고 그녀의 뇌리에 새겨졌다.[20]

홀로 이향원(梨香院) 담을 지나 처소로 향하는 길에 우연히 극단의 노랫소리가 들려온다. 임대옥은 평소 연극을 좋아하지 않기 때문에 만약 누군가와 함께 있었다면 이를 흘려들었을지도 모른다. 그러나 홀로 가는 길에 들려오는 노래가사는 한 글자도 빠지지 않고 그녀의 뇌리에 깊이 새겨진다. 마침 그녀의 귀에 파고든 것은 가부에 의탁하고 있는 자신의 처량한 신세를 은유한 구절이다.

> 고운 자태로 흐드러지게 핀 다홍색 꽃잎,
> 마른 우물가 무너진 담벼락에 피었구나.
> 좋은 시절 고운 경치 속절없는 세상이여,
> 기쁜 마음 즐거운 일 그 누가 함께 하랴.
> 아 어이하랴! 그대의 꽃다운 그 모습과
> 아 어이하랴! 물처럼 흐르는 이 세월을……
> 그대는 깊은 규중에서 홀로 슬퍼하노니.[21]

일반적으로 음악은 사람의 감정을 반영하며 사람을 감동시키기도 한다. 만약 음악에 가사가 있다면 그 효과는 곱절로 늘어난다.[22] 이향원에서 흘러나오는 노래가사는 자신의 처량한 신세, 그리고 슬픔으로 가득 찬 마음과 꼭 들어맞아 임대옥은 잠시 가던 길을 멈춰 서서 경청한다. 그녀는 이 노래가사에 크게 공감할 뿐만 아니라 연상되는 시사(詩詞) "흐르는 물, 지는 꽃잎 모두 무정하여라", "물 흐르고 꽃잎 지면 봄날도 지나가네, 하늘 나라 저 만치에 인간 세상 이만치" 등의 구절과 방금 가보옥과 함께 읽은 《서상기》의 구절 "흐르는 물결 위에 붉은 꽃잎 떨어지면, 공연한 근심 걱정 천만 갈래 생겨나네"를 떠올린다.[23]

작가는 이향원 연극반의 노랫소리에 포함된 처량한 피리소리, 노래가사 등을 고려하여 임대옥을 청자로 설정하였다. 그리고 청각적 상상력을 이용해 그녀가 처한 상황 및 내면 심리를 효과적으로 표현해냈다.

만약 임대옥이 이 장면을 듣는 것이 아니라 시각적 형상으로 보았다면, 감흥이 덜 했을지도 모른다. 또한, 청자를 임대옥으로 설정함으로써 "정 많은 아가씨"24)를 그려낸 것은 교묘한 조설근의 필치가 아니면 불가능 했을 것이다.

임대옥이 홀로 듣는 장면은 제26회에도 보인다. 임대옥은 늦은 저녁 가보옥 걱정에 이홍원(怡紅院)으로 찾아와 문을 두드리는데, 마침 벽흔(碧痕)과 말다툼을 하여 심사가 뒤틀린 청문(晴雯)이 문을 열어 주지 않는다. 임대옥은 청문이 장난하는 줄 알고 다시 문을 열어 달라고 두드리지만, 청문은 "누군지 알게 뭐야. 우리 도련님이 누구든지 아무도 들여보내지 말라고 분부하셨다고!"25)라며 윽박지른다. 이 소리를 듣고 온 몸이 얼어붙는 듯 놀란 임대옥은 자신은 결국 이 집의 손님일 뿐이며, 부모형제도 없이 의지할 데 없는 처량한 신세임을 한탄한다. 그런데 슬퍼 눈물을 흘리는 와중 다음과 같은 소리가 들려온다.

> 그야말로 돌아갈 수도 없고 그냥 서 있을 수도 없는 진퇴양난의 순간이었다. 어쩌지 못하고 머뭇거리는 사이 마침 안에서 한바탕 웃음소리가 들리는데 가만히 듣고 보니 보옥과 보차 두 사람의 목소리가 분명했다. 대옥은 마음속에서 더욱 화가 치밀고 서러운 생각이 북받쳐 올랐다.26)

굳게 닫힌 이홍원의 대문을 사이에 두고 안에서 즐겁게 웃고 있는 가보옥, 설보차(薛寶釵)와 문밖에서 홀로 눈물짓고 있는 임대옥의 모습이 강렬한 대비를 이룬다. 특히, 문밖에서 가보옥과 설보차의 웃음소리를 홀로 듣는 임대옥의 모습은 굳이 자세히 서술하지 않아도 그녀의 외롭고 처량한 심경을 잘 드러내 보여준다. 뒤이어 작자는 "근처의 버들과 꽃송이 사이에 잠들어 있던 새들도 잠이 깨고, 까마귀는 차마

흐느끼는 울음소리를 들을 수 없어 푸드덕 멀리 날아갔다"라고 묘사하고, "꽃송이 혼백도 무정하게 뚝뚝 떨어지고, 새들의 꿈결도 어리석게 놀라 흩어지네"라고 시 한 구절을 넣어 임대옥의 서글픈 마음과 문밖의 처량한 정경이 일치를 이루는 경지를 표현해낸다.[27]

4. 우연히 들려온 사랑의 고백

소리는 전 방위에서 발하며 그 출처가 분명하지 않다. 게다가 귀는 항상 열려 있기 때문에 눈을 감았다 떴다 하는 것처럼 인간 스스로 소리의 청취를 결정하기가 어렵다. 이에 따라 우리는 불명확한 소리에 자세히 귀를 기울이기도 하고, 준비되지 않은 때에 갑작스러운 소리로 감정의 동요를 받기도 한다. 소설에서 우연히 듣는(偶聽) 것은 인물의 내면 심리를 건드리거나 이야기를 추진하는 새로운 원동력이 된다. 이러한 청각적 상상력으로 인해 이야기는 종종 예상치 못한 방향으로 전개되기도 하는데, 이는 서사적으로도 중요한 기능을 할 뿐만 아니라 독자들에게 매우 강렬한 인상을 남긴다.

《홍루몽》에서 우연히 듣기는 남녀의 인연이 시작되는 장면에서 찾아볼 수 있다. 예를 들면, 제1회 가우촌(賈雨村)이 진사은(甄士隱)의 집에 갔다가 서재에서 그를 기다릴 때, 우연히 창밖에서 한 여인의 기침소리가 나서 돌아보는데, 이 인연으로 가우촌은 이 여인(嬌杏)과 혼인하게 된다. 그리고 제24회 가운(賈芸)이 이홍원의 서재에서 가보옥을 기다릴 때에도 소홍(小紅)이 문밖에서 "오빠!"라고 하는 소리에 쳐다본 것으로 두 사람은 인연이 시작된다.

또한,《홍루몽》에서 우연히 듣기는 사랑을 고백하는 장면에도 나타나는데, 이는 소설의 주인공 가보옥과 임대옥에게서 찾아볼 수 있다. 가보옥은 정(情)의 화신으로 누구에게나 다정하지만, 그의 마음속에는 오로지 임대옥 하나뿐이다. 그래서 가보옥은 종종 《서상기》의 "나라야 '근심 걱정 넘치는 병들고 외로운 몸', 당신은 바로 '나라도 성도 무너뜨리는 경국지색'이라네"[28]라는 구절을 이용하거나 "네가 죽으면 나는 중이 되고 말 테야"[29]라는 말로 임대옥을 향한 자신의 애정을 드러낸다. 그러나 가보옥의 성격이 누구에게나 다정하기도 하고, 임대옥의 성격도 의심이 많은 탓에 가보옥의 고백은 정작 그 주인에게 닿지 못하고 늘 공중에 흩어져 버리고 만다.

임대옥이 가보옥의 진심을 깨닫게 되는 것은 제32회 가보옥과 사상운(史湘雲)의 "대화"에서이다. 가보옥은 경국치세를 논하는 사상운과 습인(襲人)에 면박을 주며,

> "대옥이는 한 번도 그런 쓸데없는 소리를 한 적이 없었어. 만일 대옥이도 그런 더러운 말을 한다면 내 일찌감치 갈라서 돌아서고 말았겠지."[30]

라고 한다. 이홍원에 왔다가 우연히 이 말을 들은 임대옥은 다음과 같이 반응한다.

> 대옥은 그 순간 온몸이 얼어붙으면서 한편으론 기쁘고 놀랍고 한편으로 슬프면서 한스러운 마음이 들어 그야말로 복잡다단한 속마음이 교차하였다. 기쁜 마음이 든 것은 자신의 안목이 틀림없어 평소 그를 자신만이 아는 지기라고 생각했는데 과연 지기임이 증명되었기 때문이요, 놀라운 마음이 든 것은 남들 앞에서 사사로운 마음을 드러내 자신을 칭송하여 거리낌 없이 친밀함을 보여주었다는 점이다.[31]

임대옥은 우연히 들은 가보옥의 말을 통해 그의 진심을 알게 되고, 두 사람이 서로의 지기(知己)임을 깨닫게 된다. 작가가 두 사람의 사랑 고백을 직접적 대면이 아닌 우연히 듣는 방식으로 표현한 것은 다음과 같은 까닭 때문이다.

첫째, 당시는 자유 연애나 결혼이 허용되지 않았다. 더군다나 가보옥 과 임대옥 사이에는 둘의 사랑을 방해하는 설보차가 있었고, 가보옥과 설보차 사이에는 "금옥양연(金玉良緣)"의 설까지 있었으므로 임대옥 으로 하여금 우연히 듣게 하는 방식을 취할 수밖에 없었다.[32] 둘째, 실제로 청각은 사랑 고백에 매우 중요한 역할을 한다. 이는 청각이 사람의 감정에 비교적 쉽게 파고들 수 있기 때문이다. 만약 시각으로 누군가를 감지할 때는 반드시 그 사람과의 일정한 거리가 필요하다. 반면, 청각적 소리는 나와 상대방의 거리감을 좁혀준다. 청각적 소리는 발화하는 사람으로부터 상대방의 귀에까지 직접적으로 닿아 상대방의 마음에 깊숙이 파고든다. 그리하여 나와 상대방의 내면세계가 하나로 합쳐지는 경지에 이르게 된다.[33] 우연히 듣는 것으로 임대옥은 가보옥 의 진심을 알게 되고, 이후 둘은 사소한 의심으로 다투지 않게 된다.

그러나 작가의 상상력은 여기에서 그치지 않는다. 뒤이어 가보옥은 임대옥을 향한 자신의 마음을 좀 더 직접적으로 표현하는데, 안타깝게 도 이때 고백을 듣는 이는 임대옥이 아닌 습인이다.

> 사실 보옥이 집을 나설 때 너무 서두르는 바람에 부채를 놓고 나왔는 데 습인이 그걸 알고 보옥이 더울까봐 서둘러 부채를 가지고 뒤를 쫓아 와 건네주려고 하였다. 마침 보옥이 대옥과 함께 있다가 잠시 후 대옥이 먼저 가고 그가 혼자 남아 꼼짝 않고 서 있기에 다가와서 말을 붙이게 되었다. …… 보옥은 한참이나 넋 나간 사람처럼 서 있다가 습인이 그에 게 말을 붙이자 그녀가 누군지도 살피지 않고 곧바로 잡아 끌어안고는

속마음을 털어 놓았다. "사랑하는 누이야! 내 가슴속 깊은 곳의 마음은 여태 한 번도 밝힌 적 없었는데 오늘 비로소 대담하게 고백하고 말았으니 이젠 정말 죽어도 여한이 없을 것 같아! 나도 누이 때문에 온몸에 병이 들어 있는데 누구한테도 말할 수 없어서 그저 숨길 뿐이야. 누이의 병이 나으면 자연히 내 병도 나아질 거야. 잠을 자나 꿈을 꾸나 누이를 잊을 수가 없어!" 습인은 갑자기 보옥에게 안겨 이런 말을 듣고 나니 그야말로 혼비백산 할 노릇이었다.[34)

앞서 임대옥이 가보옥의 마음을 우연히 들은 것이 두 사람의 애정을 더욱 굳건하게 하는 장치였다면, 습인이 우연히 듣게 되는 고백은 두 사람의 애정이 결실을 맺지 못하도록 하는 장치가 된다. 습인은 가모에게서 가보옥에게로 옮겨 온 하녀이다. 그녀는 자신이 모시는 주인에게 충성을 다하는 성향을 지니고 있다. 습인은 늘 가보옥의 곁에서 연지 먹는 버릇을 고치고, 자매들과 어울리는 것을 멀리하며, 학문에 매진할 것을 권한다. 때문에 습인은 임대옥을 향한 가보옥의 진심을 우연히 듣고, 왕부인(王夫人)에게 가보옥이 하루가 다르게 나이가 들어가니 자매들과 함께 지내는 대관원(大觀園)에서 나와 지낼 수 있게 해달라고 말한다. 이 시대 혼인의 결정은 집안 어른의 몫이었다. 귀족 집안에서 부모님 모두 여의고 병약한 임대옥을 며느리로 탐탁치 않게 생각하는 것은 당연하다. 게다가 습인의 이야기까지 전해들었으니 왕부인이 임대옥과 가보옥을 이어줄 리는 더욱 만무하다. 이처럼 작가는 청각적 상상력을 통해 임대옥이 가보옥의 진심을 확인하도록 하게 할 뿐 아니라 그 둘 가운데 습인을 삽입하여 "목석전맹(木石前盟)"이 불꽃과 함께 사그라져 버리게 만든다.

5. 환청으로 만들어 낸 허구의 세계

소리의 가장 큰 특징 중 하나는 실제적인 형체가 없다는 점이다. 그래서 우리는 때때로 소리를 구체적인 힘이라기보다 공기보다 가벼운 것이라 여기고, 비현실적인 힘, 초자연적인 힘과 연관시키곤 한다.[35] 또한, 소리는 한 번 지나고 나면 다시 되돌릴 수 없으므로 우리는 그 소리를 확인할 수 없을 때가 많다. 때문에 인간에게는 환시(幻視)보다 환청(幻聽)이 많이 발생한다. 신경 정신의학적 측면에서 환청은 정신질환이지만, 문학적 측면에서 환청은 허구세계를 위한 상상력을 제공한다.

눈으로 보는 실제적 형상이 "실(實)"이라면, 귀로 듣는 소리는 "허(虛)"이다. "진짜가 가짜가 되고 가짜가 다시 진짜가 되는"[36] 《홍루몽》에서 허와 실은 핵심적인 문제이다. 《홍루몽》의 서사는 선계와 인간계, 즉 태허환경(太虛幻境)과 가부(賈府)의 이중구조를 지니는데, 선계는 "허"의 공간이고 인간계는 "실"의 공간이다. 먼저, 작가는 인간계의 이야기를 주로 쓰면서 환청이라는 상상력을 이용해 선계를 끌어들이고 허와 실의 경계를 구분한다. 예를 들어, 병을 치유하는 스님과 도사의 등장을 살펴보자. 이들은 선계와 인간계를 이어주는 인물로 이들의 등장에 환청이 중요한 역할을 한다. 제12회 왕희봉(王熙鳳)에게 음심을 품은 가서(賈瑞)는 그녀의 악랄한 계략에 빠져 목숨이 위태로운 지경에 이른다. 생사의 갈림길에 놓인 어느 날 한 절름발이 도사의 목소리가 가서에게 들려온다.

> 그러던 어느 날 갑자기 다리를 절룩거리는 도사 하나가 와서 시주를 청하며 '원통한 업보로 인하여 든 병을 전문으로 고치노라'고 중얼거렸다. 그 말이 가서의 귀에 들어가자 곧 소리를 질러 그를 불렀다. "어서

저 도사님을 불러들여 나를 살려줘요!"[37]

하필 이때 절름발이 도사가 등장하는 것도, 그리고 이미 병이 깊어 목숨이 경각에 달린 가서의 청각이 문밖에서 중얼거리는 소리를 들을 수 있을 정도로 예민해진 것도 이 도사가 선계에서 온 인물이기 때문이다. 절름발이 도사는 "태허환경의 경환(境幻) 선녀가 직접 만든" 신비로운 "풍월보감(風月寶鑑)"으로 가서의 병을 치유하고자 한다. 그러나 도사의 충고를 무시하고 정면만 비춰보던 가서는 결국 목숨을 잃고 만다.

제25회 가보옥과 왕희봉이 마도파(馬道婆)의 주술에 걸렸을 때도 비슷한 환청이 일어난다. 이때 가보옥과 왕희봉은 미친 듯이 날뛰다가 인사불성이 되어 혼수상태로 누워있었다. 집안사람들이 도저히 소생할 가망이 없다고 생각할 무렵 밖에서 스님과 도사가 염불하는 소리가 들려온다.

그렇게 온 집안이 정신없이 난리를 피우며 어떻게 해야 할지 모르고 우왕좌왕하는 중에 어디선가 은은한 목탁소리가 들리더니 이어서 염불하는 소리가 들려왔다. "나무아미타불! 원한과 업보를 풀어주는 보살이여! 집안 식구 중에 병이 든 사람, 가산을 탕진한 사람, 흉악한 재난을 만난 사람, 귀신에 들려 쫓기는 사람이 있으면 치유하고 고쳐드립니다요!"[38]

가보옥과 왕희봉이 누워있는 깊숙한 저택까지 염불소리가 또렷하게 들린 것은 기이한 일이다. 또한, 이때 찾아온 스님과 도사는 가보옥과 왕희봉이 위독한 상황임을 알고 있었을 뿐만 아니라 통령보옥(通靈寶玉)으로 그들의 주술을 풀고 병을 치유하는 신비로운 힘을 보여준다.

이처럼 환청으로 스님과 도사가 등장하고, 이로써 순간적으로 "실"의 세계와 구분되는 "허"의 공간의 형성되는데, 이는 임대옥의 죽음과 이후 소상관(瀟湘館)에서 들려오는 울음소리를 통해 더욱 자세히 살필 수 있다. 제98회 가보옥과 설보차가 혼인을 올리던 날, 임대옥은 시고(詩稿)를 불태우고 쓸쓸하게 죽음을 맞는다.

> 한편 보옥이 결혼하던 날 대옥은 대낮부터 벌써 혼수상태에 빠져서 겨우 실낱같은 숨이 붙어 있을 뿐이었다. …… 겨우 몸을 다 씻겨주고 났을 때 별안간 대옥이 허공을 향해 있는 힘을 다해 처절하게 소리를 질렀다. "보옥이! 보옥이! 어쩌면 그렇게도…." 대옥은 '그렇게도'까지 말하고는 온몸에 식은땀을 죽 흘리더니 더 이상 말을 잇지 못하였다. …… 대옥이 숨을 거둔 시각은 보옥이 보차와 혼례를 올리던 바로 그때였다. 자견 등은 모두 대성통곡하기 시작했다. 이환과 탐춘은 그녀의 사랑스럽던 평소의 모습을 떠올리니, 오늘의 처지가 더욱 가엽게 느껴져서 가슴이 찢어지듯 구슬프게 통곡하였다. 그러나 소상관이 신혼부부의 신방과는 멀리 떨어져 있었으므로 그곳에서는 아무 소리도 들리지 않았다. 그녀들이 한참을 이렇게 통곡하고 나자 어딘가 멀리서 음악소리가 들려왔다. 모두들 귀를 기울여 들어보았으나 이번에는 아무 소리도 들리지 않았다. 탐춘과 이환이 밖으로 나가 다시 귀를 기울여 보았으나 대나무 끝이 바람에 흔들리고 달그림자가 담장에 어른거릴 뿐, 주위는 처량하고 쓸쓸하기만 하였지 아무런 기척도 없었다.[39]

임대옥이 숨을 거두는 순간 자견(紫鵑) 등의 통곡소리와 함께 멀리서 음악소리가 들려온다. 인물의 죽음에 은은한 음악소리가 들려오는 것은 중국 고전소설에서 흔하게 쓰이는 수법이다. 표면적으로 본다면, 이 음악소리는 가보옥과 설보차의 혼례식에서 들려오는 것으로 임대옥의 쓸쓸한 죽음과 대비되는 것처럼 보인다. 그러나 청각적 상상력을 발휘해 본다면, 작가는 이환(李紈)과 탐춘(探春) 등의 환청을 이용하여 은은한 음악으로 선계로 돌아가는 임대옥을 배웅하는 것으로 해석할 수도 있다.40) 선계의 음악소리는 계속해서 이어지지 않고 임대옥을 배웅한 후 이내 그쳐버리고, 소상관의 대나무만 바람에 흔들릴 뿐 적막하고 처량한 현실세계로 재빠르게 돌아온다.

이후 제108회 가보옥은 이미 아무도 살지 않는 대관원에 들어갔다가 소상관 근처에서 울음소리를 듣게 된다.

> 보옥이 급한 발걸음으로 소상관을 향해 걸어갔으므로 습인도 하는 수 없이 따라갈 수밖에 없었다. 그런데 보옥이 갑자기 멈춰 섰다. 무엇을 본 것처럼, 또 무엇을 들은 것처럼 귀를 기울이는 모습에 습인이 물었다. "뭘 듣고 계세요?" "소상관에 누가 살고 있는 게 아냐?" "아무도 살고 있지 않을 거예요." "아니야, 안에서 누가 흐느끼는 소리를 분명히 들었는걸. 그런데 왜 아무도 살지 않는다는 거야!" "그건 서방님께서 혹시나 하는 생각이 들어서 그러신 거예요. 그전에 서방님께서 여기 오시기만 하면 늘 대옥 아가씨께서 슬퍼하는 것을 보셨기 때문에 지금도 그런 착각이 드는 거라고요."41)

가보옥은 소상관에서 들려오는 울음소리에 누군가 살고 있는지 들어가 확인해 보려고 하고, 습인은 아무 소리도 듣지 못했다면서 극구 소상관에 들어가는 것을 말린다. 습인이 정말 울음소리를 듣지 못한 것인지, 아니면 우연히 가보옥의 고백을 전해 들었을 때처럼 일부러 못 들은 척 한 것인지 알 수 없다. 그러나 가보옥의 귀에는 들리고, 습인의 귀에는 들리지 않는 환청으로 둘 사이에는 허와 실의 분명한 경계가 생겨난다. 마치 유리벽을 사이에 두고 진공에 의해 빨려 들어가듯 분명히 울음소리를 들었다고 생각하는 가보옥은 "대옥 누이! 대옥

누이! 정말 미안해. 멀쩡하던 누이를 내가 죽게 만들었어"[42]라며 선계의 임대옥을 향해 사죄한다. 반면, 현실의 습인은 가보옥이 선계로 향하지 못하도록 추문(秋紋)과 함께 억지로 그를 잡아끌어 낸다.

| 참고문헌 |

曹雪芹・高鶚, 《紅樓夢》(上下), 北京: 人民文學出版社, 2005.

曹雪芹・高鶚, 《홍루몽》 1-6, 최용철・고민희 역, 경기: 나남, 2009.

馮其庸, 《瓜飯樓重校批評紅樓夢》(上中下), 瀋陽: 遼寧人民出版社, 2005.

Diane Ackerman, 《감각의 박물학(A Natural History of the Senses)》, 백영미 역, 서울: 작가정신, 2004.

路文彬, 《視覺時代的聽覺細語—20世紀中國文學倫理問題研究》, 安徽: 安徽教育出版社, 2007.

Marshall McLuhan, 《구텐베르크 은하계 — 활자 인간의 형성》, 임상원 옮김, 서울: 커뮤니케이션북스, 2001.

孟凡玉, 《音樂家眼中的紅樓夢》, 北京: 文化藝術出版社, 2007.

巴金 等, 《我讀紅樓夢》, 天津: 天津人民出版社, 1982.

班固, 《漢書》, 北京: 中華書局, 1962.

傅修延, 《中國敍事學》, 北京: 北京大學出版社, 2015.

一粟, 《紅樓夢卷》, 台北: 新文豊出版公司, 1989.

Walter J. Ong, 《구술문화와 문자문화》, 이기우・임명진 옮김, 서울: 문예출판사, 2006.

Jane Geaney, 《On the Epistemology of the Senses in the Early Chinese Thought》, Honolulu: University of Hawai'i Press, 2002.

鄭玄 注・孔穎達 疏, 《禮記正義》, 山東: 山東畫報出版社, 2004.

周汝昌, 《曹雪芹小傳》, 北京: 華藝出版社, 1998.

중국소설연구회 편, 《중국소설사의 이해》, 서울: 학고방, 2002.

馮其庸・李廣柏, 《紅樓夢槪論》, 北京: 北京圖書館出版社, 2002.

傅修延, 〈爲什麼麥克盧漢說中國人是"聽覺人" ― 中國文化的聽覺傳統及其
    對敍事的影響〉, 《文學評論》 2016年 第1期.

吳新雷, 〈抛紅豆諸曲的紅學公案〉, 《紅樓夢學刊》 1993年 第1期.

함은선, 〈話本小說의 서술 모식 연구〉, 《중국문학이론》 제5집, 2005.

* 이 글은 한국중국소설학회에서 2018년 12월에 발행한 《중국소설논총》 제56집에 실린 논문을 수정한 것이다.

1) 모옌(莫言)은 중국의 현대 소설가로 중국의 최초 노벨문학상 수상자이기 도 하다. 2012년 12월 8일 노벨문학상을 받을 때 모옌은 스위스 문학원에 서 "Storyteller(講故事的人)"라는 주제로 강연을 하였다. 그는 자신의 소 설들은 자신의 이야기를 들려주는 것이라 하며, 강연 말미에 "나는 이야 기를 하는 사람입니다. 나는 여전히 당신들에게 이야기를 전할 겁니다(我 是講故事的人, 我還是要給你們講故事)."라며 소설이 "이야기하는(講故 事)" 것임을 강조하였다.

2) Walter J. Ong, 《구술문화와 문자문화》, 이기우·임명진 옮김, 서울: 문예 출판사, 2006, 182-184쪽.

3) 傅修延, 《中國敍事學》, 北京: 北京大學出版社, 2015, 250쪽.

4) Marshall McLuhan, 《구텐베르크 은하계 — 활자 인간의 형성》, 임상원 옮김, 서울: 커뮤니케이션북스, 2001, 60-61쪽.

5) Marshall McLuhan, 같은 책, 75쪽.

6) 또한 Jane Geaney는 고대 중국에서 감각은 개별적인 위치를 가지며, 각 감각은 서로 다른 감각을 간섭하지 않고 자신의 역할을 수행한다는 "감각 변별(Sense Discrimination)"이라는 개념을 제시하기도 하였다.(Jane Geaney, 《On the Epistemology of the Senses in the Early Chinese Though t》, Honolulu: University of Hawai'i Press, 2002, 30-31, 82-83쪽.)

7) 傅修延, 〈爲什麼麥克盧漢說中國人是"聽覺人" — 中國文化的聽覺傳統及 其對敍事的影響〉, 《文學評論》 2016年 第1期, 135쪽.

8) 《시경(詩經)》이 쓰인 때는 문자사회가 성숙되기 전으로 당시 사람들은 생활의 많은 부분을 청각에 의존하고 있었다. 때문에 오늘날에 비해 청각 이 보다 민감하게 발달하였을 것이다. 실제로 《시경》에는 의성어의 황금 기라고 이를 만큼 매우 다양한 의성어가 나타난다. 새, 벌레, 바람, 비 등과 같은 자연의 소리와 마차, 군대, 종루, 벌목소리 등과 같은 인간사회 의 소리는 대략 120여 곳에서 보이며, 《시경》 300편에 적어도 53편 이상에 서 의성어가 다양하게 사용된다.(傅修延, 위의 책, 260쪽.)

9) 《漢書·藝文志》: 小說家者流, 蓋出於稗官, 街談巷語, 道聽塗說者之所造 也.(班固, 《漢書》, 北京: 中華書局, 1962, 1756쪽.)

10) "구술(口述)"은 글자가 아닌 말로 하는 것을 의미하고, "구연(口演)"은 여러 사람 앞에서 설화나 민담 등의 이야기를 재미있게 말로 전하는 것을 말한다.

11) 함은선, 〈話本小說의 시술 모식 연구〉, 《중국문학이론》 제5집, 2005, 177쪽.

12) 《삼국지연의(三國志演義)》, 《서유기(西遊記)》, 《수호전(水滸傳)》의 성서 과정을 간단히 살펴보면 다음과 같다. 《삼국지연의》는 나관중(羅貫中)의 작품으로 전해지며 원명은 《삼국지통속연의(三國志通俗演義)》이다. 이는 진수(陳壽)의 《삼국지(三國志)》와 배송지(裴松之)가 주에서 인용한 야사잡기를 근거로 하고, 평화, 잡극 중의 이야기 줄거리를 취하여 쓰여진 작품이다.(정재량, 〈명대의 역사소설〉, 《중국소설사의 이해》, 서울: 학고방, 2002, 139쪽.) 《서유기》는 신마소설(神魔小說) 가운데 하나이다. 신마소설의 제재 유형은 주로 송원(宋元) 설화(說話)를 계승하여 발전해 온 것이다. 특히 설화사가(說話四家) 가운데 설경(說經)과 소설(小說), 강사(講史)의 영향을 직접적으로 받았다.(오순방, 〈명대의 신마소설〉, 같은 책, 179쪽.) 《수호전》은 본래 사서(史書)에 기록된 사실이 전설화되었다가 송원대를 거치며 화본(話本)과 잡극(雜劇)의 제재로 쓰이게 되면서 이야기가 확대되어 소설로 발전한 작품이다.(조관희, 〈명대의 영웅소설〉, 같은 책, 161쪽.) 물론 이들 소설의 창작에는 역사서나 민간 전설, 송대 화본, 원대 잡극 등의 영향이 복잡하게 얽혀 있다. 그러나 다양한 설화 양식에서 제재를 취하고 있다는 점에서 구연 전통을 계승하였다고 볼 수 있다.

13) 중국의 홍학자 吳新雷는 〈抛紅豆諸曲的紅學公案〉에서 중국 당대(當代) 산곡학(散曲學)의 창시자인 任二北의 말을 빌려 "조설근은 정통한 곡학 작가이다. 그가 만든 산곡은 극히 참신하다(曹雪芹是精通曲學的作家, 所制散曲極爲淸新)."라고 하였다.(吳新雷, 〈抛紅豆諸曲的紅學公案〉, 《紅樓夢學刊》 1993年 第1期, 235쪽.)

14) "及雪芹亡後, (張)宜泉重訪故居, 懷人不見, 痛淚成行, 嘆息雪芹的詩、畵、琴、劍諸般才藝, 都成絶響."(周汝昌, 《曹雪芹小傳》, 北京: 華藝出版社, 1998, 148쪽.)

15) 《紅樓夢》 第76回: "音樂多了, 反失雅致, 只用吹笛的遠遠的吹起來就夠了."(이하 《紅樓夢》 원문은 2005년 人民文學出版社에서 출판한 것을 참고하였으며, 번역문은 2009년 나남출판사에서 나온 최용철·고민희의 공역을 참고하였다.)

16) 《紅樓夢》第54回: 那女先兒們皆是慣的, 或緊或慢, 或如殘漏之滴, 或如迸豆之疾, 或如驚馬之亂馳, 或如疾電之光而忽暗. 其鼓聲慢, 傳梅亦慢; 鼓聲疾, 傳梅亦疾.

17) "江寧、蘇州織造府裏都有家庭戲班, 經常演戲. 雪芹耳濡目染, 從小就愛看戲劇."(巴金 等, 《我讀紅樓夢》, 天津: 天津人民出版社, 1982, 190쪽.)

18) "康熙四十二年, 曹寅的劇本《太平樂事》脫稿, 又請洪昇為作序文, 刊於卷首. 康熙四十三年, 曹寅邀請洪昇到江寧, 集南北名流演《長生殿》, 一時傳為盛事."(馮其庸 · 李廣柏, 《紅樓夢概論》, 北京: 北京圖書館出版社, 2002, 14쪽.)

19) 孟凡玉, 《音樂家眼中的紅樓夢》, 北京: 文化藝術出版社, 2007, 259-261쪽.

20) 《紅樓夢》第23回: 剛走到梨香院墙角上, 只聽墙內笛韻悠揚, 歌聲婉轉. 林黛玉便知是那十二個女孩子演習戲文呢. 只是林黛玉素習不大喜看戲文, 便不留心, 只管往前走. 偶然兩句吹到耳內, 明明白白, 一字不落, ……

21) 《紅樓夢》第23回: 原來姹紫嫣紅開遍, 似這般都付與斷井頹垣. 良辰美景奈何天, 賞心樂事誰家院. 則爲你如花美眷, 似水流年…… 你在幽閨自憐.

22) 孔穎達은 《禮記正義》에서 《禮記 · 樂記》의 "累累乎如貫珠"에 대해 "소리는 사람에게 감동하게 하고, 사람으로 하여금 마음속으로 그 형상이 이러함을 생각하게 한다(聲音感動於人, 令人心想其形狀如此)."고 하였다.(鄭玄 注 · 孔穎達 疏, 《禮記正義》, 山東: 山東畫報出版社, 2004, 1235쪽.) 또한, Diane Ackerman도 《A Natural History of the Senses》에서 음악이 사람을 감동 시키는 것에 대해 언급하였다.(Diane Ackerman, 《감각의 박물학(A Natural History of the Senses)》, 백영미 역, 서울: 작가정신, 2004, 306쪽.)

23) 《紅樓夢》第23回: 忽又想起前日見古人詩中有"水流花謝兩無情"之句, 再又有詞中有"流水落花春去也, 天上人間"之句, 又兼方才所見《西廂記》中"花落水流紅, 閑愁萬種"之句.

24) 《紅樓夢》第23回 脂批: 情小姐, 故以情小姐詞曲警之, 恰極當極.(馮其庸, 《瓜飯樓重校批評紅樓夢(上)》, 瀋陽: 遼寧人民出版社, 2005, 366쪽.)

25) 《紅樓夢》第26回: "憑你是誰, 二爺吩咐的, 一概不許放人進來呢!"

26) 《紅樓夢》第26回: 正是回去不是, 站著不是. 正沒主意, 只聽裏面一陣笑語之聲, 細聽一聽, 竟是寶玉、寶釵二人. 林黛玉心中益發動了氣, ……

27) 《紅樓夢》第26回: 那附近柳枝花朵上的宿鳥棲鴉一聞此聲, 俱忒楞楞飛起遠避, 不忍再聽. 眞是: 花魂默默無情緒, 鳥夢癡癡何處驚.

28) 《紅樓夢》第23回: "我就是個'多愁多病身', 你就是那'傾國傾城貌'."

29) 《紅樓夢》第30回: "你死了, 我就和尚!"

30) 《紅樓夢》第32回: "林姑娘從來說過這些混帳話不曾? 若他也說過這些混帳話, 我早和他生分了."

31) 《紅樓夢》第32回: 林黛玉聽了這話, 不覺又喜又驚, 又悲又嘆. 所喜者, 果然自己眼力不錯, 素日認他是個知己, 果然是個知己. 所驚者, 他在人前一片私心稱揚於我, 其親熱厚密, 竟不避嫌疑.

32) "作者讓林黛玉走來, 在門外聽到此知心話, 恰極妥極."(馮其庸, 위의 책, 511쪽.)

33) 路文彬,《視覺時代的聽覺細語 ─ 20世紀中國文學倫理問題研究》, 安徽: 安徽教育出版社, 2007, 54쪽.

34) 《紅樓夢》第32回: 原來方才出來慌忙, 不曾帶得扇子. 襲人怕他熱, 忙拿了扇子趕來送與他, 忽擡頭見了林黛玉和他站著. 一時黛玉走了, 他還站著不動, 因而趕上來說道. …… 寶玉出了神, 見襲人和他說話, 並未看出是何人來, 便一把拉住, 說道: "好妹妹, 我的這心事, 從來也不敢說, 今兒我大膽說出來, 死也甘心! 我為你也弄了一身的病在這裏, 又不敢告訴人, 只好掩著. 只等你的病好了, 只怕我的病才得好呢. 睡裏夢裏也忘不了你!"襲人聽了這話, 嚇得魄消魂散, ……

35) Diane Ackerman, 위의 책, 281쪽.

36) 《紅樓夢》第1回: 假作眞時眞亦假, 無爲有處有還無.

37) 《紅樓夢》第12回: 忽然這日有個跛足道人來化齋, 口稱專治冤業之癥. 賈瑞偏生在內就聽見了, 直著聲叫喊說: "快請進那位菩薩來救我!"

38) 《紅樓夢》第25回: 正鬧的天翻地覆, 沒個開交, 只聞得隱隱的木魚聲響, 念了一句: "南無解冤孽菩薩. 有那人口不利, 家宅顚傾, 或逢兇險, 或中邪祟者, 我們善能醫治."

39) 《紅樓夢》第98回: 卻說寶玉成家的那一日, 黛玉白日已昏暈過去, 卻心頭口中一絲微氣不斷, …… 剛擦著, 猛聽黛玉直聲叫道: "寶玉, 寶玉, 你好……"說到"好"字, 便渾身冷汗, 不作聲了. …… 當時黛玉氣絕, 正是寶玉娶寶釵的這個時辰. 紫鵑等都大哭起來. 李紈探春想他素日的可疼, 今日更加可憐, 也便傷心痛哭. 因瀟湘館離新房子甚遠, 所以那邊並沒聽見. 一時大家痛哭了一陣, 只聽得遠遠一陣音樂之聲, 側耳一聽, 卻又沒有了. 探春李紈走出院外再聽時, 惟有竹梢風動, 月影移墻, 好不凄涼冷淡!

40) "此音樂是仙樂也, 黛玉魂歸離恨天矣! 此音樂是寶釵大禮喜樂也, 是俗勢

之催魂曲也."(馮其庸,《瓜飯樓重校批評紅樓夢(下)》, 瀋陽: 遼寧人民出版社, 2005, 1707쪽.)

41) 《紅樓夢》第108回: 襲人見他往前急走, 只得趕上, 見寶玉站著, 似有所見, 如有所聞, 便道: "你聽什麼?" 寶玉道: "瀟湘館倒有人住著麼?" 襲人道: "大約沒有人罷." 寶玉道: "我明明聽見有人在內啼哭, 怎麼沒有人!" 襲人道: "你是疑心. 素常你到這裏, 常聽見林姑娘傷心, 所以如今還是那樣."

42) 《紅樓夢》第108回: "林妹妹, 林妹妹, 好好兒的是我害了你了!"

▌집필진

최 일 의 강릉원주대
심 규 호 제주국제대
김 원 중 단국대
김 의 정 성결대
서 용 준 서울대
노 우 정 대구대
최 석 원 제주대
김   선 이화여대
김 지 영 성결대
서 연 주 충남대
김 하 늬 서울대
노 선 아 한림대

오감五感으로 읽는 중국문학의 세계

초판 인쇄   2021년 2월 19일
초판 발행   2021년 2월 28일

지 은 이 | 한국중국문학이론학회
펴 낸 이 | 하운근
펴 낸 곳 | 學古房

주   소 | 경기도 고양시 덕양구 통일로 140 삼송테크노밸리 A동 B224
전   화 | (02)353-9908 편집부(02)356-9903
팩   스 | (02)6959-8234
홈페이지 | http://hakgobang.co.kr/
전자우편 | hakgobang@naver.com, hakgobang@chol.com
등록번호 | 제311-1994-000001호

ISBN 979-11-6586-149-0   093820

값 : 18,000원

■ 파본은 교환해 드립니다.